Em Alto-Mar
Edmondo De Amicis

O *Nord America*, o navio em que viajou De Amicis, atracado no porto de Gênova.
Cortesia do Arquivo Histórico Fotográfico da Prefeitura de Gênova.

Governo do Estado de São Paulo, Secretaria da Cultura
e Istituto Italiano di Cultura apresentam

Uma travessia de emigrantes italianos

Em Alto-Mar
Edmondo De Amicis

Tradução, curadoria e notas de Adriana Marcolini

2ª edição – São Paulo – 2019

Realização

©Copyright, 2019 - Editora Nova Alexandria.

Em conformidade com a Nova Ortografia.
Nenhuma parte deste livro pode ser reproduzida sem a expressa autorização da editora.

Título original: *Sull'Oceano*

Todos os direitos reservados.
Editora Nova Alexandria Ltda
Av. Dom Pedro I nº 840 - Vila Monumento
01552-000 - São Paulo - SP
Fone/fax: (11) 2215-6252
E-mail: novaalexandria@novaalexandria.com.br
Site: www.novaalexandria.com.br

Preparação de originais: Mustafa Yasbek
Revisão: Adriana Marcolini
Capa: Mauricio Mallet – sobre foto do navio *Brasile*, da companhia de navegação La Veloce
Fonte: coleção particular Repetto
Ilustrações do miolo: Arnaldo Ferragutti – publicadas em *En el Océano*. Barcelona: Espasa y Compañia, 1892
Projeto gráfico, editoração eletrônica e capa: Mauricio Mallet
Coordenação editorial: Rosa Maria Zuccherato

Dados Internacionais de Catalogação na Publicação (CIP)
Angélica Ilacqua CRB-8/7057

De Amicis, Edmondo (1846-1908)
Em Alto-Mar / Edmondo De Amicis; Tradução de Adriana Marcolini. - Editora Nova Alexandria, 2019
Tradução de: *Sull'Oceano*
Inclui: textos avulsos de E.De Amicis: O sonho do Rio de Janeiro / Na baía do Rio de Janeiro; Ilustrações do miolo - Arnaldo Ferragutti / Biografia e índice
320 p.

ISBN: 978-85-7492-466-3

1. Literatura Italiana 2. Migração Italiana para a América II. Marcolini, Adriana

CDD 853

Sumário

Carta ao leitor..7
Introdução..9
Nota da tradutora..16
Em Alto-Mar
    O embarque dos emigrantes.....................19
    No golfo de Leão...25
    A Itália a bordo...35
    Na proa e na popa......................................44
    Cavalheiros e damas...................................63
    Rancores e amores......................................70
    No trópico de Câncer.................................96
    O oceano amarelo.....................................111
    Os tipos originais da proa........................127
    O dormitório das mulheres.....................140
    A passagem do Equador..........................150
    O pequeno Galileo....................................163
    O mar de fogo...176
    O oceano azul..185
    O morto...202
    O dia de cão...218
    In extremis...230
    Amanhã!..249
    A América...264
    No rio da Prata..276

Textos avulsos de Edmondo de Amicis
    O sonho do Rio de Janeiro......................291
    Na baía do Rio de Janeiro........................313
Biografia...318

Carta ao leitor

Dr. Renato Poma
Diretor do Istituto Italiano di Cultura de São Paulo

Em Alto-Mar foi publicado em 1889, e tornou-se imediatamente um livro de grande sucesso, chegando a vinte e cinco edições. É a história da travessia do Oceano Atlântico de Gênova a Montevidéu, realizada por Edmondo De Amicis, um dos mais notáveis escritores italianos entre os séculos XIX e XX, na primavera de 1884, no vapor *Nord America*, alcunhado de *Galileo* no livro. Com o escritor lígure haviam-se embarcado cerca de 1700 passageiros, na maioria trabalhadores rurais italianos pobres, que esperavam encontrar nos jovens países da América do Sul como Argentina, Uruguai e Brasil uma perspectiva de vida melhor.

Após a unificação da Itália observou-se o êxodo maciço de milhares de camponeses e trabalhadores rurais, mas também de artesãos e desempregados que emigraram em busca de fortuna. De Amicis, autor de *Cuore*, um dos grandes *best-sellers* da literatura italiana, socialista humanitário, escreveu um livro muito original na estrutura, testemunhando sua solidariedade para com os pobres emigrantes italianos, retratados com viva participação e simpatia, não obstante sua condição de viajante - sob tantos aspectos - privilegiado.

A Itália que o escritor lígure encontra a bordo é evidentemente analfabeta e pobre, porém cheia de esperança, de vontade de "dar duro", de vontade, como então começou a se dizer, "de fazer a América". Uma Itália que, não obstante as grandes dificuldades decorrentes do atraso econômico e social da península, mantém em pé a dignidade.

A crítica literária destacou que, mais que um livro de viagem, *Em Alto-Mar* pode ser definido como algo entre um diário de bordo e uma espécie de romance em que se dedica um papel importante à denúncia social. É um dos poucos textos que enfrenta o tema da emigração em sua fase mais dura e dramática, a da partida e separação da própria terra para enfrentar um futuro incerto e cheio de incógnitas.

A primeira edição brasileira de *Em Alto-Mar*, neste momento em que o problema da emigração de massas desesperadas provenientes do Sul do mundo bate à porta dos países da rica Europa, além de uma iniciativa cultural de valor inequívoco, pretende trazer à memória do leitor a epopeia da grande emigração italiana, a fim de fazer refletir sobre o fato de que os que são obrigados a emigrar são sempre semelhantes em todas as épocas, em todos os lugares, e em qualquer latitude.

A iniciativa editorial realizada pela editora Nova Alexandria tem valor indiscutível. Além de levar a refletir sobre a história da emigração italiana - uma história compartilhada entre Itália e Brasil -, permite observar, com os olhos dos cidadãos do mundo global, onde a migração de enormes massas é parte de nosso cotidiano, para um fenômeno que, apesar de frequentemente esquecido, faz parte constante da história da humanidade.

Introdução

Em Alto-Mar, o primeiro romance da emigração italiana
Adriana Marcolini*

Gênova, 10 de março de 1884. O navio *Galileo*[1] está atracado no porto. Dentro de poucas horas zarpa para Montevidéu. O embarque já começou. Senhores e senhoras bem vestidos despedem-se dos passageiros da primeira classe. Emigrantes com roupas puídas, vindos das mais diversas regiões da Itália, estampam a fisionomia cansada pela longa viagem que fizeram para chegar a Gênova. Grávidas, mulheres com bebês de colo, crianças irrequietas, homens barbudos, jovens cheios de esperança e senhoritas no auge da beleza sobem no navio. Alguns passageiros mais velhos podem ser vistos aqui e ali. Vão ao encontro dos filhos que já partiram para a América. O jornalista e escritor Edmondo De Amicis (1846-1908) se despede dos amigos e acomoda-se na primeira classe. Viaja para a Argentina a convite do editor do *El Nacional*, jornal de Buenos Aires do qual é assíduo colaborador, a fim de ministrar palestras sobre a cultura e a história da Itália. Serão dias e dias em meio à imensidão do mar, em jornadas longas, em contato com as figuras excêntricas da primeira classe, os tipos remediados da segunda e os passageiros humildes da terceira.

Convido os leitores a embarcarem com ele e a viajar pelas páginas de *Em Alto-Mar* – o primeiro romance da emigração italiana. Poderemos escutar as histórias do capitão, deliciar-nos com a sensualidade de uma

---

1. O navio era propriedade da companhia de navegação La Veloce e na realidade chamava-se *Nord America*. O autor batizou-o com o nome de *Galileo* no romance.

senhora da primeira classe, acompanhar com emoção o nascimento de uma criança, sentir o pavor que se dissemina a bordo com a morte de um passageiro. A chegada de uma nova vida e a partida de outra são dois acontecimentos simbólicos da travessia: o primeiro representa a esperança; o segundo, o medo de não atingir o destino e ter o próprio corpo atirado ao mar, sem direito a uma sepultura. Uma perspectiva que aterrorizava aqueles camponeses extremamente ligados à terra e à religiosidade católica. Muitos jamais haviam visto o mar e tinham um medo espantoso da travessia. O fantasma de uma tempestade – tema de um capítulo – rondava a todos. Os naufrágios estavam na ordem do dia. As epidemias a bordo também.

Se nos colocarmos na pele de um dos emigrantes, sentiremos arrepios ao passar pela linha do Equador e perceber que estamos adentrando no Hemisfério Sul. E mais arrepios ainda quando estivermos na iminência de chegar ao nosso destino e nos dermos conta de que deixamos um pedaço de nós mesmos para trás. "E agora?" – nos perguntaremos. Desembarcaremos com um grande ponto de interrogação, mas com a certeza de que a partir do momento em que pisarmos em solo americano, mais do que nunca teremos de contar só (ou quase só) conosco.

O *Galileo* era um navio a vapor avançado para a época. Tinha grandes dimensões: 127 metros de comprimento e 15 de largura. Contava com quase 200 tripulantes. Era bem equipado e seguro, ao contrário de outros congêneres que ofereciam condições de segurança duvidosas e naufragavam no Atlântico com centenas de emigrantes a bordo – assim como nos dias atuais, quando os botes e lanchas precários superlotados de desesperados em busca do sonho europeu naufragam no Mediterrâneo. No entanto, como em qualquer meio de transporte em que os passageiros viajam aglomerados, as condições de higiene na terceira classe deixavam a desejar. O navio transportava 50 passageiros na primeira classe, 20 na segunda e nada menos do que 1.600 na terceira:

os emigrantes italianos. A maioria tinha como destino a Argentina, à exceção de alguns poucos que iam para o Uruguai.

A embarcação tem um forte componente alegórico na narrativa. É um microcosmo da nova nação que estava tomando corpo depois da unificação da Itália, em 1861. A distribuição dos passageiros reproduz a estrutura social italiana do final do século XIX: a burguesia proprietária na primeira classe, o estrato médio (artesãos, pequenos comerciantes, trabalhadores qualificados) na segunda e o campesinato na terceira. Durante a travessia, essa miniatura da Itália conviveu a bordo, em um espaço delimitado pela proa e a popa. A duração da viagem (22 dias) e o espaço circunscrito ao perímetro da embarcação funcionam como um elemento de tensão temporal e cenário para a trama, tal como no teatro. No palco, os protagonistas: os emigrantes.

Em Alto-Mar aproxima o leitor das aflições de quem passa pela experiência da expatriação forçada. A viagem não é apenas física, mas também subjetiva. Durante o trajeto, os emigrantes começam a entender a dimensão do passo que deram. A passagem do Equador, retratada em um capítulo, e a primeira visão da América, descrita no final, são momentos emblemáticos da travessia. Cruzar o Equador significa deixar, de fato, o Hemisfério Norte. E ver pela primeira vez a tão sonhada América é sentir que a chegada é iminente. Depois de três semanas de viagem, a vontade de alcançar o destino era enorme, mas trazia uma ansiedade infinita.

O abandono da terra natal era marcado pela nostalgia, mas aqueles emigrantes não aceitavam se submeter à miséria e queriam ser os protagonistas de sua própria história. A maioria era movida pelo instinto de sobrevivência e de ascensão social. O sentimento de frustração era difuso, principalmente entre a população da zona rural, que havia nutrido a esperança de conseguir melhores condições de trabalho e de vida com o advento da nova nação. Mas nada disso aconteceu. Sendo assim, não causa estranheza que houvesse uma névoa de ressentimento em relação ao país que acabara de nascer. Um dos trechos iniciais do livro o demonstra claramente, quando logo após o navio zarpar um emigrante mostra o punho para a Itália, num gesto de rancor.

O romance traz à tona a face feminina da emigração no capítulo *O dormitório das mulheres*; escancara o comportamento de soberbia de alguns passageiros da primeira classe; exalta os desejos eróticos despertados pela única negra a bordo. Tratava-se de uma escrava: seus patrões, uma família brasileira formada por um casal com crianças, viajavam na primeira classe. As posições racistas do autor, típicas daquela época em que ainda se acreditava na superioridade dos europeus brancos frente aos negros, saltam aos olhos quando ele descreve esta personagem.

Risorgimento – Na qualidade de intelectual preocupado com as questões de seu tempo, Edmondo De Amicis havia participado do movimento social, cultural, militar e político entre as últimas décadas do Setecentos e o final do Oitocentos que reivindicava a unidade da Itália – o *Risorgimento*. Era um homem comprometido com a unificação de seu país. Alguns de seus livros, como *L'idioma gentile* e *Cuore* (publicado no Brasil com o título de *Coração*) o atestam. Para ele, era extremamente penoso ver tantas pessoas irem embora justamente quando o movimento havia alcançado seu objetivo. Mas entendia os motivos e sentia-se próximo, muito próximo, dos que partiam. Por isso deve ter sido difícil para ele constatar a desconfiança com que os emigrantes o receberam quando tentou se aproximar deles pela primeira vez.

O escritor tinha consciência da realidade com a qual se depararia a bordo. A babel de dialetos confirmou-lhe que a Itália ainda não era, de fato, uma nação. Os diálogos e frases dialetais não só demonstram o escasso uso do idioma italiano na época, mas também conferem sabor à narrativa. O comandante do navio é caracterizado pelo uso do dialeto genovês; enquanto vários passageiros da terceira classe se expressam em vêneto, e outros, estabelecidos na Argentina, são diferenciados pelo *cocoliche*, uma mistura de italiano e espanhol que outrora era de uso corrente entre os imigrantes italianos no país vizinho.

Quando embarcou para a América do Sul, De Amicis já era conhecido por relatos de viagem como *Spagna* (1872), *Olanda* (1874), *Marocco* (1876), *Ricordi di Londra* (1874) e *Costantinopoli* (1877). A Argentina representaria a grande viagem da sua vida, porém desta vez preferiu não escrever outro relato. Ao invés disso, quis concentrar a narrativa na travessia em si. Não há sequer uma linha em solo argentino. Durante a viagem os emigrantes não estão nem lá nem cá. Estão em limbo. Em suspenso entre o Velho e o Novo Mundo.

Lançado na Itália em 1889, *Em Alto-Mar* teve dez edições em apenas duas semanas – um verdadeiro *best-seller*. O sucesso nos parece ainda maior se nos lembrarmos de que a disseminação do idioma italiano e a alfabetização ainda eram reduzidas. A boa aceitação do romance junto às elites da época influenciou o movimento que conduziu à lei da emigração, aprovada em 1901. Entre outras normas, esta legislação instituiu comissões de inspeção nos portos para verificar se os navios respeitavam as regras sanitárias. Um deles era justamente aquele de Gênova, onde o autor embarcou.

A emigração como negócio – Mais de 50% dos fluxos migratórios transoceânicos da Itália entre 1876 e 1901 saíram do porto genovês, de acordo com dados da Agência de Saúde Marítima local. A emigração era um bom negócio para os armadores, que até 1901 se aproveitaram da ausência de normas sanitárias e de segurança para utilizar frotas obsoletas e obter lucros vantajosos com o transporte de emigrantes. A atividade representou uma fonte de financiamento para consolidar a indústria naval e siderúrgica, setores emergentes do capitalismo italiano. Por sua vez, as remessas enviadas durante anos a fio pelos emigrantes às suas famílias que permaneceram nos locais de origem tiveram um papel crucial na construção da Itália atual: segundo informa o historiador Ercole Sori em seu célebre livro *L'emigrazione italiana dall'Unità alla seconda guerra mondiale* (Bologna: Il Mulino, 1979), o volume de dinheiro ajudou a triplicar as reservas de ouro entre 1896 e 1912.

A partida de um grande contingente da população também contribuiu para fomentar a alfabetização na Itália. A necessidade de trocar notícias entre os que ficaram e os que se foram atuou como uma válvula propulsora: poder ler e escrever era indispensável. "Os sacos de correio [...] continham o fragmento do diálogo de dois mundos", registrou o autor. Mas esta é outra (longa) história...

Um presente aguarda os leitores depois da travessia. São dois artigos inspirados na breve estadia de Edmondo De Amicis no Rio, ambos inéditos no Brasil – da mesma forma que *Em Alto-Mar*.

Após permanecer três meses na Argentina, na viagem de volta para a Itália o escritor parou no Rio de Janeiro. Estava a bordo do navio *Sirio*, o mesmo que naufragou em 1906 com cerca de 700 emigrantes italianos destinados ao Brasil e inspirou o quadro *Naufrágio do Sirio*, do pintor Benedito Calixto. A embarcação fez uma escala de três dias no porto carioca. De Amicis sempre havia se recusado a escrever sobre sua breve passagem pelo Rio, argumentando que tinha visto a então capital do Império com muita pressa. Só cedeu às insistências dezoito anos depois, graças a um italiano que acabara de voltar do Brasil e lhe sugeriu registrar as recordações da cidade como se fossem um sonho. Motivado pela ideia, finalmente escreveu os artigos *O Sonho do Rio de Janeiro*, publicado em 1902 no suplemento *La Lettura*, do *Corriere della Sera*, de Milão, e *Na baía do Rio de Janeiro*, incluído no volume *Memorie*, de 1921.

O Sonho do Rio de Janeiro é um relato de uma estadia marcada por incessantes passeios de coche por todos os cantos da capital, sempre acompanhado de um representante diplomático da Itália. Ainda antes de desembarcar, o escritor foi convidado por um emissário de Dom Pedro II a visitá-lo no palácio imperial. O imperador se revela como uma figura nada parecida com a imponência do título e é descrito como alguém que "tinha a figura de um guerreiro, a testa de um filósofo, o olhar de um artista, o sorriso de um amigo". Já o deslumbramento diante da exuberância da natureza tropical foi equivalente ao profundo desconforto que sentiu ao ler no jornal o anúncio da venda de uma escrava.

Na baía do Rio de Janeiro, por sua vez, não traz nenhuma menção à cidade, mas revela o drama de um imigrante italiano doente que deseja, a todo custo, embarcar no *Sirio* para satisfazer o desejo de morrer no país natal. Embora possa pagar a passagem (chega a oferecer o dobro) e implore repetidas vezes ao capitão para que lhe permita viajar, suas súplicas resultam inúteis diante do perigo de ter um passageiro enfermo: além da possibilidade de ocorrer uma morte durante a travessia, também havia a ameaça de eclodir uma epidemia a bordo, tendo em vista que a febre amarela estava disseminada na antiga capital do Império. Mesmo profundamente amargurado, o comandante não cede.

Agradeço ao Programa de Ação Cultural, da Secretaria de Estado da Cultura de São Paulo, pelo financiamento concedido para a tradução de *Sull'Oceano*. Sem esta contribuição, provavelmente o romance ainda continuaria inédito por aqui. Também sou grata ao apoio do Istituto Italiano di Cultura e à editora Nova Alexandria, que reconheceu o valor desta obra fundamental para a história da emigração italiana.

---

*Tradutora e curadora de *Em Alto-Mar*. É autora da tese de doutorado "*Sull'Oceano*: uma travessia de emigrantes italianos" (USP, 2016)

Nota da tradutora

Na tradução a seguir optei por respeitar, na medida do possível, a forma de escrever do autor. Assim sendo, quando aparecem no texto as grafias de Argentinos (com maiúscula na inicial), italianos (com a inicial minúscula), Delegacia (com "D" em maiúscula), ou ainda Comandante, ou comandante, foi porque De Amicis assim o fez. Foi também mantido o emprego de itálico que o escritor adotou para algumas palavras e expressões, algumas dialetais.

As frases e palavras em dialeto foram mantidas no corpo do texto, respeitando-se a maneira como escreveu o autor. A tradução está em nota de rodapé. O mesmo critério foi adotado para as frases em francês e espanhol.

As imagens das páginas 17 e 289 são do artista Arnaldo Ferraguti (1863-1925). Ambas fazem parte das 191 ilustrações que compõem as edições de luxo publicadas na Itália (Milão: Treves, 1890) e na Espanha (Barcelona: Espasa y Compañia, 1892).

Tradução realizada com base na edição de *Sull'Oceano* publicada pela editora Garzanti, de Milão, em 1996, graças ao apoio do Programa de Ação Cultural (Proac), da Secretaria de Estado da Cultura de São Paulo.

Em Alto-Mar

*Dedico este livro ao corajoso
comandante Carlo De Amezaga[1],
em sinal de afeto e gratidão.*

---

1. Oficial genovês da Marinha, o comandante Carlo De Amezaga fez a circunavegação da Terra com a corveta Caracciolo entre 1881 e 1884.

O embarque dos emigrantes

Quando cheguei, quase à noite, o embarque dos emigrantes tinha começado havia uma hora e o *Galileo*, ligado ao cais por uma pequena ponte móvel, continuava a ser carregado de miséria: uma procissão interminável de gente que saía em grupos do edifício em frente, onde um agente da Delegacia examinava os passaportes. A maioria estava cansada e com muito sono, depois de ter passado uma ou duas noites ao ar livre, agachada como cães pelas ruas de Gênova. Passavam operários, camponeses, mulheres amamentando bebês, menininhos que ainda levavam no peito a plaquinha de identificação do jardim de infância, feita de latinha; quase todos carregavam uma cadeirinha dobrável debaixo do braço, traziam na mão ou na cabeça bolsas ou malas de todo tipo, braçadas de colchões e cobertores, e o bilhete de passagem com o número da cama preso entre os lábios. Mulheres pobres com uma criança em cada mão carregavam seus volumosos pacotes com os dentes; velhas camponesas de tamancos levantavam a saia para não tropeçar nos dormentes da ponte, mostrando as pernas nuas e magérrimas; muitas estavam descalças e carregavam os sapatos pendurados no pescoço. De vez em quando, em meio àquela miséria passavam senhores vestidos com elegantes jalecos, padres, senhoras com grandes chapéus emplumados, segurando na mão um cachorrinho ou uma chapeleira, ou um pacote de romances franceses ilustrados, da antiga edição Levy. Então, de repente, a procissão humana era interrompida e um rebanho de bois e carneiros passava adiante debaixo de pancadas e blasfêmias. Uma vez a bordo, os animais caminhavam sem parar, e assustados, confundiam os mugidos e os balidos com o relincho dos cavalos da proa, com os berros dos marinheiros e dos carregadores, e com o estrondo ensurdecedor da grua a vapor, que carregava uma grande quantidade de baús e caixas. Depois disso o desfile dos emigrantes recomeçava: rostos e roupas de todas as partes da Itália, trabalhadores robustos de olhos tristes, velhos maltrapilhos e sujos, mulheres grávidas, moças alegres, rapazolas ligeiramente bêbados, homens grosseiros em mangas de camisa, e crianças e mais crianças, que ficavam atônitas ou desapareciam como se estivessem em uma praça abarrotada assim que colocavam o pé na coberta, em meio àquela confusão de passageiros, camareiros, oficiais, empregados da Sociedade e agentes da alfândega. Duas horas depois de o embarque ter começado, o grande navio, sempre imóvel como uma enorme baleia que estivesse mordendo a margem, ainda sugava sangue italiano.

À medida que subiam a bordo, os emigrantes passavam diante de uma mesinha em que estava sentado o oficial Comissário, que os reunia em grupos de seis, chamados *ranchos*, registrando os nomes em um papel timbrado que entregava ao passageiro mais velho, para que, na hora das refeições, fosse buscar a comida na cozinha. As famílias com menos de seis pessoas se inscreviam com um conhecido ou com o primeiro que chegasse; e durante o registro todos deixavam transparecer um forte temor de serem enganados na conta dos lugares reservados para os rapazolas e as crianças, aos quais eram destinadas refeições menores; aquele tipo de desconfiança invencível que inspira no camponês qualquer homem com uma caneta na mão e uma folha de registro na frente. Surgiam questionamentos, ouviam-se queixas e protestos. Depois as famílias se separavam: os homens iam para um lado; as mulheres e crianças eram levadas para outro, onde ficavam seus dormitórios. Dava pena ver aquelas mulheres descerem com dificuldade as escadas íngremes e prosseguir tateando por aqueles dormitórios amplos e baixos, entre aqueles infinitos beliches dispostos como casulos de bicho-da-seda e algumas, aflitas, perguntarem sobre um embrulho que desapareceu a um marinheiro que não lhes compreendia, outras se sentarem em qualquer lugar, exaustas, como se estivessem espantadas, e muitas caminharem a esmo, olhando com inquietação para todas aquelas companheiras de viagem desconhecidas, apreensivas como elas, e também confusas com toda aquela multidão e aquela desordem. Algumas, ao descerem para o primeiro subsolo, ao verem outras escadas que continuavam no escuro, se recusavam a descer mais. Da escotilha escancarada vi uma mulher que soluçava forte com o rosto enfiado na cama: fiquei sabendo que, poucas horas antes de embarcar, sua filha tinha morrido quase de repente, e que o marido precisara deixar o cadáver na agência de Segurança Pública do porto, para que providenciassem o traslado para o hospital. A maioria das mulheres permanecia no subterrâneo da embarcação; já os homens, após deixarem seus pertences, subiam e se debruçavam nos parapeitos. Curioso! Quase todos estavam pela primeira vez em um grande navio que, para eles, devia ser como um novo mundo, repleto de maravilhas e mistérios, mas nenhum deles olhava ao redor ou para o alto ou parava para observar pelo menos uma das centenas de coisas admiráveis que jamais haviam visto. Alguns olhavam com muita atenção um objeto qualquer, como a mala ou a cadeira de um vizinho, ou um número escrito numa caixa; outros mordiam uma maçã ou mordiscavam um pão sovado, examinando-o calmamente a cada mordida, como teriam feito em frente à saída do próprio estábulo. Algumas mulheres tinham os olhos vermelhos. Os rapazes davam gargalhadas, mas dava para perceber que, em alguns, a alegria era forçada. A maioria revelava apenas cansaço ou apatia. O céu estava nublado e começava a escurecer.

De repente ouviram-se gritos furiosos do escritório de passaportes e viu-se algumas pessoas chegarem. Depois soube-se que eram um camponês com a mulher e os quatro filhos pequenos. O médico havia diagnosticado pelagra em toda a família. O pai se revelou louco já nas primeiras perguntas, e como o embarque lhe foi negado, começou a perder os estribos.

Havia umas cem pessoas no cais: os parentes dos emigrantes eram pouquíssimos; a maioria era formada por curiosos e pelos muitos amigos e parentes da tripulação, acostumados àquelas separações.

Uma vez instalados todos os passageiros, houve certa calmaria no navio, que deixava escutar o ronco surdo da máquina a vapor. Quase todos estavam no convés, aglomerados e em silêncio. Aqueles últimos momentos de espera pareciam eternos.

Finalmente ouviram-se os marinheiros na popa e na proa gritarem ao mesmo tempo: – Quem não é passageiro, volte à terra firme!

Essas palavras provocaram um estremecimento de uma ponta à outra do *Galileo*. Em poucos minutos todos os que não eram passageiros desceram, a ponte foi erguida, as amarras retiradas, a escada, suspendida: ouviu-se um apito e o navio começou a se mover. Então algumas mulheres desataram a chorar, os jovens que estavam rindo ficaram sérios, e alguns homens barbudos, até então impassíveis, foram vistos passar as mãos nos olhos. Essa agitação tinha um contraste um tanto estranho em relação à calmaria das despedidas dos marinheiros e oficiais a seus amigos e parentes reunidos no cais, como se o navio estivesse partindo para La Spezia.[1] – Tudo de bom. – Cuidado com aquele pacote. – Diga a Gigia que vou cuidar da encomenda. – Ponha no correio em Montevidéu. – Estamos de acordo quanto ao vinho. – Bom passeio. – Fique bem. Alguns, que chegaram de última hora, ainda conseguiram jogar maços de cigarros e laranjas, que foram apanhadas no ar a bordo, mas as últimas caíram no mar. As luzes já brilhavam na cidade. O navio deslizava lentamente em meio à semiescuridão do porto, quase às escondidas, como se estivesse levando embora um carregamento de carne humana roubada. Fui para a proa, onde havia mais pessoas; todas estavam viradas para a terra firme, olhando para o anfiteatro de Gênova, que

---

1. Cidade no litoral da Ligúria, noroeste da Itália, distante cerca de 100 km de Gênova, a capital lígure.

se iluminava rapidamente. Poucas falavam, e baixinho. Aqui e ali, em meio à escuridão, vi mulheres sentadas com crianças apertadas junto ao peito, com a cabeça abandonada entre as mãos. Perto do castelo da proa uma voz rouca e solitária gritou em tom de sarcasmo: – Viva a Itália! – e levantando os olhos, vi um velho alto que mostrava o punho para a pátria. Quando deixamos o porto já era noite.

Entristecido com aquele espetáculo, voltei para a popa e desci para o dormitório da primeira classe, para procurar a minha cabine. É preciso dizer que a primeira descida a essas espécies de hotéis submarinos se parece vergonhosamente à primeira vez que se entra na cela de uma prisão. Nesses corredores estreitos e rebaixados, impregnados das exalações de água salgada que vinham do madeiramento, do fedor das lamparinas a óleo, do cheiro da pele de couro búlgaro e dos perfumes das senhoras, me vi em meio a um vaivém de gente ocupada, que disputava os camareiros entre si, com aquele egoísmo desprezível próprio dos viajantes com pressa para se instalar. Naquela confusão, que aflorava de forma diferente aqui e ali, vi de soslaio o semblante sorridente de uma formosa senhora loira; três ou quatro barbudos morenos; um padre altíssimo; o rosto grande e generoso de uma camareira irritada, e ouvi palavras genovesas, francesas, italianas, espanholas. Quando dobrei um corredor dei de cara com uma negra. O solfejo de uma voz de tenor saía de uma cabine. Encontrei a minha justamente em frente, uma gaiolinha de uns seis metros cúbicos com uma cama curta de um lado, um sofá do outro, e do outro lado um espelho de barbeiro afixado em cima de uma bacia incrustada na parede, ao lado de uma luminária pendente, que balançava como se estivesse me dizendo: Que ideia maluca você teve de ir para a América! Acima do sofá reluzia uma janela redonda semelhante a um grande olho humano, que me dava uma piscadela com uma expressão de escárnio. De fato, a ideia de ter de dormir vinte e quatro noites naquele cubículo sufocante, o pressentimento do tédio e do calor da zona tórrida, das cabeçadas que eu daria nas paredes nos dias de mau tempo e dos milhares de pensamentos apreensivos ou tristes que eu ruminaria ali dentro ao longo de seis mil milhas... Mas àquela altura não valia a pena se arrepender. Olhei para as minhas malas, que me diziam tantas coisas naqueles momentos, e acariciei-as como o teria feito com cães fiéis, os últimos seres vivos da minha casa; rezei para o Senhor Deus para lhe pedir que não deixasse me arrepender de ter recusado as propostas de um funcionário de uma *Agência de Seguros* que tentara me convencer um dia antes da partida; e abençoando no meu coração os bons e fiéis amigos que ficaram ao meu lado até o último momento; embalado pelo querido mar da minha pátria, adormeci.

No golfo de Leão

Quando acordei já era dia, e o navio deslizava no Golfo de Leão. Imediatamente escutei os gargarejos do tenor na cabine em frente, e naquela ao lado da minha uma voz seca de mulher que dizia: – A sua escova? O que eu sei da sua escova! Procure! – era uma voz que revelava não apenas uma irritação momentânea, mas um temperamento áspero e duro, e que me despertou um sentimento de intensa compaixão pelo proprietário do objeto desaparecido. Mais adiante outra voz feminina cantarolava uma canção de ninar para uma criança, com uma cantilena estranha, e uma modulação que não me pareceu ser de uma criatura do nosso povo: veio-me à mente que fosse a negra com quem me deparei à noite; o canto era cortado por vozes baixas e agudas de duas camareiras que brigavam no corredor, a propósito de uma *picaggietta*.[2] Espichei o ouvido: poucas palavras foram suficientes para convencer-me de que, se neste mundo uma mulher pode enfrentar uma camareira genovesa, só pode ser veneziana. Um camareiro entrou na cabine com o café. Na primeira manhã se observa tudo. Era um rapazinho bonitinho e desagradável, com o cabelo emplastado que grudava, cheio de si, contente com a própria beleza, como um ator vaidoso. Ao ouvir que eu lhe perguntava o nome, respondeu: – Antônio – com uma modéstia empolada, como se aquele *Antônio* fosse o nome falso de um duquezinho, disfarçado de camareiro para uma aventura amorosa. Depois que ele saiu, também saí, apoiando-me nas paredes, e ao dobrar no corredor principal vi as costas do padre gigantesco da noite anterior, que entrava novamente na sua cabine, e um passo mais à frente, pela fresta da porta, justamente onde caía a cortina

---
2. Toalha.

verde, duas mãos brancas que puxavam uma meia de seda preta numa linda perna. Os passageiros ainda estavam quase todos em suas cabines; escutava-se a água bater nas pias, e um grande murmúrio de escovas e de mãos que vasculhavam malas. Só encontrei três pessoas na popa. O mar estava agitado, mas tinha um azul celeste bonito e o tempo estava claro. Não havia terra à vista.

    Mas o espetáculo era a terceira classe, onde a maioria dos emigrantes, acometidos de enjoo, jazia desordenadamente. Estendidos nos bancos, eles pareciam estar doentes ou mortos, com os rostos sujos e os cabelos desalinhados, em meio a uma grande bagunça de cobertores e trapos de pano. Famílias apertadas dignas de pena eram vistas em grupos, com aquele ar de abandono e desorientação, próprio da família sem-teto: o marido sentado e adormecido, a mulher com a cabeça apoiada no ombro dele, e as crianças no chão, dormindo com a cabeça sobre os joelhos de ambos: um amontoado de trapos onde não se enxergava nenhum rosto, mas apenas o braço de uma criança ou a trança de uma mulher. Mulheres pálidas e desgrenhadas se dirigiam para a porta onde ficava a ala do dormitório feminino, balançando e segurando-se aqui e ali. Aquilo que o padre Bartoli[3] define, dignamente, como a angústia e a indignação do estômago, já devia ter feito uma grande limpa, desejada por todo bom comandante, daquelas frutas ruins de sempre das quais os emigrantes pobres se abarrotam em Gênova e das sacramentais comilanças que os que têm alguma coisa costumam fazer nas tavernas. Até aqueles que não sofriam tinham um ar abatido, e um aspecto mais de deportados que de emigrantes. Parecia que a experiência inicial da vida apática e penosa do navio tivesse esmorecido em quase todos a coragem e a esperança que traziam quando haviam embarcado, e que naquela prostração do espírito que se seguiu à agitação da partida, tivessem sido

---

3. O padre Daniello Bartoli (1608-1685) foi historiador da Companhia de Jesus e autor de várias obras.

despertados todos os aborrecimentos, dúvidas e amarguras dos últimos dias de sua vida doméstica, ocupados que estavam com a venda das vacas e daquele palmo de terra, em discussões árduas com o patrão e com o pároco, e em despedidas dolorosas. O pior estava embaixo, no grande dormitório, de onde se abria a escotilha próxima ao convés da popa: de lá podia-se ver, na penumbra de uma quase completa escuridão, os corpos amontoados, como nos navios que levam de volta para a pátria os cadáveres dos emigrantes chineses; como se fosse um hospital subterrâneo, vinha um concerto de prantos, arquejos e tosses, a ponto de dar vontade de desembarcar em Marselha. O único detalhe ameno daquele espetáculo era os poucos intrépidos que, no convés, saíam das cozinhas segurando *gamelas* cheias de sopa, para tomá-las em paz no lugar que lhes cabia no navio: alguns, equilibrando-se com prodígio, o conseguiam; outros, depois de pisar em falso, caíam com o nariz na gamela, derramando o caldo da sopa e a massa por toda parte, em meio a uma explosão de imprecações.

Ouvi com prazer a campainha que nos chamava à mesa, onde esperava ver uma cena mais alegre.

Éramos umas cinquenta pessoas, sentadas em volta de uma mesa muito comprida, no meio de um grande salão, todo dourado e rodeado de espelhos, e iluminado por muitas janelinhas onde se via dançar o horizonte do mar. Enquanto se sentavam, e ainda alguns minutos depois, os comensais não fizeram outra coisa a não ser observarem-se uns aos outros, ocultando sob uma indiferença simulada a curiosidade perscrutadora que sempre inspiram as pessoas desconhecidas com as quais se sabe que se há de viver por algum tempo em uma familiaridade inevitável. Como o mar estava um pouco agitado, várias senhoras não estavam presentes. Notei logo o padre gigante no fundo da mesa, cuja cabeça se sobressaía sobre a de todos os seus vizinhos: uma cabeça de ave de rapina, pequena e calva, com os olhos contornados por uma carne de presunto, metida em um pescoço interminável. Suas mãos me chamaram a atenção enquanto abriam o guardanapo; eram enormes e magras, com dedos que pareciam tentáculos de polvos: a figura de um Dom Quixote sem poesia. Do mesmo lado, mas mais para cá, reconheci a senhora loira que havia encontrado embaixo na noite anterior. Era uma senhora bonita, de uns trinta anos, com dois olhos exageradamente azuis e um narizinho com ar despreocupado, jovem e muito volúvel, vestida com uma elegância demasiado vistosa; circulava entre os comensais como se conhecesse a todos, tinha um olhar vago e sorridente de bailarina no palco, não sei por que, juraria que a meia de seda preta vista de soslaio de manhã só podia ser dela. O proprietário legítimo daquela seda era sem dúvida um senhor de uns cinquenta anos que estava sentado ao seu lado: um rosto resignado e bondoso, contornado por uma cabeleira professoral, com dois pequenos olhos semicerrados, nos quais brilhava um sorriso de uma astúcia mais alardeada que verdadeira, que deveria ser-lhe costumeira. À sua direita havia duas moças que pareciam parentes, ou amigas íntimas; chamou a minha atenção o rosto definhado e extremamente pálido de uma delas, vestida com uma cor verde-mar, que se destacava ainda mais sob uma massa de cabelos pretos e brilhantes; parecia a cabeleira de uma morta e trazia uma grande cruz preta pendurada no pescoço. Havia ainda um casal curioso: com certeza eram dois recém-casados, juveníssimos, os dois baixos, duas estatuetas de Lucca[4] que comiam cabisbaixos e falavam entre si sem se olhar, encabulados, como se tivessem vergonha dos comensais. Não daria mais de vinte anos para ele, nem mais de dezessete para ela, e apostaria que não tinham se passado mais de quinze dias desde que se apresentaram na Prefeitura para celebrar o casamento: uma freirinha e um seminarista que perceberam a tempo uma total falta de vocação e não tinham a maldita necessidade de contrariar seus instintos.

---

4. A cidade de Lucca, na Toscana, tem uma tradição de estatuetas artesanais que remonta ao século XVIII.

De um lado do marido se destacava uma matrona com os cabelos mal tingidos, com o seio tão volumoso que lhe chegava ao queixo, uma cara grande como aquela com que os caricaturistas pintam a lua de mau humor, cuja boca era marcada por vestígios que não deixavam dúvidas sobre um depilatório demasiado cáustico. Estava totalmente ocupada em comer com consciência, fazendo-se servir ora a pimenta, ora a mostarda, de uma daquelas prateleiras dependuradas que balançavam sobre nossas cabeças como lustres, como se quisesse restabelecer o estômago, que estava debilitado, e limpar a voz rouca que testava de vez em quando com uma leve tosse. Na cabeceira da mesa sentava-se o Comandante, uma espécie de Hércules encolhido e carrancudo de cabelos ruivos e rosto enrubescido; falava com voz brusca, ora em puro genovês ao passageiro que tinha à sua direita, ora em espanhol impuro a um senhor que estava à sua esquerda: um velho alto e magro, de cabelos compridos branquíssimos e olhos vivos e profundos, que lembrava os últimos retratos do poeta Hamerling.[5]

Como a maioria dos passageiros ainda não se conhecia, ouvia-se apenas uma ou outra conversa em voz baixa seguida do tilintar dos galheteiros suspensos no ar, vez por outra interrompida pelo golpe seco com que um comensal segurava na mesa uma maçã ou uma laranja que estava caindo. Porém, uma frase em espanhol pronunciada em voz alta, acompanhada de um coro de risadas, fez todas as cabeças voltarem-se para o fundo do salão. – É um grupo de Argentinos – disse o meu vizinho da esquerda.

Enquanto eu me virava para observá-los, desviou a minha atenção o rosto masculino e elegante do meu vizinho da direita, cuja voz não havia ainda escutado. Era um homem de cerca de quarenta anos, com o aspecto de um soldado antigo, de corpo enérgico, mas que dava a impressão de ainda ser ágil; já grisalho. A testa atrevida e os olhos injetados de sangue

---

5. Robert Hamerling (1830-1889) foi um poeta austríaco.

me lembraram Nino Bixio[6], mas a parte inferior do rosto era mais mansa, embora fosse triste e parecesse contraída por uma expressão de desprezo, que contrastava violentamente com a delicadeza da boca. Não sei bem por qual associação de ideias, pensei numa daquelas nobres figuras de Garibaldinos[7] de 1860 que conheci nas páginas inesquecíveis de Cesare Abba[8], e encasquetei que ele tivesse feito aquela campanha, e devesse ser lombardo.

Enquanto eu o observava, meu vizinho da esquerda bateu o garfo na mesa, dizendo: – É inútil... Se como, explodo.

Era um homenzinho franzino, com cara de quem tem o corpo dolorido e uma grande barba preta, comprida demais para ele, que lhe parecia grudada, como aquelas dos pequenos mágicos que pulam para fora das caixas com mola.

Perguntei-lhe se ele se sentia mal. Respondeu-me com a rápida familiaridade dos doentes, a quem se fala da sua doença.

Não se sentia mal ou, melhor dizendo, não sofria propriamente de enjoo. Sofria de uma doença particular, mais moral que física, que era uma aversão invencível ao mar, uma inquietude raivosa e triste que tomava conta dele assim que subia em um navio, e que não o abandonava mais até a chegada, mesmo se o mar estivesse sempre como um lago e o céu como um espelho. Tinha feito muitas travessias do oceano, porque sua família estava estabelecida na Argentina, em Mendoza, mas na última padecera das mesmas torturas que na primeira: de dia um cansaço e uma agitação mórbida, à noite uma insônia incurável, atormentada pelos

---

6. Nino Bixio (1821-1873) foi um militar, político e patriota italiano. Seu nome figura entre os protagonistas do *Risorgimento*, o movimento social, cultural, militar e político que culminou com a unificação da Itália, em 1861.

7. Os garibaldinos foram os soldados voluntários que apoiaram Giuseppe Garibaldi (1807-1882) nas várias expedições lideradas por ele durante o *Risorgimento*, com vistas a conseguir a unificação da Itália.

8. Giuseppe Cesare Abba (1838-1910) foi um escritor e patriota italiano. Era um garibaldino.

pensamentos mais sombrios que possam passar pela mente humana. Odiava o mar a tal ponto que era capaz de passar sete dias sem olhar para ele, e toda vez que encontrava uma descrição marinha em um livro, pulava. Finalmente, jurava que se fosse possível ir para a América por terra, teria viajado um ano de carruagem ao invés de fazer aquela travessia de três semanas. Chegava a esse extremo. Um médico amigo seu lhe dissera de gozação, mas ele acreditava firmemente, que aquela aversão violenta ao mar só poderia advir de um misterioso pressentimento de que deveria morrer em um naufrágio.

– Tire essas ideias da cabeça, advogado! – disse-lhe o seu vizinho do lado oposto.

Ele sacudiu a cabeça e apontou o fundo do mar com o indicador.

Percebendo que já tinha alguns conhecidos a bordo, pedi-lhe informações. Como eu tinha acertado! De fato, o meu vizinho da direita devia ser lombardo: ele o escutara falar lombardo com um amigo, no cais de Gênova. E era, sem dúvida, um antigo garibaldino: o Comissário tinha lhe contado de manhã. – Mas como o senhor sabe? – me perguntou. Fiquei envaidecido dos meus dotes de adivinhação. Ele continuou a me passar informações. A família que estava no fundo da mesa, formada de pai, mãe, e quatro crianças, era uma família brasileira que ia para o Paraguai. Ele achava que o jovem de bigodes loiros, que se sentava ao lado do brasileiro menorzinho, fosse um tenor italiano (era o meu vizinho de cabine) que ia cantar em Montevidéu. Aquele que estava falando alto, do nosso lado da mesa, era um autêntico exemplar nefando de moleiro piemontês, que tendo enriquecido na Argentina, agora retornava para sempre, depois de ter passado um breve período na pátria, onde parecia não ter encontrado a acolhida triunfal que esperava, e desde a noite anterior tinha se dedicado a contar a sua história a um garçom, e a praguejar a Itália, que não haveria de ter os seus ossos. Fez então uma pausa e me disse baixinho: – Veja aquele braço.

Apontava para a moça pálida, com a cruz no peito, que eu já havia notado. Olhei e tive uma sensação quase de asco: aquilo não era um braço, mas um pobre osso branco que parecia ter saído de um sepulcro. Observei ao mesmo tempo os seus olhos encobertos, quase desvanecidos, com uma expressão de tristeza e doçura infinita, que pareciam olhar para tudo e não ver nada. Percebi que o Garibaldino também a fixava com os olhos semicerrados, talvez para esconder o sentimento de compaixão que ela igualmente lhe inspirava.

Em resumo, a companhia apresentava uma variedade bastante satisfatória para um observador. Entre os demais, notei um estranho rosto soturno, de um homem de uns trinta e cinco anos, de fisionomia séria, vagamente melancólica, do qual não pude tirar os olhos por um bom tempo quando o advogado me disse que era um Peruano, pois me parecia que a forma comprida da cabeça, a grande boca e a barba curta correspondessem às descrições que se leem nas histórias daqueles Incas misteriosos, que sempre me haviam atormentado a fantasia. Eu o imaginava vestido de lã vermelha, com uma faixa em volta da cabeça e os brinquinhos dourados, ocupado em registrar suas ideias com os fios coloridos de um barbante entrelaçado em nós, e via brilhar atrás dele as gigantescas estátuas de ouro do palácio imperial de Cuzco, rodeado de jardins deslumbrantes de frutas e de flores douradas. No entanto, pelo contrário, era proprietário de uma fábrica de palitos de fósforo em Lima, e falava sobre a sua indústria com o comensal à sua frente. Na hora da fruta as conversas ficaram mais animadas. Escutei que o Comandante relatava uma aventura da época em que era capitão de uma embarcação a vela; uma aventura cujo fim, a julgar pelo gesto, deve ter sido uma distribuição solene de tabefes que ele deu em não sei que porto estrangeiro a não sei que *mascarson*[9] que lhe havia faltado com o respeito. No fundo da mesa os Argentinos deram outras sonoras risadas divertindo-se, pelo que me

---

9. Patife.

pareceu, com um caixeiro viajante francês de cabelos grisalhos, aquele caixeiro viajante que sempre se encontra em todos os navios a vapor. Ele respondia com a desenvoltura imperturbável de um velho moleque, ampliando o leque de piadas hilariantes que compunham o habitual prontuário que todos os seus colegas sabem de cor.

Enquanto o café era servido, o navio deu duas ou três sacudidas mais fortes. Observada por todos, levantou-se então da mesa uma bela senhora argentina que eu ainda não havia visto, mas como ela estava cambaleando, apoiada no marido, não pude confirmar a "graça maravilhosa do caminhar" que os escritores de viagem atribuem às mulheres de seu país. Mas pela curiosidade admiradora de todos aqueles olhares, pude perceber que a primazia estética entre as senhoras do *Galileo* já lhe havia sido reconhecida e que dificilmente teria sido destituída durante a viagem. Pouco depois todos os outros se levantaram e se olharam novamente com o rabo do olho da cabeça aos pés, tal como na entrada. Em seguida se dispersaram pela popa, pela área reservada aos fumantes e pelas cabines, já revelando no rosto o tédio das seis eternas horas que faltavam para o almoço.

Mas eu não me entediava: uma sensação me enchia a alma, nova e agradabilíssima, que não se pode ter em nenhum lugar, em nenhuma condição no mundo, a não ser em um navio que atravesse o oceano: a sensação de uma total liberdade de espírito. Em poucas palavras, eu poderia afirmar: durante vinte dias estou separado do universo habitado, estou certo de não ver outros semelhantes a não ser aqueles que estão à minha volta, que para mim são todo o gênero humano; durante vinte dias estou livre de qualquer dever e de qualquer obrigação social, e estou seguro de que nenhum sofrimento do mundo exterior me atingirá porque nenhuma notícia de lugar nenhum pode me alcançar. Milhares de desgraças podem me ameaçar, nenhuma pode me alcançar. A Europa pode se sublevar, eu não o saberei. Vinte dias de horizonte sem limite, de meditação sem chateações, de paz sem temor, de ócio sem remorso. Um longo voo sem esforço através de um deserto infinito, diante de um espetáculo sublime, com um ar puríssimo, para um mundo desconhecido, no meio de gente que não me conhece. É verdade, prisioneiro numa ilha, mas numa ilha que me leva e me é útil, que desliza sob meus pés, e me introduz no sangue o frêmito da sua vida, e representa um fragmento palpitante da minha pátria.

A Itália a bordo

Como receita contra o tédio eu trazia uma carta de apresentação para o Comissário, escrita por um amigo de Gênova que lhe pedia para me ajudar nas observações que gostaria de fazer no *Galileo*. Fui visitá-lo antes de chegar a Gibraltar. Sua cabine era no convés, perto do escritório do Comandante, num dos longos passadouros que vão da popa à proa que os oficiais haviam batizado com o nome de *Avenida Roma* porque era um ininterrupto ir e vir de gente. Encontrei-o em um aposento branco, todo decorado com retratos fotográficos, repleto de pequenas comodidades e de bugigangas que lhe davam um ar de ninho doméstico, totalmente diferente daquele dos nossos vazios cubículos de estalagem. Era um simpático jovem genovês loiro, vestia com elegância o modesto uniforme de oficial de bordo, e da seriedade do rosto harmônico e firme deixava transparecer uma arguta capacidade de observação e um refinado senso cômico. Levou-me rapidamente para o seu escritório, do outro lado da *Avenida*. Além de administrador e depositário do correio, exercia no navio uma função parecida a de um juiz que zelava pela boa ordem e julgava as brigas que poderiam surgir entre os passageiros da terceira classe.

Poucas palavras foram suficientes para que eu entendesse que teria na viagem um campo de observação muito mais vasto e novo do que havia imaginado. Em virtude da aglomeração à qual eram obrigados a viver, das grandes diferenças de índole e de costumes que existiam entre eles, e do estado singular de ânimo em que se encontravam, no curso de poucos dias aquela multidão de emigrantes dava lugar a uma multiplicidade e variedade de casos psicológicos e de acontecimentos que, em terra firme, só costumam ocorrer depois de um ano, com uma população quatro vezes maior. Naqueles primeiros dias de viagem ainda não era possível ter uma ideia. Era preciso esperar que eles tivessem se acomodado e se sentido à vontade, que tivessem brotado as relações, as simpatias, os ciúmes, os contrastes, e que a temperatura tivesse subido. Era necessário dar tempo para que os tipos originais conquistassem a sua pequena celebridade, para que os líderes das massas formassem seu público, as "belezas" ficassem conhecidas e os fofoqueiros de ambos os sexos encontrassem material para trabalhar e vender. Depois disso a vida a bordo tomaria o caráter e o curso da vida de um grande povoado, onde todos os habitantes, ociosos por necessidade ou por hábito, passam o dia pelas ruas e comem todos juntos na praça. Eu podia, portanto, imaginar o tipo de rotina cotidiana que deveria haver. Dizendo isso, o Comissário inclinava a cabeça com um leve sorriso que fazia adivinhar os tesouros de paciência que ele deveria despender, e as cenas extravagantes que lhe tocava assistir.

Ele tinha uma pilha de passaportes na escrivaninha e mostrou-me alguns exemplares. O *Galileo* transportava mil e seiscentos passageiros na terceira classe, dos quais mais de quatrocentos eram mulheres e crianças. Neste número não estavam incluídos os homens da tripulação, que chegavam quase a duzentos. Todos os lugares estavam ocupados. Como sempre, a maioria dos emigrantes vinha do norte da Itália, e oito em cada dez eram da zona rural. Muitos Valsusinos, Friulanos, agricultores do sul da Lombardia e do norte da Valtellina: camponeses de Alba e de Alessandria que iam para a Argentina nada mais do que para a colheita, ou seja, para poupar trezentas liras em três meses, navegando quarenta dias. Havia ainda muitos do Vale de Sesia, e também muitos daqueles lindos povoados que circundam nossos lagos, que de tão bonitos parece não passar pela cabeça de ninguém abandoná-los: tecelões de Como, famílias de Intra, lenhadores do Veronese. Da Ligúria o contingente de sempre, formado na maior parte pelas circunvizinhas Albenga, Savona e Chiavari, dividido em grupos, e com a viagem paga por um agente que os acompanha, a quem estão obrigados a pagar determinada quantia uma vez em solo americano, dentro de um prazo pré-fixado. Entre estes havia muitas daquelas musculosas carregadoras de ardósia de Cogorno, que podem jogar queda de braço com homens fortes. Também estava a bordo um pequeno número de Toscanos: um ou outro trabalhador de alabastro de Volterra, fabricantes de estatuetas de Lucca, agricultores dos arredores de Firenzuola. Alguns deles, como muitas vezes acontece, talvez um dia deixassem a enxada para serem músicos ambulantes. Havia os que tocavam harpa e violino, da Basilicata e do Abruzzo, e aqueles famosos caldeireiros que vão trabalhar com a sua bigorna em todos os cantos do mundo. Das províncias meridionais a maioria era de pastores de ovelhas e de cabras do litoral do Adriático, particularmente da zona de Barletta, e muitos *cafoni*[10] da região de Catanzaro e Cosenza. E ainda vendedores ambulantes napolitanos; especuladores que, a fim de evitar o imposto de importação, levavam para a América palha ainda crua para trabalhar com ela lá; sapateiros e alfaiates da Garfagnana, enxadeiros do Biellese, camponeses da ilha de Ústica. Em suma, fome e coragem de todas as províncias e de todas as profissões, e também muitos famintos sem profissão, daqueles que aspiram a empregos indeterminados, que vão à caça de fortuna com os olhos vendados e as mãos abanando, e são a parte mais nociva e menos feliz da emigração. Entre as mulheres, a maioria tinha a família consigo, embora muitas também estivessem sozinhas, ou acompanhadas apenas por uma amiga. Havia muitas lígures que iam buscar serviço como cozinheiras ou copeiras; outras iam procurar marido, atraídas pela concorrência mais baixa que teriam de enfrentar no novo mundo, e algumas emigravam com um objetivo mais generoso e

---

10. A palavra caipira é a mais próxima do termo *cafoni*, usado no sul da Itália para se referir aos camponeses.

fácil. Em meio a todos esses italianos encontravam-se misturados Suíços, um ou outro Austríaco, poucos Franceses da Provença. Quase todos tinham como destino a Argentina, um pequeno número o Uruguai; pouquíssimos se dirigiam para as repúblicas da costa do Pacífico. Alguns também não sabiam bem para aonde iriam: para o continente americano, sem dúvida. Uma vez lá, teriam visto. Havia um frade que ia para a Terra do Fogo.

A companhia, portanto, era variadíssima e prometia muito. E não era apenas um grande povoado, como me fazia observar o Comissário, mas um pequeno Estado. Na terceira classe estava o povo, a burguesia na segunda, a aristocracia na primeira; o comandante e os oficiais superiores representavam o Governo; o Comissário, a magistratura; a função da imprensa estava representada pelo registro das reclamações e cumprimentos aberto na sala de jantar; além dos próprios passageiros que, às vezes, sem saber o que fazer para acabar com o tédio fundavam um jornal quotidiano. O senhor vai ver e ouvir de tudo – disse-me – e a comédia será cada vez mais interessante até o último dia. Nesse meio tempo, preparou-me para o espetáculo, mostrando-me alguns documentos muito curiosos de ingenuidade camponesa, cartas de recomendação que alguns emigrantes haviam entregado a ele e ao Comandante, escritas em favor deles por parentes, ou por outras pessoas desconhecidas para ambos. – Senhor Comandante do navio, recomendo-lhe o tal de tal, nativo do meu povoado, bom agricultor, ótimo pai de família, meu bom amigo... Alguns tinham cartas como estas, assinadas por tipos desconhecidos, até para as altas autoridades de Montevidéu e Buenos Aires. Passageiras engraçadinhas e sorridentes haviam lhe mostrado cartas de recomendação evidentemente apócrifas, de um pai ou de um tio, como uma maneira indireta de pedir proteção, dando a entender que não teriam ficado surdas à voz da gratidão. – Recomendo-lhe de todo coração minha irmã, que estando jovem e sozinha no meio de tanta gente, poderia encontrar-se exposta... Já no primeiro dia da viagem havia encontrado no seu escritório um bilhetinho rabiscado a lápis, sem nome; uma declaração cega de simpatia, com a expressão de uma vaga esperança de que *ele* teria reconhecido o rosto *dela* em meio a todos os outros, *pelo sentimento*, mas que, por favor, não dissesse nada, que mantivesse o segredo e perdoasse a imprudência. *Amor, alma do mundo.* Este era o grande negócio naquelas longas viagens transatlânticas. Fosse por causa do ócio, que deixava demasiado livres as fantasias já exaltadas pelas muitas emoções dos dias anteriores, ou fosse por uma particular influência fisiológica da atmosfera marinha, acrescida de uma tendência incomum à ternura, nascida do sentimento de solidão, o fato é, disse-me o Comissário, que a "população" do navio lhe fazia pensar dessa forma e agir principalmente naquela direção, e que aquela, por conseguinte, seria a frase dominante na grande sinfonia que eu escutaria tocar durante três semanas. E concluiu sorrindo: – Se eu soubesse escrever um livro!

Apesar disso, naqueles primeiros dias, o espetáculo da embarcação chamou muito mais a minha atenção do que aquele dos seres vivos. E creio que seja o mesmo para qualquer um que viaje pela primeira vez em um daqueles gigantes que fazem a troca de sangue e de ouro entre os dois mundos. No início ficamos com a cabeça confusa naquele labirinto de passagens, de cantinhos, de vãos, e naquele ir e vir de gente da tripulação, de funções e roupas diferentes, de pessoas que saem à tona e enfiam-se sem cessar numa imensidão de portinhas escondidas, semelhantes àquelas de uma prisão ou de um ministério: não parece possível que seja preciso tanta complicação de arquitetura e de serviços para comandar e fazer o navio seguir adiante. Mas depois, quando se começa a entender, então se admira a perfeição a que, aos poucos, chegou o engenho humano na arte de juntar, de sobrepor, de encaixar todos aqueles recintos de escritórios, depósitos, aposentos e instalações de todo tipo. Ao passar por eles se vê sempre alguém que escreve, ou costura, ou prepara a massa, ou cozinha, ou lava, ou que, quase agachado, dá umas marteladas, com espaço suficiente só para virar para trás, como um grilo no buraco, mas que apesar disso parece estar à vontade, como se tivesse nascido e vivido sempre ali dentro, entre o oceano e o céu. O extraordinário motor que move tudo é o núcleo, e a popa e a proa são como os subúrbios daquela espécie de fortaleza chamada *castelo central*, formada pelos dormitórios de segunda classe, pelas cabines dos oficiais, dos maquinistas, do médico e dos cozinheiros; pelos fornos, pela cozinha, pelos banheiros, pela confeitaria, a pequena caldeira, os depósitos de víveres e de roupa de cama e mesa, os faróis e o correio. E esta cidade no meio, atravessada por duas longas ruas laterais, uma azáfama e alvoroço só, repleta de cheiro de carvão, de óleo, de breu e fritura, é coberta por um terraço enorme, como uma praça pênsil. O impressionante tronco do mastro principal e as duas chaminés gigantescas que se elevam entre as grandes birutas e os altos guindastes dos botes e, ao fundo, a cabine de comando com seu terraço comprido suspenso no ar, dão a esse cenário um aspecto monumental estranhíssimo, que seduz a fantasia como a imagem de uma cidade misteriosa. Dessa varanda, em grande parte ocupada pelos passageiros da terceira classe, se descortina toda a proa, um pedaço da arca de Noé, outra ampla praça abarrotada de passageiros, que ao longo das duas laterais tem os estábulos dos bois e dos cavalos, as capoeiras dos pombos e das galinhas, os cercados para os carneiros e os coelhos, ao fundo a lavanderia a vapor e o matadouro, deste lado os reservatórios de água doce e as bacias de água salgada, no meio a casinha da taverna e a escotilha dos dormitórios femininos, fechada por uma estranha sobreposição de tetos envidraçados, que servem de assento para as mulheres, e dominando tudo isso o mastro da proa, que desenha seus cordames e suas escadas pretas no céu. Por último ergue-se o castelo da proa, que cobre os dormitórios dos marinheiros, a máquina de fazer gelo e o hospital, formando outra pracinha que termina de forma pontuda, onde outra multidão se aperta entre os guindastes, os cabeços, o molinete e as grandes correntes das âncoras e outras escotilhas e birutas, igual ao bastião de uma fortaleza avançada, de onde se vê pequena a outra extremidade do navio; confusa, longínqua, a ponto de parecer quase inacreditável que faça parte da mesma estrutura. Estas são apenas as partes exteriores do colosso, porque abaixo se avista outro mundo, desconhecido dos passageiros: depósitos intermináveis de carvão, grandes volumes de água doce, provisões de víveres para uma cidade sitiada, enormes depósitos de cabos, velas, roldanas, bragas, um labirinto sem fim de vãos semiescuros abarrotados de bagagens, de corredores pelos quais só se consegue passar encurvado, de escadinhas que se perdem nas trevas, de recantos profundos e úmidos aos quais não chega nem o fervilhar da multidão que se agita em cima, e onde se poderia acreditar estar submergido nos subterrâneos graníticos de uma fortaleza, se o tremor das paredes não nos advertisse que em torno vibra uma vida imensa, e que o edifício é frágil e segue adiante.

Assim, observando o *Galileo* item por item, e folheando os passaportes com o Comissário, passei os três primeiros dias, que foram de tempo excelente do Golfo de Leão em diante, mas chegando a manhã do quarto dia, no estreito de Gibraltar, encontramos uma neblina densa que não permitiu enxergar nem o rochedo, nem a costa da Espanha, nem a da África, e dificultou a nossa passagem. Que foi difícil, mas não pelo motivo que deixava muitas mulheres da terceira classe irrequietas: segundo contou-me o Comissário, elas imaginavam que o navio deveria embocar numa espécie de canal entrecortado entre as pedras, onde só poderia passar raspando, com o risco de se despedaçar, como aconteceu com as embarcações na abertura da gruta azul de Capri. Foi difícil porque, em virtude da neblina, e do grande número de navios que se encontravam naquela antessala do oceano, onde os dois continentes quase se tocam, era muito fácil uma colisão que afundasse a todos nós sem nos deixar o tempo de recitar o ato de contrição. Por isso foi necessário proceder com enorme cuidado. Viu-se então uma cena admirável, da qual teria sido possível fazer um grande quadro, intitulado em genovês *A füffetta*,[11] ao mesmo tempo solene e engraçado. O *Galileo* seguia extremamente lento dentro da densa neblina que impedia a visão de todos os lados, a uma distância mínima da borda do navio. Todos os oficiais estavam em alerta; o Comandante, de pé na cabine de comando, lançava abaixo ordens e mais ordens, para virar para um lado ou para o outro; a todo momento o motor a vapor lançava a sua voz de alarme, uma espécie de grito rouco e lamentoso, como o anúncio de uma desgraça. E outros sons roucos e sinistros respondiam à direita, à esquerda, à frente e atrás; eram de navios invisíveis, alguns tão distantes que pareciam rugidos de leões da África, outros muito próximos, como se viessem de navios que estivessem a ponto de nos atropelar, outros raros e fracos, outros densos e penosos como gritos humanos que ao mesmo tempo ameaçassem e suplicassem. E a cada som, todos os mil e seiscentos passageiros, espremidos e de pé na coberta, viravam-se energicamente para o lado donde ele vinha, com os olhos arregalados, segurando a respiração; muitos acorriam naquela direção, colorindo o medo de curiosidade, mas com o rosto embrutecido, como se esperassem ver aparecer a proa de um gigante que viesse ao nosso encontro. Não se escutava nenhuma voz naquela multidão, não se via um rosto com um sorriso. As famílias se apertavam instintivamente, muitos iam se espremendo perto dos botes suspensos, outros olhavam de esguelha para os salva-vidas dependurados aqui e ali, todos dirigiam alternadamente os olhos para o Comandante como se olhassem a imagem de um santo protetor, e depois bem à frente, para aquela neblina de maus agouros que podia esconder a morte. Somente um parecia indiferente no compartimento da popa: era o meu vizinho de mesa, o advogado: ele lia sentado, de costas para o mar. Eu já estava a ponto de admirar o seu heroísmo, mas logo me decepcionei ao ver que o livro dançava

---

11. A tremedeira.

entre suas mãos o baile mais alegre que um copo de aguardente possa dançar de posse de um beberrão condenado. E aquela música fúnebre de presságios durou mais de uma hora, e com ela o silêncio amedrontador a bordo e aquela navegação lentíssima do navio, como a de um explorador que avançasse na emboscada de uma frota inimiga. Uma hora eterna. Finalmente não se ouviu nada mais que um ou outro som distante, o navio começou a seguir mais rápido, e o comandante, descendo da cabine com o lenço na testa, fez o gesto da libertação. Estávamos dando a volta em torno do Cabo Spartel, e o *Galileo* entrava no Atlântico, em meio a um bando saltitante de golfinhos saudados pelos emigrantes com um concerto de gritos e assobios.

A neblina desapareceu quase de repente, e a costa da África veio à tona à esquerda: uma cadeia de morros distantes, de uma clareza cristalina. O Atlântico nos embalava com suas ondas longas e plácidas, semelhantes a enormes tapetes azuis claros decorados por franjas prateadas, empurrados por uma miríade de mãos invisíveis, sem cessar. O *Galileo* produzia uma interminável cauda de renda branca ao passar. O novo mar não era diferente daquele que deixávamos, mesmo assim nos dava vontade de levantar a cabeça como se o espírito fosse mais livre e o olho enxergasse mais longe, e de tomar ar em longas inspirações, com uma nova sensação de prazer, como se já nos trouxesse os fortes perfumes das grandes florestas da América latina, para onde nosso pensamento ia direto com um voo de seis mil milhas. O céu estava cristalino, e caía sobre o horizonte um fragmento branco da lua quase perdido na suavidade do azul. Parecia que aquele oceano, do qual a maioria de nós havia pensado com aflição até agora, nos dissesse: – Venham, sou imenso, mas bondoso.

Na proa e na popa

Dois dias depois, podia-se dizer que tudo estivesse em ordem na proa, e dei início às minhas observações. Quando subi na cabine de comando, pouco depois das oito, hora do café da manhã, a proa tinha um aspecto a meio caminho entre uma feira camponesa e um acampamento de ciganos com as barracas desmontadas. Cada grupo de emigrantes tinha tomado o seu lugar, onde passava a maior parte do dia, e os lugares escolhidos, por tradição, eram respeitados por todos. Em todos os cantinhos onde se amontoavam cordames e pilhas de feno ou mercadorias apoiadas na obra morta,[12] onde quer que fosse possível se sentar sem impedir a passagem, tal como uma ninhada de gatos, tinha se plantado um grupinho de amigos ou uma pequena família, com suas cadeiras e um ou outro travesseiro ou cobertor. Algumas delas estavam tão bem escondidas que poderia ser possível passar em frente dez vezes sem descobri-las, porque as pessoas humildes se adaptam a todos os espaços vazios, da mesma forma que a água. Uma parte dos passageiros ainda molhava os biscoitos no café com as gamelas de lata nos joelhos; alguns lavavam suas louças nos tanques, ou distribuíam água doce aos seus *ranchos* com os latões em formato de cones cortados, pintados de vermelho e de verde; outros estavam agachados embaixo dos parapeitos, nas posições típicas dos camponeses acostumados a descansar no chão, ou passeavam com as mãos no bolso, como aos domingos na praça do povoado. Enquanto isso, as mulheres, com os cabelos soltos nos ombros, se penteavam diante de espelhinhos de vinte centavos; arrumavam os

---

12. Parte do casco da embarcação situada acima do plano de flutuação com o navio na situação de deslocamento em plena carga.

filhos, que faziam o mesmo com elas, escovando-se, ensaboando-se e enxugando-se reciprocamente; também amamentavam os bebês; remendavam pedaços de pano e lavavam lenços com umas poucas gotas d'água; estavam todas atarefadas, visivelmente angustiadas com a limitação de espaço e da falta de mil e uma coisas. Entre a multidão compacta e sombria via-se circularem compridos bonés azuis de homens do interior, corpetes verdes de mulheres calabresas, grandes chapéus de feltro dos camponeses do norte da Itália, gorros usados pelos montanheses, barretes vermelhos, *italianelli*, tiaras de broches de jovens camponesas da Brianza, cabeças brancas de velhos e cabeleiras pretas selvagens, e uma diversidade admirável de fisionomias cansadas, tristes, risonhas, atônitas, sinistras, muitas das quais faziam realmente acreditar que a emigração leve embora do país as causas de muitos delitos.

Mas como o oceano estava calmo, e o ar, límpido e fresco, muitos estavam alegres. Podia-se notar que uma vez aquietada a agitação da partida, na qual todas as preocupações tinham sido absorvidas, o eterno feminino já tinha retomado o seu imensurável império também ali; e não só isso: como era escasso, seu valor já tinha crescido, tal como na América. Poucos homens estavam voltados para o mar; a maioria passava as passageiras em revista. Os jovens, sentados nos parapeitos, com uma perna pendurada para fora e os chapéus caídos sobre a nuca, adotavam o comportamento dos tripulantes seguros de sua posição, falando alto e modulando as risadas de forma a chamar atenção, e quase todos olhavam para a escotilha do dormitório feminino, onde estavam recolhidas como em um palco muitas jovens bem penteadas, com fitinhas nos cabelos, vestidos claros, lenços vistosos, atados com elegância: a parte empreendedora – assim parecia – do sexo frágil da terceira classe. Entre elas se destacava uma mocinha bonita – uma camponesa de Capracotta[13] – com um rostinho simples e doce de nossa

---

13. Pequena cidade da região do Molise, sul da Itália.

senhora (mal lavada). O lenço que trazia entrelaçado no peito, todo purpúreo de rosas e cravos que pareciam verdadeiros e lhe flamejavam nos olhos, combinava com ela admiravelmente bem. Notei duas moças, uma morena e outra ruiva; dois graciosos rostos atrevidos, dotados de certa faceirice camponesa, que conversavam muito animadas, dando fortes risadas de quando em quando, depois de terem olhado fixamente ora para um passageiro, ora para outro, como se fizessem a inspeção dos tipos ridículos da "emigração". O Comissário, que passou por ali enquanto eu as observava, contou que eram lombardas, estavam sozinhas e supostamente eram coristas; enfim, eram duas diabinhas que prometiam lhe dar muita preocupação durante a viagem. Como eu não entendia a que tipo de preocupação quisesse se referir, ele revelou-me um dos maiores males da vida a bordo, naqueles navios cheios de emigrantes: os ciúmes das mulheres casadas. Uma coisa tremenda! As esposas honestas com bebês de colo queriam matar aquelas aventureiras despudoradas que continuavam a *enfeitiçar* seus maridos que estavam à toa, aproveitando-se daquela confusão de gente, e assim explodiam brigas enraivecidas em que cabia a ele ser o conciliador. Sim, mais tarde escutaríamos o vozerio. Infelizmente havia algumas dúzias delas naquela travessia, e para a sua desgraça parecia até que tivessem se amontoado. Apontou-me então outra moça, uma espécie de mulher-canhão, sentada atrás daquelas duas, com a cabeça elevada, vestida de preto, cara de leoa, morena, não feia, mas... Deus me livre! Ela tinha uma galanteria singular, a soberbia, o capricho de se sobressair e de se fazer desejar com a ostentação de um desprezo principesco por qualquer um, de um pudor extremamente delicado, temerosa de ser profanada pelos sopros de vento; ameaçava a todos, afirmando ter em Montevidéu um parente jornalista que fazia o Governo estremecer. Desde a primeira noite recorrera a ele para pedir justiça por causa de um camponês que, ao passar a seu lado, tinha batido na sacola grande de couro que carregava a tiracolo, e para puxar conversa, lhe perguntara por que estava indo para a América: – Para tomar ar! – respondeu irritada.

Bem, aquela era uma falsa arruinada, mas também havia arruinados de verdade, e depois de buscar com os olhos, o Comissário me indicou famílias, passageiros sozinhos, escondidos nos cantos, o mais longe possível da multidão, que pela postura, pelos vestidos surrados, mas de tecidos e cortes refinados, revelavam serem pessoas obrigadas a partir para a América por causa de uma inesperada reviravolta no destino que lhes havia jogado da abundância na pobreza, sem dinheiro suficiente no bolso para comprar uma passagem na segunda classe. Entre os demais, havia dois cônjuges com uma menininha de uns dez anos; de pé, isolados, perto do estábulo das vacas, com um ar envergonhado de quem não ousa se sentar: ambos na faixa dos quarenta, pálidos, com um aspecto de profunda tristeza. Eram comerciantes. A mulher, alta e delicada, com os olhos vermelhos, parecia ter saído havia pouco de uma doença, passara todo o primeiro dia no dormitório, em meio às camponesas, chorando sobre a cabeça da filhinha, sem comer. – Sofrimento! – disse o Comissário. – Tem em todo lugar, mas no mar parece mais triste.

Enquanto isso, olhando para baixo, justamente embaixo da cabine de comando, fiz uma descoberta maravilhosa. Era uma das mais belas figuras que eu já tivesse visto no mar ou na terra, vivas, pintadas ou esculpidas, desde o primeiro dia que comecei a girar pelo mundo. O Comissário me disse que era uma genovesa. Ela se sentava em cima de um banquinho, ao lado de um velho que parecia seu pai, sentado no chão, e lavava o rosto de um molequinho que estava de pé e tinha o aspecto de ser seu irmão. Era uma moça alta, loira, com um rosto oval de uma harmonia e pureza de traços angelicais, de olhos grandes e claros, alvíssima; corpo perfeito, com exceção das mãos, um pouco compridas demais; vestida com um casaquinho branco esvoaçante e um saiote azul, que parecia comprimir duas coxas de mármore. Pelo vestido, embora extremamente limpo, via-se que era pobre. Tinha uma dignidade requintada, mas era mesclada a uma aparência tão ingênua, a uma graça tão simples de maneiras e de gestos, que não estava em desacordo com a humildade do seu estado. Dava a impressão de uma menina de dez anos que tivesse crescido dessa maneira em poucos dias. Muitos passageiros em volta a observavam; outros que passavam viravam-se para dar uma olhada. Mas durante todo o tempo em que ficamos a observá-la, não olhou nenhuma vez ao seu redor e tampouco deu o mínimo sinal de perceber que a admirassem; seu rosto manteve uma tranquilidade tão imóvel, tão transparente, que eu diria quase que fosse impossível até a mais vaga suspeita de que aquele decoro fosse um artifício. Era tão diferente da multidão em torno que parecia solitária em meio a um espaço livre, embora a multidão a comprimisse de todos os lados. Como aquele *milagre gentil* se encontrava ali? Sua fama a bordo já devia ser grande, porque em certo momento vimos na janelinha a cara de ninguém menos que o cozinheiro da terceira classe, que a observava com ar de admirador habitual, com seu chapéu branco de cozinheiro, uma carona vermelha e rude, de uma arrogância extraordinária, em que transparecia a consciência de ser, para os emigrantes, o personagem mais importante do navio, reverenciado, temido, cortejado como um imperador. – Esta também – disse balançando a cabeça o Comissário – sem ter intenção, vai me dar trabalho. Ele previa uma viagem difícil.

    Mas se algo podia nos fazer sorrir, o espetáculo como um todo era de apertar o coração. Com certeza, em meio àquele grande número de pessoas, havia muitas que poderiam viver honestamente na mãe pátria, e que emigravam apenas para sair da mediocridade com a qual, não sem uma boa dose de razão, estavam descontentes; e também muitas outras que, tendo deixado em casa débitos fraudulentos e a reputação perdida, não iam para a América para trabalhar, mas para ver se havia um clima melhor que na Itália para o ócio e a patifaria. Mas a maioria, era preciso reconhecer, era de pessoas obrigadas a emigrar por causa da fome, depois de se debater inutilmente, anos a fio, nas garras da miséria. Havia muitos daqueles trabalhadores sazonais da região de Vercelli, que com a mulher e os filhos pequenos, se matam de trabalhar e não conseguem ganhar quinhentas liras por ano, quando conseguem encontrar serviço; daqueles camponeses da zona de Mântova que, nos meses frios vão para a outra margem do rio Pó para colher tuberosas pretas com as quais, fervidas na água, não se sustentam, mas conseguem não morrer durante o inverno; e daqueles debulhadores de arroz do sul da Lombardia, que por uma lira por dia suam horas e horas na água lodosa que os envenena, açoitados pelo sol, com a febre nos ossos, para sobreviver de polenta, de pão mofado e de toucinho rançoso. Também havia daqueles camponeses da região de Pavia que para se vestir e comprar os instrumentos de trabalho hipotecam os próprios braços, e sem poder trabalhar o suficiente para pagar a dívida, renovam o contrato ao final de cada ano em condições mais difíceis, reduzindo-se a uma escravidão faminta e sem esperança, de onde não têm outra saída a não ser a fuga ou a morte. Havia ainda muitos daqueles Calabreses que vivem de um pão de lentilhas silvestres, semelhante a uma mistura de serragem de lenha e lama, e que nos anos ruins comem as ervas rasteiras dos campos, cozidas sem sal, ou devoram as pontas cruas das leguminosas da forragem, como o gado; e daqueles lavradores da Basilicata, que andam oito ou nove quilômetros para chegar ao local de trabalho, carregando os apetrechos nas costas, e dormem com o porco e o burro no chão batido, em casebres horríveis sem lareira, iluminados por pedaços de madeira resinosa, sem saborear um pedaço de carne o ano inteiro, a não ser quando um de seus animais morre por acidente. E também havia muitos daqueles pobres consumidores de *panrozzo* e de *acqua-sale*[14] da Puglia, que com a metade do seu pão e

---

14. O *panrozzo* e a *acqua-sale* são comidas simples dos camponeses da Puglia, sul da Itália.

cento e cinquenta liras por ano devem sustentar a família na cidade, longe deles, e nos campos onde se afadigam dormem em cima de sacos de palha, dentro de vãos escavados nas paredes de cavernas escuras em que pinga a chuva e sopra o vento. Finalmente, havia um bom número daqueles vários milhões de pequenos proprietários de terra, reduzidos pelo peso de um imposto *único no mundo* a uma condição mais infeliz que aquela dos proletários, moradores de choupanas das quais muitos deles teriam fugido, e se encontravam numa condição tão miserável que "não poderiam nem ao menos viver higienicamente, quando o fossem obrigados pela lei". Todos esses não emigravam por espírito de aventura. Para ter certeza disso, era suficiente ver quantos corpos de sólida constituição havia naquela multidão, corpos que as privações tinham se encarregado de arrancar-lhes a carne, e quantos rostos orgulhosos que revelavam ter combatido e sangrado longamente antes de abandonar o campo de batalha. Para aliviar a piedade, tampouco ajudava citar a antiga acusação de moleza e preguiça lançada pelos estrangeiros aos lavradores da terra italiana; acusação sepultada havia algum tempo diante de uma verdade imponente proclamada pelos próprios estrangeiros: tanto no sul como no norte *eles gastam tanto suor na gleba que mais não seria possível*, e mais que proclamada, comprovada pelas centenas de países que os chamam e os preferem. A compaixão que se lhes devia era absoluta e profunda. E davam mais pena ainda quando se pensava em quantos deles já tinham talvez no bolso contratos desastrosos, firmados com especuladores que farejam o desespero nos casebres, e o compram; em quantos teriam sido arrolados por outros embusteiros ao chegar, e explorados de forma tirânica durante anos; em quantos outros que talvez já carregassem no corpo, há muito tempo mal alimentado e enfraquecido pelas labutas, o germe de uma doença que os teria matado no novo mundo. Eu refletia sobre as razões remotas e complexas daquela miséria, diante da qual, como disse um ministro, "nos encontramos tão aflitos quanto impotentes", sobre o empobrecimento progressivo da terra, a agricultura negligenciada por causa da revolução, os impostos mais onerosos por necessidade política, as heranças do passado, a concorrência estrangeira, a malária. Contra a minha vontade, vinham-me à mente, como um refrão, aquelas palavras de Giordani:[15] o nosso país será bendito quando se lembrará de que os camponeses também são homens. Eu não podia tirar do coração que grande parte da culpa daquela miséria era da maldade e do egoísmo humano: tantos proprietários de terra indolentes para quem o campo não é nada mais que um passatempo despreocupado de poucos dias e a vida triste dos trabalhadores nada mais que uma lamúria comum de humanitários utópicos; tantos arrendadores sem escrúpulo nem consciência; tantos usurários sem coração nem lei; tantos bandos de empresários e comerciantes que querem ganhar dinheiro a qualquer custo, sem fazer nenhum sacrifício e passando por cima de tudo, e que desrespeitam impiedosamente os instrumentos de que se servem, e cuja fortuna não se deve a nada mais que a uma incansável sucessão de mesquinharias, crueldades, pequenos latrocínios e pequenas fraudes, migalhas de pão e centavos disputados por todos os lados, por trinta anos seguidos, com aqueles que não têm o suficiente para comer. E vinham-me ainda à mente os milhares de outros que, depois de tapar os ouvidos com algodão, lavam as mãos e cantarolam; e pensava que existe alguma coisa pior que explorar a miséria e desprezá-la: é negar que exista, enquanto ela grita e soluça à nossa porta.

    Gostaria de descer em meio àquelas pessoas para falar com alguém, mas me pareceu melhor esperar um dia em que houvesse menos gente. Para me livrar dos pensamentos incômodos, fui passar uma hora na *pracinha*. Era um espaço do lado esquerdo do navio, entre o castelo central e o convés da popa ao qual haviam chamado de *pracinha* porque

---

15. Provavelmente o autor se refere ao escritor italiano Pietro Giordani (1774-1848), amigo do poeta Giacomo Leopardi.

as portas do salão, da sala para fumar e da despensa se abriam ali, e se formavam, a toda hora, grupos de passageiros. Protegida dos ventos alísios que sopravam na popa, a *pracinha* também era ponto de encontro das senhoras que iam ali para bordar ou ler. De fato, as cabines, semelhantes às casinhas móveis dos cenários, com suas janelas com persianas, de um lado, e a passagem coberta que ali desembocava como se fosse uma rua pública, lhe davam certo ar de pracinha de palco teatral. Ia-se lá para ver o percurso de navegação já cumprido e os graus de longitude e latitude, registrados todos os dias em uma pequena lousa pendurada na porta do salão. Os oficiais geralmente afluíam para medir a altura do sol e lá também chegavam as primeiras notícias das fofocas cotidianas. Era um cantinho onde se fumava o charuto com prazer, como quando se está diante de uma xícara de café, com certa ilusão de estar em terra firme e de se levar uma vida citadina. Às vezes, de repente, caía um jorro d'água que regava os bordados e os livros das senhoras; elas iam embora, mas voltavam logo depois. Foi lá que, nos primeiros dias, a maioria dos passageiros se conheceu.

Quando cheguei naquela manhã, com uma simpática desenvoltura, apresentou-se a mim, por conta própria, um passageiro em quem eu não havia quase prestado atenção até agora, e que depois viria a ser a minha companhia mais agradável até o fim da viagem. Era um sujeito de Turim, agente de um banco de Gênova, que ia para a Argentina quase todos os anos; um daqueles homens que se fazem conhecer a fundo em uma hora: uma figura de brincalhão brilhante, bem vestido, de cabelos grisalhos e bigodes pretos, com um rosto sério que provocava risos, olhos de menino em idade escolar, uma cabeça cheia de invencionices, um bom humor inalterado e uma conversa muito fácil, com um sotaque um pouco toscano, mas sem afetação, atormentado por uma curiosidade de comadre, preocupando-se apenas das pessoas que tinha à sua volta, perspicaz e perseverante como um velho policial que indaga e descobre os problemas de todos; extremamente hábil para colher material de diversão para si e para os outros, sem suscitar nunca a desconfiança de alguém. Ele conhecia a vida e os milagres de muitos passageiros com quem já havia feito a travessia do oceano uma ou duas vezes, e após dez minutos de conversa começou a me perguntar com familiaridade, indicando um ou outro: – O senhor sabe quem é aquele ali? Sabe quem é aquela senhora? Mas não pude lhe dar crédito logo, porque outro personagem chamou minha atenção: alguém que fazia parte de um tipo de gente curiosa, que eu ainda não conhecia.

Era o moleiro que amaldiçoava a Itália, balançando-se em meio a um grupo de passageiros, orgulhoso da barriga que havia adquirido recentemente, como se fosse um emblema de fidalguia. Estava vestido como um capataz abastado: tinha um anel grande na mão direita, o olhar falso, o nariz arrogante, a boca vaidosa. Pelo rosto e pelo que ele dizia, entrevia-se o antigo emigrante miserável, que depois de fazer fortuna, mas continuando ignorante, acredita, ao voltar a sua aldeia, que só precisa, diante da farmácia, mostrar a bolsa e se gabar dos lugares e das coisas longínquas que viu, misturando bravatas e mentiras para ser eleito vereador e nomear o prefeito, e cair em cima dos seus conterrâneos, que ele considera idiotas porque não saíram de casa. Com certeza aquele ali tinha sofrido uma forte desilusão, e seu amor próprio havia sido alvo de ofensas que ainda deviam lhe arder cruelmente sob a jovialidade grosseira que ostentava. Três meses, dizia, tinham sido suficientes para se convencer de que o ar da sua terra não lhe servia mais. Depois de vinte anos tinha acreditado que encontraria uma *transformação*, um progresso: mas ao invés disso, havia encontrado as ideias de outrora, todos os velhos preconceitos, a vida parca e uma maldita miséria! Uma centena de cães em torno de um osso, quando havia um osso. Nenhuma iniciativa nos negócios, um ritmo a passos de pés de chumbo, em meio a milhares de obstáculos, uma desconfiança de sovinas corruptos, uma absoluta falta

de *caballerosidad*.[16] E dizendo isso, lançava olhares de soslaio aos italianos perto dele, como se estivesse se regozijando de ferir o seu orgulho nacional. Mas era preciso escutar o vocabulário: era a primeira amostra que eu ouvia da estranha língua falada pela nossa gente do povo após muitos anos de estadia na Argentina, onde, ao se misturar com os *filhos do país*, e com os concidadãos de várias regiões da Itália, quase todos perdem uma parte do próprio dialeto e adquirem um pouco de italiano, e depois mesclam o italiano e o dialeto com a língua local, colocando desinências vernáculas com radicais do espanhol, e vice-versa; traduzindo literalmente frases próprias das duas línguas, que na tradução mudam de significado ou perdem-no totalmente, pulando quatro vezes de uma língua para outra ao longo de um período, como se estivessem delirando. Embasbacado, ouvi-o dizer *si precisa molta plata* ao invés de "é necessário muito dinheiro", *guastar capitali* ao invés de "gastar capitais", *son salito con un carigo di trigo* ao invés de "parti com um carregamento de trigo". E com este linguajar horrível atacava a Câmara dos Deputados, o governo *atrasado*, o povo de *mendigos*, e até os monumentos artísticos, afirmando que ao passar novamente por Milão, tinha visto que a Catedral era muito menor do que havia memorizado na mente. No entanto, enaltecia a beleza das planícies americanas, fazendo um gesto grande e desajeitado de provinciano bêbado. Mas depois recaía sempre na Itália com uma intercalação que devia ter tirado das noticiazinhas dos jornais do interior:
— Idade média, idade média.

O agente de câmbio, que o escutava comigo, rindo na cara dele, e que tinha experiência com aquele gênero de patriotas, me disse que quando estavam na América faziam o jogo oposto, ou seja, reclamavam de tudo, recorrendo ao próprio orgulho da pátria distante, e considerando, em comparação à Itália, incivil, ignorante e desonesto o país que os havia acolhido, onde tinham tomado um banho de ouro. Mas subitamente

---

16. Cavalheirismo.

mudou a conversa para me dizer que havia descoberto um personagem assaz original na tripulação, um velho marinheiro corcunda, designado com a tarefa de vigiar os dormitórios das mulheres; uma tarefa muito delicada, que exigia dele não apenas a cautela própria da idade madura, mas também a absoluta ausência de dotes estéticos que pudessem mexer com um coração feminino. Esse pequeno corcunda de cabelos brancos, que à noite devia separar os dois sexos, e vigiar para que nenhuma mulher saísse dos dormitórios durante a noite, era uma excêntrica mistura de filósofo e bufão, que exprimia sucessivos julgamentos sobre as mulheres, o tormento da sua vida, com uma afetação enfática e às vezes com o emprego de palavras tão difíceis que não se compreendia nada do que ele queria dizer. Eu deveria fazer perguntas a ele, disse-me o agente, pois me divertiria infinitamente. – E aquele – perguntou – o senhor o notou? E apontou para o elegante camareiro da primeira classe, todo empomado, que passava com uma bandeja na mão e lançava um lânguido olhar para as senhoras. Era uma espécie de Ruy Blas[17] dos mares, que almejava muito mais, e estudava todas as maneiras para dar a entender que encontrava nas milagrosas e misteriosas fortunas a bordo o consolo para a humildade da sua condição social; enquanto isso se comportava como um sultão entre as duas camareiras, uma genovesa flácida e uma vêneta jovenzinha, que comiam o próprio fígado de tanto ciúmes e se insultavam todas as manhãs nos corredores, com a touca inclinada na cabeça e as mãos nos quadris, demorando a atender às senhoras que tocavam as campainhas.

  Naquele momento um passageiro passou diante de nós; era o genovês que à mesa se sentava à direita do Comandante, um gorducho honesto de uns cinquenta anos, de um olho só e uma barba de pelo de escova. Ao passar, fez um gesto para o agente que não entendi. Depois subiu para o convés. Perguntei o que significasse aquele gesto. – Quer

---

17. Título de um drama em cinco atos do escritor francês Victor Hugo (1802-1885), cujo protagonista, Ruy Blas, é um humilde servo apaixonado pela rainha da Espanha, Marie-Anne de Neubourg.

dizer – respondeu-me o agente – que hoje teremos macarrão com molho de tomate no almoço. E esboçou um retrato daquele senhor. Era um comerciante abastado, estabelecido em Buenos Aires, um infeliz como existem tantos que, mesmo desfrutando de ótima saúde a bordo, não podem nem conversar, nem ler, nem pensar, e se aborrecem de uma maneira inimaginável com um tédio que assusta, tortura, mata. Para ter um pouco de alívio, dedicava-se à gastronomia, para a qual já tinha uma inclinação natural. Fizera amizade com o cozinheiro; de manhã era o primeiro a ficar sabendo o que se comeria à noite, e espalhava a notícia. Entrava na cozinha vinte vezes por dia, observava depenar os frangos, convivia com os ajudantes, visitava os fornos, conversava com o confeiteiro e o taberneiro da proa, descia aos depósitos de víveres, bebia dez copinhos de vermute para abrir o apetite. Falava pouco, mas nada além de comilança, e quando não se ocupava disso passava horas a fio na cama, com as mãos entrelaçadas atrás da nuca, os olhos arregalados como um homem hipnotizado, dando bocejos de leão, enormes e tristonhos, um depois do outro, sem pausa, a ponto de levar a pensar (se for aceita a fé, de não sei que povo, de que a cada bocejo que os homens dão, a alma de um antepassado sai pela boca) que ele já tivesse exalado até a alma do pai Adão.

– Conhece outros? – perguntei. – E como não? (respondeu com aquele típico tom argentino *Y como noo?* cantado, de que todos os italianos se apropriam). Mas desta vez, tratando-se de pessoas que estavam muito próximas de nós, baixou a voz, e me disse ao pé do ouvido para olhar para o canto da pracinha, à esquerda. Entre as senhoras, havia uma de uns quarenta anos, de olhos grandes e observadores, pálida, vestida com elegância: tinha um rosto singular, que ao ser visto meio de longe quando sorria, mostrava os lindos dentes brancos, parecia bonito e bondoso, e agradava; porém, ao ser observado mais de perto, vinham à tona os delineamentos rígidos, as pequenas rugas cruéis, e uma daquelas bocas amargas dos ambiciosos desiludidos e dos invejosos que revelam o costume de uma maledicência impiedosa. Ao lado dela estava sentada uma mocinha magrinha, que aparentava uns quinze anos, de cabelos loiros desbotados e vestido curto: um rosto que não dizia nada, curvado sobre o bordado. A senhora dava uma lida em um livro, mas levantava o olhar rápido e perspicaz a cada passo e a cada palavra que ouvisse à sua volta, perto ou longe. Eram mãe e filha, me disse o agente; tinham feito a viagem com ele no ano passado no *Fulmine*, a mãe tinha levado a filha para a Alemanha, para se aperfeiçoar no piano; eram nascidas na Itália, de origem espanhola, e estabelecidas na Argentina. A mãe tinha uma língua afiada, capaz de provocar um motim no navio, e estava tão corroída pelos ciúmes das estampas das roupas, a ponto de que cada novo vestido de senhora que aparecia a bordo fosse para ela como uma *navaja*[18] nas costas. – E o que lhe parece a filhinha? – Não me parece nada: uma figura de menina meio tímida que havia crescido mal, sem sangue no corpo, que ainda devia brincar de boneca. – Ah! Que engano! – exclamou o agente – desculpe-me. E me puxou para o outro lado da pracinha para falar mais livremente. Aquela mocinha caprichosa que não chamava a atenção de ninguém era um verdadeiro caso para a psiquiatria, que poderia ser estudado pelos alienistas. Na viagem do ano anterior, no *Fulmine*, um dos oficiais a bordo, amigo dele, rapaz bem-apessoado, conversava às vezes com a mãe, e durante toda a viagem talvez não tenha trocado nem vinte palavras com a filha, que era pacata só na aparência, e o observava com olhos da mais tranquila indiferença. Pois bem, dentro dela nasceu um daqueles amores violentos que irrompem somente a bordo, no silêncio da cabine, em meio à solidão do oceano, onde às vezes as almas se aferram às outras almas com a fúria com que se agarram os náufragos às tábuas flutuantes. Assim que desembarcaram em Gênova, a senhora e a menina partiram para a Alemanha. No dia

---

18. Punhalada.

seguinte o oficial recebeu uma carta de oito páginas cheia de uma paixão tão arrebatadora, com frases tão ardentes, mas que frases! Havia súplicas de amor capazes de provocar estremecimentos, um *você* destemido a cada linha, enxurradas de adjetivos insensatos, palavras que eram tormentos, beijos e soluços, uma linguagem incrível e difícil de repetir – aos treze anos! – e misturados a essa torrente, muitos despropósitos gramaticais e ortográficos, e no meio de duas folhas... fios de cabelo. E olhando-me fixamente, acrescentou: – Cabelos. Mas sabe Deus on-de es-ta-va com a ca-be-ça quando os cortou! O senhor entendeu? Uma observação: uma carta sem endereço para a resposta, uma carta sem segundas intenções, portanto, nada mais que um desabafo irrefreável da alma e do corpo martirizados por vinte dias de silêncio e hipocrisia. Voltei a olhar para a mocinha e me escapou: – É impossível! Mas o agente fez um gesto, como se eu tivesse negado a luz do sol. Era verdade. E o que isto significa?... Um *documento humano*. Isto.

Enquanto ele concluía, chegava o garibaldino, vindo da proa. Quando passou ao meu lado, escapuliu-me a pergunta: – O senhor esteve entre os emigrantes? – assim, por simpatia. Ele pareceu atordoado ao ver que eu lhe dirigia a palavra e fez sinal de sim, parando, mas meio de lado, como quem vai dizer alguma coisa rapidamente. O agente, que devia pressentir naquele senhor uma antipatia instintiva para com os homens da sua índole, se afastou.

Perguntei novamente: – O senhor viu aqueles pobres camponeses?

– Os camponeses – respondeu ele lentamente, olhando para o mar – são embriões de burgueses.

Não compreendi logo a sua apreciação.

– Eles só têm o mérito – continuou, sem olhar para mim – de não se disfarçar com a retórica patriótica e humanitária. Fora isso... o mesmo egoísmo de animais domesticados. O ventre, a bolsa. Nem ao menos o ideal da redenção da sua classe. Cada um deles gostaria de ver todos mais miseráveis, desde que ele viva melhor do que antes. Voltem os austríacos, mas se os enriquecerem; ficarão com eles. Depois fez uma pausa e acrescentou: – Que façam boa viagem.

– No entanto, – observei – quando estão na América, lembram e amam a pátria.

Ele se apoiou no parapeito, virado para o mar. Depois respondeu:
– A terra, não a pátria.
– Não creio – respondi.

Ele deu de ombros. Depois, sem preâmbulos, com o tom de quem fala para se livrar de uma vez por todas de um importuno, mais do que por necessidade de se confidenciar com ele, abriu a alma com poucas palavras rápidas e secas. Afinal, nem mesmo ele se lembrava da pátria com saudades. Ela tinha atingido um nível demasiado inferior do ideal pelo qual combatera. Uma Itália de oradores, de intrigantes, ainda contaminada por toda a antiga cortesania, imbuída de vaidade, carente de qualquer grande ideal, não amada nem temida por ninguém, acariciada e esbofeteada ora por um ora por outro, como uma mulher de todos, com a única força da paciência do jumento. Do alto a baixo via apenas uma putrefação universal. Uma política disposta sempre a lamber a mão do mais poderoso, seja ele quem fosse; um ceticismo atormentado pelo pavor secreto do padre; uma filantropia não inspirada pelos sentimentos generosos dos indivíduos, mas por temerosos interesses de classe. E nenhuma fé sólida, nem ao menos monarquista. Milhões de monarquistas, incapazes de defender sua bandeira com valentia, em caso de necessidade, prontos a se deitar de bruços diante do chapéu vermelho[19] tão logo o vissem no alto. Em todos eles, uma paixão furiosa por conseguir não a glória, mas a riqueza; a educação da juventude dirigida só para este fim; cada família transformada em uma empresa sem escrúpulos,

---

19. "Berretto frigio" no original: chapéu vermelho com a ponta dobrada para frente, símbolo da liberdade na França durante a revolução.

que seria capaz de cunhar moedas falsas para abrir o caminho para os filhos. E as irmãs seguindo o mesmo caminho dos irmãos, perdendo-se, dia após dia, qualquer espírito de poesia e delicadeza na educação e na vida da mulher. Enquanto a instrução popular, uma mera aparência, só fazia disseminar orgulho e inveja. A miséria crescia e florescia o crime. Se tivessem ressuscitado, metade dos homens que tinham dado a vida pela redenção da Itália teria explodido seus miolos.

Em seguida virou a cabeça para o outro lado.

– Isso não é verdade – disse-lhe. Nós mesmos fomos a causa das desilusões que existiram para todos, imaginando que a libertação e a unificação da Itália teriam produzido uma regeneração moral imediata e completa, e eliminado milagrosamente a miséria e o crime. Não confrontemos a situação atual com o ideal, do qual todos os povos estão igualmente mais ou menos distantes: confrontemos com o passado. Era tão infame e impiedoso que só o fato de termos nos livrado dele deve, de qualquer forma, nos consolar de tudo.

Não me respondeu.

Perguntei-lhe se ia para a Argentina e se tinha parentes lá. Ia para a Argentina, e não tinha nenhum parente.

Então, notei pela primeira vez que tinha uma cicatriz atrás da orelha. Era profunda, como se fosse uma ferida de tiro de pistola.

Perguntei-lhe se tinha feito a campanha de sessenta e seis, não me parecendo, pela idade, que pudesse ter feito a de sessenta.

Também tinha feito esta, aos dezesseis anos.

Olhando-o atentamente, perguntei-lhe se tinha sido ferido.

– Nunca – respondeu com naturalidade.

Mas no mesmo momento virou-se de repente, e surpreendendo-me a observá-lo atrás da orelha, lançou-me um breve olhar perscrutador enrubescendo ligeiramente na ponta das bochechas, enquanto lhe passava nos olhos um lampejo de desprezo. Depois, amuado, virou-se e voltou a olhar para o horizonte, com um gesto brusco que queria claramente dizer: – Deixe-me em paz. Mas aquele olhar revelava um segredo da sua vida: um momento terrível para o qual certamente tinha sido levado por longas amarguras, depois de uma grande mudança ocorrida aos poucos no seu ser, que outrora deve ter sido sadio e cheio de vigor, fecundo como o seu formoso corpo de soldado e de atleta. Todo o entusiasmo havia desaparecido nele, e talvez também todo o afeto, mas o ceticismo em que havia caído não era ignóbil, porque sofria e ainda amava a causa na qual não tinha mais esperança. Eram ruínas, mas de um edifício de ouro. E assim, compreendi que ele não teria se relacionado nem comigo nem com os demais, e deixei-o a sós, a contemplar o mar.

Fui para o outro lado, para também admirar o oceano, pois desde o dia da partida ainda não se havia revelado dessa maneira: repleto de formosas ondas alegres, que se formavam suaves e brilhantes com centenas de tonalidades verdes e celestes de cristal, aveludadas, lisas, com mechas e penachos prateados e crinas brancas encaracoladas no alto, e milhares de pequenos arco-íris brilhantes através de uma poeira finíssima de gotículas, sobre as quais se levantavam aqui e ali cândidos chuviscos que subiam bem lá no alto e eram como gritos de alegria daquela multidão que dançava ao sol, sob as carícias do alísio. Via-se a onda inflar quase até a altura das obras mortas, e desaparecer de repente, como uma ameaça que se resolvesse com uma brincadeira, e depois novamente se levantar, como se fosse dizer uma palavra, e se sentar aborrecida por não podê-la dizer, para abrir espaço a outras ondas que chegavam e nos olhavam, e também desapareciam com o seu segredo. E poder-se-ia passar horas a contemplar aquele formar e dissolver incessante de cadeias de montes nevados, de vales sombrios, de províncias solitárias e fantásticas, feitas, dissolvidas, refeitas, desarrumadas como a cara de um mundo, pelo capricho de um Deus. Mas aquela agitação estava apenas ao nosso redor: olhando ao longe, o mar estava parado, era de um azul celeste sorridente e estava todo pontilhado de manchinhas brancas que pareciam as velas de uma frota infinita que nos acompanhasse.

Cavalheiros e damas

Com aquele jornalzinho ambulante que era o agente bancário, não tardei a conhecer, mesmo sem querer, quase todos os passageiros da primeira classe.

Na manhã seguinte ele veio se sentar ao meu lado à mesa, no lugar do advogado, que não tinha se levantado da cama. Todos os dias o agente conhecia umas seis pessoas novas. Na noite anterior tinha começado a conversar com os recém-casados que ocupavam a cabine ao lado da sua, e ao se dar conta de que eram tão tímidos e embaraçados diante das pessoas, propunha-se a provocá-los um pouco. Logo que se sentou perguntou ao noivo, que estava à sua frente, se tinha descansado bem. Ele lhe respondeu *bem, obrigado,* lançando-lhe um olhar apreensivo. – No entanto – disse o agente, com o ar mais natural do mundo, fixando o rapaz e a moça – me pareceu que esta noite o mar estivesse agitado. Os vizinhos sorriram, e os dois, ruborizados, puseram-se a observar os talheres com profunda atenção. Mas ele não demonstrou que havia notado. E retomou logo o fio da conversa, falando devagar e despachado, sem, porém, deixar de louvar a cozinha do *Galileo*. O padre alto era um napolitano, estabelecido havia cerca de trinta anos na Argentina, para onde retornava após uma breve viagem à Itália, feita, dizia (mas havia dúvidas) para ver o Papa. Ele escutou-o contar sua história uma noite. Fora para a Argentina sem nada, tinha sido pároco nas colônias agrícolas que nasciam, em vários estados da República, em terras quase despovoadas aonde ia levar o viático a cavalo, galopando a noite toda, com o santíssimo Sacramento a tiracolo e a pistola na cintura, e dizia que tinha sido atacado várias vezes, e de se ter defendido com golpes de pistola. Contava ainda um caso em que alguns viajantes, ao encontrá-lo sob a luz do luar, ficaram aterrorizados com a sua gigantesca sombra escura e fugiram. Dava para perceber que ele devia ter cuidado tanto do próprio bolso quanto da alma dos outros, fazendo-se pagar as cerimônias de casamentos e funerais a preços mais caros do que o normal, tanto é verdade que se orgulhava abertamente de ter feito um bom pé-de-meia, e não falava de outra coisa a não ser de *pesos* e *patacones*,[20] com um certo movimento inquietante da mão em ventarola, e com um sotaque da zona portuária que trinta anos de uso do espanhol não haviam conseguido alterar. O agente pouco sabia sobre o tenor. Devia ter uma voz bonita, mas com um toque de gato esfolado; afora isso, tinha sempre aquele pavão no corpo: desde o primeiro dia saía mostrando para os passageiros um jornal gasto com um artiguinho de crítica teatral em que estavam sublinhadas as palavras *esse artista tem a chave do coração humano*; o agente dizia que aquela chave do coração fazia-o pensar naquela da casa dos seus ouvintes, mas também podia estar enganado. Acreditava que estivesse preparando um concerto vocal e instrumental para a noite da passagem do equador. Mas ele conhecia melhor a senhora loira de meias pretas, uma suíça italiana, casada com um italiano, professor não sabia de que, em Montevidéu: tinha feito com ela a viagem de Gênova à América, dois anos antes. Uma criatura amabilíssima, boa como o pão, um cérebro de passarinho, bonita e ignorante como uma dália, uma verdadeira molecona de trinta anos, sobre quem a condição dos homens solitários numa longa viagem marítima inspirava um sentimento de compaixão amorosa e corajosa. Em dez anos, vez por outra dando uma escapadela à pátria, ela já tinha alegrado sete ou oito navios com seu sorriso infantil aquietado pela sua doce comiseração, e gozava de certa celebridade simpática junto às *sociedades de navegação*. Na viagem de dois anos atrás, entre outras, tivera uma aventura cômica com um deputado argentino,

---

20. O *peso* é a moeda argentina; o *patacón* é uma moeda de cobre.

que casualmente se encontrava conosco, no *Galileo*. Esse senhor, um homem espirituoso e amável, mas muito organizado e extremamente intolerante com a bagunça nos seus pertences, ocupava uma cabine sobre a coberta. Enquanto ele jogava cartas no salão ou passeava na proa, a senhora e uma amiga tinham se habituado a entrar na sua cabine e colocar tudo de cabeça pra baixo para fazê-lo enlouquecer na tentativa de reorganizar suas coisas. A brincadeira tinha funcionado muitas vezes. Mas um dia, quando a suiçazinha se arriscou sozinha a fazer a bagunça de sempre, o argentino chegou inesperadamente, e enfurecido, fechou a porta da cabine para obrigá-la a pôr novamente todas as coisas em ordem. Acontece que as coisas que estavam fora de lugar eram muitas e a arrumação durou um bocado. Nesse meio tempo surgiu uma ventania provocada por um golpe de vento imprevisto e a senhora precisou ficar fechada ali dentro durante várias horas; enquanto isso, no piso inferior, nos corredores, o marido assustado a chamava aos gritos por todos os lados, e queria que se jogasse um bote para resgatá-la no mar, sem se dar conta da comiseração hilariante que o rodeava. Apesar disso, tudo acabou sem problemas. Mas nesta viagem o senhor e a senhora pareciam não demostrar que se conheciam. Virei-me para observá-lo, no fundo da mesa: era um tipo moreno entre os trinta e oito e quarenta anos, de fisionomia enérgica, de monóculo. De fato, tinha a cara daquele tipo de homem que não permite que seu domicílio seja devassado impunemente. Quanto ao marido professor, o agente disse que era um sujeito inteligente: embora tivesse um aspecto mais voltado para a literatura do que para a ciência, era apaixonado pelos estudos de mecânica náutica. Passava o dia em sérias meditações diante do motor, dos timões, dos cabrestantes, e de cada pequeno instrumento do navio, pedindo que os oficiais lhe dessem explicações detalhadas, que depois ia repetir na proa, pelo gosto de dividir com o povo o pão da ciência, enquanto outros mordiam o seu na popa. Mas naquele momento eu estava observando, ao lado do argentino, um senhor loiro pálido, com duas costeletas semelhantes a dois salgueiros pendentes de cabelos, como aqueles tufos que se veem nas vitrines dos cabeleireiros; ele girava os olhos desconfiados de peixe à sua volta e não falava com ninguém. Perguntei para o agente se ele sabia quem fosse. Ó! Era um caso e tanto. Suspeitava-se que fosse um ladrão em fuga. Corria o boato no *Galileo*. Era um francês. Não se sabia qual dos passageiros, ao ler o *Figaro* que chegou a Gênova no mesmo dia da partida, acreditou ter reconhecido uma semelhança incrível entre aquele rosto estranho e desconfiado, e alguns traços da fisionomia que o jornal parisiense trazia de um caixa de não sei que casa bancária de Lyon, que fugira três dias antes deixando um prejuízo enorme. Ele investigaria o caso: na pior das hipóteses, esperava descobrir o segredo na chegada, quando a polícia subisse a bordo.

O agente bancário ainda não tinha solicitado informações sobre o casal que se sentava em frente ao francês. Eram os meus vizinhos de cabine, aqueles da *escova*: a senhora, na faixa dos quarenta, pequenina, com dois olhos indiferentes, e um eterno sorriso forçado nos lábios finos, não era feia, mas era daquelas pessoas cujo gênio estragou o rosto, e que, à primeira vista, inspiram repugnância por causa do mal que devem fazer aos outros, e compaixão por aquilo que elas próprias devem sofrer. Já o marido, uma figura de major de cavalaria de folga, parecia ser de temperamento enérgico, mas era abatido por uma natureza mais forte que a sua e prejudicado por uma amargura surda e inabalável. Nunca se falavam, era como se não se conhecessem, e nunca estavam juntos, a não ser à mesa, mas o meu vizinho tinha notado que ela lançava terríveis olhares de esguelha para o marido quando tinha a impressão de que ele estivesse olhando para alguma mulher: ao afeto amortecido haviam sobrevivido os ciúmes do orgulho. Enfim, tratava-se de um casal mal casado, eram como dois condenados acorrentados, e entre eles devia existir uma aversão profunda e um mistério. O comandante era quem o agente conhecia melhor. Era um valente marinheiro, rude e irascível, dono de um vocabulário incrivelmente rico de imprecações e injúrias genovesas, que costumava usar com o pessoal do baixo escalão da tripulação: verdadeiras ladainhas de impropérios, conduzidas em um crescendo de efeito irresistível. Era orgulhoso da força dos seus punhos, dos quais se valera muito durante os seus vinte anos de honroso comando. Tinha uma fixação: uma severidade absoluta em relação à moral. – *Porcaie a bordo no ne véuggio.*[21] – era o seu mote. Queria que o navio fosse casto como um mosteiro e acreditava que o conseguia. Em algumas ocasiões dava lições memoráveis. Numa das últimas viagens, depois de descobrir que certa noite dois passageiros de sexo diferentes, não ligados entre si nem pelo código civil nem pela Igreja, haviam dormido juntos em uma cabine da coberta, mandara pregar uma grande tábua atravancando a saída, e deixou-a até que os dois, no dia seguinte, mortos de fome, depois de terem batido na tábua furiosamente, foram obrigados a sair diante de todos, *mmëzi morti da-a vergêugna.*[22] Mas tinha arriscado cair doente de raiva na última travessia, transportando uma companhia lírica inteira e um corpo de baile de cento e vinte pernas entre Buenos Aires e Gênova: se fosse levar em consideração o que eles faziam a bordo, não haveria no navio suficientes tábuas e pregos, e toda a sua eloquência ameaçadora na língua do *sci*[23] não tinha impedido que o *Galileo* se convertesse em um paraíso maometano, percorrendo doze milhas por hora. Em condições normais, aliás, quando não estava vencido pela presença numerosa e pela audácia do inimigo, era rigoroso a ponto de não tolerar nem ao menos um galanteio discreto. Mas se orgulhava de manter todos obedientes sem faltar minimamente com as leis da cortesia, de saber dizer tudo a todos sem ofender. Quando um passageiro rodeava demais uma senhora, ele o

---

21. Não quero saber de indecências a bordo.
22. Meio mortos de vergonha.
23. Alusão ao dialeto genovês.

chamava de lado e lhe dizia respeitosamente: – Desculpe-me, o senhor começa a ficar repugnante. *Porcaie a bordo no ne véuggio*.[24] De resto, era um cavalheiro. O velho majestoso que estava ao seu lado – Hamerling – era um chileno, um homem muito rico, chamado a bordo de *aquele capaz de furar uma montanha*, porque tinha feito aquela viagem bastante longa de seu país (trinta e cinco dias de mar) apenas para comprar perfuradoras na Inglaterra, permanecendo na Europa exatamente duas semanas, entre o desembarque e o embarque. Sério, como em geral são os chilenos, de maneiras aristocráticas, nos primeiros dias havia frequentado o grupo dos argentinos, mas como eles o tivessem ofendido numa discussão em torno da eterna disputa das fronteiras meridionais das duas repúblicas, apartou-se e não falava mais com ninguém a não ser com o comandante e o padre. Por enquanto, o meu vizinho não conhecia outros passageiros. Mas estava espiando um jovem toscano presunçoso e arrumado, sentado à mesa bem em frente à mulher do professor, sobre quem pousava os olhos; o tipo parecia tão absorto que às vezes deixava o garfo no ar, a meio caminho entre o prato e a boca, como se esta também tivesse sido atingida pela admiração. Tinha o aspecto de um Don Juanzito faminto que estivesse fazendo o primeiro voo longo fora de casa, porém dotado de uma audácia única, sob aquela aparência de galã em início de carreira. Enquanto cortejava a suíça, que devia ter conhecido em terra firme, em todos os momentos fazia excursões na proa, farejando o ar como um potro de estrebaria, especialmente à noite, com o perigo de que os emigrantes lhe sacudissem o pó dos trajes esmerados que ele trocava duas vezes por dia. Dizendo isso, o agente fez rolar uma laranja que quase chegou até o prato do recém-casado, e estendeu inesperadamente a mão, dizendo: – Sirva-se... Coitado! Justamente naquele momento, aproveitando da habitual confusão de todo final de refeição, ele deixava cair o braço direito sob a mesa, enquanto a esposa tinha escondido o

---

24. Não quero indecências a bordo.

braço esquerdo da mesma maneira: diante da pergunta repentina, as duas mãos subiram decididas de volta para a mesa, separadas, é verdade, mas demasiado tarde: as bochechas enrubescidas haviam traído o segredo. – São felizes demais – disse-me o agente em voz baixa –, quero atormentar a vida *deles*. Em seguida se levantou. Meia hora depois, quando subi para o convés, o vi no castelo central conversando com um padre que viajava na segunda classe. Mas esta, quase vazia, não devia oferecer um grande sustento para a sua curiosidade. Havia dois padres velhos que liam quase sempre o breviário; uma velha senhora sozinha, de óculos verdes, que folheava o dia inteiro uma coleção de antigos periódicos ilustrados, e uma família numerosa, toda vestida de luto, que formava um grupo escuro e triste no navio, inerte por horas a fio. Só os dois garotos menores atravessavam a ponte pênsil e às vezes davam uma escapada até o convés da popa, onde a moça da cruz preta acariciava-os tristemente, com suas mãozinhas magras de doente.

Rancores e amores

Uma golfada de água recebida bem na cara de manhã cedinho, no momento em que eu abria a janelinha para respirar, me fez passar o dia inteiro na cama, com um turbante molhado em volta da cabeça, meditando sobre a crueldade *do grande pai Oceano*: a pancada tinha sido tão violenta e certeira, que me fez bater com a parte posterior da cabeça na parede do outro lado da cabine, e cair aturdido, em uma poça, com a boca cheia de sal.

Por causa desse acidente, só pude fazer minha primeira visita aos emigrantes na manhã do nono dia de viagem. Ruy Blas, servindo-me respeitosamente o café, avisou-me que o tempo estava bonito; porém, mais que a sua bebida, o que me despertou mesmo foi o costumeiro concerto matinal dos gorjeios do tenor e do choramingo do menino brasileiro, seguidos das notas do piano que devia ser tocado por aquele tipinho extravagante da mocinha da carta. Em meio a todo esse barulho, doeu no meu ouvido uma discussão acirrada que vinha da cabine ao lado, ocupada pela senhora da escova e por seu marido. Que inferno! Eu só entendia algumas palavras aqui e ali, mas o tom estridente e a entonação daquelas duas vozes, firmes na sua exaltação, animadas por um sentimento menos enérgico e mais perverso que a raiva, revelava o costume da disputa surgida do nada, quase involuntária, como um transbordamento repentino de pensamentos e sentimentos malignos, que eles deixavam extravasar para não morrer sufocados. O diálogo era interrompido por risadas sarcásticas e palavras truncadas, repetidas muitas vezes ora por um ora por outro, com o mesmo tom, como um refrão ultrajante, e por alguns "Cale a boca! Cale a boca!" que, mais do que pronunciados, eram sibilados, eram frases em que não se diferenciava mais a voz do homem daquela da mulher, e que pareciam diaceradas pelos dentes. Era como um combate surdo de hálitos envenenados, uma centena de vezes mais difícil de escutar do que as pancadas e os gritos. Que coisa tremenda aquele ódio conjugal dentro daquela masmorra, no meio do oceano, aquelas duas criaturas atadas para se ferirem, e que levavam de um mundo para o outro o inferno que as atormentava! De repente se calaram, e poucos minutos depois, enquanto eu saía, os dois também saíam; estavam bem vestidos e aparentemente impassíveis, mas ao chegarem às duas escadinhas que levavam para a coberta, viraram um para a direita e o outro para a esquerda, sem se olhar. No corredor dei de cara com o jovem toscano, todo arrumado, que estava de vigia, e ao passar em frente à porta da suíça, me pareceu ver um olho azul brilhar pelo respiradouro. Em seguida topei com o agente bancário, que me disse intempestivamente: – O senhor sabe, aquele casalzinho me aborrece! Ele havia escutado a esposa rezar à noite. Além disso, havia outras mil chateações. Entre outras coisas, como passatempo, os dois estudavam a gramática espanhola. Conjugavam os verbos a meia voz, interrompendo-se de vez em quando para se beijar. Justamente na noite anterior tinha escutado uma conjugação insuportável de um verbo no passado. Queria trocar de cabine. E tinha novidades sobre novos personagens, mas lhe pedi para que as guardasse para mais tarde e fui direto para a proa, a fim de meter-me no meio dos emigrantes e puxar conversa com eles.

Era a hora da limpeza, a proa estava lotada, o céu claro: tudo parecia propício. Mas não tardei a me dar conta de que a empreitada era menos fácil do que eu acreditava. Enquanto passava no meio das pessoas sentadas, tomando cuidado para não pisar nos pés de ninguém, ouvi a voz de alguém atrás de mim: – Deixem os ricos passarem! – e virando-me, deparei-me com o olhar de um camponês, que me encarou com escárnio e com um ar que confirmava audaciosamente o sentido sarcástico da exclamação. Um pouco mais adiante, ao estender minha mão para acariciar uma criança, a mãe puxou-a para si de uma forma brusca, sem me olhar. Não posso exprimir a dó que senti. Eu não tinha pensado no estado de ânimo em que era natural que muitas daquelas pessoas se encontrassem, enquanto ainda ferviam as lembranças da vida intolerável que levavam e daquela situação que as tinha impelido a deixar a pátria, com o propósito de mudar de vida. Também não havia pensado em quão inflamado ainda era o ressentimento contra aquele múltiplo exército de proprietários, cobradores, capatazes, advogados, agentes, autoridades, que chamavam pelo nome genérico de ricos, tidos como conspiradores de uma trama contra eles e como os principais responsáveis pela miséria em que se encontravam. Para eles eu era um representante daquela classe. E nem tinha pensado que, na visão deles, eu devia ser alguém particularmente odioso; naquele estado de espírito em que estavam eu era um habitante daquele pequeno mundo privilegiado da popa; representava a imagem daqueles dos quais haviam tentado ficar bem longe, e que os seguia inclusive no mar, como um vampiro que quisesse sugar-lhes o sangue até chegar à América. Considerando isso, era impossível que compreendessem o sentimento respeitoso e benevolente que me estimulava. Percebi que seria imprudente começar a conversar repentinamente com um deles. Se o fizesse, teriam pensado que eu estava movido por uma curiosidade cruel de escutar relatos de problemas, ou poderiam me tomar por bisbilhoteiro, ou por um empresário sedicioso que embarcou no *Galileo* para aliciar trabalhadores às escondidas, sem o incômodo da concorrência. Essas reflexões levaram inesperadamente todas as minhas esperanças a caírem por terra.

    Então joguei fora o charuto e comecei a circular olhando os mastros e os cordames, como se estivesse preocupado apenas com o navio, mas com o ouvido atento. Já se haviam formado muitos grupos fixos, como sempre acontece entre os emigrantes da mesma província ou da mesma profissão. A maior parte era de camponeses. E não foi difícil captar o assunto predominante nas conversas: o triste estado da classe agrícola na Itália; a excessiva concorrência de trabalhadores, que favorecia os proprietários e os arrendadores; os parcos salários; os mantimentos caros; as taxas abusivas; as estações do ano em que não havia trabalho; os anos de colheitas ruins; os patrões ávidos; a total falta de esperança de melhorar a própria situação. A maioria das conversas tinha a forma de relatos: relatos de miséria, de falcatruas, de injustiças. Em um grupo em que parecia dominar um tom de amarga alegria, riam-se da raiva que teria devorado os patrões quando eles se vissem sem braços para a lavoura, obrigados a dobrar os salários ou a dar as suas terras por um pedaço de pão. – Quando todos nós tivermos ido embora – dizia um – eles também morrerão de fome. E outro: – Em não mais que dez anos *explode* uma revolução. Mas aqueles que diziam as frases mais ousadas falavam mais baixo, e só depois de dar uma olhada em torno, porque muitos, como depois vim a saber, temiam que houvesse a bordo um serviço secreto da polícia, pago pelo Governo. Havia rodinhas de camponeses calabreses, com suas capas com capuz e suas sandálias amarradas com laços, mas poucos deles falavam. Em outros grupos se conversava sobre o mar e a América e se reconhecia facilmente aqueles que já haviam ido, pela atenção com que demais os escutavam, e pelo tom de segurança com o qual discorriam sobre o que conheciam, porque é incrível quanta vaidade possa existir em muita gente até em meio àquelas aflições, o quanto seja forte a ânsia de se fazer conhecer, de criar para si um pedestal mesmo entre aquela pobre multidão, para se mostrar superiores à miséria a que estão submetidos e da qual estão rodeados.

Aqueles que eu escutava falar com mais frequência eram os lígures, e quase seria possível reconhecê-los sem escutá-los, por causa do seu aspecto seguro e quase afoito, resultado da consciência do espírito comercial e marinharesco e dos cinquenta anos de emigração bem-sucedida do seu povo: pareciam estar à vontade no navio, como se estivessem na própria casa. Se não estavam, sabiam fingir. Os montanheses, ao contrário, quase todos inertes e taciturnos, pareciam atordoados com o espetáculo daquela imensa plataforma uniforme, tão diferente daquele espaço apertado, fragmentado, intimista, de suas montanhas. Viam-se ainda, entre os muitíssimos que ficavam de pé como títeres, ou agachados como animais, muitos daqueles espíritos alegres e simples, para quem as novidades e o contato da multidão excitam tanto quanto o vinho. Circulavam de grupo em grupo e dirigiam a palavra pra todo lado, rindo para as pessoas e para o mar, como se tivessem sido informados de que encontrariam montanhas de ouro no desembarque. E entre os muitos pares de homens e mulheres que conversavam tranquilamente, sentados um diante do outro, como se estivessem na porta de casa, fumando ou trabalhando, notava-se que haviam surgido muitas daquelas amizades de viagem, algumas das quais perduram, ou renascem, muitos anos depois, na América, e permanecem como as prediletas, porque ficam pela vida toda marcadas por aquela necessidade primordial, que as viu nascer, de se abrir e encorajar-se mutuamente, diante de um futuro misterioso. As mulheres faziam rodinhas com os filhos nos braços, como nos cruzamentos das ruas. Perto da *cambusa* – a bodega da terceira classe – vi as coristas lombardas, sorrindo com desenvoltura teatral, em meio a um grupo de jovenzinhos suíços, os quais, talvez com alguma intenção política, vestiam um boné vermelho e compensavam com uma mímica demasiado eloquente o escasso conhecimento da gramática milanesa. Encontrei a bolonhesa gorda com a sua inseparável sacola a tiracolo, observada por muitos olhares curiosos. Passeava sozinha com passos de grande dama, olhava para os pés o tempo todo e fazia uma careta de náusea para afastar a sujeira. De fato, o chão, cheio de pedaços de papel, cascas de maçã, farelos de bolachas, enfim, um pouco de tudo, parecia um terreno onde tivesse acampado um regimento. Em geral, os rostos e as roupas surradas dos soldados não destoavam do aspecto do pavimento. Parecia que muitos rostos ainda guardassem intactos os vestígios do dia da partida. Mas contive qualquer palavra de reprovação, porque pensei nos emigrantes alemães que, antes de embarcar em Bremem encontram comida, abrigo e banheiros para que possam se recuperar da viagem terrestre, enquanto os nossos dormem nas calçadas.

Fui para a área onde ficavam os reservatórios de água doce. A formosa genovesa estava sempre lá, entre o irmãozinho e o pai, com o seu casaquinho branco e a sainha azul, atarefada com a costura. Estava limpa e fresca como uma flor. Os admiradores tinham aumentado: agora tinha à sua volta uns doze passageiros que, mais de perto ou mais de longe, observavam-na com desejo, e brincavam entre eles, cochichando, com algumas risadinhas malignas e piscares de olhos que não deixavam dúvidas sobre a sua admiração. Outros se aproximavam, ficavam na ponta dos pés para vê-la e em seguida iam embora. Já era famosa, portanto, e seria, sem dúvida, o "grande sucesso" da viagem na sociedade da proa. Mas a celebridade não a tinha transformado. De vez em quando levantava os olhos, extremamente serenos, como se ao invés de homens à sua volta, houvesse árvores, e sempre com a mesma placidez graciosa, inclinava a cabeça sobre o trabalho, revelando o seu lindo pescoço branco e o entrelaçado magnífico das suas tranças douradas para todos aqueles olhares, como que inconscientemente. Ah! Pobre cozinha da terceira classe! Virando-me para a janelinha, vi a cara avermelhada do cozinheiro com a testa franzida e os olhos fixos. Sem sombra de dúvida, ardia uma paixão entre as panelas. A saúde pública estava em perigo. Enquanto o observava, vi que ao se desviar da moça seu olhar assumia uma expressão mais sinistra. Ao segui-lo, acabei me distraindo dele quando dei com os olhos no rosto de um dos admiradores. Era um jovem que parecia ter talvez menos de vinte anos, pálido e imberbe, com dois ombrozinhos tão pequeninos que pareciam cabides. Pelo aspecto, estava entre o professor de aldeia e o escrivão, daqueles que vão para a América para procurar um empreguinho: sentado em cima de um barril, tinha o olhar cravado na moça com uma expressão de amor tão ardente, de adoração tão humilde, que seria capaz de arrancar um olhar de compaixão de uma mulher de mármore. Tinha o ar de quem estava sozinho a bordo: usava um cinturão de couro amarelo nos flancos que devia conter todas as suas economias. Observei-o por um bom tempo, sempre com aqueles olhos fixos, umedecidos, alentados por um leve sorriso triste, como se tivesse pena de si mesmo, e com todo o corpo inerte, na postura de quem se satisfaz em admirar e não espera mais nada, e poderia ficar ali a vida toda. Durante todo o tempo, a moça não demonstrou ter notado a presença dele. Ele definhava ali, solitário, como um estilita na coluna. O calor da sua pobre chama ignorada se dispersava no ar como a fumaça do *Galileo*.

De lá fui para o castelo da proa, que estava cheio de gente. Ao subir, ouvi alguém dizer ao meu lado: – *Già, vegnen chì al teater.*[25] Naturalmente, aquele *vegnen* era para mim. Fui acolhido pior do que em outros lugares, com olhares feios e pessoas que viravam as costas para mim, e não apenas isso: *sub terris tonuisse putes.*[26] Veio-me à mente, e não estava enganado, que aquela fosse uma espécie de *montanha*, o ponto onde se reuniam os emigrantes de ideias mais revolucionárias, aqueles que precisavam se afastar para ter conversas arriscadas, e que de lá talvez saíssem os protestos contra a comida e as conspirações contra o regulamento, como se ali fosse uma chama de insatisfação. Viam-se rostos corajosos e zangados, e modos que pareciam ser de valentões em dia de folga. Deviam ser todos solteiros, ou deviam ser aqueles emigrantes que deixavam a mulher em casa, depois de dois ou três anos de casamento. Era uma categoria muito numerosa, ou porque tinham

---

25. Venham para o teatro.

26. Poderias acreditar que tivesse trovejado debaixo da terra (expressão latina com significado obsceno).

sido impelidos a emigrar levados pelas necessidades que surgiam com a família, ou porque, depois de terem feito a experiência inicial da vida conjugal, já entediados, queriam escapar por aquele caminho. Numa rodinha de emigrantes, reconheci o velho alto que mostrara o punho para a pátria na noite da partida: um tipo de aventureiro extenuado de olhos ardentes e umas cordas vocais que quase lhe saltavam do pescoço, vestido com um surrado capote verde que parecia uma roupa de comediante já descartada, sem capuz e com os cachos de cabelos grisalhos ao vento. Falava energicamente, com sotaque toscano, gesticulando com o dedo indicador em riste. Ao virar-me, escutei ao longe a palavra *pagnottisti*[27] e recebi um olhar lancinante da cabeça aos pés, que me fez apressar o passo. Perto da escotilha do molinete um homem pequenino tocava pífaro, mas o vento levava embora as notas e ninguém lhe dava importância. Outros, sentados em círculo no chão, jogavam cartas. Na extrema ponta do navio, de pé em cima do talha-mar, havia uma estranha figura de saltimbanco, com uma cara comprida ossuda e meio olivácea, iluminada por dois grandes olhos verdes, com cabelos pretos que lhe caíam sobre os ombros, e os braços seminus cruzados sobre o peito. Num deles estavam tatuadas as iniciais AS e uma cruz: e assim, ereto e sombrio naquela solidão, ora puxado para cima, ora puxado para baixo pelo movimento forte da proa, como se estivesse dançando no ar, parecia a imagem personificada de todas as tristezas e de todas as misérias acumuladas sobre aqueles tabuames, o símbolo vivo da existência vagabunda e do destino incerto de todos. Havia só uma mulher lá no alto, uma velha, sentada em cima de uma abita ao lado do marido, também velho; todos os dois com os braços cruzados nos joelhos e a testa pousada sobre os braços, de forma que não se lhe viam os rostos, mas só os cabelos grisalhos e ralos, e os pescoços enrugados, que revelavam terem ambos mais de setenta anos, entregues a uma atitude de abandono e cansaço mortal. O que iam

---

27. Quem trabalha e age só pensando nos lucros.

fazer na América? Talvez fossem ao encontro dos filhos. Eu ainda não tinha visto a bordo nada que despertasse mais compaixão do que aquelas duas velhices destruídas e quase já tomadas pela morte, que emigravam para a terra da labuta e do futuro. Abaixei-me para vê-los mais de perto: dormiam. A poucos passos deles, de pé contra o parapeito, encapuzado e solitário, estava o frade que ia para a Terra do Fogo. Tinha uma cara de cera, com dois olhos vazios, impassível.

Descendo do castelo da proa, dei de cara com o médico: um napolitano extremamente parecido a Giovanni Nicotera,[28] mas com os olhos e os modos de outro, absortos e fleumáticos; um caso não raro de semelhança física entre pessoas de natureza oposta. Desci com ele para a enfermaria, uma espécie de salão comprido, iluminado no alto, com duas fileiras de beliches em volta. Havia um menino doente de escarlatina, uma graça de garoto, com os cabelos loiros encaracolados, enrubescido pela febre, e ao lado dele, em pé, uma camponesa dos arredores de Nápoles, uma mulher bonita que assim que avistou o médico começou a chorar, sufocando os soluços nas mãos. O médico examinou o menino e depois disse a ela em tom de reprovação: – A doença segue o seu curso. A senhora não deve se preocupar. Tire essa ideia da cabeça. E me explicou que umas mulheres bisbilhoteiras tinham atormentado a cabeça dela, dizendo-lhe que se acontecesse uma desgraça, o corpo do menino seria jogado no mar: essa ideia a deixava desesperada. Depois perguntou em voz alta, virando-se para o outro lado: – E o senhor, como está? Então vi a cabeça de um velho macilento despontar da cama inferior de um beliche; embora o médico se opusesse, o velho quis pôr as pernas para fora e sentar-se na beirada da cama. Estava vestido. Respondeu com um fio de voz: – Não tão mal. O médico examinou-o e balançou a cabeça. Tinha uma pneumonia grave e precisou ficar de cama desde o dia seguinte

---

28. Patriota e político, Giovanni Nicotera (1828-1894) foi com Giuseppe Garibaldi a Aspromonte e Mentana.

à partida. Era um camponês *pinerolese*²⁹ que ia para a Argentina para encontrar um filho. Perguntei-lhe em que região da Argentina ele estava. Não sabia. Seu filho caçula tinha partido para a Argentina havia três anos, deixando-o em casa com o outro, que depois morreu. Então o filho caçula lhe escreveu e disse que fosse ficar com ele, enviando-lhe um *bilhete* para a viagem, mas sem fornecer o endereço exato porque trabalhava nas ruas e mudava sempre de alojamento. Mas tinha indicado a maneira de encontrá-lo. E dizendo isso, o pobre velho enfiou a mão no bolso e tirou um maço de papéis puídos e engordurados que começou a folhear com as mãos trêmulas. Naquele instante um movimento brusco do navio fez com que ele batesse forte com a cabeça calva no estrado da cama superior; passou a mão na cabeça para ver se tinha sangue e recomeçou a examinar os envelopes rasgados, papéis com cifras – talvez as últimas contas do patrão – um recibo, um pequeno calendário. Finalmente encontrou um pedaço de papel amarrotado, onde estava escrito em letras grandes, mas manchadas de tinta e quase ilegíveis, o nome de um povoado da província de Buenos Aires, onde, em tal número de tal rua, ele teria encontrado hospitalidade junto a uma família do Piemonte. No prazo de um mês, um *patriota*, colega de trabalho do caçula, viria buscá-lo, e o levaria para onde estava o filho: *o meu Carlo*. Com aquelas referências, velho, doente, sem nenhuma instrução, tinha ido para a América! – Tenho muito medo – disse o médico ao sair – de que tenha partido tarde demais.

E quis que fosse com ele ver o "presépio". Num cantinho da proa, formado por uma capoeira de perus e um grande tonel encostado nas obras mortas – de uma largura que só dava para caber um saco de carvão – uma família de cinco pessoas tinha feito o seu ninho. Elas passavam o dia lá, apertadas e grudadas entre si e junto às paredes, a ponto de darem a impressão de que tivessem se enfiado ali só por brincadeira.

---

29. Natural de Pinerolo, cidade da região do Piemonte (norte da Itália).

Era uma família de camponeses dos arredores de Mestre:[30] marido e mulher ainda jovens; ela, em estado avançado de gravidez; dois gêmeos de seis anos e uma garotinha de uns nove, que tinha a cabeça enfaixada. A menina tricotava, na frente, e os molequinhos loiros estavam presos entre as pernas do pai, que fumava o cachimbo com as costas apoiadas no parapeito, esticando um braço para a mulher, que remendava a sua manga. Pobres, mas limpos: seus rostos tinham um ar de bondade e de resignação serena. Com a chegada do médico, o homem se levantou sorrindo e disse que a *putela*[31] estava melhor. Tinha se machucado dois dias atrás rolando na escada do dormitório. – E como vai essa cozinha? – perguntou-lhe o médico. O camponês ia todos os dias à cozinha, com outros emigrantes, para descascar batatas e debulhar feijão sob a supervisão dos assistentes dos cozinheiros, que lhes recompensavam com um ou outro copo de vinho. – Vai bem, – respondeu – pelo menos dá para beber alguma coisa. Mas aquele mestre-cuca tinha um humor!... Em seguida, ao ser indagado, contou a sua história. Um tio havia lhe deixado um pouco de terra, o suficiente para poder sobreviver, ou quase, trabalhando por dois. *Ma co' no ghe xè fortuna,*[32] tudo acaba com os burros n'água. A propriedade era hipotecada e depois... cento e dez liras de impostos, dois anos de colheitas ruins no começo: enfim, durante cinco anos ele tinha se matado de trabalhar sem poder seguir adiante. E sua *muger*[33] ainda trabalhava como um homem, mas eram cinco bocas e três não ajudavam. Rebentar de tanto trabalhar, estar sempre endividado, comer polenta e mais polenta, sempre, ver os filhos ficarem cada dia mais desnutridos, não era uma situação que podia durar muito. E depois a menina ficou longamente doente. Por último, um raio matara-lhe uma

---

30. A cidade de Mestre faz parte do município de Veneza, localizado no nordeste da Itália.

31. Menina.

32. Mas para quem não tem sorte.

33. Mulher.

vaca. Então resolveu ir embora. Tinha vendido tudo, queria ver se na América havia um jeito de levar a vida adiante. Boa vontade e coragem não lhe faltavam... *Ma co' no ghe xè fortuna!*[34] Depois disse com pressa: *Saludè, putei, che vien la paronçina.*[35] Fiquei espantado ao ver caminhar, em frente, em meio à multidão da proa, a moça da cruz preta, com seu vestido de um verde da cor do mar, apoiada no braço de uma amiga. Ela estava mais pálida e fraca, de uma fraqueza que eu nunca havia visto antes. Aproximou-se da família. Pediu notícias à garotinha em veneziano, e passou a mão na cabeça dos gêmeos. Depois tirou um pacotinho do bolso, que devia ser de frutas ou de doces, e ofereceu-lhes com certa elegância cansada de pessoa doente e seu suave sorriso melancólico. Enquanto isso o médico, puxando-me para trás, me dizia que ela também era de Mestre, e que tinha reconhecido aquela família de camponeses no dia da partida, enquanto embarcavam. Era filha de um engenheiro viúvo, que havia dois anos dirigia os trabalhos de uma ferrovia no interior do Uruguai. Viajava com a tia, que era apenas um ano mais velha do que ela, para vê-lo "ainda uma vez mais". Pedi explicações sobre essas últimas palavras, quando a moça tossiu e não tive mais necessidade de concluir a frase. O médico me apontou ainda uma mulher sentada perto, a sós, que observava aquela família com dois olhos vítreos, aterrorizados, nos quais transparecia um sentimento de inveja, e o pensamento implacável de um amor perdido. Também era uma vêneta que ia ao encontro de um irmão em Rosário, porque dois meses antes, em uma briga, haviam apunhalado seu marido.

E toda essa miséria é italiana! – pensava eu, enquanto voltava para a popa. E cada navio que parte de Gênova está lotado, e outros partem ainda de Nápoles, Messina, Veneza, Marselha, todas as semanas, o ano todo, há dezenas de anos! E ainda se podiam dizer felizardos, pelo menos

---

34. Mas para quem não tem sorte!
35. Cumprimentem, crianças, a patroazinha está chegando!

quanto à viagem, aqueles emigrantes do *Galileo*, em comparação a tantos outros que, nos anos anteriores, por falta de lugares na estiva, haviam sido alojados como gado na coberta, onde tinham vivido ensopados de água durante semanas e sofrido um frio de matar, e os muitíssimos outros que tinham corrido o risco de morrer de fome e de sede em navios onde faltava de tudo, ou de morrer envenenados com a merluza estragada ou a água contaminada. E tinham morrido. Pensava ainda nos muitos outros que, embarcados para a América por agências abjetas, foram traídos e desembarcados em um porto europeu, onde precisaram pedir esmola nas ruas, ou que depois de pagar para viajar num navio a vapor, foram enfiados num veleiro abandonados no mar por seis meses, ou naqueles que acreditando serem levados para a região do rio da Prata, onde os esperavam os parentes e o clima de seu país, foram jogados na costa do Brasil, onde o clima tórrido e a febre amarela os tinham dizimado. E assim, pensando em todas essas injustiças e nos milhares de concidadãos que, nas grandes cidades estrangeiras, levam a vida exercendo os mais degradantes ofícios, e nos grupos de simplórios famintos que espalhamos nos quatro cantos do planeta, e no péssimo tratamento recebido pelas crianças, e em outras coisas, eu experimentava um sentimento de inveja amarga em relação a todos os que podem viajar pelo mundo sem encontrar por todos os lados a miséria e o sofrimento do próprio sangue.

Mas para suavizar qualquer amargura, o bom Deus tinha colocado a bordo dois caixeiros viajantes franceses. Um era parisiense, um jovem bondoso apesar de um pouco afetado, mas tinha uma cara, pobrezinho, que me parecia já ter visto pela primeira vez em uma obra ilustrada de Darwin, no capítulo sobre as *catarrine*.[36] Já mencionei o outro: era um marselhês de cinquenta anos, tinha um busto patagônico e pernas curtas, uma delas era arqueada e caminhava só arrastada; uma cara

---

36. Uma ordem de macacos africanos e asiáticos estudados por Darwin na obra *Descendência do Homem,* à qual se refere De Amicis.

de Napoleão I inchado, de uma seriedade que fazia parecer duplamente engraçadas as sucessivas e grandes asneiras que saíam da sua boca. Dizia-se representante comercial do *Journal des Débats*, mas ninguém acreditava, e gabava-se de conhecer a literatura, citando sempre o mesmo livro, que era a sua doutrina, e do qual só havia lido o título: o dicionário do Littré, *un ouvrage qui restera dans les siècles*.[37] Além disso, vangloriava-se de conhecer a Itália a fundo, e falava um italiano que doía nos ouvidos. Mas o mais ágil era este, que sem nunca ter tido nada mais que aventuras nas esquinas, como se intuía pelo que contava, falava com conhecimento de causa sobre as mulheres italianas, fazendo mil distinções fisiológicas e psicológicas sutis entre as senhoras das nossas grandes cidades, à moda de Stendhal, como se tivesse feito seus estudos junto à fina flor de todas as aristocracias, na qualidade de Embaixador da França. Um comportamento, aliás, bastante comum entre os franceses da pequena burguesia, um jeito de ponderar sobre todas as coisas com subterfúgios e frases feitas, das quais se poderia considerar como típica a seguinte, dada por ele como resposta a um argentino, que dizia ser a cerveja prejudicial: – *J'ai assisté à l'enterrement de bien des gens qui n'en buvaient pas.*[38] Mas o seu forte eram as aventuras galantes, que ele contava entre a gozação e a ostentação, com gestos de ator, de pé, e que terminava sempre cruzando os dedos e fazendo uma pirueta sobre o calcanhar, para depois parar frente a frente com quem o escutava com um – *Et voilà!*[39] – como um mágico que deseja o aplauso.

    Naquela manhã ele e o seu colega que se sentava à sua frente na mesa nos divertiram com uma discussão, que não sei como surgiu, a respeito de quanto se gastasse em Paris para se comer como um cavalheiro em

---

37. Uma obra que ficará para os séculos.
38. Assisti a funerais de muitas pessoas que não bebiam cerveja.
39. E então!

um dos chamados *Marchands de vin*.[40] Depois de poucas palavras, como a atenção dos comensais tivesse despertado o amor próprio dos dois, o parisiense, encolerizado, deixou escapar com um tom de compaixão que o seu oponente não conhecia Paris.

O marselhês saltou como uma mola. – *J'ai fait vingt-cinq voyages à Paris, monsieur!*[41]

– *Et moi* – respondeu o outro, levantando-se, em meio ao silêncio geral – *Je l'habite!*

Mas a fisionomia, o sotaque e o gesto foram tão solenes que provocaram uma risada fragorosa, que quase sufocou a resposta do marselhês furioso: – ...*Vous prenez la chose sur un ton... Nous nous moquons pas mal de Paris...Thiers qui a sauvé deux fois la France...*[42]

Mas o outro estava tão contente com o sucesso do seu *moi Je l'habite*, e não respondeu mais, contentando-se em dirigir poucas palavras aos seus vizinhos, entre as quais compreendi estas: ...*Thiers, une vilaine figure de polichinelle...*[43]

Depois disso todos se levantaram da mesa, ainda rindo.

Naquele dia, como o tempo estava bom, duas horas antes da refeição toda a "alta sociedade" estava na coberta, com exceção dos argentinos, que àquela hora costumavam fazer uma espécie de *lunch*[44] nacional com suas saborosas carnes em conserva. Tinham trazido um estoque a bordo. O convés parecia o grande terraço de um balneário. Alguns passageiros se balançavam nas longas cadeiras de palha, folheando volumes amarelos de Charpentier; muitos passeavam em duplas. O velho

---

40. Taberna.

41. – Fiz vinte e cinco viagens a Paris, senhor!

42. – E eu moro lá!... – O senhor toma a coisa de uma forma... Não damos tanta importância para Paris... Thiers salvou a França duas vezes...

43. – Ora, Thiers é uma figura desprezível de polichinela...

44. Almoço.

chileno caminhava com o padre napolitano, que agitava suas longas mãos no ar como se quisesse agarrar bilhetes de banco em pleno voo; e a cada vez que passava ao meu lado, eu escutava uma das suas frases. – *Yo creo que con un capital de docientos mil patacones...Vea usted, la vendida de las cédulas hipotecarias provinciales...*[45] No fundo, ao lado de onde ficava o leme, via-se a senhora loira, com uma fita azul nos cabelos. Estava de pé apoiada no parapeito, olhando para o mar, ao lado do frangote toscano; dava para entender que falavam sobre coisas indiferentes, do mar, da América, mas embora não se olhassem, também dava para entender, pelo leve sorriso ininterrupto que se desprendia do rosto de ambos, que a conversa indiferente não devia ser nada mais que o acompanhamento exterior de um dueto íntimo muito bem afinado. Ao procurar o marido com os olhos, encontrei-o abaixo, na pracinha, profundamente atento à conversa de um oficial de bordo que lhe explicava o sextante da luneta. Num dos bancos compridos do meio estavam a moça de Mestre e sua tia. Pela primeira vez observei-a direito: era um exemplo, não raro de se ver, de um erro da natureza, que tinha encarcerado uma alma feminina em um corpo masculino, de rosto grande e ossudo, mãos enormes, voz rude. Toda a feminilidade daquela pobre menina parecia se reduzir aos seus pequenos olhos acinzentados, que eram cheios de bondade e delicadeza, e dos quais transparecia claramente que ela tinha consciência daquela discordância desagradável entre a sua pessoa e o seu espírito, e que havia bastante tempo se conformara em não ser admirada e a ficar afastada, como se estivesse quase alheia aos dois sexos, tentando a todo o momento passar despercebida. Mas justamente aquela tímida resignação, e aquela sombra que parecia ser de vergonha, que encobria seus olhos, inspiravam um sentimento entre a pena e a simpatia, que em algum momento a fazia parecer totalmente diferente do que era. De repente, maravilhado, vi o

---

45. – Creio que com um capital de duzentos mil *patacones*... – Veja bem, a venda das cédulas hipotecárias provinciais...

garibaldino se aproximar e se sentar ao lado da moça, cumprimentando-a respeitosamente, mas com um gesto que revelava que os dois já se conheciam havia vários dias. Era a primeira vez que eu o via conversar com uma pessoa. Como será que os dois se conheceram? De vez em quando a moça dizia umas palavras, virando os olhos claros e lentos para o horizonte, e ele a escutava numa postura de condescendência e de respeito, olhando para o chão. Imaginei que desde o primeiro momento o sopro leve que saía daquela boca pálida devesse ressuscitar aos poucos na alma daquele homem sentimentos mortos e sepultados, mas por enquanto não aparecia nenhum indício no rosto dele, que apesar da expressão respeitosa, tinha o semblante amargurado e inerte. No outro lado do banco, lendo, estava a minha vizinha de cabine, vestida com muita ostentação para um navio, mas o movimento inquieto dos seus pequenos pés revelava que não acompanhava a leitura com o pensamento. A batalha da manhã, porém, não tinha tirado da sua boca aquele sorriso nervoso de sempre, que traía uma força indomável na luta doméstica, a capacidade de alfinetar o coração ou o cérebro de um marido durante trinta anos seguidos. O que ainda poderia haver entre eles? Um "equívoco da carne" como entre o casal de *Germinal*?[46] Nenhuma culpa de um ou de outro, que eu pudesse imaginar, poderia um motivo suficiente para explicar a aversão que os separava, porque o marido, que não tinha o aspecto de ser uma pessoa má, teria perdoado, e ela não parecia ter uma índole tão delicada a ponto de manter aberta por toda a existência a ferida de uma traição. Mesmo assim, eu poderia jurar que aquelas duas criaturas nunca mais se reconciliariam, e que a trajetória que percorriam juntos os levaria a um crime. Porém, entre todas aquelas pessoas, quem mais chamava a atenção era a família brasileira: marido e mulher com três crianças grandinhas e um bebê ainda em fase de amamentação,

---

46. Romance do escritor francês Émile Zola (1840-1902), o grande expoente do naturalismo na literatura, profundamente admirado por De Amicis.

segurado no colo por uma pequena negra de seios grandes como uma hotentote; apertados em grupo, sentados no banco perto do mastro da vela que ficava mais próxima da popa. Estavam tão silenciosos que pareciam estátuas: pousavam seus grandes olhos escuros sobre as pessoas que passavam; todos ao mesmo tempo, como se um único mecanismo os movesse. O pai e a mãe estavam grudados, como se estivessem com ciúmes um do outro, e tinham pinta de ser gente rica, mas talvez abrutalhada pela solidão de uma daquelas fazendas do interior do Brasil, fervilhantes de escravos negros, rodeadas de intermináveis lavouras de açúcar e de café, aonde só se chega depois de longos dias de caminhadas através de florestas fechadas. No banco em frente a eles, bordando, de costas para o mar, estava a mocinha pianista: observei a elegância com que manuseava as pequenas *tesouras* e a arte sutil com que passava demoradamente os olhos sobre todos, sem que ninguém pudesse se deparar com o seu olhar, e sem que nos seus olhos frios cintilasse a mais leve expressão de curiosidade. Enquanto isso, a mãe dela conversava com o agente de câmbio que estava de pé, à sua frente, e pelo sorriso dele, intuía-se que ela espicaçava com ferocidade delicada alguém ou muitos do grupo. Um lampejo de inveja que lhe passou pelos olhos anunciou-me a chegada da senhora argentina, que fazia dois dias não era vista; ela caminhava à frente, vestida de maneira elegante e simples, apoiando-se no braço do marido, com um passo e um sorriso de convalescente que não escondia o prazer de ser observada por todos. Era realmente um lindo exemplar da beleza opulenta do sangue nativo: os cabelos e os olhos pretíssimos, encobertos pelas longas pálpebras; a pele morena e ardente, de um frescor maravilhoso, e um rebolado extremamente gracioso ao caminhar, que adelgaçava e atenuava aos olhos a plenitude harmoniosa da pessoa. E naquele seu jeito de caminhar, no olhar, e nas maneiras, era evidente a altivez jubilosa da *porteña*,[47] a quem se consente a primazia

---

47. O *porteño*, ou portenho, é o cidadão natural de Buenos Aires, assim designado em

entre as mulheres da América latina, a segurança audaciosa da mulher nascida em uma sociedade de luta e de aventuras, uma sociedade que a respeita quando ela está sozinha e a educa desde menina para suportar corajosamente os revezes do destino. A passos lentos, com uma desenvoltura sorridente de quem é anfitrião, deu uma volta pelo convés, como se estivesse em um salão de baile, e foi se sentar perto da bússola; da verdadeira, aquela que ela não poderia deixar que fosse perdida, para a sorte de todos. Nesse meio tempo várias rodinhas de passageiros iam se formando e se dissolvendo, e assim vi-me por um momento na companhia do genovês de monóculo, que tinha na fisionomia aquela expressão de sempre, de um tédio infinito, sobre quem só o ato de pensar em comida tinha o efeito de um facho de luz na água parada. Perguntei-lhe o que lhe parecia a cozinha do *Galileo*. Ele meneou a cabeça e ficou pensativo; em seguida, com a mesma entonação com que teria dito "parece-me que a Rússia abuse da tolerância europeia", respondeu: – Bem... Sou sincero, parece-me que abusem dos pratos ensopados... Pelo menos é a minha opinião. No entanto, admirava o cozinheiro, que trabalhara no Hôtel Feder: muito bom nos pratos doces, ganhava duzentos e cinquenta liras por mês, um homem garboso. E se ofereceu para apresentá-lo a mim. Adiei a apresentação. – Certamente! – disse ele então, olhando para o relógio – Vou dar uma olhada na cozinha. Hoje deve ter empadão de fígado. E deixou o lugar para o advogado que tinha fobia do mar e que passava naquela hora, transtornado como sempre. Este se deteve para escutar o caixeiro viajante marselhês que celebrava o mar com suas expressões prontas, como de costume: – *Mais, regardez-donc! Est-ce beau! Est-ce imposant! Est-ce grand! J'adore la mer, moi.*[48] O advogado deu de ombros, enfadado: – O mar bonito! Que ideia estranha, esta. Quando está em casa o homem acha tudo bonito, como um cretino. As montanhas

---

função do porto da cidade.

48. Mas vejam! É bonito! É imponente! É grande! Adoro o mar.

são bonitas, as planícies são bonitas; quando está calmo, o céu é bonito; quando tem uma tempestade, é bonito; onde tem vegetação é bonito, onde não tem, também. É burrice! Para mim o mar não é nada mais do que um imenso pântano... E agora, o que está acontecendo? Escutamos uma batida de hélice mais forte que as outras. Ele olhou à sua volta com desconfiança. O engraçado era que, ao falar do mar, nunca fixava os olhos no oceano: no máximo dava uma olhada rapidíssima rente às bordas do navio, como um soldado aterrorizado lança um olhar para o inimigo que avança contra a fortaleza. – Sinta-se aliviado – disse-lhe – temos um mar tranquilo. – Ah! Faça-me o favor – respondeu indo embora – um mar tranquilo! Em menos de uma hora podemos estar todos ajoelhados encomendando a alma! Naquele momento chegou o agente de câmbio para me dar a notícia de uma descoberta: – O senhor se lembra daquela senhora gorda, com o rosto enrubescido, sentada ali perto, que de manhã estava sempre de mau humor, e à noite toda expansiva? O mistério havia sido desvendado. Bebia como um gambá. Dizia-se que era uma domadora e que tivesse uma jaula com animais em um circo no Chile. De fato: tinha na cabine um verdadeiro bar de licores doces, de todos os países e cores, que bebericava a partir do meio-dia, sem parar, numa coleção de pequeníssimos copinhos que tinha mandado fazer especialmente, verdadeiros enfeites de cristais com que tentava dissimular para si mesma o seu vício. Tinha-o sabido pela mãe da pianista. Ela e a sua camareira tomavam regularmente uns tragos, todas as noites, e quando estavam meio altas, começavam a conversar com o primeiro que encontrassem, dizendo umas bobagens do outro mundo. Quando chegasse o calor, falariam muito. Naquele momento ela estava conversando com um passageiro alto, em quem eu nunca havia prestado muita atenção: uma figura de velho errante, que tinha um risco comprido vermelho na nuca. Também havia um boato sobre aquele ali: dizia-se que fosse um antigo capitão de navio, um lobo do mar, e que aquele sinal vermelho era a marca de uma tentativa de enforcamento por parte dos seus marinheiros, muitos anos atrás, em alto-mar. O grupinho deu uma risada e o "enforcado" virou-se. Agora aquele apelido ter-lhe-ia permanecido. Outros já circulavam. Um passageiro que não falava com ninguém recebeu a alcunha de "incendiário", porque tinha o nariz em forma de bico e as orelhas em forma de alça, características daquela cabeça do *Homem Delinquente*[49] de Lombroso. O francês suspeito do *Figaro* era chamado até mesmo de *o ladrão*. Outro, não sei por que, era chamado pelo título de *Diretor da sociedade de expurgação inodora*. Na primeira ocasião, no entanto, ao se conhecerem, uns apertavam as mãos dos outros, cumprimentando-se como bons amigos. – Veja – disse de repente o agente. – A suíça e o toscano desapareceram! Vou lá embaixo dar uma olhada. Fiz-lhe notar que aquilo de que ele suspeitava era impossível, porque lá embaixo estavam as camareiras. – Pelo contrário! – respondeu. – Sentinelas a postos para anunciar a chegada do inimigo: com uma gorjeta! E foi embora. Procurei de novo o professor e o vi a poucos passos de mim, meditando profundamente sobre a lâmina magnetizada da bússola. Afastou-se justamente no momento em que o agente voltava, com a cara de um caçador que conseguiu a sua presa. – Temos um pouco de movimento a bordo – disse-lhe, calmamente. – É – respondeu o agente – um pouco de agitação. E com essas brincadeiras afáveis o tempo passava.

Só se podia contemplar o mar do convés ao anoitecer, depois que os passageiros o tinham desocupado, com exceção de dois ou três solitários. Àquela hora, quando o mar negro como um piche delineava uma linha escura cristalina no céu ainda um pouco claro no oeste, os olhos não eram atraídos para nenhum ponto determinado. Era agradável se abandonar naquele vaivém de pensamentos desconectados e fragmentados semelhante ao movimento das imagens no sonho, ritmados

---

49. Obra do médico italiano Cesare Lombroso (1835-1909).

pelas batidas cadenciadas da hélice. Àquela hora, porém, os pensamentos se impregnavam da cor do mar. Diante daquela visão infinita das águas que não revela nenhum vestígio do homem nem do tempo, o objetivo da nossa viagem, os nossos interesses, o nosso país, tudo nos parece tão longe, confuso, pequeno, insignificante! E pensar que três dias antes de partir ficamos magoados com a despedida fria de um conhecido encontrado na rua Barbaroux... Que lástima! Agora aquelas lembranças parecem recordações de outra existência que vêm à tona apenas um momento, e em seguida despencam; se afogam naquele abismo enorme que se nos abre abaixo e à nossa volta. E nos abandonamos ao mar a bordo de um navio imaginário que navega e navega sem parar, para além das últimas terras, naquele imenso oceano austral de onde todos os continentes apareceriam a um Micrômego[50] como que reagrupados, encolhidos no outro hemisfério por medo da solidão. Mas naquela solidão a fantasia se perde e se amedronta, e com um desejo impetuoso, voa livre entre a raça humana e em meio às criaturas mais amadas que foram deixadas para trás; voa naquela sala onde estão reunidos aqueles rostos, sob o clarão de uma luz que brilha agora na nossa mente como um sol. Mas aqueles rostos não sorriem, e em todos se revela uma inquietação preocupante, e nos entristece a ideia de que a cada giro da hélice aumente a distância enorme que nos separa deles. Distância enorme? Para atenuá-la no nosso conceito, tentamos reduzir o planeta usando a comparação com o universo. Uma gota d'água sobre uma molécula de lama: que distância os injetores podem interpor entre eles? Mas o pensamento é obrigatoriamente reconduzido para a comparação com nós mesmos, e o sentimento habitual da maravilha ressurge. Sim, uma distância enorme nos divide. Afastamos então a imagem daqueles rostos. Repensamos no mar, adormecemos a mente naquelas águas infinitas. Que lindo mar! E

---

50. O micrômego é um instrumento de matemática usado para o cálculo de pequenos ângulos na medição de terras.

que paz! No entanto, quantos horrores esta solidão solene viu! Viu passar os aventureiros ávidos de ouro, que afiavam as armas para as carnificinas infames do novo mundo, revoltas de escravos reprimidas com o sangue nas estivas dos navios negreiros, longos martírios de tripulações famintas, naufrágios horríveis nas trevas, agonias delirantes de famílias enroscadas na ponta dos mastros, clamando o nome de Deus com o rosto voltado para o céu, sufocado pelas ondas. E isto poderia nos acontecer, com a explosão de uma caldeira, esta noite, em uma hora, em um minuto. Arrepiando, imaginamos então a descida lenta do nosso cadáver, de camada em camada, através de outros mundos igualmente diferentes de plantas, peixes, crustáceos, moluscos, ao longo de oito mil metros, até a escuridão fria daquela infinita planície de lama viva e de esqueletos microscópicos que formam o fundo do mar...

> O enigma da vida
> Lá embaixo ondula e murmura...

De quem são esses versos? Ah! Do meu bom Panzacchi![51] O que ele estará fazendo agora? Agora vem à mente a visão de uma noite festiva do Círculo dos artistas de Turim, como um grande círculo luminoso que corre sobre o mar com o navio, e em que giram, brilham cem rostos conhecidos, e parece que escuto os risos e as vozes. Depois repentinamente se apaga. Clarões, sonhos, todas as amizades, todas as alegrias, todas as obras humanas: a realidade eterna é apenas esta formidável massa de água que ocupa quatro quintos da terra, e esta terra, esta cabeça assustadora, com o cocuruto de gelo e o cérebro de fogo, que foge gritando e chorando no infinito. Ó, que mistério! Que prodígio! Se fosse possível ficar aqui, em uma ilha, durante séculos e séculos, com a testa nas mãos, pensando, pensando, ainda que para conseguir compreender uma vez, mesmo que fosse por um átimo, pelo tempo que dura um relâmpago!

---

51. Enrico Panzacchi (1840-1904). Colaborou com De Amicis no jornal *Cronica Bizantina*.

Duu!...Tucc! Vott! Tucc![52] Esses gritos de um grupo de emigrantes lombardos que todas as noites jogavam *mora*[53] no castelo central me despertaram. Àquela hora, no salão abaixo, jogava-se xadrez e dominó; os passageiros que dormiam na coberta recebiam os amigos nas cabines iluminadas, onde bebiam Bordeaux ou cerveja, e na proa, em volta do refeitório, havia aglomeração de passageiros, que se apresentavam com o seu *bônus* devidamente assinado pelo Comissário, para receber uma xícara de café, um copinho de rum, meio litro de vinho, apenas para celebrar o dia que terminava. Fui para a proa, perambular um pouco, como um vagabundo, protegido pela escuridão na qual, como sombras, surgiam grupos de mulheres com crianças adormecidas no peito, homens que bebiam a sós, afastados, jovenzinhos que davam voltas, em meio à multidão, com focinhos de cães de caça, cravando os olhos por todos os cantos. Naquela noite, pela primeira vez assisti à separação dos sexos, feita sob a supervisão do pequeno marinheiro corcunda, encarregado de mandar as mulheres para dormir. Desde a partida haviam transcorrido nove dias de vida monástica ao ar livre: os sentimentos matrimoniais haviam acendido um pouco, e além dos legítimos, tinham se formado novos casais em que aquele modo de vida produzia o mesmo efeito que nos outros. Mas o corcundinha grisalho tinha de dividir a todos igualmente, sem levar em consideração nenhum direito legal, e todas as noites às dez horas, pontual e inexorável como o velho Silva, aparecia com a lanterna na mão e começava a circular por todos os cantos, dissolvendo abraços e interrompendo conversas de amor, e dizendo, a cada cinco passos: – Para a cama! Para a cama, mulheres! Para a cama, moças! Era uma cena das mais cômicas. Os casais resistiam; separados aqui, iam se juntar novamente um pouco adiante, entre o matadouro e a lavanderia, à sombra da

---

52. Dois! Cinco! Oito! Tudo!

53. Jogo de azar em que os participantes abrem rapidamente os dedos das mãos e têm de acertar a soma total dos dedos, dizendo em voz alta um número.

despensa, atrás dos cercados com aves, nas passagens cobertas, em todos os lugares onde não batesse a luz de um farol. E o pobre corcunda refazia os seus passos, repetindo pacientemente: – *Andemmo, donne! Andemmo, figgie, che l'è oôa!*[54] – às vezes, para cair nas graças das teimosas, dizia: – *Andemmo, scignôe!*[55] Quinze minutos depois, as mulheres desfilavam em procissão, em meio a duas fileiras de homens, como num passeio de gala, e desapareciam uma após a outra, pelas portinhas dos dormitórios, lá em baixo no ventre do navio. Algumas voltavam oferecendo mais uma vez mais as crianças para serem beijadas pelos maridos, ou para apertar uma vez a mão dos novos amigos; outras paravam para chamar as crianças que tinham ficado para trás: – Gioaniiin! – Baccicciiin! – Putela! – Picciriddu! – Piccinitt! – Gennariello! – e a lanterna que o corcundinha segurava no alto iluminava os olhares lânguidos das moças bonitas, os olhos brilhantes dos rapazolas, as fisionomias dos maridos descontentes, para quem o regulamento era oprimente. – *Andemmo! Andemmo!*[56] – continuava a gritar o corcundinha. – *Un po' ciù presto, scignôe!*[57] Finalmente, a ponta da procissão também estava lá embaixo. Mas o corcunda, que conhecia os seus pintinhos, voltou a dar uma volta na proa, seguro de ainda encontrar algum casalzinho entocado, algum pecado mortal encaracolado no escuro. E de fato encontrou, como, aliás, encontrava todas as noites. Seguindo-o, a poucos passos dele, ouvi suas exclamações de pai guardião escandalizado, e as suas ameaças, que recebiam respostas de vozes masculinas, que o mandavam para o diabo, e outras, mais doces, que pareciam negar ou pedir clemência. Mas ele não teve clemência, e vi passarem correndo mulheres cabisbaixas, com os cabelos desarrumados, que tentavam se esconder dos olhares dos

---

54. Vamos, mulheres! Vamos moças, já está na hora!

55. Vamos, senhoras!

56. Vamos! Vamos!

57. Um pouco mais depressa, senhoras!

curiosos, e desapareciam seguidas por um festival de tosses. Depois de varrer os últimos restos de amor, o velho corcunda parou com a sua lanterna à minha frente, e enxugando a testa com a mão, exclamou: – Mais um dia duro termina! – exclamou. – *Ah! Che mestê!*[58] Mas enquanto ele olhava para a escada do dormitório, no seu rosto enrubescido de diabo bondoso lia-se um sentimento de piedade por toda aquela miséria, e talvez também por todos aqueles desejos que tinha empurrado escada abaixo obedecendo "ordens superiores". – É uma tarefa dura, não é? – disse-lhe para puxar conversa e escutar uma de suas frases filosóficas. Ele me olhou no rosto, levantando um pouco a lanterna, e após um momento de reflexão, sentenciou: – Quando um *ommo*[59] se encontra na posição em que me encontro eu, de julgar o mundo como ele se apresenta a bordo, pobres e ricos, e as coisas que acontecem durante a viagem, que fazem rir e chorar tanto as mulheres quanto os homens, porém mais ainda as mulheres que os homens; acredite senhor, forma uma opinião e não se admira com mais nada e se compadece de tudo. Após dizer isso, se afastou. Aos poucos, os homens também desapareceram, o navio ficou calmo e silencioso como um animal enorme que deslizasse adormecido sobre a água, não emitindo nenhum outro som que não fosse as pulsações regulares do seu monstruoso coração.

---

58. Ai! Que trabalho!

59. Homem.

No trópico de Câncer

No dia seguinte deveríamos atravessar o trópico de Câncer. O camareiro de sempre me trouxe a notícia de manhã cedo, abaixando os olhos: entre outras faceirices, tinha também esta de abaixar os olhos enquanto falava para não deixar ler na alma a alegria do seu último sucesso amoroso. O trópico de Câncer! Era o anúncio desagradável de quase três mil milhas de zona tórrida que deveriam ser percorridas antes de sentir novamente a carícia fresca dos alísios do outro hemisfério, e só de pensar nisso me parecia sentir entrarem duas gotinhas mornas pelas têmporas. Coloquei a cara na janelinha: uma maravilha! O oceano extremamente calmo, todo prateado e rosado, coberto por um véu delicado de vapores sobre o qual o sol nascente dava o aspecto de uma leve nuvem de pó luminosa, e a poucas milhas de distância, em meio àquela beleza imensa e virginal da água e do ar, um navio grande, que parecia imóvel, com todas as velas abertas e brancas; como um gigantesco cisne de asas enrijecidas que nos olhasse. Abro, e me chega à fronte e no peito um sopro delicioso de brisa marinha que me percorre as veias, e me faz estremecer da cabeça aos pés, como o alento de um mundo rejuvenescido. O navio era um veleiro sueco que provavelmente vinha do Cabo da Boa Esperança, o primeiro que encontrávamos depois de Gibraltar. Durante poucos minutos ofuscou-me os olhos na claridade daquela aurora encantadora, simpático como a saudação de um amigo. Em seguida se escondeu, e então o oceano me pareceu mais solitário e mais silencioso que antes, mas sempre bondoso, como ainda não o tinha visto, e de uma beleza delicada, que fazia imaginar no horizonte as margens de um jardim infinito. Era uma daquelas manhãs em que os passageiros vão se encontrar no convés com o rosto sorridente e as mãos estendidas prontas para cumprimentar os demais, como se o primeiro sopro de ar tivesse trazido a cada um deles uma boa notícia.

Mas poucas horas depois aquele tempo bom se enturvou, o céu se cobriu de nuvens, e o ar ficou pesado e quente como se tivéssemos pulado da primavera para o verão. Tínhamos adentrado naquela grande massa de vapores, antigo terror dos navegadores que o calor do equador levanta do oceano e acumula em toda a zona intertropical, e que as criaturas afortunadas de Júlio Verne,[60] quando viajam pelo céu, veem como uma faixa escura em torno do nosso planeta, semelhante aos veios do rosto de Júpiter. O mar plácido da manhã havia sido o último sorriso da zona temperada, acariciada pelo derradeiro sopro dos alísios. Agora navegávamos na região da neblina, dos aguaceiros e do tédio. E os efeitos logo vieram à tona na terceira classe. O agente veio me procurar no salão.

– Venha ver as batalhas de Chioggia,[61] – disse. Começa o espetáculo.

Um grupo de mulheres havia protestado por causa da distribuição de água doce: além dos litros preestabelecidos para cada *rancho*, um marinheiro deveria fornecer uma determinada quantidade a cada mulher que o solicitasse para seu uso particular. Agora algumas se lamentavam que para elas isto tivesse sido negado, enquanto para outras tivesse sido concedido. Mas a questão era complexa, era uma explosão de ressentimentos que se ocultavam havia algum tempo contra a injustiça que se acreditava fosse interesseira e corriqueira: as velhas diziam que se dava preferência às jovens, que faziam charme; enquanto estas afirmavam o contrário: para elas, as preferidas eram as velhas, que tinham dinheiro

---

60. De Amicis era admirador de Júlio Verne (1828-1905) e entrevistou-o em 1895.

61. Alusão à comédia teatral *Le Baruffe Chiozzotte* (*As Algazarras de Chioggia*) do dramaturgo veneziano Carlo Goldoni (1707-1793). Ambientada no centro de pescadores de Chioggia, na província de Veneza, a obra foi escrita em dialeto veneziano e tem como protagonistas os pescadores e as mulheres que giram em torno de suas vidas.

e subornavam o distribuidor. Havia ainda outras que se lamentavam de que as que recebiam um tratamento melhor fossem as *madames*, por servilismo: as *madames!* Umas pobres diabas que de riqueza não tinham nada além do vestido velho e das memórias. As que protestavam com mais veemência tinham se aglomerado perto da cozinha, em um canto onde um grande bezerro aberto no meio estava pendurado em um gancho. Quando cheguei o Comissário já estava lá, rodeado por umas quinze ou vinte esfarrapadas, vermelhas como galinhas velhas, falando todas ao mesmo tempo em três ou quatro dialetos, apontando com o dedo em riste para o marinheiro, um barbudo que parecia um frade capuchinho, impassível em meio àquele falatório, como uma estátua em meio a um redemoinho de vento. – Mas não estou entendendo nada! – respondia o Comissário com a sua serenidade de sempre. – Façam-me o santo favor de falar uma por vez. E o olhar de uma das mais jovens se acalmava um momento, pousando nas bochechas rosadas e nas mãos brancas daquele rapaz formoso, mas nos olhos das outras faiscava aquela raiva plúmbea que se acende nas mulheres do povo sempre que elas brigam com pessoas de classe superior, mesmo por algo insignificante, e que tem origem no acúmulo de antigos rancores confusos, alheios às razões do momento. – *Inn balossad!...*[62] – escutava-se. – *Pure nui avimmo pagato, signurì.*[63] – *A l'è ora d'finila!*[64] As disputas femininas eram apoiadas pelo murmúrio surdo de uma fila de homens que no fundo se divertiam como se fosse um espetáculo, mas acabavam por instigar a insatisfação por cumplicidade de classe, e também um pouco por certa audaciosa consciência de futuros cidadãos de uma república. Finalmente o Comissário conseguiu um pouco de silêncio, e apenas uma mulher falou. Eu não via outra coisa que não fosse a sua cabeleira desgrenhada e o dedo indicador ameaçador que

---

62. – É um desaforo!
63. – Nós também pagamos, senhores.
64. – É hora de acabar com isso!

cortava o ar, escandindo as sílabas numa verborragia de matraca, quando uma explosão de exclamações cobriu aquela voz: – Não é verdade! – *Tazé vu! Busiarda! – Che 'l me senta mi! – A l'è n'onta!*[65]. E naquele empurra-empurra algumas crianças já choravam, e as mulheres já estavam quase se pegando a tapas...

De repente ouviu-se do outro lado um grito estridente de mulher; pessoas eram vistas correndo para perto do mastro do traquete, e uma multidão se formava em poucos minutos, em meio à qual se armou um estrépito de gargalhadas. Parecia que havia uma notícia que rapidamente se propagou e espalhou as gargalhadas até os últimos que foram finalmente informados, e fez chegar gente de todo lado, tanto que em pouco tempo foi um alvoroço e uma farra só, que se alastrou das cozinhas até o castelo da proa. Mas era um riso vulgar e descontrolado, acompanhado de um piscar de olhos e de cutucões de cotovelos e de ombros, que falava abertamente sobre a natureza da fonte cômica de onde provinha. E tamanha foi a curiosidade despertada por aquelas risadas, que as próprias mulheres que brigavam, esquecendo por um momento a sua contenda, se dispersaram aqui e ali para perguntar o que havia acontecido. Ocorreu que dois peixes voadores, ao despontar da água num voo em curva sobre o navio, haviam esbarrado quase ao mesmo tempo em um ponto dos cordames e caído em cima da coberta. Um deles tinha batido nas rodas do cabrestante, o outro tinha ido direto para o laço do cachecol de uma donzela, mas justamente sobre as estampas floridas, como se quisesse prosseguir a rota. Quando a multidão percebeu, a moça foi se esconder atrás do matadouro e um emigrante brincalhão circulou com o peixe luxurioso na mão, dizendo não sei o quê, como fazem os vendedores ambulantes, até que o Comissário o fez calar com um gesto. Mas as brincadeiras e as risadas ainda continuaram e as duas elegantes andorinhas-do-mar, cintilantes como a prata, passando de mão em mão,

---

65. – Fique calada! Mentirosa! – Ouça a mim! – É uma ofensa!

admiradas e alvo de infinitos comentários, serviram para acalmar um pouco a irritação que surgia nas "classes trabalhadoras".

Nesse meio tempo, notei que entre a multidão havia muitos passageiros da primeira classe: o marselhês, o toscano, o tenor, que deviam ter o costume de fazer incursões exploratórias na terceira. O rosto que mais chamava a atenção era o de Napoleão pegajoso do marselhês, que rondava a porta do dormitório feminino, balançando com suas pernas curvadas seu longo tronco de Patagão. O agente de câmbio depois me contou que, desde o primeiro dia de viagem, o marselhês tinha dado início a uma série de visitas regulares às mulheres que emigravam, com intenções de sedutor, às quais fazia alusão piscando um olho: – *Il y a quelque chose à faire par là, savez vous?*[66] E havia tentado abrir o caminho exibindo junto aos homens certa simpatia nacional, requentada de socialismo, mas parece que além de encontrar pouca resposta entre a maioria deles, tivesse sido cumprimentado por alguns com invectivas de arrepiar os cabelos. As pessoas de boa índole e de cultura, nas quais o sentimento da igualdade, inerente a elas, é reforçado pela educação, não imaginam o quanto seja ainda comum na nossa burguesia aristocrática o desprezo quase inconsciente pelo povo, e como sejam poucos aqueles que sabem conversar com o povo sem humilhá-lo, mesmo quando querem cair nas suas graças, fingindo tratá-lo como igual. Assim, ao perceber o insucesso das primeiras tentativas, o marselhês tinha diminuído as visitas, e reduzido o seu objetivo a uma simples "pesquisa artística" da beleza: de fato, de vez em quando descobria uma beldade, e a descrevia à mesa, vangloriando-se de diferenciar os vários tipos da Itália, opinando sobre o nariz toscano, a boca vêneta, o sotaque lombardo, com uma presunção impossível de se imaginar, e embora mais de um italiano lhe tivesse já provado que confundia a Calábria com o Vale da Aosta, e outros enganos colossais, ele continuava destemido a dar aulas a quem

---

66. – Há alguma coisa para se fazer ali, a senhora sabe?

quer que fosse. *La bouche de la femme toscane...Le type genois, messieurs... J'ai remarque que l'angle facial napolitain... Il y a là une nuance, je vous assure...*[67] Era uma diversão. Mas naquele café da manhã nem mesmo ele conseguiu alegrar os comensais, que sentiam as primeiras influências do trópico e cujo mau humor destoava abertamente das roupas claras e dos coletes brancos que aquele verão repentino fizera aparecer. Ele nos divertiu só por alguns minutos, com uma discussão sobre as teorias de Malthus[68] para a qual os argentinos o empurraram por brincadeira, e que versou principalmente em torno do velho tópico: se a emigração é um antídoto eficaz para o crescimento demasiado rápido da população de um país. Totalmente ignorante em relação a Malthus, mas teimando em mostrar que entendia de tudo, argumentava sem nenhuma reflexão que a emigração despovoava os Estados, que em cem anos a Europa teria se tornado meio deserta, com os ursos e os lobos às margens das capitais. Os outros diziam que não: *locuras!*[69] Em todos os países o número de nascimentos é superior ao de mortos, e não só. Como nos países abandonados a espécie humana se multiplica mais facilmente por haver mais possibilidades econômicas para o casamento e a reprodução, e consequentemente, uma proporção mais favorável entre os meios de subsistência e o número de habitantes, os espaços vazios eram sempre preenchidos abundantemente. A prova era que nos países de onde mais se emigra não se conhece, em longo prazo, uma diminuição sensível da miséria. – *Pas possible!* – retrucava o marselhês insolentemente. – *Prouvez-moi cela!*[70] – Mas os argentinos, com a rapidez e a admirável memória que os distingue, citavam: mesmo nos anos das maiores emigrações,

---

67. A boca da mulher toscana... o tipo genovês, senhores... Notei que o ângulo facial napolitano... Existe uma nuance, garanto a vocês.

68. Thomas Robert Malthus (1766-1834). Economista inglês, autor de *Ensaio sobre o princípio da população*, sobre a relação entre o crescimento demográfico e a pobreza.

69. Loucuras!

70. – Impossível!... Provem-me isso!

afirma Malthus, a população da Inglaterra não deixou de ser refém da pobreza. – *Malthus n'a pas dit cela!*[71] – Como? Como? – diziam eles, sem insistir nem se desmentir, e ganhavam a batalha. – Stuart Mill – continuavam – disse que a emigração não dispensa a necessidade de combater o aumento da população. O senhor concorda que ele disse isto? –. E o outro, abertamente: – *Pas précisément, messieurs.*[72] Não conhecia Stuart Mill mais que Malthus, e se obstinava, entre as risadas de seus adversários, que entendiam o jogo. Aquele foi o único aspecto divertido do café da manhã. O horizonte nublado, o mar cinzento, o calor que começava a fazer as testas brilharem de suor deixaram todas as outras bocas fechadas, do princípio ao fim. Apenas a senhora loira mantinha o rosto fresco como uma maçã rosada, lançando continuamente um dúplice borbotão de palavras nas orelhas do marido, que estava à sua esquerda, e do tenor, que estava à sua direita, e com um olhar piedoso, exortava de vez em quando o toscaninho, sentado à sua frente, para que não sentisse ciúmes do seu novo amigo. Graças a ela houve um sopro de alegria que se espalhou para as rodinhas bocejantes do convés, durante o momento circunspecto da digestão. Desde cedo corria de boca em boca um ingênuo disparate que revelava como as noções geográficas sob aquela extravagante cabeleira dourada fossem incompletas e confusas. Ao encontrá-la, o agente lhe havia dito: – Senhora, no dia de hoje passaremos pelo trópico de Câncer. E ela respondeu alegremente: – Ah, finalmente! Pelo menos veremos alguma coisa.

Eu, porém, ainda não entendia como fosse possível entediar-se a bordo: ao contrário, ver os entediados me alegrava. E era pela mesma razão que faz com que seja mais prazerosa a sensação de conforto quando se está em meio às pessoas que sofrem de enjoo no mar. Naquele dia, não podia perder o espetáculo: principalmente entre a uma e as quatro, que

---

71. – Malthus não disse isso!...

72. – Não exatamente, senhores.

sempre é a hora mais terrível, comecei a ver caras que davam vontade de dizer: – Daqui a pouco aquele ali se desmancha e será preciso varrê-lo para fora da coberta. Não se tratava do tédio que Leopardi[73] chama o maior dos sentimentos humanos, mas uma imbecilização digna de compaixão, que se manifestava em uma fraqueza generalizada das pálpebras, das bochechas e dos lábios, como se os rostos fossem feitos de carne cozida na água fervente. Entre os mais martirizados encontrei o genovês, que estava debruçado na claraboia do motor, com um rosto em que não se via nem ao menos um moribundo reflexo de inteligência. – O que o senhor faz aqui? – perguntei-lhe – como não está na cozinha? Ele tinha acabado de sair de lá: não havia nenhuma novidade. Amanhã talvez tivéssemos *tagliatelli*... Mas não era garantido. E me explicou que estava ali observando longamente o movimento monótono de uma haste de êmbolo: era uma teoria pessoal sobre o tédio.

– *Osservou*[74] – dizia – que o tédio deriva de não se poder deixar de pensar em coisas desagradáveis. Portanto, para eliminá-lo não há outro remédio que não seja simplesmente não pensar, como fazem os animais. Então me posiciono aqui, imóvel, e observo o sobe-desce daquele êmbolo. Aos poucos, em menos de vinte minutos, reduzo-me a um estado de total imbecilidade, um verdadeiro burro, e então não penso em mais nada e deixo de me entediar. *No gh'è altro.*[75] Soltei uma risada, mas ele ficou sério e voltou a olhar para o êmbolo com o olho dilatado e fixo de um morto. Estava para lhe dizer que, para mandar o tédio embora, teria sido melhor descer para ver o motor, mas como me pareceu que ele já quase se encontrasse no estado desejado, me abstive. E desci eu mesmo.

---

73. Giacomo Leopardi (1798-1837) foi um poeta e pensador italiano. É considerado o maior poeta do século XIX da Itália e um expoente do Romantismo na literatura. O conceito de tédio de Leopardi está definido em seu livro *Zibaldone*, um diário pessoal escrito entre 1817 e 1832.

74. – Observei.

75. Nada mais que isso.

Todos os dias, quando passava por ali, justamente esta observação vinha-me à mente: talvez nem dez, dos mil e setecentos passageiros do *Galileo*, seriam capazes de dizer o que fosse aquele motor maravilhoso, e nem ao menos tinham curiosidade de sabê-lo. Somos só um pouco menos ignorantes que os selvagens que desprezamos por desconhecerem as outras centenas de milagres mecânicos da criatividade humana, dos quais nos servimos e nos sentimos orgulhosos. Todavia, não apenas para o ignorante que não tem outra noção do que aquela de uma panela gigantesca e de um emaranhado de cilindros, mas também para quem obteve algumas informações nos livros, a sensação é de um grande e novo prazer quando, pela primeira vez, se decide a vestir o camisão azul de maquinista e descer naquele inferno tenebroso e barulhento, cuja fumaça no ar era a única coisa que eu havia visto até então. Quando se chega lá embaixo e se levanta a cabeça para olhar para o alto, onde o dia só aparece como um vislumbre, a sensação é de ter despencado do telhado, e de ter caído em meio aos alicerces de outra edificação, e ao ver todas aquelas escadinhas de ferro muito íngremes que sobem uma sobre a outra, todas aquelas grades horizontais que giram sobre a nossa cabeça, aquela variedade de cilindros, de canos colossais e de artefatos de todo o tipo, agitados por uma vida impetuosa, compondo todos juntos não sei que temível monstro de metal, que ocupa com seus cem membros visíveis e escondidos quase um terço do enorme navio, fica-se parado diante do assombro, humilhado por não compreender, por se sentir tão pequeno e fraco diante daquele prodígio de força. A admiração cresce ainda mais quando se penetra no vulcão que dá vida a cada coisa, entre aquelas seis caldeiras imensas, seis casas de aço, divididas em quatro ruas que se cruzam, semelhantes a um bairro fechado e escaldante, onde muitos homens negros e seminus, de rostos e olhos abrasados, engolindo de vez em quando golfadas d'água, trabalham sem pausa para abastecer trinta e seis bocas incandescentes, que em vinte e quatro horas devoram cem toneladas de carvão, sob o sopro de seis enormes bombas de ar que rugem como gargantas de leões. Parece que renascemos quando, ao sairmos de lá banhados de suor, estamos diante do motor, onde pouco antes tivemos a sensação de estarmos quase enterrados. E não é para menos que se tenha certa dificuldade em ficar com a mente livre novamente. O maquinista tem uma boa explicação. Aquele movimento vertiginoso de êmbolos, de balanceiros e turbinas, que os engraxadores roçam com um aparente descuido de causar arrepios; aquele estrondo ensurdecedor que produzem juntos o ruído metálico das manivelas, os assobios das válvulas atmosféricas, o barulho surdo das bombas de ar e as batidas secas dos excêntricos;[76] aquele vaivém de espectros com luzes nas mãos, que sobem e descem pelas escadinhas, desaparecem nas trevas, reaparecem em cima e embaixo, fazendo cintilar em tudo aço, ferro, cobre, bronze; iluminando rapidamente formas estranhas, movimentos incompreendidos, passagens e profundidades desconhecidas; tudo isso deixa confusas até as poucas noções claras que tínhamos antes de descer. E nos sentimos seguros diante da poderosa grandeza dos mecanismos, mas este sentimento diminui aos poucos, ao vermos o minucioso cuidado com que os maquinistas os controlam, e com que atenção inquietante ficam a escutar se naquele concerto homogêneo de sons venha à tona a mais leve nota dissonante, e se entre aqueles vários odores habituais se perceba o menor cheiro de queimado, e como correm de um lado para o outro para sentir se a temperatura dos metais supera aquele determinado grau, para ver se em algum lugar surge um indício suspeito de fumaça, para manter constante a chuva de óleo que cai sem cessar dos cinquenta lubrificantes em todas as articulações do corpo enorme. Porque aquele corpo enorme que enfrenta e vence as tempestades do oceano é delicado como um organismo humano e o menor distúrbio do menor dos seus membros

---

76. Os excêntricos são peças usadas para transformar um movimento circular contínuo em movimento retilíneo alternativo.

o deixa completamente perturbado, e exige um remédio imediato. De fato, ele se assemelha a um corpo vivo, sedento, tal como os homens que lhe dão comida, pelo incêndio que ferve no seu ventre, e obrigado a tragar do mar, sem trégua, uma torrente de água que devolve em fontes enfumaçadas. Todo aquele complexo de instrumentos é como um tronco titânico, cujos esforços convergem no impulso formidável de um longo braço de ferro, com que roda o grande parafuso de bronze que dilacera a onda e move tudo. Ao observá-lo, vêm à mente as antigas embarcações dotadas de três duplas de cilindros com remos, acionadas por bois, e se imagina com uma sensação de orgulho o espanto que tomaria um homem daquela época ao ver isto, e o grito de admiração que lhe sairia do peito! Ele, porém, nunca poderia imaginar o quanto aquela maravilha tenha custado aos seus semelhantes: um século de tentativas malsucedidas, outro século de sucessivas transformações, uma legião de grandes inteligências que levaram vidas inteiras em torno de um aperfeiçoamento que o outro que o sucedeu fez cair no esquecimento, e ainda o martírio de Papin,[77] o suicídio de John Fitch, o marquês de Jouffroy reduzido à miséria, o Fulton chacoteado, o Sauvage enlouquecido, uma sequela interminável de injustiças e lutas deploráveis, a ponto de fazer duvidar, ao ler a história das grandes invenções, se o exemplo da inteligência e da persistência heroica de quem fez tudo isso seja suficiente para consolar a consciência humana da ignorância obstinada, da ambição feroz, da inveja infame que combateu, e que se tivesse podido, teria eliminado. Aquele colosso admirável, talvez destinado a parecer aos nossos netos distantes

um grosseiro e frágil aparato de principiantes, nos diz tudo isso com sua

---

77. Denis Papin (1647-1714) foi um físico francês. Foi quem tentou pela primeira vez o uso do vapor para transmitir o movimento a um motor de pistão. John Fitch (1743-1798), engenheiro naval inglês, concebeu um barco a vapor em 1787. Théodore Simon Jouffroy (1796-1842) foi um filósofo francês; autor de *Mélanges philosophiques*. Robert Fulton (1765-1825) foi um inventor americano. Construiu o primeiro barco a vapor em 1803.

centena de vozes ásperas e arrastadas.

Subindo, encontrei o padre corpulento no alto da escada. Apontando para o motor com uma mão, levantou o indicador da outra diante do meu rosto, como um círio. Não entendi. Ele queria me dizer que o motor do *Galileo* tinha custado um milhão. Agradeci, esquivando-me do dedo, e cheguei à coberta a tempo para ver pela primeira vez o meu Comissário no exercício das suas funções de juiz, em uma *causa* extremamente curiosa. Naquele momento, entrava no seu escritório a bolonhesa gorda da proa, com uma cara de leoa ferida, e sua inseparável sacola a tiracolo. Como o vão da porta só era coberto por uma fina cortininha verde, escutava-se algumas palavras. Pobre Comissário! Não tardei a ter uma ideia da santíssima paciência que ele precisava exercitar naquela espécie de reunião. A voz da querelante começou impulsionada pela cólera, cheia de soberbia e ameaças. Só consegui entender que ela se lamentava de uma injúria, e que esta deveria ser provocada por uma suposição que um passageiro tinha feito acerca do conteúdo da sua misteriosa sacola. Narrava o fato, pedia a punição do injuriante, intimava o Comissário a cumprir o seu dever. Ele chamou a atenção para o respeito que seu cargo exigia e lhe recomendou que se acalmasse, prometendo pedir informações. Ao escutar essas palavras, a voz dela suavizou um pouco e me pareceu que começasse a contar uma história com um tom sentimental, que passava aos poucos para o dramático. Sim, era a sua autobiografia, uma daquelas de sempre: uma família distinta, um parente que escrevia nos jornais, e que teria colocado todos na mira; a mãe, o pai, uma boa educação, e depois as desgraças, a injustiça do destino, uma vida ilibada... De repente, a inevitável crise: uma explosão de choro. Escutei então a voz do Comissário que a confortava. Enquanto isso, em frente à porta formara-se um grupo de mulheres e de homens da terceira classe, entre os quais havia uma cara engraçada de camponês, sem a ponta do nariz, e que devia ser o réu, porque já ia se desculpando:

– Enfim... Eu não disse que estava seguro... não fiz nada mais que uma suposição... Era o réu. De fato, quando o Comissário apareceu à porta, ele disse: – Sou eu – e entrou. Imediatamente ouviu-se uma explosão de impropérios bolonheses, que mandaram a *família distinta* para os ares: – *Carogna d'un fastidi! At el feghet d'avgnìrom dinanz? At ciap pr'el col, brott purzèll! Brott gròng d'un vilan seinza educazion!*[78] Depois foram ouvidas três vozes ao mesmo tempo, em seguida apenas a do culpado. Diacho! O motivo da briga era justamente o conteúdo hipotético daquela famosa bolsa, em torno da qual havia nove dias todos os insolentes da proa esquentavam a cabeça fazendo as mais estranhas conjecturas do mundo. Mas não se escutou ninguém pronunciar a palavra acusado. Escutou-se, porém, o Comissário fazer uma repreensão no camponês, intimidando-o, e este pedir desculpas, e a bolonhesa ainda reclamar; depois disso ele saiu cabisbaixo e ela de cabeça erguida. Quando a cortininha verde foi aberta, vi o juiz jogado no sofá, com os braços e as mãos ao longo do corpo, sufocado por um acesso de risada, e extenuado pelo esforço que havia feito para conter as gargalhadas. Qual era então a suposição? O que devia ter naquela bendita sacola?... Ó! Era impossível adivinhar! Uma das mais burlescas esquisitices que podem passar pela cabeça de um bufão impertinente; uma ideia que teria provocado risos sob os bigodes até do mais ardoroso moralista, que o autor das *Baruffe chiozzotte*, com todo o respeito, poderia ter assinado com seu nome. Também fui obrigado a pedir ajuda ao sofá. Mas precisei me levantar logo porque entrava outra mulher que se lamentava de um boato que algumas pessoas tinham "colocado em circulação" a seu respeito. Pobre Comissário! Ao sair, lhe disse: – O dia começou mal e corre o risco de terminar pior. – Ah! Isso não é nada! – respondeu com a sua dócil resignação. E depois de dar uma olhada no termômetro: – O senhor verá – acrescentou – quando

---

78. – Covarde desgraçado! Como tem a coragem de ficar na minha frente? Pego você pelo pescoço, seu porco horrendo! Vil, grosseiro, sem educação!

estaremos com trinta e seis graus. Depois de recuperar a expressão de juiz, dirigiu-se para a recém-chegada.

Mas o calor já havia deteriorado as coisas também na popa, como pude ver muito bem à noite. Era algo que dava realmente pena. Entre aqueles quatro gatos pingados, que dez dias antes não se conheciam, e que dez dias depois se separariam para sempre, que não deveriam pensar em nada mais do que nos amores ou nas ocupações que tinham deixado na Europa ou naqueles que os esperavam na América; ali, naquelas quatro mesas suspensas no abismo, já se havia urdido uma trama complexa de antipatias e inimizades: hostilidades entre o chileno e os argentinos, entre o peruano e o chileno, entre os italianos e os franceses, implicâncias entre italianos de várias províncias, ciúmes abjetos motivados pela inveja entre as senhoras, enfim, um vespeiro de disputas vergonhosas que se manifestavam em olhares malignos e ostentações recíprocas de desprezo ou aversão. Metade dos passageiros enfiaria o dedo nos olhos da outra metade. Sem falar de outras porcarias. Tanto na terceira como na primeira classe. Realmente, se o *Galileo* afundasse de repente, não teria afogado um grande carregamento de *sentimentos nobres*. As duas pessoas que, a julgar pelo que eu via, teriam merecido sobreviver, eram a moça de Mestre e o garibaldino, e naquela noite também estavam sentadas próximas, conversando. A relação entre eles, assim me disse o agente de câmbio, nasceu do seguinte: o garibaldino tinha sido companheiro de combate de um irmão da moça ferido em Bezzecca e morto em um hospital de Brescia. Com certeza, ele devia viver com uma mente mais digna do que as lastimáveis paixões dos outros, porque o seu semblante expressava um desprezo tão determinado em relação a si mesmo, à vida, às pessoas, um desprezo tão altivo e frio por qualquer coisa infame, a ponto de ninguém se aproximar dele; era como se todos tivessem instintivamente pressentido um inimigo na sua pessoa. Ela falava; ele a escutava, respeitoso, mas impassível. E a maneira como se separaram, tarde da noite, me comoveu, e ficou na minha cabeça como a impressão mais viva daquele dia: ainda vejo aquela figura soberba, marcada pela mancha do suicídio, levantar-se e baixar a cabeça para aquele fantasma branco, aquele rosto de morta, sobre o qual nada mais faiscava a não ser um raio de esperança em outra vida.

O oceano amarelo

Encontro na capa do mapa de Berghaus, onde todos os dias eu escrevia algumas recordações, as seguintes palavras: 11º dia, golpe espiritual apoplético. E me lembro de um fato psicológico singular, que aconteceu comigo naquele dia, e que mais cedo ou mais tarde, numa longa travessia, creio que aconteça a todos, uma vez que a novidade da vida a bordo tenha passado. Numa manhã linda, assim que se sai para o convés, o tédio despenca inesperadamente na alma; é como uma paulada na nuca: um repentino esmaecimento de tudo, um desgosto inexprimível daquela vida e daquele espetáculo, uma sensação de asfixia de quem, depois de adormecer ao ar livre, acorda com as cordas nos pulsos, sob o teto de uma prisão. Naquele momento parece que se está no mar há um tempo imemorável, tal como os passageiros do navio fantástico de Edgar Poe,[79] e a ideia de precisar passar ainda duas semanas naquele caixão, em meio àquele grupo de agonizantes de tédio, aterroriza. Não, não é possível resistir, alguma estranha doença cerebral ainda desconhecida vos acometerá antes de chegar, meu Deus! Mas como se livrar daquele suplício? Escrever! Mas o navio, como outros já disseram, debilita o escritor em uma de suas qualidades mais delicadas, o sentido de harmonia: o barulho da hélice o faz repetir a mesma palavra vinte vezes em uma página. Ler? Mas justamente para obrigar a si próprio a escrever, todos os livros ficaram nos baús destinados à estiva. Não estou brincando, dá vontade de tomar um narcótico, ou de sair de si com um conhaque, ou de fazer a experiência, como o genovês, com o êmbolo do

---

79. Alusão ao conto *Manuscrito encontrado numa garrafa*, do escritor norte-americano Edgar Allan Poe (1809-1849).

motor. Ai! Ai! Se fosse possível encontrar alguma novidade! Cem liras pelo *Corriere Mercantile* desta manhã! Uma litro de sangue por uma ilha! Uma rebelião a bordo, uma tempestade, uma perturbação no mundo, nem que seja para sair desse estado horrível por um dia!

    Naquela manhã o mar se revelava num de seus aspectos mais feios e odiosos: parado sob uma massa de nuvens baixas, dilatadas e inertes, com uma tonalidade amarelada e suja, de aparência pegajosa, como se fosse um lamaçal de terra suculenta em que um arpão de pesca fosse ficar cravado como um bastão na resina; parecia que os peixes não pudessem ziguezaguear, mas sim animais deformados e imundos daquela mesma cor amarelada. Talvez as planícies da região ocidental do Mar Cáspio, quando estão cobertas pelas erupções dos vulcões de lama, apresentem um aspecto semelhante. Se fosse verdade que esse mar imenso, salgado como o sangue, e dotado de circulação, de pulso e de coração, não seja um elemento inorgânico, mas um imenso animal vivo e pensante, naquela manhã eu teria dito que ele trazia à mente os pensamentos mais vergonhosos, delirando em um estado de semitorpor, como um bêbado inconveniente. Mas a ideia de vida nem vinha à tona, pois não havia um sopro de vento, e no seu rosto não aparecia nem uma contração e nem uma ruga. Tinha a imagem daquele trecho de oceano deserto, por muito tempo inexplorado, que se estende entre a corrente de Humboldt e aquela que vai ao seu encontro no centro do Pacífico, que ficou de fora das grandes rotas de navegação, onde não se enxerga nem vela, nem baleia, nem peixe-espada, nem alcíone, de fronteiras totalmente efêmeras, sem qualquer indício de vida, e se o vento ou a tempestade mandam-lhe, vez ou outra, algum navio desaparecido, os navegadores têm a impressão de que desembocaram nas águas de um mundo morto.

    Porém, felizmente esses acessos de tédio são como a dor de cotovelo; terríveis, mas breves. Quem conseguiu me livrar daquele estado deplorável foi o comandante, que estava falante e cheio de bom humor no café da manhã daquele dia, embora pouco transparecesse da sua cara de pequeno Hércules de cabelos ruivos. Geralmente aquele era o seu melhor momento. Depois de analisar os cálculos astronômicos dos oficiais, de examinar brevemente o seu mapa, de calcular o trajeto cumprido e aquele ainda por cumprir, de verificar se nas últimas vinte e quatro horas o *Galileo* tinha navegado bem; se não houvesse novidades desagradáveis a bordo, ele se sentava à mesa esfregando as mãos e mantinha a conversa animada. Mas mesmo naqueles dias começava com alguma reprimenda marinharesca contra os camareiros, assim, por hábito, e para fazer uma advertência salutar. A um deles que lhe pedia desculpas, dizia: – *Va via, impostò!*[80] De repente ameaçava outro com *due maschae.*[81] A um terceiro, dizia: – *Mia, sae, che se começo a giastemmâ!*[82] E ameaçava com bofetadas e pontapés particularmente Ruy Blas, que respondia com um sorriso finíssimo, como se dissesse: – Pode ficar furioso, tirano! Você tem a força, mas não o amor. Realmente, para uma mesa onde havia senhoras, aquela linguagem era demasiadamente vibrante, digamos. Mas nós desculpávamos e pensávamos em muitos comandantes de outras nações que são perfeitos cavalheiros à mesa e beberrões furiosos na cabine, e nos parecia que, tratando-se de confiar a vida a alguém, fosse preferível um rude sóbrio a um cavalheiro bêbado.

Aquela manhã, como sempre, chamou um à direita de patife e outro à esquerda de porco. Depois começou a comer e a conversar lentamente. Lembro-me daquela conversa de caráter puramente marinharesco porque foi uma tortura cruel para o coitado do advogado, meu vizinho. Primeiro foi a senhora gorda, a suposta domadora de animais, que levou a conversação para um caminho ruim, perguntando ao comandante, com uma inconveniência que deixava transparecer o Chartreuse matinal, qual era a razão mais frequente dos naufrágios.

---

80. – Vá embora, impostor!
81. Duas bofetadas.
82. – Tenha cuidado, porque se começo a praguejar!

Com a boca cheia de pão, o comandante respondeu que havia mais de cinquenta formas de naufrágio: explosões de caldeira, incêndios, rachaduras por onde entrava a água, furacões, ciclones, tufões, rochas, bancos de areia, abalroamentos, e assim por diante. Por outro lado, podia-se afirmar que metade dos naufrágios derivasse da ignorância profissional, do descuido, da negligência, dos defeitos de construção dos navios, enfim, de causas evitáveis. Seis mil naufrágios, entre navios e barcos, haviam acontecido de um ano para o outro, até *scià notte*,[83] sem levar em conta na estatística a China, o Japão e a Malásia.

Desde as primeiras palavras, o advogado ficou taciturno, e fingia não escutar, mas via-se que uma curiosidade doentia o obrigava a prestar atenção. E foi ainda pior quando a senhora, com uma daquelas provocações que as mulheres fazem nas conversas, começou a perguntar ao comandante o que se sente e se vê quando um navio afunda.

– *Cose se proeuva...*[84] – respondeu o Comandante, – *no savieivo.*[85] O que se vê... Pois bem. Por algum tempo, ainda se vê a luz, uma luz meio escondida, azulada; em seguida... Fica-se como em um clarão crepuscular, dizem, de uma cor avermelhada... e sinistra, e depois...boa noite: uma escuridão completa, uma forte queda da temperatura, até zero grau. Tudo fica gelado. Porém, acrescentou dirigindo-se para o advogado, como se o dissesse para consolá-lo, também pode acontecer de não haver uma escuridão absoluta, podem ocorrer episódios de fosforescência... De qualquer forma, pouco alegres.

O advogado começava a dar sinais de impaciência, reclamando:
– Isto é conversa para se ter a bordo... Vou sair da mesa... Que falta de educação, que gente grosseira...

Então o velho chileno, o genovês monóculo e o comandante

---

83. Esta noite.

84. – O que se sente...

85. – Não saberia.

começaram a citar e a descrever naufrágios célebres, um mais terrível que o outro, com aquela indiferença pela morte que costuma descer na alma pelo canal alimentar, quando se senta a uma boa mesa, e vieram à tona desde a famosa balsa da *Medusa* até o *Atlas*, desaparecido entre Marselha e a Argélia sem que se tenha tido mais notícia. O comandante lembrou-se dos navios ingleses Nautilus, Newton-Colville e de outro, que partiram de Gdánsk, na Polônia, para a Inglaterra, em dezembro de 1866, e que se dissiparam como três sombras, sem que nunca se tenha sabido nem onde, nem quando, nem como.

O advogado parou de comer.

Mas o comandante continuou. Com a eloquência com que todos explicam um acontecimento no qual arriscaram a vida, pôs-se a descrever uma tempestade assustadora que o havia colhido no litoral da Inglaterra, quando ainda comandava uma embarcação a vela, e quando chegou o momento mais importante, imitou com um tom agudo, mas com grande semelhança, o grito longo e desesperado que o timoneiro havia emitido: – *Andemmo a fooooooondo!*[86]

Ao ouvir essas palavras, o advogado se levantou, e depois de jogar o guardanapo na mesa, foi embora a passos firmes, murmurando insultos, e ai se um deles chegasse ao seu destinatário. Mas como ele muitas vezes se levantava antes dos outros, por sorte o comandante não se incomodou. Pobre advogado! Ele não havia ainda saído e o tema da conversa mudou de repente, como se até agora tivessem falado sobre naufrágios só para ofendê-lo. O comandante tomou a palavra e começou a imprimir à conversa aquele colorido variado e estranho, aquele ritmo enlouquecido que só o comandante de um daqueles navios transatlânticos para quem os lugares longínquos que atinge, e onde passa a vida toda, estão unidos e mesclados em apenas um, sempre presente no seu pensamento. Da última representação de *Fra Diavolo* no Paganini de Gênova pulou para

---

86. – Vamos affuuundar!

uma contenda que tivera no mês anterior em São Vicente do Cabo Verde com uma negra de tetas de cabra, que fazia flores de penas de pássaros; juntou não sei que aventura doméstica do fornecedor de carvão de Gibraltar com uma fofoca do porto do Rio de Janeiro, e do relato sobre um almoço para o qual fora convidado em Las Palmas, nas ilhas Canárias, desabou na descrição de um funcionário vigarista da alfândega de Montevidéu. Parecia-me que eu escutava a conversa de um homem milagroso que vivesse ao mesmo tempo em três continentes, para quem o espaço e o tempo não existissem. Percebi que as pessoas com quem ele tinha de lidar nos portos dos seus três mundos eram as únicas que permanecessem fixas e diferenciadas na sua cabeça; que as inúmeras outras que embarcava e desembarcava continuamente passavam pela sua mente como pelo seu navio sem deixar nenhum outro vestígio, a não ser uma reminiscência desvanecida. E ainda um conhecimento *sui generis* de vários países, aquele conhecimento que se pode adquirir quando se observa alguma coisa da soleira da porta: tinha na ponta da língua, por exemplo, os preços do mercado de verduras, e quase nenhuma ideia sobre a história e a forma de governo. A mesma coisa acontecia com as línguas; sabia nada mais que os substantivos e os verbos de determinada categoria, as moedas de cobre, por assim dizer, de uma conversa, e apenas uma gramática para todas. E no julgamento das coisas do mundo, tinha certa ingenuidade de colegial adulto que frequenta a sociedade uma vez por mês; conhecimentos e opiniões fora de uso, colocadas a uma grande distância umas das outras, e com apenas um ângulo, exatamente como as cidades em que ele atracava, das quais via apenas a paisagem marinha. Sua última piada foi sobre uma briga em que se meteu em 1868 com um atravessador de trigo em Odessa, e resolvida como de costume, com uma generosa distribuição de pancadas – das suas. – *E ghe n'ho doete!*[87] – disse. Depois terminou, falando apenas com os vizinhos, tecendo um

---

87. – E dei muitas!

elogio sério e ponderado sobre sua esposa, uma mulher parcimoniosa, uma dona de casa sensata que ele gostaria de ter encontrado e casado dez anos antes.

Ao se levantar da mesa, parou na porta do salão como costumava fazer quando estava satisfeito consigo mesmo, para ver passar os passageiros, cumprimentando-lhes com um leve aceno que tinha um aspecto de gravidade benigna. Como eu estava perto, captei no ar um olhar severo que desferiu para a senhora loira, cujo comportamento parecia começar a bater de frente com seus rigorosos princípios de moralidade marítima, e talvez mais ainda naquele momento em que ainda estava inflamado pela apologia da esposa. Mas a senhora passou rindo, sem se dar conta. Quase ao mesmo tempo, fiquei espantado ao vê-lo levantar o boné e fazer uma reverência em sinal de grande respeito para a moça de Mestre, que passava de braços dados com a tia. Quando ela passou, virou-se para os vizinhos e disse seriamente: – *Quella figgia lì... a l'è un angeo.*[88]

Como o calor estava forte àquela hora, quase todos passaram muito tempo no convés, à sombra do tendal. Assim, pude observar melhor do que na noite anterior as mudanças que se haviam consumado naqueles últimos dias nas relações entre os passageiros. Uma polidez! Pessoas que, na primeira semana, haviam demonstrado que não se suportavam estavam agora próximas e mantinham uma conversa aparentemente amigável; outras que no início pareciam estar atadas entre si, agora davam sinais de que se evitavam com repugnância. Uma longa viagem marítima é como uma breve existência à parte: as amizades nascem, amadurecem e caem por terra com a mesma rapidez com que se sucedem as estações do ano a bordo, onde em três semanas se passa da primavera para o outono. A certeza da separação na chegada e de que nunca acontecerá um reencontro favorece as confidências e faz abandonar

---

88. – Aquela moça ali... é um anjo.

os novos amigos sem cerimônia. A facilidade de se passar por alguém diferente ou de inflar o que realmente somos é ao mesmo tempo um estímulo para buscar amizades e uma razão para que aconteçam outras rupturas, porque se os outros fazem conosco o mesmo jogo, assim que descobrimos a trapaça tudo acaba. Por essas razões, as amizades a bordo dançam conforme a música. Até porque não há nada que faça cometer tantas pequenas ofensas como o tédio. No décimo dia, ao invés de se entediar, algumas pessoas começam humildemente a puxar conversa com aqueles tais que, até a noite anterior, tinham ofendido com uma clara manifestação de antipatia. Entre os novos pares que se haviam formado vi o padre napolitano que passeava com um jovem argentino, que até então tinha sido um dos seus mais impertinentes e evidentes escarnecedores, e que agora escutava com visível deferência as suas exposições acerca das *emisiones fiduciarias y de numerario*[89] de não sei que instituição financeira de Buenos Aires; e do outro lado do convés avistei aquele piolho besuntado do moleiro que, não sei como, se havia colado no velho chileno, com quem se lamentava em voz alta da *falta de limpieza*[90] dos navios italianos, sem enxergar na cara séria do chileno uma expressão de náusea a revelar que a sua paciência estava na iminência de acabar. Mas a grande novidade estava atrás do timão: o marido da senhora suíça conversava pela primeira vez com o deputado argentino, para quem, pelo que parecia, explicava o mecanismo do velocímetro do navio. Era muito engraçado observar a profunda atenção que ele fingia destinar às explicações, movendo o olhar de vez em quando, com uma leve inclinação da cabeça, para a antiga invasora do seu domicílio, que passeava entre o toscano amuado e o tenor radiante, toda graciosa e sorridente, mas com o olho atento nos dois: percebia-se que estava surpresa e contente por aquela aproximação inesperada. Caminhando pra cima e pra baixo,

---

89. Emissões fiduciárias e de títulos.
90. Falta de limpeza.

passava em frente à pequena pianista, que estava sentada na lateral e a acolhia sempre com um olhar de cima a baixo, longo e profundo, em que transpareciam a curiosidade e a inveja da sensualidade, e todos os tipos de apetites reprimidos de pequena fera acorrentada. Depois disso, seu rosto retomava a expressão de impassibilidade monacal de sempre. Enquanto isso, a mãe, que estava sentada entre ela e a senhora da escova, retalhava com os olhos e a língua um novo vestido lilás da recém-casada – para dizer a verdade era um pouco exagerado – enquanto esta, por sua vez, lhe virava as costas, apoiada no braço do marido novinho em folha e parada de pé com ele diante da "domadora", que parecia provocá-los com brincadeiras embaraçosas, embalando sobre uma poltrona balouçante a sua mal dissimulada embriaguez de extratos de erva. Já o agente de câmbio controlava tudo com seu olhar arguto de policial, apoiado no mastro da mezena com os braços cruzados no peito, na posição de um homem que espera um acontecimento. Todos os demais, em pé ou sentados em pares, se esforçavam para conversar, bocejando solenemente, e o mar amarelado e lânguido era um pano de fundo digno para todos aqueles rostos mexeriqueiros e sonolentos. Não sei por que, dentre as muitas cenas apresentadas pelo convés durante a viagem, umas apagadas pelas outras, manteve-se viva na minha memória aquela, daquele dia e daquele momento, pintada na cor da lama.

Em um dado momento, o quadro ganhou vida e a pintura se transformou em cena de comédia. O toscano deixou a sua companhia de maneira quase brusca, e foi velozmente para a proa, com uma expressão no rosto que parecia de vingança amorosa. Um minuto depois a senhora suíça e o tenor se separaram: ele se sentou apartado e fingiu que lia um livro; ela foi ao encontro do marido, de quem o argentino rapidamente se afastou, dirigindo a ela um cumprimento diplomático. O agente de câmbio apareceu ao meu lado, como um fantasma. – Observe bem – me disse – está em curso uma bela operação de estratégia de bordo. O senhor, que escreve, deve observar essas coisas. O toscano se retirou do combate. O tenor está na reserva. A senhora executa uma manobra falsa na cara do inimigo. Ó! Meu Deus! Já me aprontaram ontem; não vão me aprontar de novo hoje. De fato, a senhora fazia mil carícias no marido, enfiava o seu braço no braço dele, lhe falava junto ao ouvido, parecia que lhe pedia explicações sobre o velocímetro. E a cara do professor cabeludo era maravilhosa: revelava todo um sistema de filosofia que lhe devia ser antigo: cerrava os olhos como um gato que cochila e torcia todo o rosto para um lado, mostrando a ponta da língua com uma careta indizivelmente alegre, que deixava, porém, transparecer certa intenção matreira de escárnio, como se no fundo do seu coração ele risse dela, de si mesmo, do outro, dos outros, do mundo inteiro. Nesse meio tempo o tenor tinha desaparecido. A senhora passava a mão nos olhos e cobria pequenos bocejos pouco espontâneos com o leque, como se quisesse indicar que tinha vontade de dormir. – Atenção! – disse o agente. – Agora vem o momento decisivo. Mal tinha ele acabado de dizer isto, a senhora já tinha se desvencilhado do marido, e lentamente, fazendo uma expressão sonolenta, atravessava o convés para descer. – Ei! – exclamou o agente. – O momento é bem escolhido. Com certeza não existe ninguém naqueles fornos lá embaixo... Mas tem a justiça de Deus! Nenhuma dessas movimentações tinha escapado àquela cascavel da mãe da pianista, que sussurrava suas observações à vizinha, a senhora da escova. Com os olhos faiscantes, as duas se levantaram ao mesmo tempo e se puseram a caminhar... Mas era inútil. A suíçazinha subia de volta, dissimulando a raiva com seu sorriso bonito e segurando um livro nas mãos, como se tivesse descido para buscar aquilo; dois minutos depois, o tenor reaparecia da outra escada, solfejando e olhando para o mar, com uma indiferença exagerada que traía uma raiva canina. Um pouquinho atrás vinha o agente, contente, e de longe me fez um gesto com a mão aberta e o polegar no nariz. O tenor aproximou-se de mim e disse: – Que mar lindo, não?

O mar estava horrível, mas ele era uma figura muito divertida. Eu o tinha conhecido na altura da latitude das ilhas Canárias, e havíamos conversado duas ou três vezes, à noite. Tinha uns trinta e cinco anos, mas com um aspecto mais jovem: um rosto de aprendiz de alfaiate, com dois bigodinhos loiros encaracolados para cima, e dois olhos que diziam sem parar: – Sou eu! – uma pronúncia banal, uma andadura do conde de Almaviva, uma roupa dos irmãos Bocconi.[91] Olhava para o horizonte com ar triunfante, como se o oceano atlântico fosse uma imensa plateia que o chamasse para a ribalta. E discorria sobre geografia, literatura, arte e política com certa desenvoltura astuciosa, chegando sempre a dizer um disparate, mas contendo-se sempre a tempo depois de lançar um olhar desconfiado ao interlocutor. Na literatura e na política usava um artifício curioso. De repente, sem ter nada a ver com a conversa, exclamava solenemente, com o olhar fixo no horizonte: – William Shakespeare! – e passava uma mão na testa, como se acompanhasse o curso de uma meditação muda, mas só isso: não era nada mais do que um nome que lhe vinha à mente, como uma bolha de ar. Ou ainda, quando a conversa versava sobre um personagem histórico, sobre Napoleão I, por exemplo: – Ah! – exclamava, contorcendo o rosto – não me fale de Napoleão I, pelo amor de Deus! – como se tivesse um grande tesouro de ideias próprias sobre aquele assunto, ideias definitivas, em torno das quais não pudesse nem ao menos admitir uma discussão. E não se conseguia arrancar uma palavra a mais dele. Enfim, para resumir todo o grande sistema de suas ideias e simpatias intelectuais, costumava dizer: – Tenho

---

91. O autor se refere à ópera *O Barbeiro de Sevilha* (*Il Barbiere di Siviglia*), do compositor italiano Gioachino Rossini (1792-1868). O personagem conde de Almaviva é um jovem enamorado, enquanto os irmãos Bocconi eram costureiros renomados.

sempre três livros no criado-mudo: Dante,[92] o *Fausto*[93] e... – Na primeira vez disse a Bíblia, mas depois esqueceu, e noutro dia, ao invés disso, disse: *Os mistérios do povo*, de Eugène Sue. Porém, só o vi no navio com *Os amores da imperatriz Eugênia*. Por último, afirmava que fora voluntário de Garibaldi, mas quando a conversa recaía sobre os fatos, nunca mencionava uma campanha em particular; falava daquelas guerras com uma indeterminação nebulosa, como se fossem acontecimentos da mais remota antiguidade, que quase pertenciam à era das fábulas. No fundo, um humor jovial. Só se irritava ao falar de um determinado empresário de Bolonha, parecia que ele era o ódio da sua vida e repetia sempre a mesma frase: – Vou fazê-lo cuspir o coração. Enquanto isso, naquele dia tinha cuspido a vontade de fazê-lo.

Depois das duas da tarde, o convés ficava vazio. O tenor descia para o salão a fim de cantarolar no piano, o professor ia para o castelo central para dar aulas sobre temas variados para a plebe, os argentinos iam jogar cartas, os outros iam tomar banho, dormir, escrever ou relaxar. Naquele dia acompanhei a moça de Mestre que, ao lado da tia, ia fazer a costumeira visita à sua família emigrante, com o pacote de frutas e doces refinados de sempre. Desde seus primeiros passos na proa, pude notar o quanto ela já fosse simpática para todas aquelas pessoas. Quando apareceu, até os camponeses mais rudes lhe abriram caminho e todos olhavam com atenção para as veias azuis daquele pescoço delicado, para aquelas mãos frágeis, e para a grande cruz negra que se sobressaía no vestido esverdeado como o mar, um vestido que não ressaltava nenhuma curva, mas tinha sua graça. Nem mesmo no rosto das mulheres mais bisbilhoteiras e ousadas, que falavam dela pelas costas, via-se a sombra de um pensamento maligno. E não se tratava de respeito pela moça, mas

---

92. Considerado o maior poeta italiano, Dante Alighieri (1265-1321) é o autor da Divina Comédia.

93. O livro *Fausto* do escritor alemão Johann Wolfgang Goethe (1749-1832).

pela triste sentença que lhe viam escrita no rosto, e pela doce resignação com que ela revelava trazê-la, sem ter perdido nada da bondade e da amabilidade juvenil que nascem do amor feliz à vida. Uma palavra que ouvi murmurar à sua passagem fez com que eu estremecesse por ela, caso viesse a escutá-la: – Chegou a tísica. Mas felizmente não escutou. As crianças iam ao seu encontro e ela lhes dava amêndoas e uva passa, acariciando-lhes as bochechas. Em determinado momento, por distração, um emigrante pisou na capa e a lateral de seu vestido se soltou, deixando à vista um palmo de anágua branca. Enquanto se arrumava, o médico se aproximou e os três desceram para a enfermaria.

Desci atrás deles. Iam visitar o velho camponês piemontês, que estava com pneumonia.

O pobre homem tinha piorado bastante. Deitado no seu beliche escuro, com a longa barba grisalha que o fazia parecer ainda mais magro, tinha o aspecto de um morto estendido em um caixão que tivesse ficado sem uma tábua lateral. Quando a moça – que ele já devia ter visto outras vezes – apareceu, contraiu a boca daquela maneira que anuncia o choro das crianças e dos doentes exauridos. Com um nó na garganta, ele disse:
– *A'm rincress...filul!*[94]

Percebi que aquelas palavras apertaram a alma da moça, que rapidamente respondeu, com uma voz alterada, mas fingindo franqueza: – Mas não, não. O que o senhor está dizendo? O senhor vai rever seu filho. O senhor está com um aspecto melhor hoje. Tome cuidado para não perder o endereço. Onde o senhor colocou?... (ele o tinha no casaco, ao pé da cama). Está bem. O médico vai tomar cuidado com o papel. O senhor quer que eu o guarde? Quer que eu o devolva quando estiver curado, na chegada? Devo pegar? O velho fez sinal de sim. Ela se abaixou, mexeu no casaco, pegou o pacotinho, encontrou o papel que conhecia e o dobrou com muito cuidado numa carteira bonita de couro, que fechou

---

94. – Lamento por meu filho!

e pôs de volta no bolso. O doente observou todos aqueles movimentos com muita atenção e satisfação, e murmurou com um fio de voz:

– *A l'è trop grassiosa, trop grassiosa...*[95]

– Tenha coragem – disse ela, estendendo-lhe a mão – volto logo. Até logo. Coragem.

O velho tomou a mão dela, beijou-a duas ou três vezes versando duas grandes lágrimas e seguiu-a com o olhar até a porta: depois deixou a cabeça cair sobre o travesseiro em um gesto de profundo abandono, como se não precisasse levantá-la mais.

A moça subiu para a coberta com a tia e se aproximou da sua família de camponeses, que se apertava no cantinho de sempre, entre o cercado dos perus e o tonel, como um ninho de pássaros. Mas eles já tinham dado um ar doméstico àquela casca de noz, pendurando no barril um espelhinho redondo, e colocando no alto uma toalha que os protegia do sol. A cabeça de um dos gêmeos, sentado no chão, servia de apoio para as mãos do camponês, e a cabeça do outro estava curvada embaixo de um pente que a mãe utilizava, arredondado como nunca, enquanto a garotinha lavava um lenço dentro de uma panelinha apoiada em cima de uma mala cheia de riscos, que funcionava como mesa de trabalho. Quando a moça se aproximou, o pai se levantou tirando o cachimbo da boca, e todos sorriram. Escutei algumas palavras ao passar.

– *Sempre ben?*[96]

– *Come Dio vuol*[97] – respondeu o camponês. – *Ma la ga paura che ghe suceda prima de arivar.*[98]

E então a mulher, com a fisionomia preocupada: – *Crede ela, paronçina, che i ghe fará pagar anca lù el cuarto de posto?*[99]

---

95. – A senhora é encantadora demais, encantadora demais...

96. – Vamos sempre bem?

97. – Como Deus quer.

98. – Mas ela tem medo que aconteça antes de chegar.

99. – A senhora acredita que também vão cobrar do bebê um quarto de lugar?

A pergunta devia ser muito engraçada porque pela primeira vez vi a moça sorrir. Mas foi como um relâmpago. Fez sinal de não com a cabeça – não acreditava – e tirou do bolso um cachecol de lã vermelha entregando-o nas mãos da menina, dizendo: – *Ciapa, vissare, ti te ló metterà de sto inverno...quando mi...*[100]

Mas que diabos acontecia com o clima? Em poucos minutos o céu tinha escurecido e as nuvens desciam até quase tocar os topos dos mastros, parecia que a noite tivesse caído de repente. De ambos os lados do navio, envolto em uma neblina úmida, não se via nada mais que um pedacinho de mar cinzento e volumoso, que começava a nos fazer balançar fortemente, respingando água por todo o convés. A maioria acreditou que fosse uma borrasca. O oficial que fazia a vigilância gritou para a cabine de comando: – Uma tempestade! Todos para dentro! Porém, mal ele tinha pronunciado a última palavra, um violento jato d'água desabou sobre nós; era como bacias cheias d'água que tivessem caído. Tudo ficou inundado rapidamente. Houve então uma fuga enlouquecida de todos para as passagens cobertas e para debaixo do castelo da proa, gritos de mulheres, pulos desesperados entre regos, esguichos, vagalhões. Amedrontados, os passageiros desembestaram impetuosamente para as escadinhas dos dormitórios, a ponto de fazer o navio parecer que estava sendo destruído. Mas como as portas dos dormitórios eram estreitas, formaram-se aglomerações em frente e explodiram brigas enraivecidas para ver quem tinha a precedência, com cotoveladas e empurrões, e uma sucessão de blasfêmias e gritos sob a fúria crescente do aguaceiro que ensopava cabelos, tranças e casacos, retumbando nas vidraças e nas pontes, esbofeteando e lavando tudo. Aquela confusão infernal me fez pensar assustado no que teria acontecido em um momento de perigo. Aquilo não era nada mais que a primeira saudação que nos mandava a zona tórrida, a grande irrigadora do mundo, em cujo reino nós

---
100. – Pegue, guarde, você vai usar neste inverno... Quando eu...

navegávamos havia dois dias. Não durou mais que uns poucos minutos. A abóbada escura das nuvens se levantou, e despedaçando-se em várias partes como se fossem muitas janelas, deixou cair aqui e ali, nas poças ainda escurecidas e pontilhadas por faixas de chuva, uma variedade jamais vista de manchas de luzes e reflexos roxos, brancos, verdes, dourados, que deram ao oceano uma aparência de muitos mares juntos, onde cada um deles estivesse submetido a um astro diferente: a imagem estranha e triste de um mundo no qual tinha início a desordem do fim.

Os tipos originais da proa

Outras borrascas desabaram sobre nós no dia seguinte, e graças à última, pela primeira vez pude conversar com a moça de Mestre, que estava ao meu lado na passagem coberta da direita, onde se havia abrigado já encharcada e tremendo de frio. Suas primeiras palavras, os movimentos iniciais do seu rosto visto assim de perto, em meio à multidão que nos comprimia, revelaram-me melhor a sua alma do que todos os seus gestos o tivessem feito até agora. A julgar por certas palpitações involuntárias dos seus lábios brancos e certos tremores íntimos da sua voz, se intuía que sob aquele comedimento educado havia uma paixão de muita força, e era uma compaixão ardente pelas misérias humanas, cujo espetáculo lhe era intolerável e a deixava infeliz; um amor violento por todos aqueles que sofriam e de onde veio à sua mente não sei que ideia de socialismo religioso, confusa na sua cabeça, mas flamejante no seu coração, e que a consumia. Pela primeira vez na vida, ela via tanta miséria e tantos sofrimentos acumulados, digamos, ardentes sob a sua mão, e estava transtornada no mais profundo do seu ser. Não entendi bem o seu raciocínio, seja pela dificuldade de se exprimir ou pelo cansaço, ela nunca terminava a frase, e suas últimas palavras voavam como se fossem raptadas pelo vento. – Não se faz o suficiente por quem sofre – disse – embora... não haja nada mais a se fazer no mundo... Já está tudo feito. Se as forças do seu corpo fossem suficientes, teria certamente destinado a vida a algum grande apostolado de caridade, e teria morrido fazendo isso: dizia-o a expressão da sua boca suave e do seu semblante resoluto, sobre o qual de vez em quando passava um leve espectro, como a lembrança do egoísmo e da tristeza humana que ela devia ter mais intuído do que experimentado ao longo da sua breve existência. E apesar das grandes diferenças, ao olhar para ela me vinha à mente o rosto branco e inspirado de uma daquelas meninas niilistas que pintou Stepniak,[101] devoradas pelo ardor da sua fé e prontas para morrer por ela. Falava com o olhar voltado para o horizonte, com uma voz de doçura inexprimível, acariciando com uma mão a sua cruz preta, e aquela respiração fraca de enferma que lhe saía da boca parecia ainda mais débil e digna de compaixão diante do imenso sopro de vida que o oceano lhe mandava para a face. Tinha consciência do seu estado? Imaginei que sim pela indiferença que demonstrava, como se já vivesse em outro mundo, em relação às suas companheiras de viagem e aos outros passageiros da primeira classe, confundindo uns com os outros, e perguntando: – Quem? Qual? – e fazendo esforço para lembrar-se deles. Estava realmente conformada? Tentei descobrir isso pouco depois, enquanto ela conversava com a linda senhorita genovesa, a quem havia presenteado com um pequeno estojo de couro com aviamentos para costurar. No momento em que fitava a genovesa, procurei ver nos seus olhos se a visão daquela juventude forte e florescente, e quase resplandecente de vida, lhe provocasse um ainda que fugaz sentimento de inveja, uma nostalgia, a ideia triste da comparação. Nada. A grande renúncia já havia sido feita, sem dúvida. O amor e o desejo de vida tinham ido embora antes dela e já estavam na sepultura.

  Naquele instante escutei um farfalhar agitado de saias e risadinhas estridentes atrás de mim. Era a senhora loira vestida de azul claro, empoada de pó de arroz só de um lado e perfumada como um maço de flores, que vinha visitar a proa pela primeira vez, acompanhada pelo Segundo Oficial, um bonitão rosado de dois metros de altura, de quem parecia já ser íntima. Passou tagarelando e olhando pra lá e pra cá, mas se notava que não via nada de nada, e que para ela popa, proa, motores,

---

101. Sergéi Stepniak (1852-1895) foi um revolucionário russo. Em seu livro *Rússia subterrânea: perfis e escorços revolucionários* descreveu as condições de vida dos camponeses de seu país e abordou o niilismo.

emigrantes, miséria, Atlântico e Mediterrâneo eram coisas que não lhe diziam respeito, que não a distraíam nem sequer um momento do seu regozijo de mulherzinha bonita e tresloucada, livre e feliz no pleno exercício de suas funções. Observei então a perspicácia que os homens do povo têm para julgar, sem mais nem menos, as mulheres "ricas". Eles nunca a tinham visto, mas a reconheceram pelo faro. Com dissimulação, não se afastaram, justamente para que o vestido azul claro lhes roçasse os joelhos; e por trás imitavam o gesto de quem chupa uma ostra, ou beijavam a palma da mão, debochando. Embora de má vontade, afastaram-se diante da senhora da escova, que vinha atrás dela, sozinha, segurando um pacote na mão, vestida com uma elegância espalhafatosa. Havia dois dias que começara a imitar a moça de Mestre, e distribuía doces e frutas para as crianças. Mas santo Deus! Tinha um ar de inspetora e o sorriso forçado. Enquanto oferecia o doce com uma mão, se resguardava com os olhos para não ter nenhum contato: toda ela revelava a burguesinha cheia de inveja por quem lhe está acima e de desprezo por quem lhe está abaixo, capaz de cometer uma covardia para se aproximar de uma marquesa e de restringir o pão dos filhos para poder arrastar o vestido de veludo nas calçadas. As crianças aceitavam, mas os olhares feios que lhe dirigiam os adultos expressavam a mais cordial aversão. Enquanto eu a seguia com os olhos em meio à multidão, vi passar à minha frente, com a sua filhinha, aquela tal senhora "decadente" da terceira classe que o Comissário me apontara nos primeiros dias: sua saúde estava mais debilitada e tinha um aspecto ainda mais miserável por causa do vestido de seda preta gasto e puído. Existem pequenas humilhações na desgraça que dão mais pena do que a própria desgraça. Depois de muita hesitação, todas as duas, mãe e filha, timidamente, aproximaram-se de um dos bebedouros de água doce, e com um pouco de vergonha, não sem dar uma olhada em volta antes, inclinaram-se para beber a água das torneiras de ferro, com a mesma postura dos animais no bebedouro, como faziam todas as outras mulheres. Em seguida, ao verem que a suíça voltava, retiraram-se depressa, cabisbaixas, e desapareceram na multidão. Alguns emigrantes que viram aquela cena riram em voz alta, com ironia. Enquanto isso, a senhora loira, ao ver o Segundo Oficial lhe fazer um sinal, parou para olhar a genovesa, cuja fama de "beleza virtuosa" já devia ter lhe chegado aos ouvidos. Tive a impressão de que lhe parecesse bonita. Porém, no seu semblante risonho e benevolente vi surgir uma expressão de compaixão: a compaixão com que um industrial audacioso e bem-sucedido veria um rico inepto que mantivesse um patrimônio precioso guardado no cofre. Depois foi embora acenando com a mão para o marido, que estava no alto – na plataforma da cabine de comando – examinando a estrutura do farol vermelho.

Pobre genovesa! O Comissário, passando por ali para ver uma das torneiras do bebedouro que havia quebrado, colocou-me a par de uma história deplorável. Em volta daquela moça bonita e bondosa ia se formando um círculo de antipatias e de rancores que não lhe deixavam mais em paz. Todos os apaixonados que não eram notados ou que tinham sido rechaçados com um olhar ou um gesto de desgosto tinham se tornado seus inimigos, e aquele seu comportamento digno e inabalável lhes havia irritado aos poucos, até chegar ao ódio. Diziam que era "burra como uma porta", um pedaço de carne sem sangue, que só tinha mãos e pés e era recheada de algodão na frente, e que tinha uns dentes! Ao ressentimento dos homens se haviam acrescido os ciúmes das mulheres, zangadas ao ver que ela tinha à sua volta uns cem "imbecis" que lhe admiravam. Principalmente a bolonhesa e as duas coristas lhe lançavam olhares fulminantes. Tinham começado a chamá-la, por sarcasmo, de princesa, depois a dizer que toda aquela modéstia de freirinha era um embuste, e finalmente a espalhar todo tipo de calúnia contra ela. Não se pode expressar a baixeza das conversas que se fazia em torno dela, a infâmia das observações sobre a sua pessoa, feitas em voz alta, provocando gargalhadas desaforadas, das quais não lhe podia escapar o significado. Era uma verdadeira flor em meio ao estrume. Se não fosse pelo temor às autoridades a bordo, elas a teriam insultado abertamente, a teriam agredido por nenhuma outra razão a não ser humilhá-la. O próprio cozinheiro tinha ficado furioso e agora só mostrava na janelinha a cara terrível de sultão ofendido. O toscaninho da primeira classe rodeou-a por dois ou três dias, e já tinha até feito amizade com o pai. Todos aqueles canalhas já haviam dado o mercado por encerrado e o negócio fechado, mas depois a agitação parara repentinamente, sem que se soubesse o motivo. O único que continuou devotado, e apaixonado mais do que nunca, até a medula, pobrezinho, era aquele jovem magrinho, com uma bolsa de couro na cintura, que parecia vítima de uma ilusão – um escrivão modenês que viajava sozinho – por quem se havia encantado publicamente uma vesguinha feia da terceira classe, de cabelos ruivos e rosto com pintinhas, mas ele não lhe dava atenção. A sua paixão, que tinha crescido até o entorpecimento, tornara-se motivo de chacota para todos: lançavam-lhe longos suspiros desagradáveis pelas costas, cantavam-lhe

> Você é pequeno demais
> Para fazer amor

Mas ele estava tão apaixonado que não dava a mínima importância para nada, e ficava parado horas a fio no seu lugar, com um cotovelo apoiado no joelho e o queixo escorado na mão, observando-a, como se estivesse em êxtase; feliz quando aqueles olhos azuis claros e fulgentes, ao esticar o olhar ao redor, encontravam os dele, por puro acaso. E estava ali também agora, enquanto o Comissário falava dele, inabalável, com uma expressão no rosto e uns olhos que davam a entender que por uma palavra teria dado a sua bolsa de couro, a sua caneta, o seu passaporte, a

América, o universo. Dava pena. Certamente antes da chegada acabaria por perder a cabeça e fazer uma grande besteira.

Aquele era o "apaixonado", um personagem que nunca falta a bordo, como dizia o Comissário, e com frequência existem vários: de apaixonados do coração, bem entendido, porque os outros não se contam. Mas no *Galileo* havia uma coleção de outros tipos originais bem mais curiosos, e cada um deles, naqueles doze dias, já tivera a oportunidade de se fazer notar e gozava de certa celebridade na república da proa. Havia os tipos extravagantes e os personagens sérios. Estes preferiam ficar no castelo da proa, uma espécie de Monte Aventino[102] onde se reuniam os espíritos indóceis e os filósofos carrancudos. O mais popular deles era o velho toscano de capote verde, que havia mostrado o punho em Gênova na noite da partida. Ele tinha o diabo no corpo, desde cedo até a noite declamava com a voz rouca, agitando o dedo indicador ameaçador no ar, e a sua plateia aumentava a cada dia: teria gostado de começar a revolução social no *Galileo*; pregava contra os aristocratas da popa, incitava os passageiros a protestar contra a sujeira dos dormitórios e a comida nojenta, e às vezes, para dar o exemplo, jogava fora a sua porção e investia gritando contra as cozinhas. E a plateia aprovava, mas comia, e então, fora de si, tratava a todos como "vendidos" e "escravos". Apenas um não baixava a cabeça diante dele, um pretenso contrabandista, pequeno e rude, com um grande topete preto na testa e dois olhos de falcão, que tinha construído sozinho uma tenebrosa reputação de grande delinquente, e se comprazia de mantê-la viva, cheio de homicídios misteriosos, e disposto a tudo: um Capitão Fracassa[103] do crime, talvez, mas muito hábil em cumprir a sua parte, tanto é que todos o temiam, ainda que não tivesse tocado um fio de cabelo de ninguém. As mulheres

---

102. O Monte Aventino é uma das sete colinas de Roma.

103. Título do romance do escritor francês Théophile de Gautier, lançado em 1863. O protagonista é o barão de Sigognac, cujo pseudônimo é capitão Fracassa.

o apontavam com o dedo, dizendo que tinha um longo punhal embaixo do capote, e que antes do final da viagem certamente teria feito uma tragédia. Ele passeava entre a multidão, de braços cruzados e cabeça erguida, e não queria que ninguém o encarasse. Se alguém olhasse fixamente para ele, logo parava, pousando os olhos na cara do temerário como se estivesse lhe perguntando se estava cansado de viver, mas entre o medo e a prudência todos viravam a cabeça para o outro lado. Fora essa pretensão, devido à sua glória sanguinária, não perturbava vivalma, e demonstrava pelo velho toscano o desprezo que o homem da guerra tem em relação ao homem da toga. Ao lado desses dois, aquela estranha figura do saltimbanco formava a tríade no castelo da proa; era um tipo de cabelos longos e braços tatuados, cuja voz não se havia escutado nunca, tanto é que se dizia que era mudo: era capaz de passar cinco horas na extrema ponta do navio, inerte, com aqueles olhos verdes no ar, como se fixasse uma estrela visível apenas para ele, absorvido em fantasias sobrenaturais.

Já os bem-humorados se reuniam quase todos no castelo central, que oferecia mais espaço para as brincadeiras e era como a praça de um vilarejo, um local de passagem, confortável para os grupinhos e as fofocas. Aqui, no canto da esquerda, perto da cabine de comando, havia conversa e barulho de manhã à noite. O bufão da brigada era um camponês de Monferrato, aquele mesmo que tinha levantado a escandalosa suspeita sobre a sacola da bolonhesa: uma cara de *brighella*[104] que carecia de nariz. Toda a terceira classe sabia como o perdera: um policial bêbado que ele, também embriagado, havia provocado uma noite numa viela do seu vilarejo, tinha-o arrancado com um sabraço; porém, o engraçado era que na manhã seguinte, esperando tirar proveito do que lhe tinha acontecido, havia recorrido às autoridades para pedir indenização, mas o

---

104. Máscara da *Commedia dell'Arte* e do teatro veneziano que representa um servo esperto e mexeriqueiro.

policial já tinha pensado em apresentar um *relatório,* e o fruto do recurso foram vários dias de prisão, depois de muitas idas ao tribunal do distrito, e cem liras de multa. Ele tinha errado de profissão: era um palhaço nato, contraía e esticava o rosto como um animal, dançava músicas grotescas inventadas por ele, imitava as pessoas de uma forma maravilhosa e quando passava uma autoridade do navio, cumprimentava com um gesto de respeito fingido que fazia morrer de rir. Depois dele, o mais célebre era um homenzinho careca, com um grande terçol em um olho, um ex-porteiro que tinha sempre ao seu lado uma gaiola com dois melros de que cuidava muito, esperando vendê-los em Buenos Aires por oitenta liras cada um: um negócio já tentado por tantos outros. Devia a sua popularidade a um tesouro pornográfico que herdara de um parente: um grande caderno repleto de caricaturas obscenas, de enigmas sujos ou de anedotas, que ao serem lidas com a página dobrada eram trechos de vidas de santos, e com a página aberta, indecências do outro mundo. Tinha sempre à sua volta um grupo de aficionados de obscenidades, que reliam cem vezes por dia as mesmas porcarias, e se atiravam nos bancos de tanto rir, com os olhos lacrimejantes de alegria. E então erguia a cabeça como um ator aplaudido, feliz. Um terceiro, um cozinheiro de taberna, era um tipo muito frequente a bordo: o sabichão que, porque já esteve uma vez na América, atribui a si uma superioridade profissional em relação a seus companheiros de viagem, explica a seu modo todos os fenômenos marítimos e celestes, discorre em tom doutoral sobre mecânica naval, fala do novo mundo como se fosse a sua casa, e dá conselhos a todos, chamando de camponês ignorante quem não acredita nele: o Comissário o havia surpreendido uma vez, quando explicava o movimento rotativo da terra, com uma maçã na mão, lançando disparates capazes de fazer o navio parar. Nas horas vagas também tocava ocarina. Finalmente, havia um barbeiro vêneto que brilhava pela sua habilidade em imitar a voz do cão bastardo que late para a lua: um uivo lamentoso que torturava os nervos, mas que teria enganado todos os cães da Itália. Mas todos os "especialistas" já haviam se revelado e eram obrigados a dar mostras de si: entre outros, um velho jardineiro se agachava atrás de uma capoeira e imitava a respiração raivosa de alguém para quem *querer* não é *poder*, com uma perfeição insuperável: um verdadeiro artista, diziam, e muito estimado. Ali também se jogava tarô, cara e coroa, e tômbola, e se cantava durante longas horas; jogavam até de cabra cega, aqueles tipos altos de cabelos grisalhos, e também brincavam de *guancialin d'oro*[105] como se tivessem voltado à infância. O grande espetáculo era quando, tomado por uma fantasia maluca, o saltimbanco tatuado vinha para a proa e caminhava com as pernas para cima, imitando uma cobra ou uma roda, em meio a uma chuva de aplausos, sempre carrancudo como se fizesse isso por castigo; depois disso ia embora sem dizer uma palavra, tal como tinha vindo. Mas muitas vezes aquela alegria parecia mais almejada que espontânea, quase como uma espécie de embriaguez em jejum que se buscasse para espantar as lembranças tristes e os pressentimentos ruins, porque era realmente com exaltação que acolhiam rapidamente qualquer mínimo pretexto para se ensandecer com a algazarra. Às vezes lançavam-se contra o parapeito, às centenas, ou se aglomeravam em círculo, rapidamente, produzindo gritos, assobios, miados e cacarejos que se espalhavam por todo o navio e deixavam a fisionomia dos oficiais preocupada: mas era só porque um chapéu tinha caído no mar, ou porque um deles havia manchado o nariz de preto ao cair sobre a tampa de uma carvoaria. E quando passava no meio deles uma moça ou uma mulher que não pertencia a ninguém, era um coro de estalos de língua, de gorjeios de pássaros, de vozes onomatopeicas de todas as entonações e significados, que obrigava a coitada a sair correndo. Principalmente a serva negra dos brasileiros, quando passava por ali para comer ou dormir na terceira

---

105. No jogo *guancialin d'oro* uma pessoa fica de costas sem abrir os olhos, com os braços e as mãos cruzadas para trás, e tenta adivinhar quem bateu na sua mão – justamente o *guancialin d'oro*.

classe, mostrando o branco dos olhos e dos dentes como se fosse morder, despertava uma melodia de versos de amor animalescos, que parecia o urro de animais enjaulados no cio. Nós também tínhamos a nossa dose. De fato, uma vez eliminado o verniz (daqueles que o tinham), da boa educação e da cultura, havia uma grande diferença entre o castelo central e o convés da popa? Como teriam sido facilmente encontrados os tipos semelhantes e as analogias das conversas! É incrível como nos conheciam, e o embasamento com que faziam intriga a nosso respeito pelas costas, descobrindo a faceta ridícula de todos nós. Ficávamos sabendo por via indireta. Conheciam alguma coisa sobre a índole e os hábitos de cada um através dos camareiros a serviço e dos empregados particulares dos passageiros, e sabiam da nossa pequena rotina cotidiana como acontece nas lojas e nas mansardas com relação aos moradores dos pavimentos superiores. Aquilo que não sabiam, adivinhavam, e comentavam tudo. Tinham colocado apelido em alguns e imitavam o jeito de andar e a voz de outros. Ao nos virarmos para trás quando passávamos por ali, sempre surpreendíamos três ou quatro que piscavam ou endireitavam depressa o rosto depois de fazer uma careta de gozação. Eram as nossas Forcas caudinas.[106]

    Naquela noite, precisamente, o navio todo ficou animado por uma brincadeira excelente feita por alguém daquele grupo: um passageiro da terceira classe que tinha pagado um suplemento e fazia as refeições na segunda, mas passava o dia entre as rodinhas do castelo central. Era um homenzinho de meia-idade com a cara enrugada como uma maçã cozida, um bonachão, vestido como um sacristão e com ares de burguês abastado, mas simples e crédulo como uma criança, papariçado por todos porque tinha uma caixa de garrafas de vinho que levava para um irmão na América; ele defendia a caixa zelosamente de qualquer cilada,

---

106. Alusão à batalha das forcas caudinas, quando os romanos foram derrotados pelos *sanniti*, antigo povo itálico.

como se fosse uma carga sagrada. Ao sair para o convés de manhã, sua atenção se concentrou no aparelho telegráfico da cabine de comando, que transmite os sinais para o motor, e como o quarto oficial (que almoçava na segunda classe com ele) estava na cabine, lhe perguntou o que era aquele mecanismo.

Ele lhe respondeu que era o telégrafo.

O bom homem ficou assombrado. – O telégrafo! – exclamou. – Para telegrafar?

O oficial entendeu rapidamente: era um pequeno genovês, mordaz como a teriaga, um grande mestre da gozação, e sempre sério.

– Para telegrafar – respondeu – é claro. – Para o que deve servir? Através de um fio móvel estamos em comunicação permanente com o cabo submarino, e mandamos notícias para o armador de quatro em quatro horas.

O homenzinho expressou a sua admiração e depois disse timidamente, já com uma ideia na cabeça. – É... Serve apenas para o uso do navio.

– Em caso de necessidade – respondeu o oficial – também pode ser usado pelos passageiros.

– Mas então – exclamou o outro entusiasmado – enviarei um telegrama para a minha esposa!

Por um momento foi detido pela preocupação com a despesa, mas ao compreender que seria uma exceção, que manteriam a tarifa comum, ficou muito contente, e escreveu o despacho. – Estou bem. Mar bom. Metade do caminho. Mando um abraço, etc. – Perguntou se sua esposa poderia lhe responder. Sim, certamente poderia responder. – Porque eu a conheço – disse – é uma mulher capaz de ficar sem comer só para me mandar uma boa notícia. Ele queria pagar, mas o oficial não quis: deveria fazer o cálculo dos centavos adicionais. Pagaria à tarde, por volta das quatro, ao voltar para ver se havia resposta.

Feliz, o homem bonachão vai embora, deixando o papel. Volta às três: nada. Às três e meia: nada. Exatamente às quatro encontra quatro benditas palavras: – Obrigada. Tudo bom. Deus te acompanhe. Rezo por você. Volte logo.

Fora de si, lê duas vezes, beija o papel, quer pagar. Mas o que é isso! – diz o oficial. – É uma miséria que nem dá para dizer. De mais a mais, vou passar a sua mensagem como um despacho de serviço. Melhor ainda, como o senhor tem umas boas garrafas na caixa, vai abrir uma à mesa e ficaremos quites. – Como não? Vou abrir uma, vou abrir duas! Devemos comemorar. Ah! A que ponto chegou a ciência do homem! Para resumir, às quatro horas, à mesa, as duas garrafas foram abertas e consumidas, e o pobre homem ficou tão alegre que mandou abrir uma terceira, uma quarta, e a caixa inteira – que até então tinha sido defendida com tanta obstinação – foi secada. Enquanto isso, a notícia já tinha se espalhado e quando ele saiu da mesa, excitado, vermelho, triunfante, e subiu para o castelo central para fazer a digestão, foi recebido com uma folia carnavalesca. Não entendeu logo porque zombavam dele, mas quando entendeu, enquanto todos esperavam vê-lo ficar furioso, começou a rir de compaixão e voltou para a segunda classe, exclamando: – Ignorantões!... Bestalhões! Burros!... – calmo e imperturbável em meio ao concerto de latidos, miados e cantos de galo que o acompanhava.

Aquele alvoroço aconteceu diante de um dos espetáculos mais estupendos que o oceano e o céu oferecem na região dos trópicos. Como pouco antes do pôr do sol tivesse se dissipado o espesso véu de vapores que nos envolvia havia três dias, o sol caía no mar como um enorme rubi, lançando nas águas tranquilas uma longa faixa púrpura ofuscante como uma torrente de lava acesa que fosse incendiar o *Galileo*. Quando o sol tocou o horizonte, as nuvens, abrasadas pelas cores mais exuberantes, começaram a se mover lentamente, apresentando mil formas maravilhosas e deixando-nos boquiabertos. À medida que se modificavam, éramos levados a exclamar: – Que pena! – como se fosse o desaparecimento de um sonho encantador. Eram montanhas douradas de onde jorravam rios de sangue, fontes imensas de metais em fusão, construções sublimes e fulgurantes sob uma luz tão gloriosa, que, ao fixar o olhar, a mente vacilava por um momento, e com uma sensação quase de estremecimento, se esperava a última visão de Dante, os três anéis de três cores, mas de apenas uma circunferência, pinturas do retrato humano diante do qual *faltou poder à fantasia*.[107]

---

107. Alusão ao Canto XXXIII (116-117) do Paraíso, na *Divina Comédia* de Dante Alighieri (1265-1321).

O dormitório das mulheres

E mar, mar, mar. Em alguns momentos até parecia que as terras da superfície do globo tivessem desaparecido, e que navegássemos no oceano universal, sem nunca mais atracar. Não eram mais as águas amareladas dos dias anteriores, mas o céu branco, o sol branco, um mar que parecia uma imensa lâmina de chumbo, e tudo o que se tocava no navio, queimava. O calor escaldante não era o pior: o pior era um cheiro fétido de água contaminada, que da entrada dos dormitórios masculinos subia até nós em baforadas, chegando ao convés, um fedor de dar pena considerando que vinha de criaturas humanas, e de assustar quando se pensava no que teria acontecido caso viesse a ser deflagrada uma doença contagiosa a bordo. Mesmo assim, diziam-nos que não havia mais passageiros do que a lei permite embarcar de acordo com o espaço. Ah! Mas o que me importa se não se consegue respirar! A lei está errada. Permite que nos navios italianos se ocupe um espaço quase um terço maior do que o permitido nos navios ingleses e americanos, mas a polícia não está lá para averiguar se o *tudo bem* que encontrou na partida está mantido durante a viagem; para impedir, por exemplo, que nos outros portos sejam embarcados mais passageiros que a quantidade de postos ainda disponíveis; que se enfiem viajantes sadios no espaço reservado aos enfermos, e que se improvisem dormitórios a céu aberto. Oh... Ainda faltam muitas coisas nesses lindos navios que no dia da partida são vistos reluzindo como palácios de príncipes! Na maioria dos casos, os marinheiros e os foguistas estão alojados como cães; a enfermaria é uma alcova; os locais que deveriam ser os mais limpos fazem horror e para mil e quinhentos passageiros da terceira classe não existe um banheiro! E digam o que querem os agentes sanitários que estabeleceram o número necessário de metros cúbicos de ar: a carne humana está amontoada demais, e o fato de que antes era pior não é uma desculpa: hoje ainda é algo que dá pena e provoca indignação.

Enquanto isso, à medida que o termômetro subia, as preocupações e os aborrecimentos para o Comissário aumentavam. O principal era o dormitório das mulheres, onde ele precisava descer com frequência, durante o dia e à noite, para restabelecer a ordem ou zelar pela limpeza. Mesmo sem levar em conta as tarefas a serem cumpridas ali, aquele espetáculo obrigatório seria suficiente para levar qualquer cavalheiro a perder o gosto por aquele cargo. Imaginem dois andares abaixo do convés, como dois enormes mezaninos, só que instalados em um plano inferior e não superior; iluminados por uma luz de porão, e em cada um deles beliches triplos ao redor das paredes e no centro. Eram cerca de quatrocentas pessoas, entre mulheres, crianças e bebês, alguns ainda em fase de amamentação, e trinta e dois graus de calor. Aqui, na cama inferior, dormia uma mulher grávida com uma criança de dois anos, acima dela uma velha na casa dos setenta, e acima desta uma jovenzinha na flor da idade; já ali estava deitada uma caipira calabresa ao lado de uma senhora que afundara na indigência, mais adiante uma aventureira que tinha ares urbanos e se maquiava no escuro, ao lado de uma camponesa que temia a Deus e dormia com o terço nas mãos. Ao descer ali à noite, via-se despencar dos leitos cabeleiras grisalhas, tranças loiras, cueiros de lactantes, canelas senis horríveis e formosas pernas de moças, e um monte de trapos, entre xales, vestidos e anáguas de todas as cores naturais e bugigangas imagináveis e possíveis, como bandeiras do infinito exército da miséria, e no piso uma pilha confusa de botinhas, tamancos, chinelos, cordões de sapato, de sapatinhos e de meias, que assustavam ao pensar que eram uma fonte de contendas e bate-bocas preparada para o dia seguinte, na hora de levantar. Muitas não dormiam. O Comissário caminhava em meio a uma nuvem de tagarelice, interrompida por risadas contidas, choros de bebês, suspiros de moças, gemidos de mulheres incomodadas pelo calor e murmúrios de velhas que, como não conseguiam dormir, sussurravam padre-nossos e ave-marias. De vez em quando era chamado por uma mão ou por uma voz baixa, e precisava se abaixar ou ficar nas pontas dos pés para ouvir uma queixa ou uma reclamação. – Senhor Comissário, dizia-lhe uma ao ouvido, encontre uma solução: aquela moça do número 25 é um escândalo; aqui embaixo de mim estão duas mocinhas, diga que se comportem, afinal, onde estamos? Outra queria que ele chamasse a atenção das duas vizinhas de cima para que não pusessem os pés para fora da cama e falassem com mais decência. As velhas, especialmente, o atormentavam com a boa moral e denunciavam as culpadas, em grande segredo, com raiva. – Pense bem, senhor Comissário. Desculpe, mas eles, lá em cima, não veem nada. O número 77, aquela loira, vai para o convés todas as noites e só volta às quatro. É uma obscenidade que deve acabar. Já outras queriam mudar de lugar por causa de uma vizinha asmática ou porque a moça que tinham ao lado exalava um cheiro forte de almíscar que dava tonturas na cabeça. E o Comissário devia acalmá-las. – Veremos, vamos tomar providências, durmam enquanto isso, repousem, fiquem em paz. E seguindo adiante, guiado pela luz tênue da lanterna, entrevia mães adormecidas que apertavam as crianças contra o peito, respirando ofegantes, com o rosto contraído por um sonho doloroso ou assustador; seios jovens à mostra de propósito; bocas desdentadas escancaradas no sono como se gritassem; olhos que brilhavam na sombra, encarando-o com um sorriso que subentendia uma oferta. Às vezes, nos corredores, dava de encontro com um rosto suspeito, que deveria submeter a um interrogatório. – Aonde a senhora vai a essa hora? – Lá em cima (naturalmente) por necessidade. – Com esses olhos cheios de deleite? Vou dar cinco minutos para a senhora e depois vou tomar o seu pulso. Um pouco mais adiante parava para fazer uma advertência: – Vou dizer pela última vez, se não a vir com outra blusa amanhã, corto esta! Não tem vergonha? E às vezes a moça que havia sido repreendida respondia a verdade, infelizmente: – Não tenho outra, senhor! Mais adiante, de corredor em corredor, de um lado colocava de volta no travesseiro a cabeça de uma menina nua que estava muito para fora; de outro, mandava calar duas comadres maleducadas que se insultavam em voz baixa por uma desavença surgida de manhã na distribuição das bolachas; quatro passos adiante tratava de encorajar uma pobre mulher sozinha que, tomada pela melancolia, chorava à cabeceira da cama, dizendo que tinha o pressentimento de não encontrar seu marido na América. De tanto passar e repassar conhecia o jeito de dormir de todas. A bolonhesa, que estava deitada de lado, quase tocava o beliche de cima com seu enorme quadril; a bela camponesa de Capracotta se remexia como um esquilo; aquelas duas coristas com um topete no cabelo dormiam com as pernas e os braços abertos para um lado e para outro, como as linhas de um X, e a senhora "decadente" vestia aquele pobre vestido de seda preta, como a insígnia fúnebre da sua antiga fortuna. A mais bonita e tranquila era, inclusive no sono, a moça genovesa, que descansava de costas, esticada, toda coberta, como uma estátua de rainha que estivesse estendida no seu túmulo de mármore. Mas a visão de todas aquelas velhas desventuradas, de todas aquelas mães sem casa e sem comida, sonolentas no oceano, a milhares de milhas da pátria abandonada e da terra prometida, não o deixava ter qualquer pensamento sensual, mesmo diante de tanta nudez ostentada ou involuntária que lhe tocava ver. Ele passava lá embaixo como um médico no hospital, não menos inacessível a qualquer tentação do que o fosse aquele pobre velho marinheiro atrapalhado, que o acompanhava com a lanterna na mão. Pobre corcundinha! Para ele, que não estava protegido pela dignidade do cargo, o trabalho era muito mais duro, ainda mais quando, depois de o comissário sair, ficava sozinho no dormitório, com o baldezinho de água e a concha, à disposição de todas as sedentas. *Vien qua, vecio. – A mi, omm di persi – Dessédet, pivel! – Acqua! – AEgua! – Eva! – De bev! – Da baver!*[108] Na presença dele, as mulheres brigavam feio, não se importavam com o regulamento, e riam-se dele. Quando ele as repreendia, elas contestavam todas as regras; algumas lhe faziam uma cara tão feia que seria o caso de levarem uns pontapés; ele quase perdia a cabeça quando acordavam e era a hora de encontrar as coisas em meio àquela confusão, e então o coitado fugia como se estivesse escapando de um vespeiro, e se refugiava no convés, todo suado e ofegante. Justamente naquela manhã, na hora crítica, encontrei-o em frente à porta do dormitório, com uma expressão angustiada. – Que coisa – disse-lhe eu – elas fazem o seu sangue subir à cabeça, não é verdade? – Ah! – respondeu, jogando fora com desprezo um toco de cigarro. – *No ne posso ciù!*[109] – É assim em toda viagem? – perguntei. – Bem, não, graças a Deus! – respondeu. – Depende da viagem. Às vezes, por sorte, acontece de ter *un carego*[110] de mulheres que não dão trabalho. Outras vezes... Desta vez, por exemplo, *a l'è na raffega de donne maleducae,*[111] uma verdadeira carga de aborrecimentos! Depois, recobrando o seu jeito filosófico e erguendo o dedo indicador, disse-me confidencialmente ao pé do ouvido: – *Scià sente. Scià no piggie moggê!*[112] E virando a corcunda para mim, foi embora.

Naquela manhã tinha acontecido um grande escândalo no dormitório. Só vim tomar conhecimento mais tarde, quando estava na cabine de comando com o Comissário observando a grande dança de mastigadas do meio-dia, que se assemelhava ao espetáculo visto em algumas festas de santuários campestres, onde umas cem famílias comem

---

108. – Venha aqui, velho! – Aqui, homem olheirento. – Sente-se, aprendiz! – Água! – Água! – Água! – Para beber! – Para beber!

109. – Não aguento mais!

110. Uma carga.

111. Temos um vendaval de mulheres malcriadas.

112. – Escute. Não se case!

ao ar livre, no descampado. Era um acampamento fervilhante, centenas de grupos de homens, mulheres e crianças, sentados, de joelhos, agachados, de mil maneiras e posições, em cima, em baixo, em todos os cantos, com os pratos na mão, entre as pernas, no meio dos pés, com a cabeça coberta de lenços, de aventais, chapéus de papel, de anáguas do lado avesso e até de cestinhas, para se reparar do sol que queimava, e em meio aos grupos, entre o refeitório e as cozinhas, um ir e vir apressado de inúmeros chefes de *rancho*, com pães debaixo do braço, azeiteiras e gamelas na mão, seguidos por milhares de olhos, invocados por milhares de mãos e bocas. O garibaldino, que percorria a multidão com um olhar lento e sem complacência, estava ao lado do Comissário; à direita estavam a moça de Mestre e a tia, apoiadas no balaústre, observando a genovesa, que estava no piso inferior. Ela cortava a carne para o irmão, dava de beber ao pai e oferecia a outras duas mulheres e a um rapaz, que pertenciam ao seu *rancho*, ora alguma coisa ora outra, com a graça de sempre, mas não com a mesma serenidade. Não comia e suas mãos tremiam.

A moça de Mestre observou que a genovesa tinha os olhos vermelhos, e pensando que tivesse chorado, perguntou ao Comissário se ele sabia o motivo.

Sabia-o, e contou. Daquele covil de ódios que havia vários dias zunia em volta dela, um episódio lhe cortara o coração. Ao descer para o dormitório naquela manhã, depois de levar o irmão para o convés, encontrou um bando de mulheres em frente ao seu beliche, onde um pedaço de papel rasgado de um jornal sujo estava colado com miolo de pão. Sobre o papel, dez palavras escritas a lápis, em letras grandes. Assim que as leu, a genovesa levou as mãos ao rosto e teve uma crise de choro. Eram dez adjetivos rudes e cruéis, que podem ser imaginados, mas não escritos. Então as mulheres, que nem ao menos tinham pensado em rasgar aquela folha de papel, começaram a consolá-la, à sua maneira, e uma delas, a mando de uma terceira, soprou-lhe no ouvido o nome da culpada; era uma linguaruda, mau caráter, que tinha colado aquela porcaria às pressas, num momento em que não havia quase ninguém no dormitório. No entanto, ela não teve tanta rapidez assim e foi vista por um menininho que parecia dormir, mas que na verdade estava acordado, e contou à mãe. – Leve o papel para o comandante – lhe disseram. – Diga para o Comissário chamá-la. – Eles vão mandá-la para a prisão. – Ela será enviada para a berlinda na ponte. – Eles vão condená-la a ser julgada por um tribunal da América. – Então a genovesa puxou o papel, soluçando, e esperou que a caluniadora aparecesse. Esta desceu para o dormitório pouco depois. Era a vesguinha cheia de pintas e cabelo ruivo, que estava apaixonada pelo escrivãozinho e era ciumenta como uma égua. – Assim que alguém disse: – Ela está aí – a genovesa correu atrás dela, seguida pelas comadres, ávidas por um espetáculo. A vesguinha empalideceu e ainda levantou a cabeça, desafiadora. Mas a genovesa, que era bondosa, não fez nada mais além de mostrar-lhe o papel e dizer com voz trêmula: – *E ben, cose v'ho faeto?*[113] A rapidez com que a outra segurou e rasgou a prova do crime era uma confissão involuntária que tornava duplamente inútil a sua negativa. Sem acrescentar uma palavra, a genovesa subiu para o convés, desatordoada e chorosa, e não se lamentou com ninguém. Ao tomar conhecimento sobre o que tinha acontecido, o Comissário convocou a ré ao seu escritório, e ela jurou com as mãos e os pés ser inocente. Ele precisou se conformar em só fazer ameaças: atemorizou-a com a cadeia e com a possibilidade de mandá-la para o fundo da estiva a fim de ser roída pelos ratos.

A moça de Mestre, que ouviu o relato do Comissário sem tirar os olhos da genovesa, repetiu lentamente, como para si mesma, com seu sotaque vêneto: – *E ben, cose v'ho faeto?*[114] E seus olhos faiscaram de lágrimas.

---

113. – Muito bem, o que fiz para a senhora?
114. – E eu, o que fiz?

O Comissário tinha colhido algumas informações sobre a genovesa e sua família. Era de Levanto.[115] Depois de se envolver em negócios que não deram certo, seu pai, dono de uma lojinha não sei de quê, tinha resolvido ir para a América, a convite de um primo que estava bem encaminhado. Porém, como estava sem um centavo, foi obrigado a adiar a partida para o ano seguinte. A filha juntou o dinheiro para a viagem, centavo por centavo, vendendo todas as bugigangas que tinha; cuidando de uma senhora alemã doente durante a noite, e passando roupa para o balneário da cidade à noite. A marca preta que tinha na mão, e que se via da ponte, devia ser a cicatriz de uma queimadura.

Por suspeita ou por acaso, naquele momento ela levantou o rosto, e compreendendo que era dela que se falava, enrubesceu, mas tranquilizada pelo olhar meigo da moça de Mestre fitou-a com seus grandes olhos azuis e ainda umedecidos, e sorriu. Depois virou novamente a cabeça para olhar o irmão e só vimos a saliência dourada das suas tranças e o lindo pescoço, de onde havia desaparecido o rubor.

A moça de Mestre tocou o braço do garibaldino com o leque, e indicando-lhe a genovesa, disse-lhe com a sua voz suave e tristonha: – Veja a virtude, senhor.

Aquilo foi para mim como um lampejo sobre a natureza e a intenção das conversas que ela geralmente devia ter com ele. Curioso para ver a que ponto tivesse chegado a sua empreitada, me virei para olhar o rosto do seu companheiro, mas ele já tinha se voltado para o mar, para onde todos os passageiros da terceira classe, que se puseram de pé como se obedecessem a uma ordem, olhavam fixamente, murmurando.

Havia uma vela no horizonte, à nossa direita. O pequeno oficial do telégrafo, que estava de sentinela, já a tinha visto. Enxergava-se apenas uma manchinha branca com a forma de um trapézio, colorida por um pálido raio de sol, em meio à imensidão cinzenta, e uma tempestade

---

115. Pequena cidade costeira da região da Ligúria, próxima a Gênova.

distante lhe criava um fundo negro no céu e nas águas, e lhe dava um branco muito vivo, e fazendo-a parecer ainda mais mísera, com aquela imagem de ressentimento do oceano que parecia ser uma ameaça apenas para ela. Mesmo assim não se pode exprimir que vida, que alegria repentina espalhasse em meio à solidão infinita aquele humilde sinal de humanidade: parecia que o mundo habitado tivesse se aproximado de nós de repente. O oficial mandou trazer as bandeirinhas do alfabeto náutico e apontou o binóculo. Quando estávamos mais próximos, a embarcação a vela nos cumprimentou primeiro com a bandeira.

O *Galileo* respondeu ao cumprimento.

Teve então início um diálogo apressado entre o navio e o veleiro. O oficial nos traduzia em voz alta, e os emigrantes acompanhavam com os olhos, em silêncio, como se entendessem.

Era uma embarcação italiana que estava parada ali por causa da falta de vento, bastante comum naquele trecho da zona equatorial.

Primeiro disse o nome do armador: Antonio Paganetti.

Em seguida: – Proveniente de Valparaíso com destino a Gênova.

– Há quantos dias está viajando?

– Há dois meses.

– Há quantos dias está parado?

– Dezoito.

– *Quello pittin!*[116] – exclamou o oficial.

E o outro: – Peço que avise a nossa posição ao representante do nosso armador em Montevidéu. Nenhuma avaria. Estão todos bem.

– Precisa de alguma coisa?

– Obrigado.

– Boa viagem.

– Boa viagem.

É incrível como o *Galileo* nos pareceu grande, veloz, alegre, em

---

116. – Um bocado!

comparação àquela pequena embarcação parada, que talvez tivesse dez ou doze tripulantes, condenada a boiar como alguma coisa morta, quem sabe ainda por quanto tempo, sob o terrível sol do equador! Com um sentimento de pena o vimos encolher aos poucos, tornar-se um ponto branco e se esconder atrás do horizonte, mas era uma piedade egoísta, semelhante àquela dos viajantes que, dos amplos e confortáveis vagões de um trem que corre a toda velocidade, veem de esguelha uma carroça cambaleante sob a chuva, puxada por um cavalo cansado por uma estrada lamacenta no mato. Daquela comparação nasceu uma corrente de bom humor que se espalhou da proa à popa e durou até a noite.

Mas aquele era o dia das novidades. Antes de se sentar para comer, o comandante disse em voz alta: – *Scignori*,[117] temos mais um passageiro a bordo.

Muitos não entenderam.

– Um molequinho bonito – acrescentou – que tem apenas uma hora e quarenta e cinco minutos de vida.

Todos ficaram contentes, rindo e comentando. A julgar por um leve rubor no rosto da moça de Mestre, intuí que a camponesa do seu povoado devia ter dado à luz.

– Nasceu no hemisfério boreal – concluiu o comandante – mas o batizaremos no outro. Amanhã atravessamos o equador.

---

117 – Senhores.

A passagem do Equador

No dia seguinte, desde manhã cedo, só se falava na proa sobre a novidade do bebê e da passagem do equador: do aquador, do iquador, do quator, do quatuor, uma vez que deformavam a palavra de mil maneiras diferentes.

As mulheres eram as que mais falavam sobre o nascimento, impacientes para saber se e como o bebê seria batizado, e quem seriam o padrinho e a madrinha. De acordo com o costume, deveriam ser dois passageiros abastados. Quem o batizaria? O padre alto da primeira classe, um dos dois da segunda, ou o frade? Onde, se não havia nem capela nem altar? E os presentes? Eram coisas que naquela vida limitada de bordo adquiriam a importância de uma questão de Estado. Soube pelo Comissário que a camponesa de Mestre era *segno d'immensa invidia*[118] por parte de todas as mulheres grávidas da terceira, e mais ainda por parte daquelas que estavam em estágio avançado de gravidez, porque é tradição da cordialidade marinharesca que as puérperas a bordo sejam tratadas com muitos cuidados. Ao verem passar xícaras de sopa de carne e legumes, coxas de frango e copinhos de vinho Marsala, as outras pensavam com pesar que, quando chegassem em terra firme, não teriam a mesma sorte. – Isto é o que se chama ter sorte! – diziam. E se um esforço fosse suficiente para antecipar a coisa em alguns dias, o teriam feito de bom grado. Algumas estavam realmente irritadas.

Todos falavam sobre o equador. Mas aqui é necessário recuar um pouco para explicar bem a sensação que o mar provocava em todas aquelas

---

118. Alvo de uma inveja imensa.

pessoas. Antes de tudo, era fonte de antipatia. A ignorância não admira o mar, porque tem pouco ou nada para escrever com o pensamento sobre aquela enorme página em branco, e a imensidão pura é admirável apenas para quem pensa. Não me lembro de ter alguma vez escutado, entre aqueles emigrantes, uma exclamação de admiração pelo mar. Diante da água eles sempre ficam com aquela sensação inicial que ela desperta nos seres humanos, que é de asfixia. Desde que deixamos o estreito de Gibraltar, pude confirmar que, para a maioria, aquele mar imenso tinha sido uma decepção, porque como nunca tinham visto uma extensão de água maior que a do Mediterrâneo imaginavam que ao entrar no oceano veriam o horizonte se alargar infinitamente, como ocorre com o olhar quando se sobe ao topo de uma montanha. Mas não apenas por esta razão. Na cabeça do povo, a ideia dos grandes mares ainda está ligada a um vestígio das fantasias fantásticas da antiguidade e da época medieval: quando não esperam ver monstros voadores, *kraken*[119] de mil tentáculos e peixes cantores, muitos esperam ver pelo menos baleias, moluscos enormes ou combates de cachalotes e peixes-espada, e ondas altas como as montanhas. Ao verem aquele mar sempre sereno, e nem mesmo a sombra de um tubarão em duas semanas de navegação, dão de ombros dizendo: – É um mar como qualquer outro. Não podem sentir curiosidade ou ter prazer em outras coisas, ou porque as ignoram, ou porque não acreditam ou entendem mal. Notei que quase todas as conversas mantidas na popa, que versavam sobre o mar, a navegação e as terras, e que mudavam de tema à medida que a nossa situação geográfica se modificava, e nos eram ditadas, por assim dizer, pelo grau da nossa latitude; enfim, quase todas as conversas eram transmitidas de boca em boca e de classe em classe e repercutiam um ou dois dias depois (tal como nos acontecimentos das cidades, que repercutem nos vilarejos só depois). Neste caso a repercussão se fazia sentir nos grupinhos da proa,

---

119. Polvo.

de onde voltavam aos nossos ouvidos por meio dos oficiais que colhiam fragmentos enquanto passavam. Pois bem, é incrível como as notícias e as observações científicas sofriam transformações estranhas naquele trecho da passagem do equador. Na terceira classe falava-se da antiga Atlântida – sobre a qual já se havia comentado na latitude do Mar dos Sargaços[120] – como se fosse um mundo que tivesse desaparecido não havia muitos anos; um mundo que alguém de nós tivesse se vangloriado de ter visto. Na latitude da Senegâmbia,[121] como houvesse sido feita referência aos negros, os emigrantes diziam que o *Galileo* navegava a todo vapor para fugir da costa, onde existia um povo de selvagens terríveis que perseguiam os navios para comer os passageiros e muitas vezes o conseguiam. Com relação ao equador, havia dias que alguns estavam prevendo um calor de fornalha que teria derretido os papéis e as colas das cartas, um sol tão escaldante a ponto de enlouquecer vários passageiros, e dezenas de ataques nervosos. Mas o mais singular era que aquela viagem de um hemisfério a outro, que deveria convencer a todos de que a terra era redonda, contrariamente oferecia a muitos um argumento contrário, que os fazia reforçar a antiga crença, porque agora finalmente viam com os próprios olhos que tudo era plano. Não havia nenhum motivo para se ficar alegre com aqueles que pareciam convencidos da verdade, uma vez que muitos deles imaginavam que, depois de passar o equador, o navio começaria a entrar em declive e daria uma volta no globo, tal como uma formiga que caminha sobre uma bola. E também existiam muitos que não acreditavam em nada do que escutavam. De manhã, enquanto o marido da suíça (dotado da mais incurável das burrices que é aquela contraída nos livros, como disse um grande homem) dava explicações sobre o equador para um grupo de emigrantes, com aquelas frases estupidamente

---

120. O Mar dos Sargaços é uma região no meio do Atlântico Norte, cercada por correntes oceânicas. É um santuário para muitos animais marinhos.

121. A região da Senegâmbia fica na África Ocidental, entre os rios Gâmbia e Senegal.

científicas que eles não podiam entender: – o fogo elétrico do globo... o regulador das evaporações dos dois mundos... o lugar onde o mar troca os seus dois sangues... – eles olhavam com curiosidade ao redor e para cima, e como não viam nada de anormal voltavam a encará-lo, como se quisessem lhe dizer que parasse de debochar deles. Porém, o que mais os preocupava, principalmente nos últimos dias, era terem escutado que depois do equador seriam vistas novas estrelas, e que uma delas, a alfa de Centauro, fosse entre todas elas, a mais próxima da Terra. Pensavam que talvez fosse grande como a lua. Desde a manhã daquele dia tão esperado, em plena luz do sol, homens e mulheres moviam os olhos pelo céu, imaginando que veriam milagres. Uma mulher perguntou ao Comissário se naquela outra parte do mundo onde se estava para adentrar, a lua e o sol seriam os mesmos que se viam na Itália. O que era essa linha, esse *traço* que dividia o mundo em duas partes? Era para acreditar no que diziam, que ninguém mais teria a hora certa? Era verdade que no ano em que se viaja para a América se perde uma estação do ano? E o que acontecia com esta estação? O Comissário se esforçava para explicar, mas alguns não davam nenhuma importância às explicações que tinham solicitado, como se aquilo fosse tempo perdido; outros se esforçavam ao máximo para entender, e depois desistiam, fazendo um gesto de resignação. O último sentimento da maioria era uma vaga suspeita de que todas aquelas maravilhas fossem um monte de mentiras difundidas pelos endinheirados para se passarem por sabichões, ou que as explicações que davam fossem puros esforços da fantasia, e que tudo aquilo continuasse a ser um grande mistério para todos. Grande parte deles acreditaria no relato sobre os três monges lendários da Ásia que havia quinze séculos caminhavam em linha reta em busca do lugar onde nasce o sol. Era desanimador pensar que talvez mil, daqueles mil e seiscentos cidadãos de um dos países mais civilizados da Europa, não tinham conhecimentos mais amplos e precisos do que aqueles que teriam sido constatados cinco séculos antes em outras tantas pessoas da mesma classe; e que talvez exista no mundo certa quantidade irredutível de ignorância, que se pode comprimir, como uma massa aquosa, e dobrar de mil maneiras diferentes, mas não reduzir de volume.

Não importa: a passagem do equador era uma festa para todos, especialmente por causa da distribuição extraordinária, que já havia sido anunciada, de três litros de vinho por *rancho*. O comandante tinha autorizado a abrir a estiva e pegar as bagagens, o que para muitos significava uma verdadeira alegria, pois era uma oportunidade de se reabastecer de vestimenta e gêneros, e de revolver um pouco a própria roupa, reduzida a um estado miserável pela umidade da região tropical. Além disso, o anúncio dos fogos de artifício para aquela noite deixava a criançada em reboliço. A grande operação da lavagem matinal foi feita com um insólito vigor, e na hora da refeição foram vistas muitas moças com lenços e fitinhas novas no peito e na cabeça, mães penteadas com mais cuidado que nos outros dias, homens com gravatas respeitáveis, barbas bem feitas, camisas limpas, sem nenhuma caspa. A multidão estava vestida para um dia de domingo; as mulheres, em homenagem ao novo santo, não trabalhavam, e a maior parte dos homens, reunidos em grupos grandes e animados, deixava transparecer abertamente a previsão de uma bebedeira noturna. Enquanto isso, muitos se aglomeravam em torno da bodega para garantir a tempo alguma sobra do jantar de gala da primeira classe, e nas cozinhas da terceira também havia agitação, um vaivém incomum, de onde se podia prever que naquele dia o cozinheiro e seus ajudantes fariam um grande contrabando de pratos. Duas fortes chuvaradas extremamente breves, que caíram com um intervalo de uma hora, só fizeram atiçar o bom humor da multidão: depois o céu se abriu e o mar, às vezes azul claro, outras arroxeado, sacudido por ondas longas e lentas, parecia prometer não perturbar o dia.

Para nós também foi uma festa. Para mim começou depois

do almoço na cabine do Segundo oficial, com quem passei uma hora muito agradável, ao lado de dois oficiais e do marselhês, bebendo um bom champanhe, graças a uma discussão sobre James Watt.[122] Ao falar sobre o infortúnio dos inventores, o marselhês deixou escapar que Watt morrera na miséria. O Segundo oficial refutou: ele morreu na opulência, cheio de honras e rodeado de amigos ilustres – *Dans la misère, monsieur! Dans l'indigence la plus affreuse!* – Na riqueza, estou dizendo. – *Sans le sou, sans le sou!*[123] Daí surgiu a aposta. A sentença inapelável foi emitida por uma *Histoire de la machine à vapeur* que se encontrava a bordo, escrita justamente por um marselhês, e que desmentia seu conterrâneo sem nenhuma consideração. Eram tipos amáveis, aqueles três oficiais do *Galileo*, sem excluir o moreninho inteligente do telegrafista! Todos de espírito mais jovem do que a idade deles fazia supor, e com uma simplicidade de homens solitários, extremamente rara de ser encontrada no mundo, mesmo entre os solitários. Cada um deles estudava alguma coisa ou tinha alguma aptidão artística com que enganava o tempo naquelas sucessivas viagens: o Segundo oficial estudava alemão, o Terceiro pintava paisagens marinhas, o Quarto começara a tocar flauta recentemente. Todos dispunham de uma coleção infindável de casos de viagem que contavam à sua maneira, lentamente, relatando as coisas mais estranhas do jeito mais natural do mundo, coisas de gente acostumada a conviver com o lado mais aventuroso e bizarro do gênero humano, mesmo quando este se encontra em uma condição excepcional de vida e de espírito. Haviam feito travessias cheias de peripécias, em que o registro de nascimentos e de mortes tinha sido incessante; quarentenas de morrer de tédio; horas de sentinela em noites de tempestade tão cansativas que deixavam os cabelos brancos! Tinham visto passar a bordo

---

122. O inventor escocês James Watt (1736-1819) desenvolveu o motor a vapor.

123. – Na miséria, senhor! Na mais esquálida indigência!... Sem um centavo, sem um centavo!

amores, sofrimento, medos, fisionomias excêntricas, famílias de ciganos! Também era curiosa a confusão, ou melhor, a incoerência de ideias que tinham na cabeça com relação à política dos dois países entre os quais viajavam, eles que, ao voltar para Gênova, estavam com um atraso de dois meses na leitura dos jornais da Itália, e partiam antes de poder se situar, para chegar novamente na Argentina, sem ter notícias daquele país durante cinquenta dias. Mais curiosa ainda era a sua situação em relação às próprias famílias. O Segundo oficial nos divertiu muito quando, de copo na mão, nos explicou que tinha se casado havia um ano e meio, mas ainda lhe parecia que contraíra matrimônio no mês anterior. Depois de partir de Gênova após oito dias de casamento, só tinha visto a mulher a cada dois meses, sempre por períodos curtos. Assim sendo, não fora ainda possível nascer familiaridade entre eles, de modo que, a cada chegada, ainda era recebido com um pouco da emoção da primeira vez, e tratado com certa delicadeza respeitosa e embaraçosa, como se ele fosse quase um estranho: isto mantinha a lua de mel firme no horizonte. Ele próprio nos mostrou o retrato da mulher com aquele ar de quem mostra secretamente a fotografia de uma moça que pediu em casamento. – *Type genois!* – lhe disse o marselhês, observando-a. – É de Palermo – respondeu-lhe o oficial. – *Pas possible!*[124] Ah! Que gargalhada! Uma gargalhada tão grande que desta vez ele precisou fingir que tinha contestado por brincadeira.

    Todos estavam alegres, embora o comandante tivesse advertido que não queria aquela brincadeira que se costumava fazer; de batizar com garrafas os que passavam pela primeira vez pela linha do equador. Era um trote que sempre acabava mal. De qualquer forma, não haveria os personagens adequados. Até o genovês monóculo acariciava a barba de cerdas de escova com uma expressão menos entediada do que a usual. Ele parava alguém que passava aqui, outro ali, e lhe dizia sério, encarando-o

---

124. – É um tipo genovês... – Impossível!

nos olhos: – Peito de frango com molho madeira. Tinha arrancado um monte de segredos do cozinheiro e dizia que haveria um almoço esplêndido, com discursos. O agente de câmbio, com quem dei uma volta, avisou-me sobre um brinde oferecido pelo marselhês: tinha-o escutado ensaiar na cabine. Também me contou que na noite anterior acontecera uma cena daquelas, por causa da língua de cobra da mãe da pianista. Depois de ter insinuado ao suposto "ladrão" que ele deveria desmentir os boatos caluniosos que corriam sobre ela a bordo, o homem foi até o comandante para perguntar em alto e bom tom que boatos eram aqueles e quem os tinha espalhado, ameaçando com tiros e golpes de espada. No entanto, parecia que ao ser exortado a ficar quieto até o outro hemisfério, tivesse prometido que obedeceria. Ao subir para o convés, encontramos aquela petulante perversa que dava a impressão de regozijar-se intimamente por ter finalmente conseguido criar um escândalo. Notamos uma animação nunca antes vista no rosto insípido da filha, como se refletisse um prazer secreto. Suspeitando que houvesse outra briga de foice, o agente deu uma longa olhada ao redor procurando em vão a causa daquele prazer secreto. Ao passar em frente à taberna, vimos os recém-casados de pé diante da bancada bebendo um licor aguado. O agente cumprimentou-os. O rapaz disse timidamente: – Estamos celebrando o equador. – É! – respondeu o outro, em tom de afronta, olhando fixamente para os dois – me parece que celebrem todos os paralelos! E o casalzinho escondeu depressa o rosto no copo. Depois fomos embora tomar um traguinho de Chartreuse na entrada da cabine da domadora, que recebia os amigos com os olhos banhados de meiguice e dizia que gostaria que a viagem durasse um ano, pois achava a companhia apropriada, educada, cortês e agradável, e outro rosário de adjetivos açucarados que pareciam ter saído das muitas tacinhas coloridas que ela já devia ter bebericado ao longo do dia. De lá, ao subir novamente para o convés, encontramos novidades: a senhora argentina, verdadeira imperatriz do navio, com um cortejo de admiradores à sua volta, um vestido de cor baunilha que ressaltava maravilhosamente a sua pele quente e viçosa de nativa da América, e o rosto radiante, como se estivesse contente por entrar na metade do mundo que era sua. Também vimos a senhora suíça que pela primeira vez passeava com o seu antigo deputado, sem que ninguém tivesse visto quando e como houvesse acontecido a reconciliação. Meia hora da sua conversa sem nexo, oscilante, vazia, cheia de bobagens cor-de-rosa e de risadinhas inoportunas de costureirazinha ligeiramente bêbada, nos convenceu de que ela estava feliz por ter colocado novamente sua patinha branca no Parlamento de Buenos Aires. E também parecia feliz o marido, com suas excursões professorais entre os emigrantes, pois estava coletando novas informações geográficas com o Segundo oficial, com uma carta marítima aberta diante dos óculos. Em todos os olhos transparecia uma esperança confusa, daquela que se costuma ver na cara das pessoas no último dia do ano, como se todos confiassem que o hemisfério de baixo lhes reservasse um destino melhor do que aquele que haviam tido no outro.

A alegria cresceu ainda mais no almoço, quando, com exceção do garibaldino e da senhora da escova, que permaneceu muda e em jejum com o claro objetivo de pirraçar seu marido, todos conversaram animadamente, como uma grande mesa de amigos. Mais tarde, à noite, tivemos a grande surpresa de escutar a voz do casal de brasileiros, que, introduzido na conversa pelos argentinos, e estimulado, pouco a pouco, pelo sentimento patriótico, descreveu com uma eloquência admirável que nos encantou a todos, as belezas de seu país, desde a grande baía do Rio de Janeiro, coroada de montanhas coniformes, carregada de ilhotas cobertas de palmeiras e samambaias gigantescas, até as vastas florestas densas, semelhantes a espessas colunas de infinitas catedrais, povoadas de macacos e de onças, cortadas por bandos de papagaios verdes e rosas, sobrevoadas por nuvens de brotos, flores aladas e vaga-lumes piscantes.

Como o tema continuou a dominar a conversa, todos os passageiros que haviam visitado o Brasil se puseram a contar e a descrever juntos o que viram, e então toda a flora e a fauna brasileira foram reviradas, e passaram pela mesa as antas e os crocodilos de rios imensos, os sapos enormes que coaxam, os morcegos monstruosos que sugam o sangue dos cavalos, cobras horríveis que sugam o seio das mulheres, rãs que cantam no topo das árvores, tartarugas de dois metros de comprimento, e as formigas enormes de São Paulo que os índios comem fritas. E teve início uma imitação dos sons que os animais descritos produzem, e foi um estrondo de mugidos, de grasnados, grunhidos e silvos que realmente parecia que se estava em meio a uma floresta dos trópicos. Em alguns momentos dava até arrepio. Os únicos que não sentiam nada eram os recém-casados, que aproveitando-se da distração dos que conversavam, passavam com cuidado o braço em volta da cintura, fulminados pelo olhar da pianista, e a senhora loira que distribuía olhares cintilantes para o argentino, o peruano, o toscano e o tenor, com uma prodigalidade realmente um pouco chamativa demais, tanto que no final o comandante deixou escapar da sua boca uma frase de advertência: – *Quella scignôa a me começa a angosciâ.*[125] Mas foi tranquilizado pelo brinde do marselhês, que se levantou e, esticando o busto patagônico e erguendo a taça de champanhe acima da cabeça, disse com entonação grave: – *Je bois à la santé de notre brave Commandant... à la Société de navigation... à l'Italie, messieurs!*[126] Todos aplaudiram, com exceção do moleiro. Perdoei-lhe naquele momento o estrago que impingia à minha língua, e o que ele imaginava ter feito às moças da minha cidade.

Depois de sairmos da mesa, fomos para o terracinho da cabine de comando, precedidos pelo Quarto oficial que levava um maço de rojões,

---

125. – Aquela senhora começa a me dar angústia.

126. – Bebo à saúde do nosso bravo Comandante... à Sociedade de navegação...à Itália, senhores!

girândolas e velas romanas. Foi difícil caberem todos; fui empurrado para a esquerda, em frente ao Comissário, no meio do "enforcado" e do "diretor da sociedade de limpeza inodora". A proa já estava cheia, mas como o céu estava coberto por nuvens densas e os três faróis – um branco, um vermelho e um verde – que ardiam, como três olhos, nas duas extremidades do terracinho e na ponta do mastro, só emitissem uma luz velada, toda aquela multidão ficava quase nas trevas; e daquela escuridão chegavam mil sons confusos de cantorias de bêbados, de risadas de mulheres e gritos de crianças, que pareciam ser de uma multidão dez vezes maior. Parecia que eu estava no terraço da sede de uma prefeitura, na noite de um protesto grotesco contra o prefeito. Quando o primeiro fogo-de-bengala foi aceso, ouviu-se uma explosão de vivas e viram-se mil e seiscentos rostos iluminados, uma multidão apinhada de pé nas carlingas e nos parapeitos, agachada sobre a cobertura do refeitório e nas gáveas, agarrada aos cabos, presa nos cordames, de pé nas cadeiras, nas abitas, nos tonéis, nos lavatórios. Como não sobrasse nenhum palmo no pavimento e até os contornos do navio estivessem escondidos pelas pessoas, toda aquela multidão parecia estar como que suspensa no ar e que voasse lentamente sobre o mar como um bando de fantasmas. No grande silêncio da solene admiração levantavam-se vozes solitárias dos brincalhões: – *Ooooh Baciccia! – Dagh on Taj – Cadìa, monsú Tasca!*[127] Depois todos ficaram quietos, e se escutava melhor o som dos fogos e o barulho cadenciado do motor. Uma chuva de fogos caía no mar sereno e oleoso, sem nenhum sopro de vento, e os rojões explodiam e desapareciam no imenso céu silencioso, quase sem fazer barulho, como no vazio. A cada lampejo de luz aparecia na multidão um rosto que eu conhecia: ora o rosto soberbo da Bolonhesa, que se curvava da cintura para cima e ficava à frente das suas vizinhas; ora o rosto estático do escrivãozinho; ora a negra dos brasileiros, apertada no meio de uma roda

---

127. Pare com isso! – Diga, senhor Tasca!

de rostos afogueados; ali embaixo o rostinho arredondado da camponesa de Capracotta; perto do matadouro o rosto impassível do frade; no fundo do castelo da proa a máscara misteriosa do saltimbanco. Aqui e ali eram vistos casais grudados, obrigados a corrigir depressa os modos por causa da irradiação repentina de uma girândola, mas as risadas sufocadas, as vozes de reprovação e os gritos que às vezes eclodiam acusavam uma grande agitação de beliscões e de palmadinhas audazes e obstinadas. – Esta noite – disse o Comissário – o pobre corcunda vai suar sangue. Enquanto isso o fogo-de-bengala tingia repetidamente todos aqueles rostos de púrpura, de branco e de verde, e a cada novo estouro de foguete os gritos soavam mais altos: – Viva a América! – Viva o *Galileo*! – e mais raros: – Viva a Itália! E então acima das cabeças via-se agitarem chapéus, lenços e copos; crianças balançando os bracinhos nus eram erguidas pelas mães, verdadeiras imagens vivas da ingenuidade infantil daquela alegria popular, que por um momento sufocava tantos sofrimentos. Finalmente os fogos terminaram e o navio, novamente às escuras, mas sem que a festa tivesse chegado ao fim, desabou nas trevas do outro hemisfério, gritando e cantando.

Mas a alegria sem motivo daquela multidão, naquele confim de um novo mundo, naquela solidão, no meio da noite, provocou em mim mais pena como nunca havia me provocado a tristeza daquela gente. Era como uma luz sinistra que se lançasse sobre as suas desgraças e me atormentasse a alma. Ó miséria errante do meu país, pobre sangue extraído das artérias da minha pátria, meus irmãos dilacerados, minhas irmãs sem pão, filhos e pais de soldados que combateram e combaterão pela terra onde não puderam ou não poderão viver; nunca vos amei, nunca senti como naquela noite que somos nós os culpados dos vossos sofrimentos, da desconfiança hostil com que nos veem às vezes; nunca senti tanto como naquela noite que também nós somos maculados pelos defeitos e culpas dos quais vos criticam no mundo, porque não vos amamos o suficiente, porque não trabalhamos o quanto deveríamos pelo vosso bem. Nunca, como naquele momento, senti tanta amargura por não poder vos dar nada além de palavras. Pensei no último sonho de Fausto: abrir, aos milhares e milhares, uma terra nova e vê-la dar frutos e brotarem vilarejos no rastro de um povo trabalhador, livre e feliz. Valeria a pena viver só por isso, porque vocês são a pátria e o mundo, e até quando vocês continuarem a derramar lágrimas sobre a terra, qualquer felicidade dos outros será egoísmo, e qualquer orgulho nosso, falsidade.

O pequeno Galileo

Depois daquele dia de festança, como sempre acontece, o tédio voltou ao navio, mais penoso que antes, seguido por um calor fortíssimo, e acrescido pelo espetáculo do mar com uma cor repugnante. Era uma cor que dava a imagem do que, segundo se diz, seria o mar se a multiplicação prodigiosa de alguns peixes não tivesse nenhum obstáculo: uma carniça assustadora e fétida de merluzas e arenques em putrefação. Oprimidos por aquele tédio e ainda estonteados pela agitação do dia anterior, a maioria dos passageiros da terceira classe não se levantava nem mesmo quando os marinheiros, ao fazer a costumeira lavagem com as bombas, espalhavam por todos os lados torrentes e jatos d'água violentos: deixavam-se regar com os olhos fechados, como cães decrépitos. Durante muitas horas, todo o navio pareceu imerso em uma profunda letargia, e mesmo depois de tanto tempo, a lembrança daquele dia ainda me incomoda como a do rosto de um morto. No mormaço do meio-dia vejo novamente o genovês desfigurado pelo tédio, que aparece na minha cabine e me pergunta: – Vamos ver matar? – Como assim? Quem será morto? – Um boi. Ele o sabia sempre um dia antes e ia acompanhar para afastar a sensação de monotonia. Ó, horas eternas, passadas com o nariz na janelinha da cabine, a observar com os olhos assombrados aquele mar de indolência e sono! Dizem que tempo é dinheiro; eu teria dado um século daquelas horas por cinco centésimos. E mar, mar, mar. Aquele Mediterrâneo lá em cima aparecia na minha fantasia como diminuto, como um laguinho azul claro sufocado entre as montanha, distante, muito além de qualquer imaginação, e nunca enxergar nada além da água me fazia vislumbrar a horrível suspeita de que tivessem errado a rota, e de que o navio estivesse navegando direto para o polo antártico, para se chocar com as geleiras eternas. Felizmente Ruy Blas veio me sacudir. Fitando-me com um olhar abatido que deixava supor uma noite de libertinagem aristocrática, trouxe uma boa notícia. O batizado estava marcado para as quatro.

Já estava tudo determinado. Batizado e registro civil seriam feitos na sala náutica, ao lado do timão, sob a cabine de comando. O padre napolitano ministraria o chamado batismo de conveniência, em cuja prática ele devia ter experiência porque nos seus primeiros anos de vida religiosa tinha viajado por aqueles solitários campos das longínquas províncias da Argentina, carentes de igrejas, e onde os habitantes espalhados na imensidão conservavam a duras penas tão somente uma rudimentar tradição da religião católica. Naqueles sítios isolados, era comum que, à passagem de um padre, até rapazinhos a cavalo viessem pedir para serem batizados. Ele tinha se oferecido gentilmente, sem pedir *patacones*, e um camareiro já o tinha visto tirar uma estola e uma cota, que não deixavam dúvidas de que teríamos um serviço longo e afortunado. De acordo com o costume, o bebê receberia o nome do navio, *Galileo* – que já tinha uma dúzia de crianças homônimas, espalhadas pelo mundo. A madrinha seria a moça de Mestre. O comandante se ofereceu para ser o padrinho, mas o deputado argentino o convenceu a ceder-lhe o posto, porque como o menino estava destinado à cidadania de seu país, tocava a ele lhe dar as boas-vindas no novo mundo, como representante da República.

Essa atitude gentil, como vim a saber mais tarde, reconciliou-o com os passageiros, que até agora o acusavam, a ele e aos demais argentinos, de ficarem distantes dos europeus, em grupos à parte. Eu, porém, os conhecia havia vários dias, e tinha-os observado desde o início com uma curiosidade enorme, uma vez que para mim eles eram os primeiros exemplares do seu povo – de todos os povos da América, é aquele que, para um italiano, sem dúvida vale mais a pena conhecer, ou pelo menos deveria valer mais.

O deputado era o mais velho e creio que também fosse o líder do grupo: alto, um rosto forte e delgado de homem alquebrado pelas lutas da vida política e mundana, que lançava através do seu monóculo um olhar audaciosamente conquistador de votos eleitorais e anuências femininas. O marido daquela senhora argentina formosa era um advogadozinho loiro, secretário de não sei que ministro plenipotenciário de seu país; tinha dois olhos cinzentos agitadíssimos, penetrantes como duas lanças perfurantes, que quando observavam alguém pareciam enxergar o que havia debaixo do crânio, dentro do peito e até no bloquinho de anotações. Também havia dois jovenzinhos morenos, muito elegantes e pouco significativos, que não pareciam ter outra preocupação que não fosse a roupa extremamente fina e alva que ostentavam e as suas cabeleiras volumosas urdidas artisticamente, pretas, mas daquele forte tom negro andaluz-argentino que é um verdadeiro ultraje às cabeças grisalhas. O mais original de todos era o quinto, um homem garboso de seus trinta anos, de rosto ousado e voz áspera, um tipo de domador de cavalos selvagens, proprietário de uma vasta *estancia*[128] da província de Buenos Aires, onde passava dois anos seguidos, em meio a trinta mil vacas e vinte mil ovelhas, levando a vida do *gaucho*,[129] e depois se recuperava passando um ano em Paris, onde a cada vez que ia devorava aos poucos um rebanho de mil cabeças. Um traço comum a todos os cinco era a fineza da boca e o pequeno tamanho da cabeça – que mantinham sempre erguida. Porém, o costume hereditário que outros observam nos argentinos – de caminhar apoiando-se mais nas articulações dos dedos do que no calcanhar – para dizer a verdade, não notei. Todos os cinco tinham uma elegância estudada, e eram particularmente cuidadosos em relação ao bom aspecto pessoal. Eram gentis, mas de uma

---

128. Fazenda.

129. O *gaucho* é o homem natural dos Pampas, as planícies de vegetação rasteira que se estendem pela Argentina, Uruguai e pelo Rio Grande do Sul, no Brasil.

gentileza mais risonha, digamos, que a dos espanhóis, menos cerimoniosa que a dos franceses, aliada a uma desenvoltura nos modos e no jeito de falar, própria dos homens que entram na vida independente assim que deixam a infância, e crescem sem tédio e sem freios, cheios de confiança em si e no destino, em meio a uma sociedade agitada, desordenada, jovem. Esse seu estado de espírito se manifestava numa expressão do rosto para a qual eu não poderia encontrar uma comparação melhor do que esse jeito destemido do homem a cavalo que vê diante de si um vasto horizonte livre. Acrescente-se a isso uma extraordinária facilidade em emitir julgamentos sobre povos, instituições e costumes da Europa que tinham visto só de passagem: julgamentos que revelavam uma percepção mais aguda que profunda, e uma grande variedade mais de leituras que de estudos, lembradas com prontidão e citadas com arte. Considerando, não tanto as opiniões, mas a preferência que davam nas conversas a tudo que fosse relacionado à França, ficava claro que mostravam uma viva simpatia pela natureza e a vida francesas, derivada de uma analogia incontrastável da qualidade da inteligência e do espírito: todos tinham Paris na ponta dos dedos e as malas cheias de jornais dos *boulevards* e de fotografias de artistas da *Opéra* e da *Comédie*. Conheciam bastante bem as casas de jogos e os estabelecimentos balneários de outros países, principalmente os teatros destinados à música, sobre os quais quais discorriam com uma paixão de adolescentes, mas davam-me a entender que não tinham nada a invejar em relação a isso, uma vez que levavam a Europa para cantar e dançar na casa deles. No que se refere à Itália, não consegui descobrir, por debaixo da necessária cortesia da frase, seu verdadeiro sentimento. Compadeciam-se da nossa imigração, enxergando-a como a afluência de ótimos trabalhadores, e apontando para os emigrantes, diziam: – Tudo isso é muito ouro para nós. Tragam-nos a Itália toda, contanto que deixem a Monarquia em casa. E se compreendia que para eles, assim como para os revolucionários franceses do século passado, uma pobre criatura humana submetida à Monarquia parecia merecer a mais sincera comiseração, e que deviam considerar a nós, europeus, como uma espécie de homens nascidos velhos arrastando-se em meio aos tristes restos de um mundo morto, e até um pouco famintos por profissão. Por baixo desses sentimentos reluzia um orgulho nacional extremamente forte: o orgulho de um pequeno povo que venceu a grande Espanha, humilhou a Inglaterra e ampliou as fronteiras do mundo civilizado, varrendo a barbárie de um país imenso para oferecer hospitalidade e vida à gente de todas as línguas e raças. De fato, pelo menos duas vezes por semana festejavam entre si alguma data gloriosa da revolução argentina, com uma profusão de champanhe que era uma boa prova dos bons frutos de suas vitórias. Mas entre o seu orgulho nacional e aquele dos europeus me parecia que houvesse uma diferença notável: enquanto nós o baseamos no passado, e sempre nos vangloriamos rebatendo sobre ele, os argentinos não falavam quase nunca sobre o passado, e em cada frase mencionavam o futuro, com o refrão da infância: – Quando tivermos crescido. E todos eles pareciam ter não a esperança, mas a certeza profunda, sólida e clara de um dia conseguir ser um povo enorme, os Estados Unidos da América latina, fervilhante desde o vale da Amazônia até os confins da Patagônia. E a consciência de serem convocados para essa primazia também podia ser reconhecida no cuidado que dedicavam em qualquer ocasião para demonstrar a originalidade do seu povo, não apenas com relação aos velhos pais espanhóis, de quem falavam em leve tom de chacota, indicando que eram um povo do qual, por sorte, se haviam desvencilhado sob todos os aspectos, não sentindo mais nenhum tipo de influência, mas também com relação aos outros povos latinos da América; o Chileno, o Peruano, o Boliviano, o Brasileiro: salientavam as deficiências intelectuais e morais de cada um deles, e as facetas ridículas, com uma ironia arguta que revelava um sentimento de rivalidade de alto a baixo, não suavizado por aquele da fraternidade. Mantinham todas essas conversas com uma linguagem espontânea e calorosa, interrompida por risos cordiais e por impulsos de sinceridade quase involuntários, que revelavam uma natureza capaz de paixões generosas e violentas, e também com uma grande variação de sentimentos, nascida de uma necessidade ardente de devorar a vida de todas as formas, seguindo com todas as forças o impulso de todos os desejos. Só alguma coisa eu desejaria em alguns deles: uma expressão mais clara de compaixão na voz e nos olhos, ao contarem certos episódios desumanos da sua história; alguma coisa mais dócil e triste, que não suscitasse a suspeita de uma marca maléfica deixada na sua natureza em virtude da longa tradição das guerras no deserto e das guerras civis, todas horríveis. Mas no conjunto, a primeira impressão era extremamente agradável, e tão boa a ponto de avivar a curiosidade de perscrutá-los mais a fundo. Pela primeira vez eu me encontrava diante de gente realmente nova para mim, o que nunca tinha me acontecido na Europa. Em meio àquela grande afinidade de conhecimentos e ideias que havia entre nós, reconhecia vagamente neles os traços de uma educação da mente e do espírito totalmente diferente, os sentimentos peculiares de uma gente que está nos últimos confins da civilização, na extremidade de um continente quase despovoado, numa espécie de solidão de exército invasor, e as impressões de uma natureza com uma beleza diferente da nossa, mais vasta, mais primitiva e mais formidável. Também me deixava admirado aquela sua língua espanhola, mais solta e livre de certo tom literário, com um sotaque novo para mim e floreada por palavras desconhecidas e bizarras, cantada com aquela distante lembrança da melopeia indígena, que me fazia fantasiar rostos acobreados decorados com penas. Porém, mais que a língua, a incrível facilidade de falar, e a capacidade imitativa da entonação e do gesto, principalmente quando ficavam fervorosos nas descrições das suas grandes montanhas e das suas intermináveis planícies. Mais do que os outros, aquele advogadozinho loiro descrevia a caça ao cavalo selvagem como um ator que recita um trecho clássico, sem nenhuma afetação ou artifício aparente, com movimentos enérgicos e uma maravilhosa musicalidade nas palavras. Notei em todos eles esse dom de um timbre de voz bonito, e uma arte ou uma capacidade natural, elegante, para modulá-la; particularmente na senhora, que tinha um timbre de prata, e um tom agudo muito gracioso, tão gracioso que ao ouvi-la de olhos fechados sua voz soava como a de uma menina. Ao ver o estranho efeito acústico que me causou o nome da província de Jujuí, pronunciado daquela forma, ela procurava, de brincadeira, outros nomes indígenas de montanhas e de rios de seu país, e ia me repetindo aos poucos, rindo do meu assombro. Ringuiririca, Paranapicabá, Ibirapità-miní. Pareciam chilreios de um rouxinol.

Para eles, a viagem da América à Europa era como um passeio de Gênova a Livorno para nós: já a tinham feito várias vezes, pois seja qual for o sentimento que têm de si próprios e o conceito a nosso respeito, para eles a Europa é sempre a antiga mãe, a grande pátria da sua inteligência, e os atrai. O deputado já contava oito viagens transatlânticas, de modo que a esta altura a rede dos seus amores devia se estender sobre uma floresta de navios. Apesar de ser ainda jovem, tinha o passado de uma longa vida, inclusive como homem público, porque antes dos trinta anos (ele devia ter uns quarenta) já tinha sido redator-chefe de um grande jornal, alto funcionário de um ministério, diretor de um banco, e enviado do governo a Paris com uma incumbência de teor financeiro. E não era uma exceção entre a juventude de seu país. Com razão, dizia que a Argentina estava nas mãos dos jovens, porque a república queria que a seiva primaveril que fervia nas suas veias corresse nas de todos os seus servidores. – Vocês – dizia – aglomerados em terras reduzidas e sobrecarregados de história, de leis e de tradições, devem caminhar devagar, e serem conduzidos pelos velhos, mas nós jovens de trezentos anos, cuja pátria corresponde a um terço da América do Sul, e que precisamos recuperar depressa o tempo perdido na luta com os selvagens e na guerra de transformação social da qual acabamos de sair, precisamos seguir em frente correndo, guiados pela idade da impaciência e da ousadia. E brincava sobre o "abuso" da velhice que se faz na Europa. – Parece que, entre vocês, os cabelos grisalhos sejam o título necessário para determinados cargos. Vocês têm algumas doenças que dão direito a certas honras. Sabe-se lá. A gota faz tudo. A vossa juventude se cansa com uma espera interminável, e vocês estão nas funções que exigem a mente e os nervos mais vigorosos exatamente na idade em que a força diminui. Desperdiçam todas as forças para subir e quando estão no topo soa a hora da morte.

Naquele momento apareceu a camareira para avisar a hora do batizado. O deputado correu para a cabine para tirar o gorro de seda e colocar outra peça mais sacramental na cabeça. Fui para o salão náutico. Já havia agitação na proa, principalmente entre as mulheres, que queriam subir todas no castelo central para ver a cerimônia, tanto que os marinheiros tiveram de ficar de sentinela nas escadinhas para impedir que demasiada gente se amontoasse em cima. Era um vozerio, uma curiosidade que vinha de todos os lados, como se fosse para o batismo de um principezinho hereditário, e ninguém ligava para a ameaça de uma tempestade solene, que começava a deixar o ar escuro. Ao lado de outros dois ou três, entrei no salão náutico, que já estava apinhado, e com dificuldade encontrei um lugar. Diante de uma mesa estavam em pé o comandante, que devia cumprir a função de oficial do Estado Civil, o Segundo oficial e o Comissário, que eram as testemunhas; em volta, de costas para a parede, a senhora loira, a argentina, a recém-casada, a mãe e a filha pianista, a brasileira com a criada negra, e uns dez homens, entre os quais o garibaldino, sempre com aquele seu rosto fechado e tristonho. A janela ao fundo, que dava para o castelo, estava cheia de rostos femininos da terceira classe que formavam uma escada e vibravam com a alegria de ter conquistado os primeiros postos. Atrás delas se escutava o murmúrio da multidão. Em cima da mesa estavam abertos o livro de registros dos tripulantes e o diário de bordo, uma bandeja com um copo d'água e um saleiro, e formulários impressos de certidão de nascimento. Todos tinham uma seriedade meditativa. Aquele salão singular, coberto de cartas marítimas, cintilante de instrumentos náuticos aqui e ali, com aquelas vinte e quatro letras maiúsculas escritas como um epitáfio enigmático nas bandeirinhas dos sinais, aquele grupo de pessoas tão diferentes e estranhas, que às vezes cambaleavam por conta de um leve balanço, aqueles oficiais parados e sérios, aquele fervilhar de uma multidão que não se via, e o horizonte escuro do oceano, que cortava o vão da saída, provocavam ao mesmo tempo um sentimento de assombro e de respeito que se manifestava num murmúrio contido.

Alguns momentos depois chegou o padre alto, com uma estola e uma cota que davam a impressão de terem sido usadas para batizar os primeiros navegadores do Atlântico, e a atenção de todos se fixou sobre ele. Entrou encurvando-se, sem olhar para ninguém, e aproximando-se da mesa, fez o sinal da cruz e começou a sussurrar de olhos fechados, em meio a um silêncio profundo, as bênçãos de costume para a água e o sal. Depois colocou uma colherzinha de sal no copo, mexeu, e molhando o dedo, benzeu os presentes. As mulheres fizeram o sinal da cruz. O burburinho começou.

O menino demorava a chegar e o comandante mandou o Comissário ver o que se passava. Como o velho com pneumonia havia piorado, a parturiente tinha sido transferida da enfermaria para uma cabine vazia da segunda classe. O percurso a ser feito era de poucos passos. O Comissário voltou logo, dizendo: – *Vegnan.*[130]

De fato, vinham subindo a escada o pai, todo triunfante, de barba feita, com uma camisa limpa e a criancinha nas mãos, a moça de Mestre, com o seu costumeiro vestido verde-mar, amparada pelo argentino, e atrás deles, para o grande espanto de todos, inclusive o meu, vinha a

---

130. Venham.

parturiente pálida, mas risonha, escorada na cintura pelo marinheiro corcunda. Não teve jeito, reclamava o marinheiro, ela queria vir apesar das ameaças do médico, habituada a agir aqui como se estivesse em casa, onde *dopo do zorni la se gaveva sempre messo a far le so façende*.[131] Por último vinha um dos dois gêmeos com a vela na mão.

Uma agitação suave de compaixão e simpatia acolheu o pequeno Galileo, que dormia serenamente, com o rostinho vermelho, enrolado em um cobertor azul, com uma touquinha branca de preguinhas e uma medalha no pescoço.

Assim que entrou, a moça de Mestre pegou o menino dos braços do pai e mostrou-o ao comandante, com aquele seu sorriso triste e meigo, e creio que para várias pessoas que estavam ali não escapasse o contraste piedoso entre aquele pequeno ser que começava a vida e aquela pobre e bondosa criatura para quem estava tudo por terminar. Por um momento todos olharam para ela; sozinha, a parturiente contemplava o menino com a cabeça baixa, revelando nos olhos todos os tesouros da maternidade que teria levado para o túmulo.

O comandante, com o seu nítido sotaque do bairro de Prè,[132] e uma expressão sombria como se estivesse lendo uma acusação, procedeu à leitura da certidão de nascimento escrita no livro de registros.

– No ano mil e oitocentos etc., no dia e na hora etc., a bordo do navio chamado *Galileo*, registrado no departamento marítimo de Gênova, etc., o senhor médico tal de tal apresentou a mim, Capitão no comando do citado navio, na presença dos senhores fulano e sicrano, uma criança do sexo masculino nascido da senhora...

Um sorriso abriu-se nos lábios de todos quando se escutou ler que o local de nascimento daquela pobre criança era: *latitude norte 4, longitude oeste, meridiano de Paris, 28, 48.*

---

131. Dois dias depois tinha sempre começado a fazer suas tarefas.
132. Bairro do centro histórico de Gênova.

– Damos fé de que nós – continuou o comandante – redigimos a presente certidão, que foi anotada no final do livro de registros, e assinada por...

O comandante e os dois oficiais assinaram a certidão no livro e em três formulários impressos que deveriam ser entregues ao Consulado italiano de Montevidéu, à Capitania do porto de Gênova e ao pai; que depois recebeu a caneta, e com esforço e a fronte banhada de suor, rabiscou três vezes seu nome no documento.

Naquele momento o navio fez um movimento brusco para um lado, e a madrinha cambaleou. O argentino segurou-a pelo braço e eu li nos olhos dele a impressão de assombro penoso que experimentou ao sentir aquele braço sem carne. O céu estava mais escuro e o mar, cinzento. Caíam algumas gotas na coberta.

O padre deu um passo à frente.

Depois de ouvir os nomes que foram lidos, ele se benzeu e colocou a sua enorme mão peluda embaixo da cabeça da criança adormecida, e enquanto o argentino apoiava a mão direita no peito do bebê, derramou a água do copinho três vezes, dizendo:

– *Galilee, Petre, Johannes, ego te baptizo in nomine Patris, et Filii et Spiritus Sancti.*

Em seguida: – *Galilee, Petre, Johannes, vade in pacem et Dominus sit tecum.*

Todas as mulheres que estavam na janela responderam: – *Amém*.

Então ele pronunciou o *Agimus*.

Enquanto isso eu observava a mãe, que virava os olhos ora para o menino, ora para os oficiais, ora para os instrumentos náuticos e para aquela estranha capela, e esticava os ouvidos para o rangido do leme e o assobio distante dos ovéns agitados pelo vento, lançando às vezes um olhar furtivo para o mar escuro; parecia agitada por uma intensa inquietude, como se houvesse algo de profano e quase de agourento naquela cerimônia realizada daquele modo, assim expedita, naquele lugar e com aquele tempo.

– *Ave Maria, gratia plena, Dominus tecum* – concluiu o padre.

– *Sancta Maria, Mater Dei, ora pro nobis...* – responderam as mulheres.

Naquele mesmo instante um relâmpago fortíssimo iluminou o ambiente e ouviu-se o mugido longo de um boi; o navio deu uma sacudida; a parturiente se pôs a chorar.

– *Amém* – disse o padre.

– *Amém* – responderam de fora.

Todos se voltaram para a mulher, perguntando-lhe o que ela tinha, encorajando-a. Ela enxugou os olhos com o dorso da mão e perguntou: – *Parché no'l ghe ga messo el sal sula boca?*[133]

Foi preciso lhe dizer o motivo, explicar: era um batismo de urgência, não se podia fazê-lo de maneira completa porque não se estava na igreja, que ficasse tranquila, seria concluído na América. O sacramento era válido da mesma forma.

Então ela beijou a criança com entusiasmo, se acalmou, agradeceu, e todos saíram. Já chovia forte. Mesmo assim, o pequeno cortejo, acompanhado pelo garibaldino, precisou abrir caminho com os cotovelos para chegar até a cabine da segunda classe. Mais de uma vez, o corcunda precisou dar cotoveladas para seguir adiante e alguém tirou o toco de vela da mão do gêmeo: não era a criança que todos queriam ver, mas quem fossem realmente o padrinho e a madrinha, para ter uma ideia da importância dos presentes que a afortunada parturiente receberia. Ao ver a moça, alguns batiam palmas. De repente escutou-se uma voz alta e rouca:

– Bajulem, bajulem os ricos!... Hoje o batizam e quando for adulto vão deixá-lo morrer de fome... Cretinos!

---

133. – Por que não colocou o sal na boca dele?

Era o velho orador de capote verde, parado na entrada do dormitório feminino. Muitos se retiraram logo da multidão de curiosos. Outros o censuraram, outros fizeram eco. Mas a gritaria festiva da garotada encobriu as suas vozes.

Assim que pôs os pés na cabine, a parturiente deixou-se cair em cima de um baú, esgotada. O pai colocou a criança em um beliche, e o padrinho e a madrinha tiraram os presentes. Começaram então as exclamações de maravilha e gratidão, a duas vozes: – *Ma cossa fali? Lori se desturba tropo! I ne fa deventar Rossi! Oh ma che brave creature! Xelo par mi sto qua? e anca st'altro? Oh santo Dio benedeto!*[134] O pai, em um ímpeto de reconhecimento pelo recém-nascido, encurvando-se sobre a cama, exclamou: – *Vorò strussiarme, vorò suar sangue per ti, vissare mie!*[135] Era uma declaração do fundo do coração, que prometia sinceramente uma vida de trabalho e sacrifício por aquela pequena criatura nascida entre o céu e o mar, a meio caminho entre a pátria perdida e uma terra desconhecida, sem nenhum outro bem no mundo a não ser os braços e a coragem de seu pai. E logo em seguida: – *Tazi, vecia mata!*[136] – gritou rudemente para a mulher que chorava, e abraçou-a.

Então a moça de Mestre virou-se para o garibaldino, que estava vendo tudo da entrada, e apontando-lhe aquele abraço, fez um gesto de censura para ele com o dedo indicador, e depois disse carinhosamente, sorrindo: – Eis a família.

Ele não respondeu.

---

134. – Mas o que o senhor está fazendo? O senhor está se incomodando demais! E nos deixa enrubescidos de vergonha! Ó, mas que pessoas boas! Isso aqui é para mim? Isso também? Esse outro também? Ó, bendito santo Deus!

135. – Quero morrer de cansaço, quero suar sangue por você, sangue do meu sangue!

136. – Quieta, sua velha louca!

O mar de fogo

No entanto, o batizado, assim como a festa do equador, foi apenas uma breve trégua na irritação que se infiltrava na proa em virtude do calor que crescia, particularmente entre as mulheres, que a cada dia estavam mais entediadas e cansadas daquele estilo de vida tão distante de todos os seus costumes. A doença contagiosa do pequeno furto tinha começado fazia vários dias, e com esta, a febre generalizada da suspeita: as toalhas, os sapatinhos, as peças de roupa desapareciam como se fosse por encanto; as vítimas dos roubos acreditavam reconhecer suas coisas nas mãos de uma ou de outra, e a todo momento via-se duas descabeladas alteradas, segurando as crianças na mão, com o corpo do delito debaixo do braço, acompanhadas dos maridos e das testemunhas, para clamar por justiça. Aconteciam então processos e debates sobre as regras. Tratava-se de um lenço cuja etiqueta tinha sido tirada pela ladra, de uma botinha cujo rótulo com o nome do sapateiro havia sido arrancado. A acusada negava, evocando Jesus e Nossa Senhora; a vítima do roubo teimava, invocando outros santos do calendário; era preciso chamar duas peritas que examinassem a etiqueta desfeita ou o rótulo com o nome do sapateiro da botinha. Mas a piemontesa recusava as peritas napolitanas, a napolitana não queria que as peritas fossem do norte da Itália, os maridos tomavam o partido das mulheres, as testemunhas e os curiosos defendiam os da própria província. Eram disputas intermináveis entre montanhesas teimosas que repetiam umas cem vezes o mesmo motivo com a mesma frase, e linguarudas das planícies que vomitavam torrentes de palavras. Muitas vezes não se entendiam entre si e era preciso escolher um intérprete. Outras vezes era necessário ordenar uma vistoria nas coisas.

As acusadas começavam a chorar, as crianças a choramingar, os maridos a se ameaçar. – Vamos nos encontrar em terra firme, canalha! – Vou te jogar nas caldeiras do motor, seu varapau! – Vou dar suas tripas para os peixes, filho de uma égua! Uma mulher acusava a outra de frequentar os marinheiros durante a noite, a outra a acusava de dormir com os homens da primeira classe. – O navio todo conhece a senhora! – Veja só quem fala, nem mesmo toda a água do oceano poderia dar conta de lavar a senhora! O pobre Comissário espremia os miolos para entender e emitir sentenças justas, mas qualquer que fosse seu julgamento, elas sempre gritavam que era uma injustiça. Se ele condenava uma napolitana ou uma siciliana, elas diziam: – Claro, a outra é da sua terra. E se condenava uma "da sua terra", todas as que eram do norte protestavam: – Todo mundo sabe, elas sempre dão um jeito – e que jeito! – de convencer os outros a lhes dar razão. Era inútil que ele procurasse persuadi-las: – Escutem, lembrem-se: ontem dei razão a uma da terra de vocês, porque ela realmente estava certa! Nada disso: ele lhe dera razão só porque era uma donzela bonita, ou porque era uma mulher sozinha, ou porque isso, porque aquilo, enfim, porque devia haver uma segunda intenção. E surgia um coro de murmúrios dos dois lados: – Claro, nós não somos italianos. – Não falamos genovês. – Todo mundo sabe, agora são aqueles lá que mandam. Era algo que dava uma profunda pena, tão longe da pátria, assistir em toda briga virem à tona as antipatias de família, escutar com que palavras diabolicamente engenhosas se ofendiam um ao outro no amor próprio da terra natal, desenterrando recriminações e rancores mortos havia tanto tempo entre nós, e infelizmente insuflando-os dentro de si, para levá-los fortalecidos para a América. E depois de cada briga as duas partes se separavam como inimigas e cheias de desprezo, que depois eram difundidos para a proa, entre os seus conterrâneos de ambos os sexos, que pouco a pouco iam se dividindo em duas fileiras, e se olhavam com hostilidade, se insultavam, evitando-se reciprocamente, como se tivessem medo de pegar piolhos, ou simulando abotoar a jaqueta e pôr a mão no bolso quando passavam um ao lado do outro, como se quisessem salvar o porta-moedas ou o lenço. Que desgraça! Por mais solícito que ele fosse, o Comissário não tinha tempo de escutar as queixas de todos, e por mais paciência que tivesse, às vezes precisava morder a segunda falange do indicador. A bolonhesa gorda, cuja arrogância aumentava com a temperatura, queria que o navio todo fosse revistado porque lhe tinham roubado um pente de tartaruga, e ameaçava desmoralizar a *Sociedade de navegação* com o apoio do irmão jornalista, assim que desembarcasse na América. A pobre senhora de vestido de seda estava desesperada porque lhe haviam roubado um pequeno broche de prata, uma lembrança de sua irmã, dizia, mas não ousava recorrer ao Comissário por medo de alguma vingança. E havia mulheres que, não tanto por temor quanto para mostrar uma desconfiança injuriosa em relação às vizinhas, dormiam com todas as suas coisas amontoadas entre os braços e entre as pernas, mesmo correndo o risco de provocar calúnia com falsas insinuações de adultério, porque do jeito que dormiam parecia que alguém estivesse com elas na cama. Enfim, uma verdadeira loucura. Todavia, os problemas que nasciam por causa dos roubos verdadeiros ou mentirosos eram os menos difíceis. O pior era que a irritação havia despertado uma extraordinária suscetibilidade ao amor próprio em todos, que se disfarçava com uma meia palavra ou com um meio sorriso, tanto que a cada momento alguém se apresentava ao Comissário para queixar-se de falta de respeito, e o Comissariado devia se transformar em uma espécie de tribunal para a casuística da dignidade e da boa educação. O marinheiro corcunda dizia que não se podia mais viver. – *Dixan che gh'è de ladre!*[137] – exclamava ele, porque nunca falava de outra coisa que não fosse mulheres, mas se não embarcassem as ladras, não se pagariam nem as despesas do carvão, que Deus as mande para o inferno! Do jeito que

---

137. – Dizem que existem ladras!

as coisas estavam, era de se esperar que a qualquer momento explodisse uma briga séria. Na noite anterior, depois do batizado, duas passageiras haviam discutido em silêncio, como senhoras bem educadas, em um canto escuro do dormitório. E na noite seguinte aconteceu algo ainda pior com o pobre escrivãozinho. Como deixou escapar uma palavra de indignação contra dois emigrantes que faziam gestos obscenos atrás da genovesa, provocando gargalhadas em todos, eles o agarraram e estavam para lhe dar uma surra, quando por acaso o garibaldino passou por ali e soltou-o quando a gravata do escrivão já estava em frangalhos. Tudo efeito provocado pela "irradiação elétrica do globo". E o Comissário continuava a me dizer: – O pior ainda está por vir.

Depois de soltar o escrivãozinho, o garibaldino subiu para o castelo central, de onde eu o tinha visto, e passou ao meu lado. Gostaria de lhe ter perguntado alguns detalhes, mas a sua fisionomia fria e rígida como sempre me deteve. Se, nos primeiros dias, trocava algumas palavras comigo, agora mal fazia um gesto de saudação, às vezes nem mesmo um gesto. Parecia que o tédio crescente que aquela pequena sociedade forçada do navio provocava em todos lhe exacerbasse a aversão pelos próprios semelhantes que já trazia no coração. Quanto mais estreitava a amizade, sempre taciturna e respeitosa, com a moça da cruz preta, mais ele ficava solitário e fechado, como se aquela companhia agradável obscurecesse o seu espírito, ao invés de acalmá-lo. Agora não falava mais com ninguém. Passava horas a fio na popa, debruçado no parapeito, olhando para o rastro deixado pelo *Galileo*, como uma interminável página escrita que se desenrolasse sob seus olhos, narrando a história do mundo. Sua natureza rude e soberba produzira nos demais o efeito de sempre: a primeira reação foi de antipatia e manifestação do mesmo desprezo; depois, quando a regularidade do seu comportamento mostrou que era fruto da sua natureza e não de propósito, suscitou um sentimento de respeito e timidez, que se revelava na rapidez instantânea com que o olhar dos passageiros se dirigia para os mastros ou se refugiava no mar, quando o garibaldino, conversando com a moça, virava os olhos na direção deles, para ver se o observavam, e a cara que faziam. Aliás, a impressão era de que em todos tivesse brotado certa simpatia por aquele urso orgulhoso, que não apenas não fazia nada para conquistá-la, mas tinha uma expressão de quem fazia de tudo para provocar o sentimento contrário. Era porque, quando combinada à beleza e à força, a tristeza seduz como o indício de um nobre desprezo pelas satisfações simples que podem dar uma e outra; além disso, de todo o seu corpo e daquela luz profunda dos olhos que vinha direto da alma, transparecia a virtude que é mais admirada e mais temida no mundo, a bravura. Para mim, quanto mais ele me evitava, mais eu queria conhecê-lo. Sentia por ele aquele sentimento de benevolência que nasce da estima e do respeito, que torna intolerável a indiferença de quem dele é objeto, e que poderia nos levar a um gesto de humildade para superá-lo. Esse sentimento ganha força a bordo, onde fica cada vez mais aceso a todo o momento por causa da presença contínua da pessoa, e onde a indiferença que ela nos demonstra pode ser facilmente notada pelos outros, e nos rebaixar no conceito deles. Quando ele estava ausente, eu tentava me convencer de que a sua natureza e a sua vida não deveriam corresponder ao seu aspecto e à minha imaginação e que, se eu o tivesse conhecido mais a fundo, ele só teria acrescentado uma decepção àquelas outras tantas que tecem a história das nossas amizades. Mas quando o via, era inútil, eu poderia jurar que aquele homem nunca tivesse cometido uma ação ignóbil, que desprezava sinceramente toda vaidade humana e que agora também teria dado a vida, prontamente e sem ambição, para uma ideia generosa. Submetia-me à sua superioridade como uma força magnética, e se por um lado sentia certa contrariedade e quase uma humilhação, por outro, me parecia que teria sentido alívio em deixá-lo entender o que sentia, e até em confessar-lhe abertamente. Mas seu rosto era uma porta murada para todos.

Ele também parecia indiferente aos grandes espetáculos da natureza. Não vi passar nem um clarão no seu rosto, aquela noite, diante do entardecer mais esplêndido e mais bizarro que se tivesse visto depois que tínhamos adentrado na zona tórrida. O céu tinha apaziguado a leste e a oeste, e o sol que estava para mergulhar no mar de brasas parecia enorme, como se tivesse se aproximado milhões de quilômetros da Terra. Estava cortado no meio por uma faixa de nuvem preta extremamente estreita, que terminava nos limites do disco solar, de forma que o globo parecia dividido em dois hemisférios paralelos, mas de maneira tão clara e duradoura, a ponto de dar a ilusão de algo milagroso. Ao mesmo tempo, a uma altura fora do comum, estendiam-se oito raios maravilhosos de uma luz de aspecto velado, mas de cores extremamente vagas, que foram passando lentamente por várias gradações, do branco para o rosa e o verde claro. Depois que o disco solar desapareceu, as cores ficaram e cobriram quase um terço da circunferência do céu, como uma imensa mão luminosa que quisesse segurar a Terra. Porém, ficamos muito mais deslumbrados quando, a um sinal do comandante, ao nos virarmos, vimos outros oito raios infinitos do outro lado. O conjunto de raios era um reflexo dos primeiros, menos luminosos, mas suavizado pelas mesmas cores; parecia o clarão de um sol desconhecido que surgisse das águas, assim que o outro tinha se escondido. O mar cintilava com todas as cores do céu; era como milhares de pérolas flutuando.

Aquele advogado besta – somente ele – não via nada. Pelo contrário, virava as costas para o pôr do sol e não levantava o rosto na direção do reflexo, como se estivesse desprezando a natureza: para ele o sol que pousava no mar era odioso, porque refletia a má companhia que acompanhava aquele espetáculo. Em meio ao silêncio admirativo de todos, reclamava irritado com o Segundo oficial do descuido cri-mi-no-so das sociedades de navegação e se lamentava de que não seguiam os progressos da arte de salvamento. Oitenta por cento dos náufragos, dizia, se afogam, e acabam morrendo, por culpa de quem os embarca. Por que as empresas de navegação não colocavam nos navios o número de salva-vidas prescrito? Por que tinham apenas dez botes, que só eram suficientes para salvar um quarto dos passageiros? Por que não ensinavam os marinheiros a construir em poucos minutos balsas de salvamento? Por que não tinham bombas Gwyn? Por que não adotavam a ponte dupla do capitão Hurst? Por que não se providenciavam os *life-boats* projetados por Peake[138] e as pranchas náuticas de Thompson? Eram elas, as sociedades de navegação, que afogavam milhares de homens de bem, e que faziam morrer de fome os inventores, recebendo com desdém e zombando, por avareza, de todas as propostas de novos meios para salvar a pre-cio-sa vida humana!

Aquele pequeno barbudo destemido tinha uma erudição assombrosa sobre o assunto. Era um verdadeiro cientista do medo. O agente de câmbio, que sabia de tudo, revelou-me a sua suspeita: que o pobre homem tivesse na cabine um equipamento de salvamento extraordinário e volumoso; talvez fossem muitos, todos escondidos com muito cuidado em um caixote secreto, que nenhum camareiro jamais tinha visto aberto. E ainda dizia que, como fora bruscamente rechaçado uma manhã em que tinha ido visitá-lo, suspeitava que naquele momento estivesse testando alguma vestimenta original de guta-percha.

– São os armadores – continuava o advogado acalorando-se – que nos mandam como comida para os tubarões. O código marítimo é uma troça. Deveria haver uma lei aplicada seriamente que os enviasse a apodrecer na prisão.

O Segundo oficial rebatia, e ele continuava implacável, ainda com mais veemência, tanto que, aos poucos, muitos o rodearam para divertir-se à custa daquela inquietação mórbida agravada pela noite que caía.

---

138. Em 1852, James Peake aprimorou o projeto do barco salva-vidas feito por James Beeching um ano antes. O modelo ficou conhecido como Beeching-Peake e foi adotado pela Real Instituição de Barcos Salva-Vidas, fundada em 1824 na Inglaterra e existente até os dias atuais.

Mas a conversa foi interrompida de repente pelo grito de um passageiro da terceira classe, no castelo central: – O mar está pegando fogo!

Todos se viraram para o mar. De fato, o navio navegava em um mar em chamas, fazendo chispar ao longo dos seus costados esguichos de topázios e diamantes e deixando atrás de si uma esteira de fósforo líquido, um caminho coberto de ouro fervente que parecia sair da sua popa como se fosse uma mina em combustão. Em alguns pontos era ouro, em outros, prata; o espaço luminoso se estendia por uma distância grande, matizando numa suave luminosidade branca que levava a pensar naquilo que os Holandeses chamam mar de leite ou de neve, já visto por muitos navegadores no Pacífico, no golfo de Bengala e no arquipélago das Molucas. Mas perto de nós a água ardia e tinha vida; era uma beleza, uma sucessão e um encontro de fogos fugazes, um cintilar infinito de estrelas e de pequenos sóis que se aproximavam do navio e se lançavam longe, erguiam-se e abaixavam-se, sem se esconder, deixando as ondas esplendidamente transparentes, como um mar iluminado de baixo para cima pelos fabulosos astros de Plutão e de Prosérpina, brilhantes dentro do globo. E então se entendia bem como os navegadores antigos que viam pela primeira vez aquele mar resplandecente ficassem perturbados. Não era possível despregar os olhos: cegava, atraía como se trouxesse à tona todas as riquezas do universo, dava vontade de mergulhar a mão para pegar um punhado de pedras preciosas, de se enfiar para sair fulgurantes como monarcas orientais. Todos sentiam necessidade de encontrar comparações fantásticas e de dizer esquisitices, divertindo-se com a imaginação naquela imensidão de tesouros ondulantes que faiscavam à nossa volta como uma tentação e uma brincadeira. A admiração cresceu ainda mais quando, uma hora depois, apareceu um bando de golfinhos que começaram a saltitar e pular naquela chama, seguindo o navio, como se quisessem juntar a sua própria alegria à nossa. Começou então um redemoinho de fagulhas, uma festa de espumas e de chuviscos flamejantes, uma dança de constelações, um delírio de esplendores que deixou os passageiros da terceira classe em polvorosa, provocando uma forte gritaria e exclamações de alegria como num bando de crianças.

    O único insatisfeito era o marido da suíça, que vimos surgir no convés reclamando, com a cara enrubescida e amuada. Mas foi ele que procurou aborrecimento. Tinha ido ao castelo central, em meio a um grupo de camponeses, explicar que aquela florescência nas águas era produzida por muitos animaizinhos microscópicos, chamados sabe-se lá com que nome do outro mundo, ou, em outras palavras, que todas aquelas centelhas eram animais. Para dizer a verdade, desta vez ele tinha ido longe demais com suas bravatas e foi recebido com uma clamorosa risada.

    Mas um espetáculo novo já chamava a atenção de todos. Depois que o céu clareou completamente, pela primeira vez via-se no horizonte as quatro lindas estrelas do cruzeiro do Sul, desconhecidas ao Viúvo Setentrião,[139] cintilantes na solidão escura dos chamados sacos de carvão: os desertos do céu austral. De um lado brilhavam nitidamente a alfa e a beta de Centauro, e do outro a constelação da Quilha, com o maravilhoso sol Canopus. Todo o firmamento brilhava límpido e plácido. A estrela polar havia desaparecido.

---

139. Alusão ao verso da Divina Comédia de Dante Alighieri: "Oh settentrional vedovo sito, /poi che privato se' di mirar quelle!" (Purgatório I, 26-27). "Viúvo Setentrião, que estás privado de contemplar estrelas como aquelas!" (tradução de Cristiano Martins). ALIGHIERI, Dante. *A Divina Comédia*. São Paulo: Edusp/Itatiaia, 1976.

O oceano azul

Aqui, no décimo sétimo dia, encontro anotada na carta náutica de Berghaus a informação de que se deveria passar pela famosa linha traçada por Alexandre VI para dividir o mundo entre Portugal e Espanha, e ao lado, essas palavras: – *Tempo bom fora e em casa*. De fato, o humor daquela multidão de emigrantes acompanhava as variações do mar com uma fidelidade admirável. Da mesma forma que ao falar com um personagem poderoso, para quem pedimos um favor, e que pode nos ferir, o nosso rosto inadvertidamente reflete todas as expressões que surgem no dele, as preocupações e as conversas daquela gente toda tornavam-se sombrias, amareladas, cinzentas, azuladas, brilhantes, de acordo com as cores da água. Seria extremamente correto afirmar "a cara do mar" porque, quando sua superfície se acalma ou se agita, as sombras que chispam e as cores pálidas ou tétricas que de repente a cobrem se assemelham maravilhosamente aos movimentos de uma fisionomia humana que reflita a agitação de um espírito instável e traiçoeiro. Quantas mudanças aconteciam em poucas horas, e o tempo bom continuava! O oceano, que parecia velho e cansado, rejuvenescia em poucos minutos, percorrido por um frêmito de vida que o mudava completamente, e depois se aquietava, pensativo, e se entediava, adormentava, e em seguida acordava como se tivesse levado um solavanco, inquieto, amuado, como se ficasse ofendido por aquela casca de noz cheia de formigas que lhe passava pelo corpo, e que parecia tramar pregar-lhe uma peça. Depois caía de novo numa indiferença desprezível, ou perdoava e dizia: – Passem, passem – sorrindo. O aspecto do navio mudava rapidamente de acordo com o humor do oceano, era como se aquelas mil e seiscentas pessoas tivessem um único sistema nervoso. Às dez horas estavam todas deitadas, silenciosas, com uma cara de quem não tem mais nada a esperar desse mundo; faziam o *Galileo* parecer um leprosário flutuante. Uma hora depois, por causa de um vento que varria o horizonte ou de um relâmpago que chispava na proa, todos ficavam de pé, todos em movimento, com um burburinho, uma alegria festiva da qual eles mesmos se surpreendiam. E assim, a disposição de ânimo deles em relação a nós ia mudando aos poucos, e também a maneira como nos acolhiam no espaço que lhes era destinado no navio. De manhã, olhares feios, gestos de indiferença e até palavras maldosas pronunciadas próximas aos ouvidos: uma antipatia patente pelos "ricos". Na noite do mesmo dia, ao contrário, olhares bondosos, repreendas às crianças para que nos deixassem passar, e até palavras amistosas lançadas ao acaso, para dar início a uma conversa. Nesse aspecto, nós também agíamos como eles. Ao vê-los, muitas vezes pensávamos com serenidade: – Como são pobres e bondosos! Mas enfim, são dos nossos. O que não se daria para vê-los contentes! Como seria bom se fôssemos amados por eles! E em outros momentos, no ar abafado do céu fechado: – Que cães! E pensar que, se pudessem, far-nos-iam morrer todos a prumo! E nós ainda vamos afagá-los, imbecis.

Mas naquele dia o mar estava azulado e graças ao bom humor da população da terceira classe, por uma espécie de transparência moral, era possível fazer muitas observações psicológicas novas. É preciso notar: sob a trama dos ressentimentos e dos ódios, naqueles dezesseis dias de viagem se havia urdido outra, de simpatias, amores e intrigas amorosas; muito complexa e bem mais variada do que a outra. O Comissário sabia de tudo ou quase tudo, tanto por ver com os próprios olhos como por aquilo que iam lhe informar, seja a pedido dele ou não. Tinha à sua disposição quinze ou vinte comadres informadas sobre todas as intrigas, que praticavam na proa o mesmo ofício que a mãe da pianista e o agente de câmbio faziam na popa. Era uma diversão impagável escutá-lo na cabine de comando desfiar o rosário das paixões, com os olhos pregados na multidão, apontando para os personagens com aquele seu jeito lento de falar, próprio de juiz de paz, engraçadíssimo por dentro e sério por fora. A proa lotada de gente se nos apresentava embaixo como um grande palco ao ar livre, acariciado naquele momento por uma brisa cálida que agitava ao vento as roupas estendidas para secar e deixava as pontas dos lenços e dos chapéus baterem na testa das mulheres. Ele continuava a contar. Os amores eram muitos, e como a maioria era obrigada a se manter, sempre ou quase sempre, no limite de uma rigorosa castidade, ficavam mais inflamados e exacerbados, a olhos vistos, de uma forma que nunca acontece nas cidades ou nas zonas rurais. Não havia uma mulher jovem, casada ou solteira, que não tivesse o seu ou os seus admiradores, impudicos ou prudentes, mais ou menos enamorados, correspondidos ou não, escondidos ou às claras. A moderação e o fato de ter sempre o objeto ali diante dos olhos, quase em contato, em meio à desordem das roupas de manhã cedo, ou no abandono do sono ao longo do dia, e na nudez livre da maternidade, haviam provocado o surgimento de caprichos e pequenas paixões vivazes até para as matronas rústicas de meia-idade, que no continente não seriam dignas nem de um beliscão. Porém as jovens, se não tivessem uma cara assustadora, chegavam a ter grupos de desejosos; depois de algum tempo alguns deles se cansavam e passavam a rondar outra formosura, deixando o lugar livre para outros, de forma que os grupos iam mudando. Havia concupiscências passageiras e contemplações platônicas que, mais que nada, visavam a enganar o tempo, e também galanteios jocosos, praticados para divertir os companheiros. Mas também havia aqueles que se apaixonavam seriamente, homens tomados de paixão até a alma, de uma audácia e de uma brutalidade que desafiavam a luz do sol e o regulamento disciplinar, obstinados e ciumentos como árabes, que não queriam concorrentes em volta e ameaçavam com facadas a torto e a direito. Todos eles tinham postos fixos de onde, durante o dia, quando não se podia tentar nada, tomavam conta do objeto dos seus arroubos com olhos de gavião que encaram a sua presa, e insultavam até aqueles que, ao passar, se interpusessem no meio dos seus olhares. A chama acendeu até mesmo para algumas cabeças grisalhas, alguns cinquentões rudes com pele de rinoceronte, de quem se diria que a fagulha não pudesse mais arder nem mesmo esfregando com força. Um deles, um *monferrino*[140] com focinho de javali, chegou até a embranquecer os cabelos pela camponesa de Capracotta, cujo rostinho redondo e desbotado de Nossa Senhora, todo colorido pelo reflexo do seu lenço de rosas vermelhas, também fazia balançar a cabeça de vários outros homens, apesar da presença de um marido alto e barbudo. As duas coristas que não ficavam paradas o dia inteiro, rindo com todos, esfregando-se em todos, apalpadas em todas as partes, pareciam se divertir particularmente em desencaminhar os bons maridos: as esposas odiavam-nas como a peste, e as insultavam sem meias palavras, por trás e pela frente, ameaçando recorrer ao Comissário para que ele limpasse a proa, que era uma coisa de dar nojo. Mas elas não eram as únicas: havia outros rostos combalidos, citadinos, que seduziam os pais de família com um punhado de pó de arroz na cara e uma porcaria no lenço, e passavam diante das esposas bem educadas com um ar senhoril e um sorriso malicioso que dava vontade de lhes dar uma surra: uma infâmia. Para que servia a delegacia de Gênova? Mas elas detestavam principalmente aquele grande macaco que era a negra dos brasileiros, que só aparecia na hora das refeições e à noite, mas que acendera um verdadeiro vulcão de paixões: parecia impossível, diziam, com aquele narigão achatado e aquele fedor de bode, e todos atrás e em volta, como cães no cio, a sentir o cheiro daquela imundície, e ela se esbaldava. Foi por ela que, por um triz, dois maridos não começaram a se esbofetear, e a esposa de um deles aprontou um escândalo que se escutava até do

---

140. Original de Casale Monferrato, cidade do Piemonte (norte da Itália).

motor; já a esposa do outro lhe deu um tapa sonoro que ele retribuiu prontamente, prometendo acertar as contas na América. A bolonhesa gorda pelo menos mantinha um pouco de decoro, queria levar intacto para o outro mundo o seu nome de *ragaza unesta*,[141] dizia o Comissário: corria o boato de que tinha o coração ferido por um emigrante suíço. Seu comportamento noturno era duvidoso, mas de dia, em meio aos demais passageiros, mantinha uma dignidade de arquiduquesa, que ficava ainda mais digna e orgulhosa quanto mais crescia à sua volta a insolência das suposições que se faziam em torno do mistério da sua inseparável sacola. Havia ainda muitas outras que davam um bom exemplo também no amor: moças irrepreensíveis, ou pelo menos tímidas, que com modos decentes namoravam jovens de boa família, os quais, por sua vez, se comportavam como amigos do peito ou como amantes com sérias intenções, e passavam o dia todo grudados nas suas saias numa atitude lânguida, mas respeitosa, diante dos olhos dos parentes. Porém, em geral, os galanteios seguiam uma conduta e falavam uma linguagem que devia acelerar e apurar de maneira especial a educação dos meninos e das muitas meninas entre dez e catorze anos que estavam a bordo, e que naquele reboliço viam e escutavam tudo. Os mais baixos instintos, controlados na vida ordinária pelas fainas do dia a dia, ou adormecidos na calmaria solitária dos campos, tinham acordado aos poucos, como cobras, no peito de toda aquela gente aglomerada e ociosa, nos calores dos trópicos, e quando a escuridão da noite encorajava os circunspectos e tirava qualquer freio dos atrevidos, se entreviam e se escutavam certas coisas de fazer enrubescer os soldados encouraçados montados. Era por causa da forma – que fique bem entendido – uma vez que se tratava de pornografia em grande quantidade, porque, quanto ao conteúdo, era o mesmo que em muitos salões burgueses se distribui e se engole em pílulas douradas, sem que ninguém se escandalize. E depois... o que acontecia

---

141. Garota honesta.

depois? Ao ser indagado sobre este aspecto em particular, o Comissário enrolava o lado direito do bigode, meneando a cabeça. Sem dúvida, o regulamento dizia claramente, o comandante não transigia e o pequeno corcunda era incorruptível. No entanto, a proa era grande, pouco iluminada, cheia de cantinhos escuros e de refúgios oportunos; e entre os emigrantes, mais que a inveja e os ciúmes que poderiam levá-los a aborrecer-se, o que falava mais forte era o sentimento de solidariedade, baseado no *hodie mihi cras tibi*,[142] que os inspirava a proteger os demais. Além disso, durante a noite, o corcunda não estava sempre ali de sentinela na escada do dormitório, e frequentemente adormecia; então era uma farra de contrabandos, uma tarantela de pecados mortais, que se as estrelas do Cruzeiro do Sul vissem – espectadoras dos amores ao ar livre dos índios – deveriam mesmo dizer que todos os homens são irmãos. Especialmente nas noites sem lua e sem estrelas e quando o calor era forte, nem um batalhão de corcundas seria suficiente. O meu bondoso corcunda passou justamente quando falávamos dele, com uma garrafinha de óleo na mão, e seguindo, talvez, o curso dos seus pensamentos, me disse: – *Scià sente: l'è pezo una bionda che sette brunne.*[143] Depois, encolhendo-se um momento e levantando o dedo indicador, acrescentou: – *Se e'porcaie pesassan saiescimo zà a fondo da sezze giorni. E aoà cöse gh'è?*[144]

Eram os rapazes da proa que aplaudiam uma manobra com que se erguiam as velas da gávea, dos joanetes e das contra-mezenas, de modo que o navio se encontrava com todas as suas grandes velas desfraldadas e singrava o mar azul na plenitude completa da sua beleza. Ao mesmo tempo, como se estivessem lhe fazendo uma festa, um bando de aves do Brasil veio dar três voltas em torno dos mastros das gáveas

---

142. Hoje para mim, amanhã para você (latim).

143. – Uma loira é pior que sete morenas.

144. – Se as porcarias pesassem, já teríamos afundado há dezesseis dias. E agora o que está acontecendo?

e desapareceu em seguida. Nunca o *Galileo* tinha me parecido tão bonito. Era grande e poderoso, mas as curvas velozes dos seus costados e o comprimento grande lhe davam a graça de uma gôndola imensa. Seus mastros altíssimos, unidos por uma trama de cordames, pareciam caules de gigantescas palmeiras ramificadas, unidas por cipós sem folhas, e as grandes bocas arroxeadas das birutas davam a impressão de jarros de flores colossais que se sentiam atraídos pela América e não pelo sol. Os costados estavam enegrecidos e sombrios de breu, o convés estava envolto em equipamentos de ferro e encoberto por nuvens de fumaça escura, mas esse aspecto rústico de uma grande oficina ficava mais alegre com os botes azulados suspensos nos parapeitos, as birutas brancas e infladas, as pontes móveis apontando para o céu, as centenas de brilhos de metais, madeiras, vidros, mil objetos e formas diferentes e bizarras que representavam cada uma delas um conforto, uma elegância, um amparo, um engenho, uma força. E os ruídos do motor, as batidas profundas do propulsor, as pancadas da hélice, a chiadeira das correntes do leme, o sibilo do dromômetro, o tremor das traves das escadinhas dos mastros, o tilintar dos cristais pendurados formam uma música difusa e estranha que acaricia o ouvido e entra na alma como uma linguagem misteriosa de gente dispersa e invisível, que em voz baixa se encoraja reciprocamente ao trabalho e à luta. A popa estremece sob os nossos pés como a carcaça de um corpo vivo; o colosso tem oscilações repentinas cujas causas são incompreensíveis e parecem tremores de febre, trepidações bruscas e desarmônicas, semelhantes a gestos ofensivos; os movimentos repetidos da proa lembram as sacudidas de uma enorme cabeça que pensa; outras vezes, navega durante longos trechos no mar agitado de uma forma tão quieta e uniforme que uma bola de marfim não balançaria nas suas tábuas; é como se não tocasse as ondas. E segue adiante sem pausa, na neblina, nas trevas, contra o vento, contra a onda, carregando um povo nas costas, com cinco mil toneladas no ventre, de um mundo a outro, dirigido infalivelmente por uma pequena trave de aço que pode servir para cortar as folhas de um livro, e por um homem que faz girar uma roda de madeira com um leve esforço das mãos. Percorremos mentalmente a história da navegação, partindo do tronco de árvore à balsa, da piroga ao barco a remo, e assim por diante, por todas as formas de embarcações ampliadas e fortificadas dos séculos, paramos diante daquela última forma para confrontá-la à primeira, e o peito se infla de admiração, e nos perguntamos que outra obra mecânica mais maravilhosa tenha realizado a raça humana. Mais maravilhosa que o oceano que ela rompe e devora, e a cuja ameaça contínua responde com o barulho incansável das suas máquinas: – Você é enorme, mas é ignorante; eu sou pequeno, mas sou um gênio; você separa os mundos, mas eu os uno; você me circunda, mas eu sigo; você é superpoderoso, mas eu tenho sabedoria.

Ah! Pobre orgulho humano! Enquanto eu estava absorto naqueles pensamentos, correu um estremecimento da popa à proa: centenas de vozes inquietas, milhares de rostos amedrontados se interrogavam uns aos outros. O navio estava quase parando. Muitos se aglomeraram nos parapeitos para olhar para baixo, sem saber o que fosse, outros correram para o comandante; algumas senhoras se preparavam para desmaiar. O navio parou. É impossível reproduzir a estranha impressão que causou aquela calma repentina e que triste imagem de pobre joguete quebrado teve aquele enorme navio parado e silencioso no meio do oceano! Como desapareceu logo a confiança nas suas forças e na potência do homem! No mesmo ponto veio à tona a maldade humana que se regozija com o terror e as angústias alheias: alguns passageiros espalhavam o boato de que uma caldeira estava para explodir, de que a quilha tivesse quebrado e estivesse entrando água na estiva. Ouviram-se gritos de mulheres. Os maquinistas que, depois de terminar o turno, subiam para o convés com o peito nu e enegrecido, foram rodeados e acossados por perguntas ansiosas. Os oficiais andavam de um lado para o outro dizendo palavras que o murmúrio da multidão não deixava entender. Finalmente uma notícia tranquilizadora se espalhou pela proa e pela popa: não era nada. Era o aquecimento de um coxim do eixo do motor; estava sendo consertado e dentro de uma hora a viagem seria retomada. Todos respiraram aliviados; alguns, que tinham até empalidecido, sacudiram os ombros dizendo que haviam adivinhado logo, mas a maior parte continuou preocupada, como acontece quando sentimos uma pontada ou um batimento irregular do coração. Aquele motor do qual ninguém falava antes se tornou então o tema de centenas de conversas, todas repletas de uma diligência e de um respeito infantil que fazia rir. Porque, convenhamos, o motor era o coração do navio, não é verdade? O Comando é o cérebro; se o cérebro estraga ainda se pode viver, mas se o coração para, acaba tudo. E como se chamava o maquinista? Tinha um ar de homem inteligente e experiente. Nunca falava. Devia ter estudado muito. Ele saberia como nos tirar de uma situação incômoda. Todos o elogiavam, sem conhecê-lo. Só o moleiro balançava a cabeça com um sorriso de compaixão, levando para passear pelo convés aquela sua barriga vaidosa. Maquinistas italianos! Ele esperava coisa pior. Deveriam ser americanos ou ingleses. Mas a sovinice nacional não queria saber. – *Faltan patacones!* – lhe respondia o padre. Mas uma hora depois as conversas esfriavam, aquela bendita hora não passava nunca, as inquietações renasciam. – Mas por que demora tanto, pelo amor de Deus, para esfriar um coxim! – exclamava mais de um passageiro que nem sabia o que fosse isso. – É uma vergonha! Mas o que estão aparafusando lá embaixo? Que incompetentes... Ah! Finalmente! O motor dá sinal de vida, a hélice gira, o mar gorgoleja: Graças a Deus! Vamos embora.

No entanto, o que mais me chamou a atenção naquele acontecimento novo para mim foi o olhar trocado por duas pessoas: tanto é verdade que o espetáculo mais atraente para o homem é sempre aquele da alma humana. Justamente no momento em que, sem que se soubesse ainda o motivo da pausa repentina na navegação, podia-se temer um perigo grave, e todos o temeram, eu estava na pracinha e vi o meu vizinho de dormitório virar-se para olhar a esposa, que estava um pouco acima, apoiada no parapeito do convés; ela, por sua vez, como se tivesse previsto o gesto dele, fixou-o. Foi um daqueles olhares que revelam a alma tal como um raio examinado por um espectroscópio mostra a natureza química da chama que o vibra. Não era nem de ansiedade nem de medo, e nem mesmo de curiosidade duvidosa, mas sim um olhar frio e tranquilo, que exprimia a profunda certeza da indiferença total que todos os dois tinham um pelo outro, mesmo diante daquele perigo desconhecido que poderia resultar na morte. Disseram-se reciprocamente com os olhos: – Sei que você não se importaria nem um pouco em me perder, você sabe que eu também não me importo absolutamente nada em te perder. Depois disso, a esposa se afastou do parapeito e o marido olhou para o outro lado. Este teria sido o adeus do casal, se uma desgraça os tivesse dividido para sempre. Mas o que tinha acontecido entre eles para que, ao mesmo tempo em que se odiavam tanto, continuassem juntos? Mesmo contra a minha vontade, essa pergunta sempre me voltava à mente. Pensei que deveriam existir filhos no meio que os obrigavam a ficar juntos; ou um filho único, que em casos semelhantes é uma ligação mais forte do que muitos. Ninguém a bordo os conhecia. Aquele contínuo sorriso forçado da esposa, quase trêmulo, provocava em todos certa repugnância, embora ela, intuindo aquele sentimento, se esforçasse para vencê-lo tentando dar a seu rosto e à sua voz uma expressão de bondade e tristeza, como se estivesse magoada, mas resignada aos julgamentos falsos. Já ele falava com pouquíssimos passageiros. Parecia constrangido com as pessoas, como todos aqueles que reconhecem que a sua infelicidade é evidente, e se envergonham ou se sentem ofendidos pela pena que ela inspira. Por outro lado, algumas expressões rápidas dos seus olhos e da sua boca indicavam que outrora ele deve ter sido uma pessoa de temperamento aberto e inclinado às amizades alegres, e talvez até bondoso, mas que todos aqueles impulsos da sua natureza tinham se dissipado ou esmaecido um após o outro, em uma longa batalha contra um adversário mais forte e tenaz que ele. De fato, era fácil perceber que temia a esposa, mas que ela não o temia. Pelo olhar de suspeita que ele lançava à sua volta quando trocava algumas palavras com a senhora argentina ou com a brasileira, diante das quais mantinha aquela atitude de respeito amável e triste, próprio de quem é infeliz com a própria esposa e costuma agir assim com as dos outros, enxergando em cada uma delas a imagem de felicidade, ou pelo menos de uma vida tolerável que não lhe foi concedida. E dava ainda mais pena aquela timidez de criança martirizada naquele homem alto e robusto, em cujas feições ainda havia um resto de certa beleza viril. Olhando-o de perto, via-se aquele tremor frequente nos músculos labiais, que diferencia os homens acostumados a reprimir a raiva, e aquele jeito de fixar os olhos no vazio, sem olhar para nada e por muito tempo, próprio das tristezas que rondam o suicídio. Não demonstrava nunca o tédio e a impaciência dos outros passageiros: ele parecia indiferente ao tempo tal como os prisioneiros condenados à prisão perpétua. Eu não me surpreenderia de forma alguma se tivesse ouvido dizer, de sopetão, que ele tivesse se jogado entre os anéis do motor. Talvez, em casa, contasse com a distração do trabalho ou do movimento, um ou outro amigo, ou um vício com que tentava perder o tino: pelo menos por algumas horas não via a esposa. Mas ali naqueles quatro palmos de piso, ser obrigado a vê-la e tocá-la sempre, a odiá-la e ser odiado sob o olhar de todos, e a respirar o seu hálito em uma masmorra sem luz e sem ar, era ao mesmo tempo o suplício da reclusão, da berlinda e da prisão. E nenhuma alma humana para se consolar! Porque ele não havia feito ainda a menor confidência a ninguém; teríamos sabido, uma vez que todos estavam ávidos para desvendar o segredo deles. Nem ela falava.

Eram dois túmulos fechados e em cada um deles se debatia um monstro enterrado vivo, sem pedir ajuda nem piedade.

    Aquela noite, porém, acreditei estar a ponto de descobrir o mistério. A brisa tinha quase cessado e o mar estava adormecido, de forma que tarde da noite, quando descemos para dormir, o navio deslizava sem choques e sem rangidos, e se escutavam os mais leves ruídos de uma cabine a outra, como naqueles perigosos hotéis de paredes estreitas de madeira, de algumas cidadezinhas do Reno em que os Guias recomendam "discrição". Quando entrei na minha cabine, escutei a voz abafada da mulher que falava rapidamente, com um tom áspero e monótono, como se fizesse uma longa reprimenda, repisando o passado, lembrando fatos e pessoas; a voz do marido respondia baixo, com intervalos, com resignação: — Não é verdade, não é verdade, não é verdade. Mas à medida que a acusação ia crescendo e ficando mais implacável, as negativas dele também iam se tornando mais duras e violentas. O infeliz, impotente para brigar, e a essa altura sem se preocupar em conservar a dignidade masculina nos litígios, estava reduzido à mísera defesa diante da femeazinha que durante uma hora repete a mesma palavra, por medo de que o silêncio absoluto não lhe enfie em cima algo pior. Mas de repente despertou, e vomitou uma chuva de palavras incompreensíveis, iradas, ultrajantes, desesperadas, entrecortadas por um gemido de cão enraivecido, que me fez tremer... Havia mordido as mãos. Ela riu. Fiquei um momento à espreita, esperando o barulho de uma bofetada ou o grunhido da esposa ao ser agarrada pelo pescoço. Ao invés disso escutei a voz dele, mas humilde e suplicante, pronunciar várias vezes o nome "Attilio"; era a voz de um homem que se confessa vencido, que pede perdão e concorda com tudo, contanto que uma única coisa lhe seja permitida. Attilio devia ser um filho e seu pai devia ser um daqueles homens muitas vezes de temperamento forte, cujo afeto paterno os deixa pusilânimes e dominados, com os braços acorrentados, sob o flagelo da mulher que pode feri-los até a morte com aquele único afeto. Não me parecia possível que àquela súplica digna de compaixão não respondesse a voz da esposa piedosa, e apurei o ouvido... Não ouvi uma resposta. O estrado de um beliche rangeu: a mulher tinha se deitado, sem responder. Escutei então alguma coisa que parecia o barulho de uma mão que remexesse violentamente dentro de uma mala e me passou pela cabeça que ele procurasse uma arma. Mas ela continuava em silêncio. Aquele desgraçado não tinha mais nem mesmo o conforto de ser considerado capaz de um ato de desespero. Enquanto eu estava ansioso, esperando o tiro, apareceu um homem na minha cabine e no clarão indefinido de um candeeiro reconheci o agente.

Não entendi bem suas primeiras palavras porque prestava atenção no meu vizinho: mas não se escutou nenhum estouro. Talvez lhe tivesse faltado coragem, como outras vezes. Ao invés disso, escutei o barulho de um corpo que se deixa cair, como prostrado, e a batida de uma mão na testa. O agente não havia se dado conta de nada. Tinha outras coisas na cabeça. Vinha desabafar comigo sua irritação. A sua cabine havia ficado inabitável... Por causa de um homem. Tinha vestido um roupão e circulava em pantufas pelos corredores já fazia meia hora, esperando que os seus vizinhos adormecessem. – A gramática espanhola – disse. Isso mesmo, a gramática espanhola, nada mais que isso, mas repassavam demais o parágrafo sobre as interjeições. Ansiava pelo momento em que aquele rostinho da mulher de Lucca começasse a rezar e dissesse *Ave Maria*. O pior era que, enquanto nos primeiros dias os acessos de tosse e as cotoveladas do agente contra a parede os intimidavam, agora eles tinham se habituado ao barulho e nem ligavam. Faziam verdadeiras orgias no seu "compartimento particular", roíam doces trazidos da mesa, bebiam licor: ele tinha a impressão de que até fizessem exercícios de ginástica, com pulos e tombos; um monte de travessuras que nunca se poderia imaginar ao vê-los lá em cima, com aquela timidez mentirosa de santinhos. No dia seguinte ele se vingaria; queria persegui-los da popa à proa como um tirano, sem deixá-los recuperar o fôlego um minuto, e fazê-los enrubescer de vergonha a cada garfada, no refeitório. Que descarados! Não havia nada de mais insuportável do que o sétimo sacramento a bordo, quando se tratava de recém-casados. Enquanto isso, lhe tocava correr de um lado para outro. Mas não tinha perdido tempo. Ao sair da cabine havia visto desaparecer um fantasma branco no fundo do corredor transversal; reconheceu a senhora suíça, mas não tinha conseguido descobrir onde ela tivesse se enfiado, não era possível que fosse na cabine do argentino de oculozinhos porque todos os argentinos estavam reunidos na cabine do *gaucho*, de onde saía um tilintar de cálices, e nem que fosse na cabine do toscano – pela segunda noite seguida ele ia para a proa, onde parecia ter um caso. Suspeitava do descendente dos Incas, mas precisava confirmar. Quanto ao professor, acreditava que estivesse no convés, esperando uma chuva de estrelas cadentes: quando a senhora suíça queria se livrar dele, reclamava do calor, dizia que em dois naquela cabine se sufocava; então ele subia para estudar as constelações. Com certeza aquela cara de frigideira da camareira genovesa, que à noite estava sempre de sentinela no cruzamento dos corredores, não deveria estar ali apenas para vigiar o seu Ruy Blas, mas também para proteger as escapadas dela, caso contrário não seria possível acreditar que lhe passasse à sua frente com tanta desenvoltura. Parecia-lhe também ter visto a negra esvoaçar pelas sombras, e enfiou na cabeça que o marselhês tivesse iniciado um curso de estudos sobre a raça etíope. Também tinha a impressão de que a camareira vêneta circulasse pelos corredores com uma fisionomia libidinosa digna de despertar suspeitas. Enfim, era uma noite agitada, ninguém dormia e haveria muito material para a coluna de notícias do dia seguinte. Já tinha visto a mãe da pianista pôr a cara para fora duas ou três vezes, espiando ao redor com uma curiosidade faiscante. A propósito: ele continuava de olho na filha, cujo rosto brilhava vez ou outra, quando alguém passava, mas quem fosse este alguém não tinha sido possível descobrir ainda, porque sempre que vira uma daquelas luminescências instantâneas tinham passado muitos, e a jovem raposa era tão rápida em captar o olhar que ele nunca conseguia fisgar a direção. Ah, uma paixonite sem consequências, um fogo oculto: era controlada com rédeas, tudo acabaria com uma carta e uma tesourada... Mas havia alguma coisa, e ele ainda investigaria. Eu não sabia da novidade? Tinham mandado chamar às pressas o padre napolitano; ele atendeu ao chamado com passos de dromedário, enfiando a batina. Alguém devia estar mal na proa. – Chega – concluiu – vou subir para tomar um copo de cerveja e depois desço para ver se sossegaram, que diabo! Boa noite.

Foi uma péssima noite. Era perto da meia-noite, e a maior parte dos passageiros ainda estava acordada. O tempo abafado oprimia a todos. Ainda por cima, parecia que naquela noite o dormitório tivesse se transformado em uma enorme caixa harmônica em que cada suspiro se tornava sonoro e se ouvia de uma ponta a outra do corredor. Na cabine atrás da minha roncava o moleiro, que às vezes mudava de posição, dando um gemido e exclamando: – *Ah! Povra Italia!*[145] – que devia ser o seu estribilho. A cada tanto me chegavam ao ouvido, atenuados, os acessos de tosse da moça de Mestre, que dormia do outro lado do navio. O filho caçula da brasileira, adoentado, chorava, e eu ouvia a cantilena baixinha e triste da negra; era semelhante ao soluçar de uma poupa e me trazia à mente os cantos lamentosos dos escravos da África enterrados nas estivas dos veleiros parados, sob o sol do equador. À minha frente, o advogado e o tenor conversavam desligados do mundo; escutei que falavam sobre a Grécia. Ouvi exclamar: – George Byron! – Depois o advogado dizia: – Então, o senhor não leva em conta as forças do pan-eslavismo? – Ah! Respondeu o tenor: – Não me fale sobre o pan-eslavismo. Para seu governo, nunca me fale sobre o pan-eslavismo! Escutei fragmentos de conversa entre o padre napolitano e o chileno, que deviam estar de

---

145. – Ah! Pobre Itália!

pé, de cueca, cada um na entrada da sua cabine: – *Cuando se produce un movimiento de baja en el precio del oro sellado...*[146] Mas quando não se pega logo no sono, naquelas noites abafadas, naquelas cabines que parecem prisões, não há nada mais a esperar do que um estado de cochilo penoso, em que a vista e a audição ficam como que ocultos, mas não adormecidos, e o sonho, se é que ainda se pode chamar sonho, adquire um balanço vertiginoso, transportando-nos sem descanso do mar para a nossa casa, e de lá para o mar, e depois de volta para casa, com uma visão tão lúcida e tão brutal dos desgostos que é um suplício. Mais tarde em casa, ainda que anos depois, quantas vezes voltam os mesmos sonhos, como se tivessem permanecido impressos indelevelmente no cérebro, como coisas reais, muito diferentes de outros inúmeros da vida, como se fossem quase impressões de outra vida! Lembro-me do barulho da água que batia contra o costado do navio, a poucos centímetros da minha cabeça, que naquele silêncio do casco se escutava mais nítido do que nunca: um murmúrio contínuo e igual durante longos trechos, que irrompia em palavras mais altas, em risadas contidas, em assobios delicados, e se atenuava num leve sussurro, e depois plaft! Dava uma bofetada furiosa e se escutava outra vez o murmúrio de uma súplica, como se o monstro pedisse para entrar, prometendo que não faria mal a ninguém, jurando que era delicado e inocente. Ah! Que hipócrita! Sem trégua, o mar desliza, raspa, lambe, bate, procura uma fresta, se irrita por encontrar tudo fechado e lacrado, e se lamenta; se surpreende que se desconfie dele, e perdendo a paciência de repente, volta a zombar, a ameaçar, a esmurrar a porta como um patrão insolente. E àquela cantilena incansável se junta todo tipo de barulhos suspeitos: o batente da porta, a garrafa de água, o candeeiro pendurado. Em alguns momentos daria para jurar que outra pessoa dorme ao seu lado, que uma pessoa circula na sua cabine e mexe nas suas malas. Acordamos de repente: alguém realmente entrou e se

---

146. – Quando se produz um movimento de queda no preço do ouro estampilhado...

aproxima. É o camareiro que vem ver se a janelinha está fechada e que depois de dar uma olhada, desaparece. Escutamos então outros barulhos no convés; são passos apressados de gente que vai acudir um perigo, ruídos incompreensíveis que na quietude da noite parecem enormes e levam a suspeitar de um desastre: ouvimos passageiros que saem da cabine, sobem para ver alguma coisa e descem novamente. Não é nada: eram dois marinheiros que puxavam uma corda. Novamente de olhos fechados, recomeçamos a sonhar. Acordamos com um sobressalto por causa de um barulho ensurdecedor e terrível: desta vez alguma coisa aconteceu! Houve um estouro! A popa está em frangalhos! Não é nada, é só uma chuvarada. Ah! Finalmente se poderá dormir. Mas surge um leve clarão cinzento pela janela. Começa a amanhecer. Maldição! Mais cinco dias ainda.

O morto

Mais cinco dias ainda! Era a exclamação de todos naquela manhã. Os cinco dias que faltavam pareciam mais longos do que os dezessete que já haviam passado. Porque é preciso observar que, em virtude de não sei que lei de inércia psíquica, o crescimento lento do tédio e do cansaço geral continuava, latente, mesmo nos intervalos de tempo calmo e de bom humor. Quando estes terminavam, cada um sentia novamente a odiosa carga agravada proporcionalmente ao tempo transcorrido, sem sentir o menor alívio, como se aquele estado de aborrecimento tivesse sempre existido. E aquele décimo oitavo dia prometia ser ruim. Nuvens pretas e cinzentas produziam uma abóboda sobre o mar que, de um lado, tinha uma cor de óleo muito usado e, de outro, parecia de cinzas encharcadas, e aqui e ali, de um betume enegrecido, que se avolumava e se reassentava, como o pez da vala dos trapaceiros.[147] Na proa e na popa se formavam muitos grupos e circulava uma notícia: o velho camponês piemontês que estava com pneumonia morrera à noite. O atestado de óbito tinha sido redigido e assinado por duas testemunhas, de madrugada, no salão náutico, depois da devida confirmação do médico. Embora se soubesse que naquelas longas viagens, em meio a tanta gente, aquele acontecimento não fosse raro, aquilo despertava uma tristeza inquieta, como se fosse uma ameaça para todos. O médico foi parado na "pracinha" pelas senhoras, que queriam saber o que houve, e ele, com o seu rosto plácido de Nicòtera[148] domesticado, contou. Tinha sido uma

---

147. De Amicis faz aqui uma referência ao Canto XXI do Inferno da *Divina Comédia*, quando Dante encontra os corruptos submersos na fez fervente, vigiados pelos diabos.

148. O político italiano Giovanni Nicòtera (1828-1894) foi colaborador do grande

cena dolorosa. Antes de morrer, o velho quis rever a moça de Mestre para entregar-lhe os seus poucos trocados e os documentos, para que fizesse chegar tudo ao filho. Havia tido uma agonia desesperada. O padre não conseguiu fazer-lhe aceitar a morte com resignação. Nos olhares que ele lançava para os presentes e ao redor, naquele estranho hospital, via-se uma angústia imensa, uma ansiedade infantil por ter de morrer ali, no meio do oceano, e não ter sepultura: segurava com as duas mãos no braço da moça, sem dizer nada mais que: – *Oh me fieul! Oh me pover fieul!*[149] – e balançava a cabeça com um gesto de infinita desolação. Depois de morto ficou com o rosto contraído numa expressão de susto e ainda banhado em lágrimas. Quase tiveram de levar a moça para o convés, e foi com dificuldade que ela conseguiu se arrastar até a popa.

    Fui para a proa. Havia aquele tipo de agitação que se vê de manhã numa praça onde tenha sido cometido um crime à noite: grupos de mulheres tagarelavam baixinho e mostravam, sob a máscara da tristeza, o prazer de ter um fato extraordinário para comentar, e aquilo que se sente sempre quando se tem a notícia de uma morte: um sentimento mais intenso e agradável da vida. Falavam sobre o sepultamento: quando seria feito, de que forma; de que lado ele seria jogado para fora, se seria com os pés ou com a cabeça para frente. Faziam as suposições mais excêntricas. Diziam que seria jogado nu, com uma bala de canhão amarrada no pescoço; que o abandonariam no mar, fechado em um caixão alcatroado para protegê-lo dos peixes, como era prescrito pela lei. Algumas diziam que já tinham sido vistos tubarões se aproximarem do navio, atraídos pelo cheiro do cadáver, e muitas olhavam para o mar para ver. Muita gente se aglomerava na porta da enfermaria para descer e visitar o morto, mas um marinheiro, posto ali de sentinela, impedia a passagem. Enquanto isso, no castelo da proa, em meio à rodinha de sempre, o velho do capote

---

artífice da unificação da Itália, Giuseppe Garibaldi.

149. – Ó, meu filho! Coitado do meu filho!

verde fazia um discurso imprecatório, agitando o indicador para cima: — Um a menos! Vamos adiante. A carne dos pobres é atirada para os peixes. Aquele ali, por exemplo, já estava condenado desde o primeiro dia. Aposto que não lhe davam de comer! Dizia que em vez de uma boa sopa lhe mandavam a água usada na lavagem dos pratos e que o tinham deixado morrer sem um travesseiro debaixo da cabeça. À noite, soube-se pelos espiões que também insinuava a suspeita de que aquele não fosse o primeiro morto durante a viagem, mas que tivessem conseguido manter escondidos os outros e jogá-los no mar no meio da noite, do convés. — Mas o dia do juízo — disse em voz alta — há de chegar! Ele e seus ouvintes me fulminaram com os olhos e me fizeram desistir de ouvir mais. Fui indagar por notícias do pequeno Galileo.

Encontrei o pai na saída das cabines da segunda classe, sentado em cima de uma mala, com um dos gêmeos entre os joelhos e o cachimbo na boca. — *El fantolin sta ben.*[150] — me disse, com a sua cara risonha de sempre. Em seguida, piscando os olhos para o velho do castelo da proa, cuja voz chegava até lá, disse baixinho: — *Ghe xè dele teste calde.*[151]

Depois acrescentou: — *Per mi, dal momento che se va sul mondo novo, cossa ne importa a deventar mati perché va mal le façende nel mondo vecio?*[152]

Essa pergunta era como uma sondagem que ele me fazia para ver se eu era um rico intratável, ou um daqueles com quem se pode conversar. Mas sem que eu respondesse nada mais a não ser um meneio da cabeça, pareceu-me que a minha cara lhe inspirasse confiança, porque, dando um pulo, me disse com franqueza:

— *Per conto de mi,*[153] desculpe, os patrões cometem um erro ao

---

150. — O menino passa bem.

151. — Tem gente de cabeça quente.

152. — Para mim, se vamos para o novo mundo, por que devemos enlouquecer se as coisas do velho mundo vão mal?

153. — Quanto a mim.

sparpagnar[154] tantas tolices sobre a América, dizem que morrem todos de fome, que voltam mais *disparai*[155] que antes, e que lá tem peste, e que os governos são todos *spotiçi*[156] traidores, e *cussì via*.[157] E o que acontece então? Acontece que quando chega uma carta de alguém de lá contando que está bem e que *el fa bessi*,[158] não se acredita em mais nada do que os *siori*[159] dizem, nem mesmo naquilo que é verdade, e suspeitam de que tudo seja um engano, e que, aliás, o contrário seja verdade; *e i parte a mile a la volta*.[160]

Disse-lhe que ele tinha razão e que se não se dissesse nada além da verdade, talvez tivessem partido menos. – E o senhor, vai com muita esperança? – perguntei.

– *Mi?*[161] – respondeu. – *Mi razono in sta maniera*.[162] Não posso ficar pior do que estava. No máximo vou precisar passar fome como passava em casa. *Dighio ben?*[163]

Em seguida, carregando o cachimbo, continuou:

– *I ga un bel dir. I ga un bel dir: No emigré, no emigré*.[164] O senhor Careti me fazia *ridar*[165] (quem terá sido esse senhor Careti?): Vocês cometem um erro, cometem um erro. Ele me dizia que cada emigrante

---

154. Espalhar.
155. Desesperados.
156. Despóticos.
157. Assim por diante.
158. Ganha dinheiro.
159. Patrões.
160. Partem aos milhares.
161. – Eu?
162. – Penso da seguinte maneira.
163. – Não tenho razão?
164. – Sempre dizem: Não emigre, não emigre.
165. Rir.

que parte leva embora do país um capital de quatrocentos francos. Você vai consumir e produzir fora, prejudica o seu país. *Cossa ghe par a lù de sta maniera de razonar, la me diga?*[166] Ele também me dizia que eu estava errado em reclamar dos impostos, porque quanto mais eles são altos, mais o camponês trabalha, e assim produz mais. *Piavolae, la me scusa, digo mi.*[167] Não sei nada sobre essas coisas, eu respondia. *Mi so che me copo a lavorar, e che no cavo gnanca da viver, mi e mia muger. Mi emigro per magnar. Lù me consegiava de spetar, che i gh'avaria bonificà la Sardegna e la marema, e messo a man a l'agro romano, che i gavaria verto i forni conomiçi e le banche, e che el governo gera a drio a megiorar l'agricoltura. Ma se intanto mi no magno! Oh crose de din e de dia! Come se ga da far a spetar co' no se magna?*[168]

Encorajado pela minha aprovação, ampliou o tema da conversa e começou a expor aquelas ideias genéricas que hoje todo homem do povo tem mais ou menos confusas na cabeça, sobre as causas do curso ruim das coisas: gasta-se tudo para manter os soldados, milhões aos montes em canhões e em navios, e assim *zo tasse*,[169] e no coitado do povo ninguém pensa. As mesmas coisas de sempre, mas que nunca parecem tão verdadeiras e tristes como quando se escuta de alguém que sente os efeitos na própria miséria, e para quem não se pode dar nenhum consolo, nem mesmo de palavras. Enquanto ele me dizia que depois de um dia de trabalho não encontrava à mesa nada mais do que uma

---

166. – O que lhe parece essa maneira de raciocinar, me diga?

167. Desculpe, mas são balelas, garanto.

168. Só sei que me mato de trabalhar, e que não ganho nem ao menos para viver, minha esposa e eu. Emigro para comer. Ele me aconselhava esperar que bonificassem a Sardenha e a Maremma, e saneassem o campo romano; que teriam aberto bancos e o pão ficaria mais barato, e que o governo estava melhorando a agricultura. Porém, o que acontece se, enquanto isso, eu não como? Ó céus! Como é possível esperar quando não se come?

169. Só há impostos.

sopa de cebola, e que à noite acordava com fome, mas não *aresegava*[170] comer para não tirar o pão dos filhos, que já o tinham escasso, eu pensava justamente de que serviriam todas as outras razões que me vinham à mente – de necessidade histórica, de sacrifício do presente pelo que virá e de dignidade nacional. A sociedade, que em nome dessas coisas lhe pedia tantos sacrifícios, não lhe ensinara nem a compreendê-las, e se eu as tivesse dito me pareceria insultar a sua miséria. Eu o ouvia com aquele aspecto quase envergonhado com que a essa altura todos escutamos as queixas das classes pobres, tomados por um sentimento de grande injustiça, para a qual não encontramos refúgio nem mesmo na imaginação, mas que faz todos sentirem vagamente o peso na consciência, como se fosse uma culpa herdada.

– Ah não! – disse ele balançando a cabeça. – *Come che xè el mondo adesso, la xè una roba che no pol durar. La ghe va massa mal a tropa zente.*[171] E falou-me das misérias que via à sua volta, das histórias de dar dó que escutava na proa. Em comparação a elas, parecia-lhe que ainda era dos menos desgraçados. Havia aqueles que não tinham mais consumido um pedaço de carne durante anos, que havia anos não usavam mais camisa, a não ser em dia de festa; que não tinham nunca repousado os ossos numa cama, embora sempre tivessem trabalhado arqueados sobre a terra. Também havia aqueles que, depois das despesas da viagem, teriam chegado à América com dois trocados no bolso, e que a cada dia guardavam em uma sacola um pouco de biscoito para ter alguma coisa para comer em terra firme, e não precisar pedir esmola se não tivessem encontrado trabalho logo nos primeiros dias. Conhecia mais de um que, para não chegar descalço à América, amarrava com um barbante em volta dos pés aquele único par de sapatos em frangalhos que lhe restava, e dormia com a cabeça apoiada neles, por temor de que pudessem levá-los embora.

---

170. Ousava.

171. – Do jeito que o mundo está; não pode durar. Vai mal para muita gente.

— *E la senta* — soggiunse — *ghe xè de quelli che i gh'ha fato tanto cativa vita, che i xè partii tropo tardi, e i va in America a farse soterar.*[172] Apontou-me um camponês de uns quarenta anos, sentado um pouco afastado dele com a cabeça descoberta, apoiada nas mãos magras e trêmulas. Suava em bicas. Tinha um febrão que não o abandonava nunca, contraído nos arrozais, e não segurava mais nada no estômago. Uma noite (mas ninguém deveria saber) ele o tinha agarrado dizendo que queria se jogar no mar, e já estava com todo o tronco para fora. Depois disso a esposa não o perdia mais de vista: uma desventurada que dava mais pena que ele. — *La varda ela, che robète!*[173]

Dizia tudo isso com tristeza, mas sem amargura, não por gentileza para comigo, mas por aquela consciência confusa, comum a muita gente do povo, em parte derivada da mentalidade religiosa, em parte da própria intuição, de que a miséria da maioria seja mais que nada resultado de uma lei do mundo, como a morte e a dor, uma condição necessária da existência do gênero humano que nenhuma ordem social poderia mudar radicalmente.

— Chega — concluiu, colocando o cachimbo novamente no bolso, e pondo as mãos na cabeça do filho — que o Senhor me proteja. Se pelo menos encontrasse na América a *brava zente*[174] que encontrei a bordo! Porque veja, *sior paron*,[175] se aquela pobre *putela*[176] doente não vai para o paraíso significa que não querem deixar ninguém mais entrar. Ela leva sopinhas para as mulheres *da late*[177], dá *bessi*[178] para os pobres, dá roupa

---

172. Escute — acrescentou — também há aqueles que tiveram uma vida tão ruim e partiram tarde demais; eles vão para a América para serem enterrados.

173. — Veja o senhor que coisas!

174. Brava gente.

175. Senhor patrão.

176. Moça.

177. Que estão amamentando.

178. Dinheiro.

para quem não tem, é uma benção para todos. – *Ma co' ghe digo mi che el mondo va mal. Un anzolo compagno, ghe tocarà morir zovene. Vegno, ciaccolona!* – gritou na direção da cabine. – *Con permeso, paron. Mia muger me ciama. La se varda, che a momenti se verze le catarate!*[179]

De fato, de repente veio do céu nublado uma chuvarada de gotas grossas como cachos de uva, e logo depois uma chuva violenta, volumosa, que cobriu tudo com um véu, como se o navio tivesse entrado numa nuvem. Uma onda de passageiros irrompeu gritando na passagem coberta onde eu me encontrava, e empurrando-me para trás uns dez passos, me cercou e aprisionou ali no escuro, num círculo apertado de jaquetas ensopadas, em meio a um forte odor de gente pobre. Sobreveio então uma cena que merece ser contada. Tinham acabado de passar dez minutos quando, pela agitação da multidão compacta e pela explosão de risadas e assobios, notei que havia começado uma briga. Ao me erguer na ponta dos pés vi uma mão no ar que caía com um movimento rápido e regular, como um martinete, em cima de uma nuca invisível. – Quem é? O que é? Todos gritavam; não se entendia nada, dois marinheiros vieram correndo; chegou o Comissário, os brigões foram separados e levados embora, em meio aos berros. Imaginando que eles fossem para a "pretoria" também fui, passando pelas cozinhas da terceira classe. Ao chegar justo na hora em que entravam, fiquei muito surpreso ao ver que os dois presos eram o pai da genovesa, bufando de raiva, e o escrivãozinho de Módena, pálido, sem chapéu, com uma cara que era um verdadeiro atestado de socos. Um cortejo de caras debochadas os seguia. Os presos entraram na cabine do Comissário; o cortejo se aglomerou na entrada.

Aconteceu o seguinte. Quando o aguaceiro desabou, o escrivão tinha se jogado com os outros na passagem coberta, e também ficara preso na aglomeração, como uma anchova no barril. Mas por sorte e, ao

---

179. – Digo, o mundo vai mal. Um anjo desses, e vai morrer cedo. Já venho, sua resmungona! – gritou na direção da cabine. – Com licença, senhor. Minha esposa me chama. Fique atento, daqui a pouco vai começar um dilúvio!

mesmo tempo, por desgraça, deu-se o caso que, justamente em frente a ele, com as tranças no seu rosto e as costas contra o seu peito, a moça genovesa estivesse presa no meio daquela massa de gente, e atrás dele, sem que o tivesse visto, estava o sogro dos seus sonhos. Ai meu Deus! O pobre jovem, morto de paixão havia dezessete dias, inebriado pelo perfume, excitado pelo contato, tentado pela escuridão, tinha perdido o juízo e havia começado a cravar beijos e mais beijos no pescoço e nos ombros do seu ídolo, com tanta fúria, com tanto entusiasmo de amor, que não tinha sequer sentido a primeira leva das vigorosas bofetadas paternas. Na segunda caiu em si, como quem desperta de um delírio, e se sentiu aniquilado.

O julgamento foi uma cena de comédia impagável.

– *Mascarson! Faccia do galea! Porco d'un ase! Te veuggio rompe o müro!*[180] E esticava as mãos para agarrá-lo pelos cabelos.

O outro dava pena, não negava nada, dizia que tinha perdido a cabeça, pedia desculpas, afirmava que era um jovem honesto, queria mostrar uma carta do prefeito da sua cidade (acho que era Chiozzola) e segurava a cabeça entre as mãos, chorando como uma criança, fazendo gestos de desespero de Massinelli[181] em férias. – Mas estou dizendo que perdi a cabeça... agi como um animal... juro pela minha honra... não tinha a intenção... estou pronto para dar o meu sangue... Sob a sua dor sincera e a vergonha, transparecia a força da paixão nobre que o tinha levado a cometer aquele despropósito, um daqueles amores violentos que ardem nos franzinos, como chamas de gás dentro dos vidros dos candeeiros.

Mas o pai não se deixava comover, mais indignado ainda, como se tivesse sido ofendido no orgulho paterno, porque uma tamanha audácia

---

180. Patife! Delinquente! Porco! Quero quebrar sua cara!

181. Personagem característico do dramaturgo milanês Edoardo Ferravilla (1846-1915). É um rapaz já crescido, mas que permaneceu com a mentalidade infantil.

tinha sido cometida por um personagem tão medíocre, por aquele homenzinho que levava a alma à flor da pele e depois se mortificava daquela forma. E continuava a gritar: – *Bruttò! Strason che no' sei atro! A mae figgia! E ghe vêu da faccia!*[182] E queria partir pra cima dele de novo.

Então o outro abria os braços, desconsolado, em um gesto que queria dizer: – Estou aqui, faça o que o senhor quiser comigo. Em seguida voltava a jurar que era um cavalheiro, pedia desculpas, mostrava a carta do prefeito.

O Comissário estava muito constrangido para encerrar a questão. Vi passar nos seus olhos um sorriso que devia responder à tentação teatral de propor um casamento. Mas o pai não tinha jeito de quem aceitaria uma brincadeira. Finalmente, conseguiu resolver a questão dando uma grande reprimenda no jovem sobre o respeito que se deve ter com as mulheres, e ordenando-lhe para que não se deixasse ver por uns tempos no convés; aconselhou o outro a se acalmar, porque a *coisa* não ofendia a reputação da sua filha, que era admirada por todos, e assim por diante. Depois pôs os dois para fora, pedindo ao pai que voltasse primeiro para a proa. Ele se afastou, virando-se ainda para trás fazendo uma ameaça com a mão e lançando ainda dois ou três diferentes adjetivos genoveses. Quando ficou sozinho diante do Comissário, o jovem pôs uma mão no peito e disse em tom dramático: – Acredite senhor Comissário... palavra de jovem honrado...foi uma desgraça... um momento de... Mas nesse ponto o amor inflou-lhe o peito e estrangulou-lhe a voz, e erguendo os olhos para o céu, com uma expressão cômica, mas extremamente sincera, que resumia toda a história da sua paixão oceânica, exclamou: –... Se o senhor soubesse! Mas não pôde dizer nada mais, e foi embora cabisbaixo, com a sua flecha atravessada no coração.

A figura daquele pobre apaixonado que se afastava pela passagem coberta ficou relacionada na minha memória a um aspecto novo do mar

---

182. – Desgraçado! Maltrapilho! Minha filha! É muita cara de pau!

e do céu, que tinham clareado depois do aguaceiro: o céu tinha grandes fragmentos de uma serenidade puríssima, como se tivesse sido lavado e aliviado, pontilhado por nuvens inquietas; o mar verde se desdobrava por longas distâncias, entre as quais se estendiam grandes faixas de um azul sombrio; de forma que dava a impressão de ver uma imensa planície onde se cruzavam canais incomensuráveis, cheios até a borda, e tinha-se a estranha ilusão de ter entrado num continente metade terra metade água, abandonado pelos habitantes diante da iminência de uma inundação, e dava vontade de procurar com os olhos no horizonte os cumes dos campanários e das torres, como nas grandes planícies da Holanda. Em seguida, as águas se agitaram tanto que conferiram àquele verde o aspecto de uma vegetação mais forte, a ilusão se transformou, e me veio à mente aquele amplo espaço do oceano, coberto por um espesso tapete de algas e sargaços flutuantes do trópico, que deteve os navios por vinte dias e assustou os marinheiros de Colombo. Alguns pássaros brancos riscavam o céu, ao longe; o sol fazia flamejar aqui e ali ilhotas cobertas de esmeraldas, e no ar soprava uma tepidez primaveril na qual parecia que se sentiam fragrâncias terrestres que falavam à alma, como um eco de vozes longínquas trazido pelos ventos dos pampas.

Mas o mar verde e o episódio do apaixonado só clarearam por poucos minutos a cara escura que o *Galileo* tinha naquele dia. Apenas a senhora loira gorjeava de alegria no convés, passeando de braços dados com o marido, a quem acariciava com a voz, o olhar e o leque, como uma esposa com sete dias de casada, talvez para compensá-lo por alguma grave traquinagem que lhe preparava para mais tarde. Só de pensar no que estava tramando, suas infantis pupilas azuis brilhavam, enquanto ele, como sempre, encurvava as costas e com os olhos entreabertos e a ponta da língua dava aquele leve sorriso zombeteiro para si próprio, para ela, para os outros, para o universo, que era como o trejeito simbólico da sua tranquila filosofia. Parecia que o pensamento daquele morto a bordo que devia ser jogado no mar à noite lançasse uma névoa de tristeza. Vez ou outra todos os olhos se viravam para a proa, irrequietos, como se todos temessem vê-lo aparecer de um momento a outro, ressuscitado, para amaldiçoar a sua pavorosa sepultura. Era o tema de todas as conversas, que gradativamente ficavam mais circunspectas, como se à medida que a escuridão aumentava aquele corpo se alongasse e no meio da noite fosse chegar com os pés até a popa, e começasse a bater nas portas das cabines. O almoço foi pouco alegre. Entre o comandante e o velho chileno teve início uma discussão lúgubre sobre esse assunto: se o cadáver jogado no mar com um peso nos pés teria chegado ao fundo, ou se por causa da enorme pressão da água desfazendo e abrindo os tecidos, não teria chegado apenas o esqueleto. O comandante era da segunda opinião. O chileno, por sua vez, sustentava o contrário, dizendo que como a pressão da massa de água acima era transmitida por aquela que encharcava o corpo, de forma a ser sentida em todas as direções e de maneira oposta em todos os pontos, o corpo deveria afundar ileso. Em seguida, entraram em acordo quanto à velocidade inicial, o aumento da velocidade na descida e a profundidade máxima do Atlântico, e calcularam que o cadáver levaria uma hora para concluir a sua viagem vertical.

– Lentamente – disse o chileno. O cadáver pode encontrar correntes que o empurrem para cima.

Diante dessa imagem do cadáver que era empurrado para a superfície, notei que o meu vizinho advogado começava a tremer. Apesar disso, permaneceu ali, corajosamente. Mas o genovês teve a má ideia de reportar a descrição, lida em um jornal de Nova York, sobre a descida de um mergulhador que havia encontrado dentro da carcaça de um navio afundado os cadáveres dos náufragos monstruosamente inchados, hirtos na água, com os olhos saltados e os lábios caídos, tão horrendos de serem vistos à luz da lâmpada que o sangue lhe congelou no coração e ele fugiu como um doido. Depois daquela, o advogado não conseguiu mais se conter. Levantou-se e, batendo o garfo no prato, exclamou: – Um pouco de consideração, senhores! – e retirou-se. O comandante, irritado com aquela cena, não falou mais, e a refeição terminou em silêncio. Mas na hora de se levantar, o genovês se aproximou de mim com o rosto alegre e me disse ao ouvido: – É à meia-noite!

O sepultamento havia sido marcado secretamente para a meia-noite, a fim de evitar uma aglomeração dos passageiros da terceira classe, entre os quais o Comissário tinha feito espalhar o boato de que seria às quatro da madrugada.

O tempo ficou mais escuro à meia-noite e no horizonte só restava uma faixa clara, longa e tênue a oeste; era como uma fresta que tivesse sido deixada aberta pelo imenso manto escuro do céu antes de fechar-se sobre o globo e virar uma escuridão profunda, deixando um mar de tinta e o ar parado. Se não fossem aqueles poucos faróis no convés, seria preciso caminhar tateando, como na estiva.

Caminhando para a proa, ouvi na escuridão a voz do marselhês que falava com um tom enfático sobre a poesia de ser sepultado no oceano, de dormir naquela solidão infinita, e dizia: – *J'amerais ça, moi!*[183] Alguns passageiros saíam do dormitório da terceira classe, em silêncio, olhando em volta. Avistei sob a passagem coberta o padre napolitano, de sobrepeliz e estola. Caminhava a passos longos e lentos, precedido por um marinheiro que levava a água benta em uma tigela.

Na proa, perto do dormitório feminino, encontrei um grupo, iluminado por uma lanterna que o corcunda segurava: estavam o comandante e o Comissário com poucos passageiros da primeira classe; mais adiante, alguns marinheiros e uns vinte emigrantes. Eles estavam ao lado da taberna, pareciam escondidos; uma ou outra figura aparecia confusamente no castelo da proa. Quando o padre chegou, todos se mexeram para se disporem em semicírculo. Afastado, apareceu o rosto

---

183. – Eu gostaria disso!

de cera do frade. Naquele mesmo momento escutei um sussurro atrás de mim e, virando-me, vi a moça de Mestre e a tia que ficaram sob a cabine de comando, no escuro.

Acreditando que, de acordo com o costume, se jogasse o cadáver da ponta do castelo da proa, não compreendia porque todos ficassem ali, mas quando o comandante fez um sinal e dois marinheiros abriram o postigo lateral das obras mortas, compreendi.

Nesse meio tempo, parecia que o navio estivesse reduzindo a velocidade. Poucos minutos depois, para meu assombro, parou. Não sabia que se jogassem fora os cadáveres com o navio parado para evitar que o redemoinho das águas os arraste para baixo da roda da hélice.

Então todos se calaram. Sob a luz da lanterna, vi o rosto corado e sonolento do comandante, que parecia irritado por ter de assistir àquela cerimônia e mantinha os olhos fixos em uma longa prancha de madeira estendida aos seus pés, em frente à abertura do postigo.

Ouviu-se uma voz, todos se viraram; uma luz brilhou sob o castelo da proa e logo depois foram vistos sair da enfermaria três marinheiros que carregavam alguma coisa disforme como uma cama quebrada.

Todos cederam o passo; eles seguiram adiante e fizeram o gesto de depositar a carga na prancha. Mas colocaram-na atravessada.

O Comandante disse baixinho: – *Per dritto, brüttoi.*[184]

Eles ajeitaram melhor e depositaram o cadáver vagarosamente, com os pés voltados para o mar: as grandes travas de ferro que lhe tinham amarrado nos pés bateram sonoramente no assoalho.

O morto tinha sido envolvido em um lençol branco, costurado como um saco, que lhe cobria a cabeça, e depois fora deitado no seu colchão dobrado para cima dos dois lados, e amarrado com uma corda em volta: as travas saíam do embrulho. O conjunto tinha o aspecto lastimável de uma carga de mercadoria amontoada às pressas para

---

184. – Deve ficar reto, desgraçados.

desocupar espaço. O corpo parecia tão minguado e encurtado que eu poderia crer que fosse de um rapazinho. De um pedaço descosturado do lençol, no fundo, saíam os dedos nus de um pé. O nariz adunco e o queixo, salientes sob o tecido, me lembraram da expressão de atenção cuidadosa com que o infeliz havia procurado o endereço do filho, na primeira vez em que o vi no seu beliche. Talvez naquele momento o filho dormisse em algum casebre de madeira, perto da sua estrada de ferro, e sonhava com prazer que dentro de poucos dias teria revisto o seu pobre pai. Todos mantinham os olhos fixos na forma daquele rosto, como se esperassem vê-lo se mexer. O silêncio e a quietude de todas as coisas em volta eram tão profundos e solenes que nos parecia ser os únicos seres vivos no mundo.

– Por favor, reverendo! – disse o comandante.

O padre aproximou-se do postigo, mergulhou a mão na tigela do marinheiro, aspergiu o cadáver e deu a benção.

Todos ao redor tiraram o chapéu, alguns passageiros da terceira classe se ajoelharam. Virei-me para trás: a moça de Mestre também tinha se ajoelhado, com o rosto entre as mãos, na penumbra.

O padre começou a recitar depressa: – *De profundis clamavi ad te, Domine; exaudi vocem meam.*

Muitas vozes responderam: – *Amém.*

As duas lanternas seguradas pelos marinheiros lançavam uma luz avermelhada nos rostos parados e tristes, atrás dos quais havia uma treva infinita. Entre os demais, vi o garibaldino na segunda fila, e me senti como ferido ao encontrar aquele rosto fechado e duro como sempre, aquele semblante que não revelava o mais leve sentimento de piedade, como se naquele momento se estivesse para jogar no mar um saco de estorvo; voltei a me perguntar como fosse possível que a amizade daquela santa criatura ajoelhada ali atrás ainda não tivesse conseguido provocar nada naquele seu espírito, e me envergonhei de, mais uma vez, ter sido tão puerilmente enganado, imaginando que houvesse uma grande alma no peito daquele homem sem coração.

O padre murmurou com uma rapidez cada vez maior os outros versos do *De profundis* e a oração *absolve*. Depois aspergiu outra vez o morto com água benta. No *requiem aeternam* todos se levantaram.

– *Andemmo*[185] – disse o comandante.

Dois marinheiros seguraram a prancha pelas extremidades, ergueram-na lentamente e pousaram-na na beirada do navio, empurrando um pouco para frente, de forma que estivesse meio para fora. No momento em que a levantavam, vi alguma coisa preta se mexer no peito do morto; aproximando-me, reconheci a cruz preta da moça.

As lanternas se ergueram.

Os dois marinheiros seguraram a prancha pelo lado da cabeça e começaram a levantá-la suavemente: o corpo começou a deslizar...

Naquele momento, dentro de mim soaram aquelas palavras desoladas do moribundo, como se fossem berradas com uma voz altíssima, com um grito imenso que cobria o oceano: – *Oh me fieul! Oh me pover fieul!*[186]

O corpo escorregou, desapareceu nas trevas, deu um mergulho profundo. Então os marinheiros fecharam rápido o postigo e todos desapareceram por aqui e por ali, como sombras. Antes que tivéssemos entrado de novo na popa, o navio havia retomado a viagem, e o pobre velho, já bastante longe de nós, continuava a sua descida solitária para o abismo.

---

185. – Vamos.

186. – Ó meu filho! Ó meu pobre filho!

O dia de cão

Se for verdade que em toda longa viagem marítima exista algo como um "dia de cão", em que tudo dá errado e o navio vira um inferno, creio que o *Galileo* teve o seu. Foi no dia seguinte ao sepultamento, pelo menos durante a maior parte da jornada, porque, graças a Deus, não acabou como começou. Aquela morte a bordo pode ter contribuído, além de saber que havíamos navegado pouco nos últimos dois dias, e ainda o mar feioso, semelhante a uma imensa lâmina de platina, que refletia uma curva de nuvens descoloridas, e fazia parecer que chovessem camadas dilatadas de fogo, tal como em cima dos blasfemadores do inferno de Dante. Mas isso tudo não é suficiente para justificar um dia terrível como aquele; é preciso mesmo admitir uma misteriosa influência do trópico de Capricórnio. Deveríamos passar por ele dentro de vinte e quatro horas.

Assim que acordei, senti que o ar estava carregado de eletricidade: um ataque de ciúmes da camareira genovesa, levada a tal ponto pela paixão que, pelos corredores, lançava injúrias em voz alta contra o infiel Ruy Blas, chamando-o uma centena de vezes pelo nome daquele animal preto, sem o menor respeito pelos demais, como se estivesse bem no meio da praça Caricamento.[187] Foi com dificuldade que o agente de câmbio conseguiu fazê-la estancar a fonte de impropérios, ameaçando procurar o comandante. Subo e encontro o comandante fora de si, agitando uma folha de papel, interrogando o Comissário e ameaçando *a piggiali a pê in*

---

187. A praça Caricamento fica em frente ao antigo porto de Gênova, região hoje conhecida como *Porto Antico*. O nome "caricamento" indica que outrora os navios eram carregados ali.

to cu[188] de todos os quarenta e sete. Um pouco antes tinham lhe enviado uma carta, assinada por quarenta e sete passageiros da terceira classe, que reclamavam da comida, solicitando especialmente "uma maior variedade nos acompanhamentos dos pratos de carne", que era sempre a mesma, *o que,* dizia o protesto, *deve parar.* O protesto fora promovido pelo velho toscano de capote verde e redigido em uma folha de papel que revelava uma repugnância instintiva de todos os signatários pelo banho. Isso insuflava incrivelmente a raiva do comandante, que suspeitava de uma ofensa intencional naquela sujeira, e queria dar uma lição exemplar. Por enquanto ordenava uma investigação. Além disso, o Comissário lhe informava que durante a noite não se sabia que passageiro da terceira classe tinha picado com a tesoura o vestido de seda preta daquela tal senhora, sem nenhum motivo, por pura maldade, e que desta vez a pobre mulher, que até então havia sido paciente e tímida, em meio a todo tipo de grosserias, perdera o brilho dos olhos, e correra para pedir justiça, soluçando, sufocada pela angústia e pela fúria. Tratava-se de descobrir os culpados. Mas ainda tinha mais. Não se sabia quem, para não precisar beber água das torneiras e obrigar os marinheiros a servi-la em tonéis, havia quebrado todos os bocais dos bebedouros de água doce. Mas já estavam no rastro dos réus. Tratava-se de estabelecer o castigo. O dia começava mal.

    Subi para o convés, onde estavam quase todos os passageiros: todos tinham rostos de quem tivesse passado a noite em colchões com pregos. As antipatias recíprocas tinham atingido aquele limite que separa o silêncio desprezível da injúria declarada. Tropeçavam uns nos outros sem se cumprimentarem. A própria "domadora", que havia vários dias vivia em uma espécie de efervescência de amor maternal por todos, mantinha-se afastada; via-se que estava abatida como se no seu coração lhe revolvesse todo o licor Chartreuse da sua despensa secreta. O genovês

---

188. Dar uns bons pontapés no traseiro.

veio ao meu encontro com uma cara sinistra, e fixando-me no rosto com o seu único olho, disse com uma cara zangada: – O senhor sabe o que há de novo esta manhã?... Nada de gelo! A máquina quebrou e o marinheiro cortou a mão. É a segunda vez. Uma infâmia! Ele estava uma fera. Fez que ia se afastar, mas voltou atrás e me perguntou, olhando-me de soslaio: – E aquela fritada mista de ontem à noite? Depois de dar uma risada irônica, foi embora. O meu vizinho de cabine, apoiado no mastro da mezena, também estava mais transtornado do que o normal. No rosto e na roupa mostrava todos os sinais de que tinha passado a noite no convés para não ser torturado lá embaixo pela sua tirana. Até mesmo os recém-casados, sentados um ao lado do outro em um sofá de ferro, tinham uma expressão adormecida, e estavam mudos como se pela primeira vez estivessem cansados e irritados com aquela cama apertada em que havia três semanas eram obrigados a estudar o espanhol. Sorriam apenas a senhora argentina, que usava um lindo vestido verde bem forte, cuja cor se refletia no rosto da mãe da pianista como um espelho, e a moça de Mestre, que circulava com aquele seu rosto suave e melancólico, com uma folha nas mãos, buscando doações para o camponês febril e sua esposa, para que não chegassem à América sem roupas e sem sapatos. Dava pena dela e provocava indignação ver com que caras frias e quase carrancudas era recebida, e com que modos grosseiros, depois de muitas palavras, a maior parte escrevia o próprio nome. Poucos falavam, e pelos seus olhares enviesados, compreendia-se que esses poucos falavam mal de alguma coisa ou de alguém, com o azedume das pessoas que estão com os nervos à flor da pele. Escutei, entre outros, o moleiro, que se lamentava de que a bordo de um navio como aquele se permitia aos passageiros subir no convés em pantufas, e indicava com os olhos o padre napolitano, que arrastava com os pés duas verdadeiras gôndolas de Veneza, com as quais chegava por trás das pessoas de repente, como um espectro. Isso irritava muita gente. O atrevimento daquele comedor de farinha renegado me fez dar as costas àquela companhia entediada. Fui para a proa.

Mas aqui encontrei coisas piores. O mormaço e o fedor haviam empurrado todos para cima; eu nunca tinha visto tanta gente: era uma multidão compacta que se estendia das cozinhas até a extremidade da proa. Estavam todos inquietos, como se esperassem um acontecimento, e extraordinariamente despenteados, sujos, com as roupas desarrumadas, como se não tivessem mais dormido há vários dias. Via-se que não aguentavam mais o mar, o navio, a cozinha e o regulamento, e que bastaria um nada para levá-los a sair dos eixos. Ninguém brincava; não se escutava ninguém cantar. Até o grupo dos bem-humorados do castelo central estava mudo: o camponês de nariz achatado dormia, o cozinheiro enciclopédico passeava sozinho, o álbum pornográfico do porteiro não tinha leitores. Só o barbeiro vêneto fazia ouvir de vez em quando o seu uivo de lamentação de cão que late para a lua, com o qual parecia exprimir o sentimento comum daquela multidão. Os emigrantes aglomerados na direção da popa olhavam para as portas do salão e os passageiros da primeira classe estavam com um olhar mais sombrio do que o normal, em que se lia que naquela manhã eles nos aprontariam algo pior do que simplesmente nos fazer mudar de lugar. Por que, afinal, éramos nós que lhes roubávamos tanto espaço do navio; mas nós, que éramos menos de cem, ocupávamos quase o mesmo espaço que eles, um povo, ocupavam; éramos nós que engolíamos todos aqueles pratos finos que eles viam passar pela pracinha duas vezes por dia, e dos quais recebiam a fumaça no nariz; e era para nós que corriam e se atarefavam todos aqueles camareiros de uniforme preto, enquanto eles eram obrigados a lavar as gamelas no tanque, e a esticar a mão na cozinha, como mendigos. No fundo a atitude deles era digna de perdão. Nós teríamos visto com o mesmo desprezo... igual?...talvez pior, uma primeiríssima classe, se houvesse, de passageiros milionários entupidos de faisões e embriagados de Johannisberg. Afinal, eles estavam cansados daquele longo contato forçado com a riqueza despreocupada, de sentirem-se como oprimidos na própria miséria, dentro daquele grande pombal cheio de trapos e cheiros ruins. E como não podiam brigar conosco, brigavam entre si. Já às oito horas da manhã os dois camponeses que tinham ciúmes da negra tiveram um arranca-rabo em que não faltaram bofetadas e chutes. O comandante tinha enviado os dois para o pelourinho no terracinho da cabine de comando, obrigando-os a ficar de pé, um de frente para o outro, com os narizes se tocando. Como começaram a brigar ali também, foram encerrados em dois esconderijos. Em seguida, a bolonhesa, ofendida por uma resposta malcriada do padeiro de bordo, tinha-lhe enfiado um bofetão com b maiúsculo, tanto que foi convocada pelo Comissário. E como sempre acontece, como o exemplo é contagioso, outras rusgas haviam acontecido: muitas mulheres tinham as tranças desfeitas e o rosto arranhado. Depois eram as crianças que se agarravam pelos cabelos, enredando-se juntas em oito ou dez, rolando pelo assoalho em grupos misturados que os pais acorriam para apartar desferindo pancadas e sapatadas a torto e a direito, fomentando as afrontas entre elas. A irritação tinha invadido até a cozinha, onde por causa de uma rivalidade em torno das vendas de contrabando, estourara uma disputa feroz entre o cozinheiro e seus ajudantes, que se escutava por toda a proa, acompanhada de um estrondo furioso de panelas.

    Para nós da primeira classe as coisas se deterioraram já no almoço, que foi ruim, e ficou pior com o silêncio e o cenho até trágico do comandante, que tinha na cabeça um caso bastante grave, além daquele dos quarenta e sete. Uma hora antes a mãe da pianista o tinha procurado com todo o respeito, para protestar contra as escapadelas noturnas da senhora suíça, que, em horários inacreditáveis, passava com roupas levíssimas em frente a sua cabine, conjugada à dela, provocando a indignação da filha. Quando o escândalo não era pior, todas as vezes em que ela mandava o marido estudar o céu estrelado lá em cima, não ficava sozinha na cabine. Alguém que trabalhava no navio devia estar envolvido, a essa altura não se falava de outra coisa na popa; era algo que não podia durar; o senhor comandante devia dar um jeito naquilo. O comandante, instigado no seu ponto fraco, tinha lançado fogo e chamas, e prometera *in so zuamento*[189] que, se necessário fosse, diria umas poucas e boas palavras para aquele professor mocho e sua senhora, e também para aquele outro ou para aqueles outros, que o navio não era aquilo que acreditavam, e que estava disposto a conseguir que todos respeitassem a decência, pelo amor de Deus, ainda que fosse preciso colocar os marinheiros de sentinela nos corredores. Concluiu solenemente: – *Porcaie a bordo no ne veuggio.*[190] Portanto, era de se esperar uma cena daquelas. Durante todo o almoço, ele fulminou a senhora loira com um olhar de Torquemada. Muitos a fitavam cochichando, sem que ela percebesse nada. Apertada num delicioso vestido cor de avelã, mais esplendorosa e vivaz que nunca, enchia a orelha de seu marido de gorjeios e trilos, sorrindo para todos os amigos com seus olhos meigos despreocupados, semelhantes a duas janelas bonitas de uma sala vazia, mostrando de mil maneiras os dentes brancos, as mãos pequenas, o braço torneado, a alma misericordiosa. Depois do almoço recomeçou o seu vaivém no convés, interrompido por sumiços repentinos seguidos de reaparições esperadas, ignara, pobrezinha, da espada de Dâmocles que lhe pendia sobre os cabelos loiros. Pelo contrário, quanto mais lhe crescia o tédio à sua volta ficava cada vez mais alegre e vivaz. Era como se estivesse animada por um ardor de heroína que amamentasse homens sitiados já sem forças, dizendo com os olhos que não era culpa sua se não podia fazer mais para aliviar a humanidade que sofria, mas que fazia tudo o que podia. Fora de qualquer dúvida, tinha uma relação séria com o argentino, mas o tenor e o toscano não estavam abandonados, e parecia que o Peru estivesse para entrar na confederação.

Porém, por volta das três, ela desceu para não subir mais, e

---

189. Sob juramento.

190. – Não quero indecências a bordo.

como desapareceu aquela única cara alegre, a irritação se abateu sobre o convés, mais sufocante do que antes. Por um momento, no entanto, um episódio engraçado ocorrido com o advogado nos distraiu. Vencendo a sua repugnância instintiva pela água salobra, foi tomar um banho. Ao entrar na tina, deixou que a água lhe subisse até o peito, mas quando esticou a mão para fechar a chavinha, ou porque ela não funcionava bem, ou porque se confundiu e não a girou do lado certo, o que fez com que quebrasse, o fato é que o jato de água ficou mais forte, uma coluna de água impetuosa, que em poucos minutos encheu a tina, alagou a cabine, ensopou suas roupas e levou-o a fugir meio vestido, com a barba pingando e um pavor de náufrago. Nós o vimos passar correndo na pracinha, gritando para os camareiros para que se apressassem para fechar, porque o navio ia afundar. Mas isso foi apenas um lampejo que mal fez sorrir cinco ou seis passageiros. Como o calor aumentara, e o mau cheiro que vinha dos dormitórios da terceira classe tinha se tornado pestilento, a maioria transportava o corpo malvestido do convés para o salão, e se abandonava aqui e ali pelos sofás e em volta das mesinhas. Ó, que gente insuportável! Eu já conhecia os comportamentos e os mínimos gestos costumeiros de todos, e os títulos de todos os romances que liam há duas semanas, e a nota musical do bocejo de cada um: era como assistir pela centésima vez a uma estúpida representação de um teatro mecânico. Não era mais tédio, mas uma verdadeira melancolia que apertava o coração. Viam-se apenas rostos sem vigor, testas apoiadas nas mãos, olhos dissimulados e inertes. A pianista tocava no piano não sei que música de funeral; o brasileiro veio pedir-lhe respeitosamente para parar, porque sua esposa, deitada no beliche, sofria de uma terrível crise nervosa: a moça fechou o piano com uma pancada seca e foi embora. O agente me disse que a senhora gorda soluçava na sua cabine. Por quê? Ele não sabia. Efeitos do trópico de Capricórnio. Uma moça da família enlutada, na segunda classe, também chorava. Uma discussão áspera surgiu de repente entre um argentino e o marselhês; o primeiro dizia, com razão, que do observatório de Marselha podia-se ver apenas duas estrelas do Centauro, aquelas que indicam a cabeça e os ombros; enquanto o outro argumentava que se viam todas. – *Toutes les sept, monsieur, toutes les sept!* – Mas é um absurdo! – *Mais, monsieur, vous avez une façon...*[191] A chegada do comandante, que procurava alguém em volta com um olhar feio, acalmou-os. O salão caiu novamente num silêncio fúnebre.

Eu não aguentava mais e saí para ir à cabine de comando. Mas não tinha ainda chegado ao final da passagem coberta quando escutei um grito de terror e vi muita gente se aglomerar aos pés de uma das escadinhas da plataforma. Um menino, que subiu até o último degrau, tinha caído lá de cima, batendo com a cabeça no chão. A mãe, acreditando que já estivesse morto, se jogou em cima dele desesperadamente, e apertando-o nos braços, começou a berrar como uma louca: – *Me lo jettano ammare! Me lo jettano ammare! U peccirillo mio! A criatura mia!*[192] – e fazia um gesto para defendê-lo, ameaçando, rangendo os dentes, empurrando a multidão. O médico chegou e levou a mãe e a criança para a enfermaria. O acidente provocou uma grande onda de reclamações no navio, que estava repleto de perigos, e contra o Comando, que não deixava um marinheiro de sentinela nas escadas. O velho do capote verde começou a discursar furiosamente do castelo da proa, com os cabelos esvoaçando e o dedo indicador em riste. Mas outro problema tinha acontecido um pouco antes. O escrivãozinho, cuja credibilidade na proa tinha aumentado graças ao episódio dos beijos – porque o consideravam como uma ofensa "à princesa" – estava assediado havia dois dias por cumprimentos grotescos, como se tivesse ido além do que era verdade (e já se pode pensar até que ponto). Ele se atormentava, negava, sofria. Finalmente, ao receber um cumprimento mais ofensivo do que os outros,

---

191. Todos os sete, senhor, todos os sete... Mas, senhor, o senhor tem um jeito...
192. – Eles vão jogá-lo no mar! Eles vão jogá-lo no mar! O meu pequenino!

o sangue subiu-lhe à cabeça e começou a distribuir chutes e socos como um louco furioso, mas, pobrezinho, levou a pior, porque três ou quatro o rodearam, e segurando-lhe os braços e as pernas, esfregaram a cara dele com o chapéu, e foi uma sorte que tenha conseguido fugir para o dormitório, com o nariz esfolado. Procurei a genovesa: estava no lugar de sempre, trabalhando, bonita e arrumada como de costume, mas com uma sombra de desprezo nos olhos, porque já adivinhava a insolência obscena das conversas e percebia os olhares de ódio que vibravam ao seu redor, e havia dois dias que o pai estava de sentinela ao seu lado, de pé, decidido a quebrar a cabeça de alguém.

Mas todos tinham a tentação de brigar. A cada meia hora formava-se uma aglomeração ao redor de dois passageiros que se acertavam na cara ou se agarravam pela gravata. Quando a presença de um oficial os impedia de se pegarem a tapas, se desafiavam com a maneira conveniente: – Na proa! – Na proa! Esta noite! – À noite! Geralmente o castelo da proa era o ringue pré-escolhido pelos cavalheiros. Brigaram três ou quatro vezes e com razão, primeiro dois, depois três, depois seis, produzindo uma agitação em toda a multidão, e foi preciso que acorressem os oficiais e marinheiros. Dois bêbados que tinham passado da conta se atracaram como dois animais e esmagaram as costelas caindo os dois juntos em cima das rodas do guindaste. Desta vez o comandante acudiu colérico, com o claro propósito de desfechar alguns *mascà*[193] memoráveis, para recuperar a forma. Mas não chegou a tempo. As coisas haviam chegado a tal ponto que antes do anoitecer eu suspeitava que pudesse ver toda aquela massa de gente se enroscar e se amontoar numa montanha disforme de membros, numa grande confusão, como nas cenas de combate de Doré, e transbordar pelos parapeitos caindo no mar. Mas ao invés de sentir aversão, naqueles momentos eu sentia mais compaixão por suas misérias, e vinha-me alguma coisa como um impulso afetuoso e triste em relação

---

193. Tapas.

a eles, pois sob a expressão provocante de todos aqueles rostos notava-se um enfraquecimento passageiro de qualquer esperança, um grande cansaço da vida, um choro secreto, que extravasava na forma de raiva; via-se que sofriam e que no fundo, sentiam pena uns dos outros, e cada um sentia pena de si mesmo. A imagem viva do seu estado de ânimo era aqueles dois velhos camponeses do castelo da proa, marido e mulher, que também naquele momento estavam sentados ali ao lado, em cima de duas abitas, com os braços cruzados sobre os joelhos e a cabeça abandonada sobre os braços, revelando os pescoços magros e enrugados, que contavam cinquenta anos de labutas sem compensação. Enquanto eu os observava, uma mulher grávida caiu desmaiada sobre a lâmina envidraçada da escotilha que dava acesso ao dormitório, deixando tombar o rosto pálido entre os braços das vizinhas. Rapidamente se espalharam centenas de vozes: – Uma mulher morreu, uma mulher morreu. Fui embora.

Para aonde ir? Seis horas eternas deviam transcorrer antes do anoitecer. Entrei novamente no salão, comecei a folhear o diário de bordo, no qual vários passageiros haviam escrito alguma coisa, mas estava cheio de bobagens, de lugares comuns e de mentiras. Desci então para a cabine, último refúgio, para tentar dormir. Mas a cabine me pareceu mais apertada, mais asfixiante, mais odiosa do que nunca. Quase todos os passageiros deviam ter descido; apesar disso não se escutava ninguém, era como se aquelas cem paredes de madeira só encerrassem cadáveres. Escutava-se apenas a nênia lamentosa da negra, como um canto solitário pelas ruas de uma necrópole. Eu tinha a impressão de que me pesassem na alma não só o meu tédio, mas todas, todas as lembranças amargas e os sentimentos dilacerados e os tristes pressentimentos que tinham se acumulado lá em cima, entre aqueles mil e seiscentos filhos da Itália que iam buscar outra mãe do outro lado do oceano. Era inútil que tentasse raciocinar, analisando o meu estado de espírito, para provar a mim mesmo que não havia uma razão lógica para ver tudo turvo naquele dia, tal como faziam os outros, uma vez que geralmente, ao contrário deles, eu costumava ver todas as coisas positivamente. Os pensamentos nebulosos, mantidos por um momento longe da cabeça com um esforço, entravam de novo, tão logo aquele ia embora, como a onda de uma torrente, e invadiam todos os recônditos. Não sei quanto tempo fiquei com aqueles pensamentos; depois adormeci. Mas tive um sonho terrível: minha casa à noite, um vaivém de luzes e de rostos que eu não conhecia; uma agonia em um quarto cuja porta não conseguia encontrar; em seguida a cena mudou de repente, um grito assombroso: – Salve-se quem puder! – e a confusão desesperada de um navio que se afunda no abismo...

    Naquele exato momento um barulho forte me despertou. Não sei se eu tinha dormido três horas ou cinco minutos. Um raio de sol brilhava na cabine. O barulho crescia em cima da minha cabeça. Era uma gritaria de gente que se chamava pelo nome, um som de passos apressados, uma balbúrdia como se um perigo estivesse sendo anunciado. Pulei da cama: de todas as cabines os passageiros saíam correndo e se precipitavam para subir as escadas. Subi para o convés e me vi em meio a uma multidão. Olhei para a proa: tudo o que tinha de vivo nas mais profundas cavidades do navio havia saído da toca; era um formigueiro escuro de uma ponta a outra; todos se lançavam contra o parapeito da direita, subiam nos cabos das âncoras, nos bancos, nas escadas de corda, olhando para o mar. Eu não via nada, uma fortaleza formada pelas colunas dos passageiros escondia-me o horizonte. Perguntei para dois que passavam: fugiram sem responder. Então subi para a cabine de comando... Ah! Bendita aparição! Que coisa divina eu pude ver! Um navio imenso e preto, embandeirado e lotado, vinha majestosamente em nossa direção, singrando o mar azul sob o céu límpido, com a proa alta e as velas abertas, dourado pelo sol, fumegante e risonho, que parecia ter surgido como um milagre do coração do oceano. Era o *Dante*, da mesma empresa de navegação do *Galileo*, proveniente do rio da Prata, rumo à

Itália, carregado de emigrantes que voltavam para a pátria. Era o primeiro grande navio que encontrávamos depois da saída do Mediterrâneo, e era um irmão. A cada baforada das suas chaminés estreladas, ele se agigantava e as mil figuras humanas que o coroavam ficavam mais nítidas. As duas multidões apinhadas nas duas proas olhavam-se em silêncio, mas todos estavam agitados. O *Dante* se aproximou tanto que uma onda imprevista nos fez balançar violentamente. Quando chegou o mais perto possível, ao alcance das nossas vozes, mostrando-nos todo o comprimento do seu costado imponente, um grito altíssimo, contido havia muito tempo, irrompeu quase ao mesmo tempo das duas multidões, acompanhado por um frenético abanar de chapéus e de lenços; um grito interminável de augúrio e de adeus, de caráter estranho, diferente de qualquer outro grito popular que eu já escutara; uma explosão de vozes violentas e trêmulas em que se ampliavam e se confundiam as tristezas da viagem, a saudade da pátria, a alegria de revê-la em breve, a esperança de um dia voltar, a maravilha e a alegria carinhosa de encontrar irmãos, de escutar a voz e o aroma da Itália na solidão do Atlântico imenso. Foram poucos minutos. Em poucos minutos o *Dante* não foi mais do que uma mancha preta no azul, recortada apenas pelas milhares de cabeças indefinidas dos seus passageiros. Mas aquela rápida visão mudou tudo a bordo do *Galileo*: fez ressuscitar as esperanças de felicidade, despertar os cantos, as risadas, a benevolência, a vida.

– Senhor! – ouvi alguém dizer perto de mim. Virei-me: era a moça de Mestre que tocava o garibaldino com o leque. Ele se voltou e a moça, com um rosto que parecia iluminado por um relâmpago na alma, apontando com a mão magrinha o navio que se afastava, disse-lhe com a voz suave: – Lá se vai a pátria.

In extremis

Na manhã seguinte todos se cumprimentaram no convés com as mesmas palavras alegres: – Mais três dias! – Estamos na reta final! – Depois de amanhã! Era bizarro: aquela benevolência incomum entre os passageiros surgia em grande parte da ideia de que dentro de pouco tempo ficariam livres uns dos outros. O tempo estava bom; o ar, morno. A proa parecia um povoado em festa. Caminhando por ali, encontrei o marinheiro corcunda, meditabundo, que carregava um par de botas na mão. Ele parou e me disse devagar: – *E donne, l'è brutto quando cianzan, ma l'è pezo quando rian.*[194] E explicou-me o seu ponto de vista, baseado na experiência. Quando, ao longo do dia, acontecia um episódio alegre como aquele do dia anterior, passava sempre que a noite e a madrugada fossem um desespero – para ele, bem entendido, e por aquela determinada razão. A noite passada, por exemplo, tinha acontecido alguma coisa lá em cima. – Algo importante? – perguntei-lhe. Ergueu os olhos para o céu. Depois disse bruscamente. – *Son stüffo de fa o ruffian!*[195] E foi embora ao ver que o agente se aproximava. Ele também estava pensativo, atormentado por dois mistérios que não conseguia resolver: um, já mencionado, era desvendar quem fosse o objeto secreto do desejo daquela pianista caprichosa, cujo olhar sempre captava depressa no ar, mas nunca conseguia ver para quem fosse, como se ela fizesse amor com um espírito; o outro, não ter visto nenhum indício, nem sequer leve, do escândalo que o comandante havia prometido aprontar para a senhora suíça. Era engraçado ver aquele homem grisalho

---

194. – Mulheres! É ruim quando choram, mas é pior quando riem.

195. – Estou cansado de fazer o alcoviteiro!

seriamente preocupado com aquelas duas ninharias, como um ministro diante de uma conspiração de Estado. E dizem que o oceano engrandece a alma! No entanto, ele conhecia o comandante; não era um homem de fazer ameaças à toa em um caso como aquele. Quem teria afastado a tempestade? Ah! Ele haveria de descobrir, nem que precisasse gastar o cérebro e ficar de tocaia três dias e três noites, como um caçador de tigres.

O bom estado de espírito dos passageiros favorecia seus estudos. Pouco depois das nove, quase todos estavam no convés. Os grupos e seus comportamentos permaneceram impressos nitidamente na minha memória, da mesma maneira que permanecem os da nossa família, momentos antes do anúncio ou da ocorrência de um infortúnio doméstico. Os argentinos formavam uma rodinha perto do leme com o marselhês que se balançava fazendo gracejos diante da senhora portenha; que o escutava com aquele sorriso duplo amável das mulheres, que dissipa a cortesia na zombaria. A família brasileira, sentada no lugar de sempre, girava silenciosamente à sua volta seus doze olhos pretos, como se visse todos os presentes pela primeira vez; a negra estava agachada aos pés da senhora, como um cão. Próximo ao mastro, de pé, estavam o ladrão, o estrangulado e o diretor da companhia de limpeza inodora, que havia vários dias estavam sempre juntos, sem nunca falar, como três amigos surdos-mudos. O advogado cochilava em uma cadeira comprida, com um livro em cima da barriga. A senhora loira sentava em um sofá, piando no meio do tenor e do peruano, cujo joelho cobria com a saia estendida, parecendo que o contato daquele tecido fizesse faiscar nos olhos circunspectos do *quéchua* a visão das mil e quinhentas sacerdotisas do Sol, mas daquelas dos tempos da devassidão. E no último banco perto da popa estava a moça de Mestre, mais pálida que nos outros dias, exceto nas maçãs do rosto, que ardiam. Tinha um tipo de inquietação de quem está febril, mas seu sorriso era de uma doçura inexprimível. Falava ao garibaldino, sentado ao seu lado com a cabeça enérgica e formosa um pouco caída, num gesto de homem triste que escuta uma música que lhe recorde os tempos felizes, mas não lhe traz nenhuma ilusão. Os outros passeavam, com o andar resoluto e fortuito das pessoas alegres.

O horizonte estava encoberto por uma leve neblina e havia certa opressão no ar, que de tempos em tempos levava a sentir necessidade de respirar fundo. Mas a temperatura estava agradável em comparação aos dias anteriores. Os argentinos diziam que já sentiam *los aires*[196] da pátria. Àquela altura, devíamos nos localizar mais ou menos na latitude de Santa Catarina do Brasil.

Em determinado momento, o genovês subiu no convés e, esfregando as mãos, disse-me ao passar: – O barômetro está baixando.

Para livrar-se do tédio mortal que lhe corroía a alma, ele desejava até mesmo uma tempestade. Mas a sua ave do mau agouro não devia ter razão. O barômetro havia baixado outras vezes, mas o mar não tinha se agitado. Pode-se dizer do mar o que se diz do povo: que quando está calmo, não se entende como possa se irritar; assim como não parece possível que poderá se aquietar quando está furioso. O véu do horizonte, porém, ia ficando mais alto e denso. Agora uma grande faixa de vapores acinzentados estava para cobrir o sol, e o mar, plúmbeo, tornava-se revolto. Apesar disso, eu estava tão longe de prever o tempo ruim que me divertia observando o advogado. De cabeça erguida, ele lançava um olhar lento e de uma inquietude crescente para o grande inimigo, e depois olhava para a cabine privada do comandante, e mais ao longe, para a cabine de comando. Um barulho estridente de pássaros me fez levantar os olhos: eram gaivotas dando voltas em torno dos mastros. Aquilo era realmente um sinal ruim. Porém, mais que tudo, o que mais me impressionou foi ver surgir no horizonte, de repente, uma nuvem imensa de formato bizarro, espessa, escura, bordejada de branco pela luz do sol empalidecido, que se levantava rapidamente, lançando uma

---

196. Os ares.

sombra tétrica no mar, que começava a ficar revoltoso. Estava quase frio.

Todos os passageiros já haviam percebido a mudança. Os leitores fecharam os livros; os que estavam sentados se levantaram e olhavam para o horizonte com aquele olhar com que se fixa o rosto de um desconhecido que se nos apresente para tratar de um assunto grave. Um relâmpago e um ronco de trovão distante, ao qual imediatamente se seguiu uma balançada brusca provocaram algumas exclamações: – E agora? – O que é isso? – Começamos mal! As senhoras procuravam o comandante com os olhos. O advogado desapareceu. Outros também saíram discretamente. Isso foi suficiente para que vários dos que ficaram revelassem um bom humor extraordinário e assumissem diante do oceano condutas de almirantes insolentes, olhando para as senhoras com o rabo do olho. O marselhês circulava em grupo de grupo, dizendo alegremente: – *Ça se brouille, ça se brouille. Nous allons voir un joli spectacle.*[197] De fato, parecia que não se iria esperar muito pelo espetáculo. O nuvarrão já estava quase acima das nossas cabeças e outras nuvens se aproximavam rapidamente; algumas eram longas e estreitas e passavam correndo tão baixas que pareciam tocar os mastros. Enquanto isso, o vento ficava mais forte e o mar começava a se agitar; o navio sacudia como nunca fizera até então, tanto que todos precisaram se segurar nos parapeitos e nos assentos. Alguns, porém, ainda não acreditavam que haveria uma tempestade. – É apenas uma chuvarada – diziam. Mas aqueles que já tinham feito muitas viagens meneavam a cabeça piscando um olho.

Lembro-me bem de que, observando mais a mim mesmo que aos outros, estava esperando com certa curiosidade psicológica quando e como teria penetrado dentro de mim aquele sentimento do qual nos envergonhamos tanto de confessar, e me iludia de que poderia me manter sereno diante da sua lenta aproximação, sem suspeitar que desabasse sobre mim de um momento para o outro, no ponto em que o prato do

---

197. – A coisa se complica, se complica. Estamos para assistir a um lindo espetáculo.

instinto de sobrevivência pesasse mais na balança da alma e enviasse o da curiosidade pelos ares. Em poucas palavras, muitas vezes, em terra firme, havia desejado ver a mim mesmo em meio a uma tempestade no mar. Aqui está uma boa oportunidade para o artista, pensava. Mas quando, ao me virar para a pracinha, vi que os oficiais, os maquinistas, os marinheiros e os camareiros corriam em torno do comandante, notei que ele gesticulava como se estivesse dando ordens urgentes; depois vi todos se espalharem às pressas por todos os lados, para verificar os botes salva-vidas, prender os engradados, fechar as escotilhas, com um impulso impensado, abrindo caminho aos empurrões entre a multidão que fugia sob os primeiros borrifos da água do mar; então, sinceramente, procurei em mim o artista e não o encontrei mais. Pelo contrário, tive a impressão de que ele já tivesse sumido há uns quinze minutos.

Os relâmpagos ficavam mais frequentes, os trovões roncavam com mais força, os bois mugiam. Olhei à minha volta: já havia rostos pálidos. Mas em alguns ainda prevalecia a curiosidade, em outros, todavia se fazia sentir a aversão a se fechar na cabine. As senhoras se seguravam nos braços dos maridos. Os homens se sondavam de vez em quando com um olhar, cada um incorporando o ânimo e a altivez do rosto do outro, que lhe parecia pior do que supunha o seu próprio. De repente, um violento esguicho de água atingiu o convés e escutei alguém dizer: – *Nom de Dieu!*[198] – seguido de uma risada forçada. O marselhês ficou sem chapéu e se encharcou da cabeça aos pés. No mesmo momento quatro marinheiros subiram correndo para levar os sofás e as cadeiras embora. Depois chegou o Comissário gritando: – Para baixo, senhores! O salão vai fechar, apressem-se. Ouviu-se então um grito do fundo da alma: – Ai meu Deus! Meu Deus! – era a recém-casada. Não se pode imaginar como aquele primeiro grito ecoa intimamente em todos; aquela primeira confissão irresistível do terror à morte, esse terror que todos

---

198. – Em nome de Deus!

sentem desmascarar violentamente o estado de espírito que dissimulam para os outros e para si mesmos. Então houve uma fuga desordenada e apressada debaixo do chuvisco dos esguichos que já caíam sobre quase todo o convés, em meio a uma confusão de vozes exaltadas e desconexas: – *Ó Pablos! Pablos!* – Vamos logo, senhores, vamos logo. – Santa Maria bendita. – Estamos nos apressando! – Meu Deus! – Diabos! – Coragem, Nina! – *Que relâmpagos!*[199] – *Sciä faççan presto, per dio santo!*[200] Só tive tempo de ver as pontas dos mastros que desenhavam grandes arcos no ar, e uma confusão infernal de gente na porta do dormitório da terceira classe. Fui empurrado para o salão. Uma senhora tropeçou e caiu na entrada. Por um momento vi o Comissário na pracinha; parecia que estava envolto em uma nuvem de água e escutei o relinche distante de um cavalo. A entrada foi fechada. Na mesma hora, um barulho próximo, enorme, de um raio e um movimento assustador do costado do navio, que jogou uma parte dos passageiros para o chão e a outra contra as paredes, tirou a última dúvida de quem ainda podia não acreditar: era uma tempestade.

A maioria, agarrando-se às mesinhas e às cadeiras fixas do refeitório, e cambaleando como se estivesse ferida na cabeça, foi para as cabines. Os outros se jogaram nos sofás. Algumas senhoras choravam. O estrondo do navio e do mar encobria as vozes. Parecia quase noite. O lugar e as pessoas davam a impressão de serem outros. Naquele momento em que todas as vaidades, todos os fingimentos caíam por terra, e vinha à tona o animal aterrorizado em toda a sua nudez, totalmente dominado pelo seu furioso amor à vida, aquelas pessoas eram como caras novas, vozes desconhecidas, movimentos e olhares que revelavam faces da alma que ainda não tinham sido notadas antes. Na semiescuridão dos corredores, onde todos buscavam a própria cabine tateando, trombando

---

199. – Que relâmpagos!

200. – Corram! Santo Deus!

uns nos outros, entrevi rostos descompostos de condenados à morte, que à primeira vista não entendia de quem fossem. Quando cheguei à minha toca, já se ouviam aqui e ali as primeiras agonias do enjoo; vozes chorosas chamavam as camareiras, portas batiam com barulho, malas e caixotes batiam nas divisórias: era a confusão e o vozerio estranho e lúgubre que se escuta ao entrar em um manicômio, onde todos os hábitos da vida estão de ponta-cabeça. Um arremesso brusco me jogou na cabine como um saco; a porta se fechou sozinha; um relâmpago me cegou. Um pensamento inesperado gelou-me o sangue: – E se eu não saísse mais daqui? E me senti numa solidão imensa, como se eu mesmo tivesse me fechado na sepultura.

Sim, é a verdade, a mais pura verdade. Este foi o pensamento que me cravou no cérebro, agudo, frio, imóvel, como uma broca de aço, e todos os outros pensamentos e imagens que se seguiram na minha mente durante várias horas só fizeram girar vertiginosamente em torno daquele. Uma alucinação que era expulsa cem vezes da minha cabeça retornava outras cem vezes: a do barulho que teria provocado a água batendo dentro da cabine, em quantos segundos chegaria à porta, a escuridão repentina, a primeira onda na garganta, e aquela dúvida horrível: se eu teria sofrido por muito tempo. De maneira confusa, tentava me lembrar de notícias lidas e ouvidas sobre aquele tema que me confirmassem a esperança de uma agonia breve. Lembro-me de que o pensamento de uma vez ter desejado uma tempestade por mera curiosidade parecia-me uma insensatez monstruosa, difícil de acreditar, fora da natureza humana. Aí está a realidade que você desejava, seu louco burro! Mas esses pensamentos eram cortados pelos esforços vigorosos que eu precisava fazer para manter-me agarrado à borda do beliche, ajoelhado no chão; era a única maneira de não ser sacudido lá dentro como um rato na ratoeira, perturbado pelos estrondos ensurdecedores que vinham do salão de cima, onde as vidraças dos armários sofriam pancadas e se estilhaçavam, pilhas de pratos caíam e quebravam; e o piano, despregando-se da parede, era jogado pra lá e pra cá se chocando nas coluninhas e nas mesas. Mas bem pior que o barulho de um edifício ruindo, pior que os gemidos humanos e o mugido do mar, era o barulho que a estrutura do navio fazia; um rangido sinistro de edifício que se dissociou de seus fundamentos, uma música de esguichos, de estampidos, de lamentos agudos, como se o corpo vivo do colosso sofresse e gritasse, e frêmitos de terror corressem pelos seus ossos longos e delicados, que estavam a ponto de quebrar. Esforçava-me para encontrar coragem na estatística dos naufrágios; acontecia um entre milhares de viagens, sei lá eu, e com a ideia da grande solidez daqueles navios enormes que a onda não pode despedaçar, mas aquela música desmentia qualquer estatística e zombava de qualquer consolo. Enquanto isso o mar ficava mais revolto, a chuva caía torrencialmente, os raios aumentavam, as trovoadas retumbavam quase sem parar, o navio dava pulos tão altos que, de olhos fechados, parecia que eu estava em uma gangorra gigante que desenhasse arcos de meia milha, e que a cada voo eu perdia o fôlego, para só retomá-lo nos poucos momentos de calma que se sucediam entre um e outro. Ficar absolutamente à mercê de uma força prodigiosa que não me deixava mais liberdade para meus movimentos ou pensamentos me dava uma sensação de humilhação física inexprimível, como de um animal amarrado que dá voltas dependurado no vazio por uma grua imensa. A ideia de que aquele suplício pudesse durar dez horas, um dia, três dias, perturbava a minha alma como o conceito do infinito. Mesmo assim, até a uma determinada altura mantive a mente lúcida, a ponto de agora me lembrar de quase tudo o que pensava naquele ínterim. Mas depois de uma ou duas horas, me parece, como a fúria da tempestade crescia desmesuradamente, minha cabeça ficou muito turva e pouco saberia dizer sobre aquilo que estava pensando naquele momento. Lembro-me da imensa voz do mar, mais estranha e mais formidável do que a mais assustadora fantasia, uma voz que parecia a de toda a humanidade enlouquecida e comprimida que estivesse aos berros, que se mesclava com os rugidos e os bramidos de todas as feras da terra, com os estrondos de cidades em ruínas, os urros de inúmeros exércitos, as explosões de risadas irônicas de povos inteiros, e dentro daquela voz, o assobio estridente do vento nos cordames, um redemoinho de notas longas, ruidosas e desencontradas, como se cada corda fosse um instrumento tocado por um demônio, gritos de desespero e de delírio que pareciam vir dos prisioneiros de um cárcere em chamas, e sibilos que faziam tremer como se em volta das antenas se enroscassem milhares de cobras furiosas. Toda vez que a ponta do navio era empurrada com força para a água, a embarcação começava a balançar violentamente de um lado para outro, a ponto de dar a impressão de que quisesse tombar ora para um costado ora para outro, e a cada batida da onda no costado, tudo tremia, do convés à quilha, como se chocasse em um arrecife ou em outro navio, e as tábuas ao redor produziam um ruído de arrepiar da cabeça aos pés, como o estampido de uma bala ou de uma lâmina de machado que passa rente às nossas têmporas. Cada onda produzia um barulho que parecia o golpe de um instrumento gigante que desabasse sobre o navio e lhe arrancasse um pedaço; ouvia-se o baque tremendo de centenas de toneladas de água que caíam sobre o assoalho, como se uma torrente entornasse de uma grande altura, e em seguida o ribombo de cem correntezas em todas as direções, com a fúria de uma horda de piratas que tivessem tomado de assalto o navio. Eu não era mais capaz de entender mais nada dos movimentos do navio, e tampouco conseguia prever alguma coisa: parecia que era alvo de pontapés e bofetadas; que era erguido, arremessado, chutado e revirado pelas mãos de um titã. Repentinamente, o motor parava e silenciava, era como se estivesse paralisado, então o eixo da hélice dava solavancos dignos de terremoto, a hélice fazia arranques irregulares e insanos, e às vezes ouviam-se suas pás jogar a água para fora, e depois submergir de novo com um golpe violento. Nos intervalos entre os ruídos mais fortes ouviam-se passos apressados no piso de cima, campainhas elétricas, gritos distantes de uma ressonância estranha como os ecos dos vales nevados; das cabines vinham lamentos dilacerantes próprios de pessoas entregues ao desespero que estivessem vomitando as vísceras. A certa altura houve um tranco de baixo para cima tão violento que a garrafa de água pulou para fora do seu suporte e espatifou-se ao bater no teto. Aquilo foi o começo de uma nova sequência de solavancos ainda mais desvairados, e de uma sucessão de trambolhões do navio tão fortes que eu acreditava que estivesse pulando do cume de uma montanha ao cume de outra, sobrevoando um abismo infinito, e a cada nova descida pensava que fosse a última, e dizia para mim mesmo: – Agora é o fim. Tinha alucinações claríssimas: o assoalho se despedaça, os costados se partem em dezenas de pedaços, os travamentos se rompem, a quilha se quebra, todos os cordames se desprendem, o casco se esfacela. Ainda não? Agora então. E vinha um caos de pensamentos, uma sucessão rapidíssima de lembranças recentes e remotas da vida, um turbilhão de rostos e lugares, cada um deles iluminado por um raio de luz clara, confusos e deformados como por uma congestão cerebral, seguidos por um tormento igualmente rápido e desordenado de arrependimentos, ternuras, remorsos, orações mudas; tudo fugia e voltava como o redemoinho do próprio vento da tempestade. De vez em quando se seguiam breves intervalos de entorpecimento, como o alívio que produz no início a ação do clorofórmio, mas depois aflorava de novo o sentimento da realidade, mais medonho que antes, e repentino, como se dois braços robustos me sacudissem pelas costas e uma voz brutal me gritasse na cara: – Mas é você, você que está aqui, e que deve morrer! Ah, quanto me parecia absurda aquela suposição dos tempos normais, aquela ideia de que seja a mesma coisa morrer de uma maneira ou de outra!... Ah! Morrer com uma bala no peito! Morrer numa cama, com as pessoas queridas em volta, ser sepultado, ter um pedaço de terra onde os filhos e os amigos possam visitar de vez em quando e dizer: – É aqui! Todos aqueles pensamentos vinham à minha mente de vez em quando, e durante alguns momentos me parecia sentir que a tempestade começasse a diminuir um pouco a sua fúria, mas uma nova onda gigantesca, um novo giro vertiginoso da hélice empurrada para cima, como se a popa saltasse pelos ares, me arrancava a ilusão. Lembro-me de uma repugnância invencível olhando o mar, de uma sensação de profundo arrepio, como a que sente a vítima pelo assassino; naqueles momentos parecia que eu quase tivesse realmente consciência de uma espécie de animalidade do oceano, e do seu ódio contra os homens, e que, ao me debruçar na claraboia, tivesse de encontrar mil olhos horríveis fixos nos meus. De vez em quando olhava para fora, mas desviava imediatamente os olhos, assim que entrevia os contornos monstruosos das montanhas escuras que avançavam e os perfis das muralhas gigantescas que ameaçavam arruinar tudo ao despencar, e entre um raio e outro que riscavam de fogo o acúmulo assustador de nuvens tenebrosas, surgia uma luz nunca vista no mundo, a ponto de não saber se fosse noite ou dia, a luz indeterminada das paisagens dos sonhos, em que o nosso sol parece não resplandecer. Foi assim que a noção de tempo também ficou nebulosa para mim: naquele momento, ter-me-ia sido impossível dizer quanto tempo já durasse a tempestade. Parecia-me que tivesse de durar um tempo incalculável, não sabendo imaginar uma razão suficientemente forte para que aquela enorme agitação devesse terminar. Era incrível que nem todo o oceano e nem o mundo inteiro estivessem naquela grande confusão como aquele mar, que pouco distante e pouco abaixo de nós houvesse águas tranquilas, e pessoas em terra firme que faziam as próprias obrigações em paz. Mas enquanto esses pensamentos – que eram como um breve fôlego da alma – passavam pela minha cabeça, surgia outra onda de lado, como um tiro de canhão que viesse do litoral, outro solavanco do navio, como de uma baleia ferida no coração, outro estampido das travas, dos assoalhos, dos tabuames rangentes e gemebundos, a sensação da iminência do desastre, a morte na porta da cabine, um adeus para tudo, a angústia de um ano concentrada em um minuto. Deus eterno! Quanto tempo vai durar essa agonia?

A agonia durou muitas horas. Suponho que não haviam se passado sete ou oito horas quando a ilusão de que a borrasca serenasse, sempre perdida e renovada, foi mais longa do que das outras vezes, e depois se transformou numa esperança em que a razão ainda se negava a acreditar, mas que todos os sentidos iam pouco a pouco confirmando. Os movimentos do navio ainda eram muito impetuosos, mas aquele sibilo odioso e aquele miado enraivecido dos cordames tinham como que apaziguado levemente, e a batida da onda, se não era menos forte, pelo menos era menos frequente. Considerei como um bom sinal sentir o corpo dolorido pelos exercícios acrobáticos aos quais fui obrigado por tanto tempo, já que até então não tinha nem notado isso, e também ter novamente curiosidade de saber o que tivesse acontecido e estivesse acontecendo à minha volta. Entre os estrondos do tabuame e os mugidos do mar, escutei o choro do menino brasileiro, e outros choramingos, também infantis, mas que deviam ser de senhoras. Vozes ansiosas chamavam os camareiros de vários lugares, as campainhas tilintavam; os baús ainda viajavam pelos corredores como se dentro pulassem tantos animais enraivecidos. Aproveitando o momento certo para não esmagar o crânio contra a parede, dei um pulo e me agarrei na ombreira da porta para olhar para fora. Vi dois ou três corpos humanos se mexerem, se segurando aqui e ali, andando e cambaleando como bêbados, com as roupas desalinhadas e os cabelos despenteados, entre eles o marselhês, cujas feições revelavam um medo maldito, em grande parte já superado, mas que não queria terminar de passar. De fato, de vez em quando um pulo do navio e uma explosão instantânea, como se dez tabuames estivessem se rompendo, me faziam retroceder e procurar o beliche com as duas mãos, com o terror de que a dança recomeçasse mais endiabrada que antes. Entre um e outro momento em que os solavancos aumentavam, apurei o ouvido na direção da cabine ao lado, curioso para escutar se a angústia do perigo comum tivesse afrouxado um pouco entre os meus vizinhos a corda retesada do ódio, e por um momento fiquei estupefato ouvindo uma respiração entrecortada e fortes gemidos que podiam levar a suspeitar de uma reconciliação mais do que amigável, mas me desiludi logo com uma voz perversa que soprou essas palavras: – Você esperava que tudo tivesse terminado, não é verdade? Mas não escutei a resposta. A primeira nota encorajadora que ouvi foi uma risada de várias vozes que veio do lado dos argentinos. Em frente, ouvi a voz do tenor; era uma tentativa de gorjeio bruscamente interrompida por uma pancada surda que me pareceu uma cabeçada. Depois não escutei mais vozes humanas por um bom tempo. O estardalhaço do navio e do mar ainda era ensurdecedor, e o balanço era tamanho que podia derrubar um quadrúpede. Mas era possível tentar uma saída. Segurando-me aqui e ali, e pensando bem antes de dar cada passo, consegui me arrastar até onde os corredores se cruzavam. Que espetáculo! Pelas portas das cabines que se abriam e se fechavam sem parar via-se dentro uma confusão indescritível de malas, travesseiros, roupas, cabeças curvadas sobre bacias, corpos estendidos como cadáveres, pernas de senhoras descobertas até o joelho, roupas desabotoadas, rostos pálidos, lenços e frascos espalhados no chão. Animado pelo arrefecimento das sacudidas, dobrei no corredor principal e me deparei cara a cara com o genovês, que avançava aos trancos ao longo da parede, com a cabeça enfaixada, blasfemando. – O que aconteceu? – perguntei. Respondeu acendendo um toco de vela. Explicou em seguida: morto de fome, tinha se arrastado até a despensa para pegar duas fatias de presunto, *un rostin*, enfim, nada demais, e na parte melhor um pulo do navio o havia jogado com a testa contra uma quina da cristaleira e tinha feito um corte. Naquela altura uma voz límpida saiu das cabines dos argentinos:

Hijo audaz de la llanura

Y guardian de nuestro cielo...[201]

Aqueles desgraçados louvavam o vento *pampero*, culpado por aquelas oito horas de morte. Mas parecia que o vento tivesse cessado quase totalmente, embora o mar continuasse extremamente agitado. Caras aparvalhadas apareciam fora das portas, com ar interrogador, e depois entravam de novo rapidamente. Uma voz, que me pareceu ser a do Segundo oficial, gritou do alto da escada: – Já passou, senhores! – várias exclamações lhe responderam das cabines: – Ah, meu bom Deus! – Mas é verdade mesmo? – *Laudate Dominum!* – Que o diabo te carregue! – Ah! Estou meio morto! Mas um frêmito de vida corria por todos os lados, como em um cemitério subterrâneo onde os mortos começassem a esfregar os olhos e estirar os braços. Senti alguém bater nos meus ombros: era o agente, de roupão, com um hematoma no queixo, mas alegre. – Ah! Que cena eles aprontaram! – disse – ouvi tudo. Falava dos recém-casados: no momento do perigo puseram-se a orar e depois deram-se adeus, soluçando; ele lhe pedira perdão por tê-la incitado àquela viagem; deram-se o maior beijo de todos, aliás, muitos beijos. – *Ah! Nina mia!* – *Ah! Mae poveo Geumo!*[202] E... Nada de espanhol, ah não, de verdade! Dito isto, desapareceu. Voltou um minuto depois, em zigue-zague, acenando-me para que eu fosse depressa, pois havia alguma coisa importante para ver. Segui-o como pude: parou diante da cabine do advogado, que estava aberta, e me disse para esperar, dando uma risada. Ah! Era um monstro nunca visto antes! Não reconheci imediatamente uma criatura humana naquela coisa deformada que vi estendida no assoalho, de onde vinha o ganido que emite Ernesto Rossi sob os despojos de Luís XI abatido por Nemours. O advogado, de bruços, enfiado em não sei que veste

---

201. Filho audaz da planície/E guardião do nosso céu...

202. – Ah! Minha Nina! – Ah! Meu pobre Eugênio!

de salvamento inglesa ou americana, acolchoada de cortiça, tinha uma protuberância no peito e outra no tronco, cobertas por uma espécie de couraça de algodão resistente, e uma coroa de bolhas infladas ao redor do torso que lhe davam o aspecto de um bizarro animal mamiloso, caído no chão inconsciente, vencido pelas dores causadas pelo excesso de leite. Aquele enorme peso ridículo em cima daquele pobre homem tão desfigurado e infeliz provocava uma compaixão infinita. O agente se abaixou para reavivá-lo e eu o deixei com aquela tarefa misericordiosa.

Com dificuldade subi no salão onde já estavam muitos passageiros: o marselhês, o moleiro, o toscano, o vendedor parisiense, o padre alto, e outros. Nenhuma senhora. Alguns relâmpagos ainda faiscavam, mas os estrondos se faziam mais raros e distantes; o mar continuava mais volumoso e escuro, e ninguém conseguia ficar de pé. Admirável natureza humana! Da maneira como as pessoas se comportavam já se via que também aquele acontecimento da tempestade tinha se convertido numa satisfação de amor próprio, como se o fato de o navio não ter naufragado tivesse sido uma consequência do valor pessoal de cada um. Era espantoso observar que a partir de então todos já pressentissem o orgulho com que, muito tempo depois, durante a vida toda, teriam contado que enfrentaram aquele perigo sem medo. Era assombrosa a desenvoltura com que mais de um passageiro que eu tinha visto pálido como um moribundo, agora vestia a máscara da coragem diante daqueles mesmos para os quais sabiam que pouco antes haviam demonstrado evidentes sinais de terror. Alguns caminhavam de uma mesa a outra fazendo uma exibição de acrobacia e riam de tudo com os lábios ainda descorados. O marselhês dizia: *Je me suis enormément amusé.*[203] E o moleiro fingia ler o diário de bordo! Enquanto isso os camareiros davam as primeiras notícias. O mar tinha levado embora vários botes salva-vidas, arrancado e revirado os engradados onde ficavam os perus, afogado dois bois, arrombado o

---

203. – Eu me diverti muitíssimo.

cancelo das obras mortas da proa. Um marinheiro, arremessado contra o mastro do traquete, tinha se ferido gravemente na cabeça. A taberna tinha ficado meio destruída. Mas o casco poderoso do *Galileo* não havia sofrido outros danos, e não tinha parado um minuto, e ao ouvir aquela notícia via-se novamente surgir e brilhar o já humilhado sentimento do orgulho humano, a fé ardorosa no trabalho da indústria e da ciência dos próprios semelhantes, diante da qual aquela força desmedida do oceano hostil não pôde fazer nada além de ameaças e insultos, dos quais tínhamos acabado de nos dar conta e que já haviam sido esquecidos. E não foi por acaso que quando a porta do salão foi aberta, o que equivalia à permissão de sair, todos suspirassem de satisfação, como se só então estivéssemos realmente seguros de que tudo houvesse terminado.

Ah! Eis que o animal assustador está aqui de novo! Voltamos a olhar para ele frente a frente. Mas como ainda estava feioso e agourento! Grandes ondas escuras, brancas de espuma nas cristas, vagavam, reduzindo o horizonte por todos os lados, sob um arco tenebroso de nuvens interrompido aqui e ali por rasgos cinzentos de luz crepuscular, como se fosse incitado por um grupo de nuvens abaixo; um grupo de nuvens malignas que se moviam rapidamente. O navio estava todo molhado como se naquelas sete ou oito horas tivesse ficado submerso de uma ponta a outra. Por toda parte corriam regos e cresciam as manchas de água suja. Os tetos, as paredes, os mastros, os botes salva-vidas pingavam como se estivessem suados pela batalha. Na popa e na proa os marinheiros ainda corriam de um lado para outro, com grandes botas, ensopados da cabeça aos pés, com os cabelos grudados na testa e no pescoço, exaustos pelo esforço. Encontramos na passagem coberta o comandante todo vermelho, suado e bufando, que passou ao nosso lado sem nos ver. Batendo com os ombros e os quadris nas duas laterais da passagem, enlameando-nos no lodo da cor do carvão, esbarrados por tripulantes atarefados, finalmente chegamos à proa.

Aqui já tinha muita gente fora dos dormitórios; muitos se

seguravam nas cordas estendidas de través no convés para o uso dos marinheiros, de forma a permitir que eles se mantivessem de pé quando o mar estivesse muito agitado; as pessoas tinham o aspecto piedoso de uma multidão que foge por quinze dias diante de um exército invasor. O Comissário, que tinha descido várias vezes nos dormitórios, nos descreveu coisas de apertar o coração e provocar náusea. Ele tinha visto lá embaixo grupos amontoados confusos de corpos humanos, uns em cima dos outros, atravessados, com as costas sobre o tórax, os pés contra os rostos e as saias viradas para cima; um emaranhado de pernas e braços; de cabeças com as cabeleiras soltas, que se arrastavam e rolavam no assoalho imundo, em meio a um ar empestado, de onde vinham choros de todos os lados, lamentos, invocações de santos e gritos de desespero. Mulheres ajoelhadas em grupo, com as cabeças abaixadas, rezavam o terço batendo-se no peito; algumas faziam, em voz alta, promessas de visitar descalças determinados santuários, assim que tivessem voltado para a pátria; outras queriam se confessar a qualquer custo, e pediam chorando ao Comissário que mandasse chamar o frade; que enquanto isso estava confessando muitos no dormitório dos homens. Várias mulheres tinham pedido, suplicando, que as deixassem se despedir de seus maridos antes de morrer; outras queriam subir um momento no convés, só um instante, para jogar no mar uma imagem de santo ou uma pequena cruz, que acalmariam as ondas. Também havia aquelas que suplicavam, em nome do céu, para que ele fizesse o navio dar meia-volta e regressasse. Uma das mais aterrorizadas era aquela falsa leoa da bolonhesa, que soluçava e se descabelava maldizendo o destino, como uma atriz de circo. Mas ele também relatava exemplos de medo ingênuo. Uma pobre velha chamou-o ao seu beliche e com a voz sufocada pelo choro, colocando na sua mão setenta liras em prata, pediu-lhe, já que o destino era mesmo naufragar, que ele fizesse a caridade de fazer chegar aquela soma a seu irmão, na cidade argentina de Paraná, como se, seja qual fosse a desgraça que acontecesse, uma lei da natureza determinasse que os oficiais do navio chegassem a salvo no destino. Uma pobre camponesa, caindo do beliche, na cama de cima, abortou. Outras ficaram mudas com o susto; só emitiam frases desarticuladas e gestos delirantes. Naquele momento ainda havia muitas que não queriam acreditar que o perigo tivesse acabado, e ainda estavam desesperadamente agarradas aos seus beliches, recusando qualquer palavra de consolo. Pobres mulheres! Davam ainda mais pena porque não escondiam seu estado de espírito. Aquelas que já tinham subido para o convés, algumas com a cabeça enfaixada, muitas com inchaços no rosto, todas extenuadas e desnorteadas, miravam o mar com aquele olho que, segundo se diz, é próprio dos groenlandeses, quase petrificado pela visão costumeira de um infinito lúgubre. Davam uma imagem dolorosa do estado a que deveriam estar reduzidas aquelas de baixo. A vivacidade loquaz que costuma se seguir aos perigos dos quais nos salvamos não havia brotado ainda. Todos os passageiros ainda estavam agitados, de forma que a cada onda maior, a cada sacudida forte do navio, afastavam-se dos parapeitos, embaralhando-se novamente, prontos para recair no terror de antes, e giravam os olhos dilatados para a cabine de comando, para consultar a fisionomia dos oficiais. Só começaram a se acalmar quando viram sair do motor, com os troncos nus e os rostos chamejantes e suados, orgulhosos da própria vitória, os maquinistas que faziam o revezamento, que iam descansar dos seus extraordinários esforços: porque, durante a tempestade, todos tinham sido chamados, e aqueles que trabalhavam junto ao fogo precisaram ser segurados pelos braços dos seus companheiros, para não baterem a nuca na caldeira ou queimar o rosto nas fornalhas.

Mas ao despontar das primeiras estrelas renasceram a despreocupação e a alegria, e por todos os lados começou uma tamanha tagarelice que parecia que todos os mil e setecentos passageiros falassem ao mesmo tempo. Todos descreviam, todos contavam, e eram relatos emocionantes, intermináveis, e repetidos dez vezes com milhares de pequenos incidentes insignificantes, que o medo havia aumentado na imaginação de cada um, e que no exagero do discurso assumiam a importância de fatos dignos de poema e de história. Metade dos passageiros, esquecendo ou negando o próprio medo, pintava com cores cômicas, e fingia desprezar, ou talvez desprezasse realmente o medo da outra metade. Depois do jantar ouviu-se um alvoroço fora do comum de cantos e gritos de bêbedos. Também houve festa na nossa mesa. Todos se fartaram como lobos, contentes da vida, zombando do mar. A refeição terminou comicamente com um brinde que o marselhês fez à *intrepidité froide*[204] do comandante, com o tom e o sorriso de um entendido. Mas o advogado não estava. E para a tristeza de todos, também faltava a moça de Mestre, que ficara profundamente abalada com aquelas oito horas de fadiga e tinha vomitado sangue.

---

204. Coragem fria.

Amanhã!

Na manhã seguinte o céu e o mar estavam esplêndidos e toda a população do *Galileo* estava ocupada, porque se o clima continuasse bom chegaríamos à América na noite seguinte, talvez ainda a tempo de desembarcar. Era preciso arrumar as coisas com calma, e conversar com os amigos e conhecidos sobre como proceder. O mais difícil era se inscrever para o desembarque, isto é, resolver se convinha ou não procurar o Comissário para se cadastrar entre aqueles que queriam aproveitar as ofertas do Governo argentino, que pagava as despesas do desembarque dos imigrantes que o solicitassem, e lhes oferecia alimentação e abrigo por cinco dias. Para aqueles que se dirigiam às províncias do interior, o Governo oferecia a viagem gratuita. Aquela atitude de se cadastrar ou não era chamada pelos emigrantes "declarar querer *estar* ou não *com a emigração*". Certamente as vantagens eram grandes, mas também eram grandes as desconfianças, uma vez que a generosidade do Governo (era um Governo!) fazia suspeitar que escondesse alguma cilada, e que aceitá-la, entre outras coisas, significasse, a partir de então, vincular a própria liberdade à escolha dos lugares e às condições dos contratos. Apesar disso, a maioria aceitava e havia uma procissão constante ao escritório do Comissário, que parecia ter se transformado numa agência. Entravam e, na hora de fornecer o próprio nome, deformavam a única palavra difícil que tinham para dizer: – Faça o meu cadastro junto à *ini*migração. – Vou com a *ini*migração. – Ou então, sem nada mais: – Fulano de tal, *m*igração. – Muitos, no entanto, procuravam o Comissário sem ter tomado uma decisão, assim como se vai pedir um parecer a um homem das leis, e depois de receberem muitas informações detalhadas, recusavam. As mais perplexas eram as mulheres: quase todas paravam na saída para refletir ainda mais uma vez, coçando a cabeça, como se aquilo fosse o destino de suas vidas; algumas, depois de dar o nome e sair, voltavam depressa meia hora depois para cancelar a inscrição, porque tinham sabido que o governo *traía*. E a estes se juntavam outros emigrantes que vinham pedir informações sobre a alfândega, se por tal coisa teriam de pagar ou não, e quanto, e também se havia uma maneira de evitar a vistoria, por complacência ou astúcia. Era comovente escutar que se tratava de coisas sem valor, na maioria das vezes de presentes, que levavam para parentes ou amigos da América: alguns levavam uma garrafa de vinho *especial*; outros, um queijo *caciocavallo*; outros ainda, um salame ou um quilo de massa de Gênova ou de Nápoles; um litro de azeite, uma caixa de figos secos, até um punhado de feijão, mas daquele cultivado em casa, daquele cantinho da horta que o amigo ou o parente certamente devia se lembrar. E vinham perguntar se um pífaro, uma cornamusa, um melro, um baú cheio de frigideiras e panelas usadas fossem sujeitos a pagar impostos. Todos pareciam tomados pelo terror da alfândega de Montevidéu e Buenos Aires, das quais tinham escutado coisas fabulosas, e falavam delas como se fossem o trecho de uma selva do crime, onde um bando estivesse pronto para pegá-los em uma emboscada que lhes teria deixado só com a roupa do corpo. Mas os que mais suscitavam pena eram os enfermos e alguns velhos que viajavam sozinhos: alguns temiam que o seu aspecto abatido saltasse aos olhos do médico da América, na consulta de chegada, e que este os enviasse para um lazareto; outros se atormentavam com a dúvida de que o filho ou um parente próximo, que deviam dar a garantia de sua subsistência, não subissem a bordo a tempo, tal como haviam combinado. Sem isto, de acordo com a lei argentina – que rechaça as bocas de sessenta anos, consideradas inúteis – não poderiam desembarcar. Tanto uns quanto outros vinham perguntar ao Comissário, ansiosos, o que lhes aconteceria naqueles dois casos de desgraça, e saíam tristes e cabisbaixos.

O Comissário escrevia e escrevia, e via passar diante dele os insurgentes da *montanha* a quem havia repreendido; as moças que tinham atormentado sua cabeça com os amores, as mães que o tinham perturbado com os ciúmes, os apaixonados despudorados, as comadres que provocavam escândalos, os briguentos que ele fora obrigado a apartar e punir. Demonstrava que reconhecia cada um deles com um sorriso, ou um aceno de cabeça, ou com uma palavra bondosa. Ao lado dele, eu não me cansava de observar aquela cabine cheia de registros e de tabelas, pensando em quantos relatos de misérias e mentiras fantasiosas de moças, quanta ira de valentões briguentos, quantos prantos de mulheres ele já escutara. Mais do que qualquer outra coisa, me sentia atraído pelos sacos do correio, amontoados num canto, amarrados e lacrados. Porque continham o fragmento do diálogo de dois mundos: sabe-se lá quantas cartas de mulheres que pela terceira ou quarta vez pediam dolorosamente notícias do filho ou do marido, que não davam sinal de vida havia anos; quantas súplicas para que voltassem ou as chamassem para que fossem ao encontro deles, pedidos de socorro, avisos de doenças e de mortes, retratos de crianças que os pais não teriam mais reconhecido, chamados de noivas, mentiras despudoradas de esposas infiéis, derradeiros conselhos de velhos: tudo isso misturado a títulos com cifras de banqueiros, epístolas amorosas de bailarinas e coristas, folhetos de comerciantes de vermute, maços de jornais aguardados pela colônia italiana, ávida de notícias da pátria; talvez ainda a última poesia de Carducci e o novo romance de Verga:[205] uma confusão de páginas de todas as cores, escritas em choupanas, palácios, escritórios, sótãos; rindo, chorando, vibrando. Dentro de poucos dias, todos aqueles sacos teriam se espalhado da foz do rio da Prata às fronteiras com o Brasil e a Bolívia, até às margens do Pacífico e ao interior do Paraguai, e teriam

---

205. O autor faz referência ao escritor italiano Giovanni Verga (1840-1922), considerado o maior expoente do *verismo*, corrente literária influenciada pelo naturalismo francês.

subido pelas encostas dos Andes, provocando alegrias, remorsos, dores, temores; depois, outras páginas e missivas teriam feito a mesma viagem no sentido oposto, espremidas em outros sacos amontoados em outra cabine como aquela, onde teriam visto passar outras procissões de gente humilde, que retornavam para o velho mundo, talvez menos pobres, mas não mais felizes de quando o abandonaram com a esperança de um destino melhor.

Enquanto isso a procissão continuava. – Fulano de tal: está com o Governo. – Beltrano: com a *m*igração. – Sicrano: des*a*mbarque e alojamento. O trabalho foi interrompido pela aparição repentina da bolonhesa, que vinha com toda a fúria se lamentar de uma nova e sangrenta ofensa de um canalha que, ao passar ao seu lado e tocar na sua misteriosa sacola, lhe dissera numa evidente alusão àquela determinada suposição que não podia se repetir: – Pagam alfândega. Ela queria vê-lo na cabine de comando com os pés e as mãos amarradas, caso contrário teria declarado a todos os Cônsules da América que os oficiais do navio protegiam todos os mais descarados tipos da terceira classe para aviltar as moças honradas. Como estávamos perto da América, não falava mais do parente jornalista. O Comissário a rebateu, sem se alterar, e prometeu que quando o cadastramento tivesse sido concluído, tomaria as providências para que se fizesse justiça, e virou-se repentinamente para dois camponeses irritados, que voltavam para cancelar seus nomes da lista porque não queriam cair nas mãos daqueles *boia de lader*[206] que se ofereciam para desembarcar grátis os emigrantes e serem os primeiros a lhes roubar e fazer propostas indecentes para suas mulheres. Evidentemente, eram notícias frescas colhidas na proa, onde os agitadores trabalhavam para inflamar os ânimos. De fato, fui para lá e vi o velho do capote verde no castelo da proa discursando para um público mais numeroso que o normal, apoiando-se, talvez por simpatia política pela cor vermelha, na

---

206. Patifes.

âncora da esperança, esvoaçando os cabelos grisalhos ao vento. A séria reprimenda do comandante ao protesto dos quarenta e sete não o havia intimidado. Ele respondeu que *teria sido ouvido pelos jornais*. Agora, a proximidade da terra da liberdade encorajava-o ainda mais. Não só tinha parado de baixar a voz quando algum explorador do povo passava por ali, mas deixava-a mais empolada, rouca e rude como o som de um trombone, esticando as cordas vocais a ponto de parecer que fosse rebentar a pele. Fazia advertências que davam a entender que não era a primeira vez que realizava aquela viagem: que tomassem cuidado com os argentinos, com os aliciadores da colônia italiana, com os Cônsules, com aqueles que se dizem protetores, porque estão todos de acordo, são todos uns espertalhões que se enriqueciam às custas da imigração. Que tomassem cuidado ao desembarcar, principalmente com as bagagens, pois eram roubadas impunemente; que ficassem de olho nas esposas e nas filhas, porque haviam acontecido casos abomináveis de violências praticadas pelos agentes do governo, à luz do dia, sob os olhos dos pais e das mães. E nada de alojamentos: eram barracos caindo aos pedaços, onde a água da chuva pingava nas camas; e não davam comida, ou colocavam na sopa umas porcarias para deixar as pessoas abobalhadas, sem saber mais fazer uma simples conta, e então vinham os tratantes para propor contratos. – Fiquem alerta! – gritava – bem alerta, ou serão assassinados pior do que na pátria! Ai de quem confia! Mas ele não era o único a pregar: aqui e ali, outros grupos estavam atentos a oradores que tinham acabado de brotar naquela manhã. No castelo central quem falava era o ex-cozinheiro doutor, que tocava ocarina. Ele tinha visto de tudo, sabia de tudo, podia dar um conselho sincero e seguro para todos, seja qual fosse a região da América para onde se destinassem, como se tivesse vivido muitos anos em todas elas, e praticado todo tipo de ofício. Falava sobre as perversidades que se cometiam contra os emigrantes que tinham alguma coisa: doação de terras longínquas por um pedaço de pão; terras férteis e irrigadas onde teriam enriquecido em dez anos, e os pobres emigrantes, presunçosos, depois de esvaziarem os bolsos e partirem, encontravam desertos de areia, um ar fétido, os índios a poucos quilômetros de distância, os leões ao redor à noite, e cobras de cinco metros que se enfiavam nas casas. Obrigados a fugir da fome, precisavam viajar a pé por centenas de quilômetros antes de encontrar um lugar habitável, flagelados pela chuva durante semanas inteiras, e levados por ventos infernais que arrastavam cães e vacas como folhas secas. Suspeitando do exagero, alguns davam de ombros diante daquelas pregações e iam embora, mas muitos absorviam tudo e ficavam pensativos, olhando para o chão. Em outros grupos, porém, pregavam os otimistas: um mundo novo, sem impostos, sem alistamento militar, sem tiranias: só em ser tocada com o arado a terra já germinava; a carne a cinquenta centavos por quilo, povoados de quatro mil almas onde não se via a carranca de um patrão. E mencionavam os casos de fortunas que tinham sido feitas quase rapidamente, os celeiros abarrotados, os lavradores que pagavam um professor particular para os filhos. – Viva a América! Vocês vão parar de se angustiar, diabos!

Em meio àquela preocupação geral, numa passada de olhos se reconhecia que o sexo frágil tinha passado para o segundo plano, que muitos amores deviam ter sido abandonados repentinamente: não se viam mais todos aqueles adoradores com o olhar fixo, que galanteavam durante horas a sua eleita, ou ficavam a seu redor metade do dia para aproveitar o momento de cochichar uma palavra ao pé do ouvido ou dar uma beliscada no braço da amada. Mas aquela preocupação dava mais liberdade para os poucos que tinham se mantido fiéis. Notei que entre estes estava o pobre escrivão modenês, que retornara à antiga contemplação, posicionando-se um pouco mais distante do que antes, mas mais parado, mais estático, mais ardentemente apaixonado, como se os maus tratos, os pescoções e as humilhações, coitadinho, só tivessem deixado mais formoso e mais querido o objeto adorado pelo qual havia sofrido tanto. Observei-o por um bom tempo da cabine de comando, e não o vi mexer o pescoço, nem se inclinar, nem desviar os olhos da moça, se não por um instante; ela estava sentada no mesmo lugar de sempre, fazendo uma meia, ao lado do irmãozinho, ereta sobre o seu lindo dorso de virgem sadia e robusta, mais branca, mais limpa, mais fresca do que nunca. Tinha sempre aquele seu rosto sereno, que fazia vários dias estava ligeiramente ofuscado, mas não tardei em perceber que aquela humilde e infatigável adoração daquele pobre rapaz só, fraco e feio, alvo de escárnio, havia suscitado na moça um sentimento de piedade e benevolência de amiga e de irmã, que talvez acreditasse que devia deixar transparecer, por gratidão, porque no momento em que eu estava para me afastar, enquanto ela girava à sua volta aquele olhar tranquilo de sempre, vi seus olhos se fixarem por alguns instantes no rosto do rapaz – com uma expressão evidente de bondade e simpatia. E não me pareceu que fosse a primeira vez. Ah! Deus do céu! Ele lampejou como um espelho no sol, enrubesceu, estremeceu inteiro, e depois deu um grande suspiro, passando a mão na testa e olhando ao redor, como se estivesse surpreso ao ver que todo o navio não houvesse notado o prodigioso acontecimento.

Mas ninguém ao redor prestava atenção. Aquela ideia fixa de todos em um só pensamento me deu a oportunidade de poder circular um pouco, livremente, em meio à multidão, e de escutar rapidamente muitas conversas. Aquela iminência da chegada tinha finalmente despertado em quase todos a curiosidade de saber alguma coisa sobre as cidades e as províncias aonde iam se estabelecer, e muitos interrogavam ora um oficial ora outro, ou os passageiros mais instruídos da proa, mostrando as cartas amassadas dos parentes e dos amigos, gesticulando, e oferecendo-as para que as lessem. Também as reliam ao lado deles, com aquela consideração extraordinária que as pessoas analfabetas ou semianalfabetas têm em relação a qualquer tipo de documento escrito, no qual supõem sempre a possibilidade de interpretações variadas e delicadas. Ouvia muitos pronunciarem aqueles nomes das colônias agrícolas, que mais tarde deveriam ser tão queridos para mim: Esperanza, Pilar, Cavour, Garibaldi, Nuova Torino, Candelaria. Porém, santo Deus, dava pena ver a ignorância tenebrosa em que quase todos tateavam, a absoluta falta de noção da divisão dos Estados e das distâncias, como se a América do Sul fosse uma ilha de cento e setenta quilômetros de perímetro, onde todos os países se encontrassem a um disparo de fuzil um do outro. Para a maioria, Buenos Aires, Tucumán, Mendoza, Asunção, Montevidéu, Entre Rios, Chile e Estados Unidos formavam um indescritível e inextricável imbróglio de ideias falsas ou obscuras, onde o homem mais perspicaz e paciente do mundo não saberia por onde começar para colocar um pouco de ordem e um vislumbre de luz. A ideia de que, apesar disso, muitos deles, os mais jovens, tivessem frequentado a escola, e aprendido a ler e a escrever, me deixava boquiaberto. Aqui e ali, nos grupinhos das famílias, calculavam as despesas com os dedos. – Então, para o primeiro dia vamos pôr cinco para o desembarque, três para a taberna... – Mais adiante: – *Vapurino pe Rrusario, quatto pezz'e mèza; nu muorz' e pane pe' u viaggio, restano cinch educate, senza cuntà 'e scarpe pe Ciccillo.*[207] – Entre outras coisas, escutei que corriam más notícias sobre a moça de Mestre, a quem vários queriam procurar para pedir conselhos e recomendações. Falavam de uma queda grave; alguns acreditavam que estivesse até moribunda; algumas mulheres diziam que já tinha morrido, mas que mantinham em segredo, porque o comandante tinha culpa (mas não sabiam de que maneira). O camponês de Mestre me pediu notícias ansiosamente. Sua família inteira tinha voltado a se encolher num canto, no antigo lugar, entre a gávea e o tonel, embaixo de um tendal de roupa estendida para secar, em cuja sombra o pequeno Galileo, vermelho como um camarão, mamava como um bezerro entre os braços da mãe sorridente. – Ah! Coitadinha! – exclamou

---

207. – Barco para Rosário, quatro pedaços e meio; um pedaço de pão para a viagem; sobram cinco ducados, sem contar os sapatos para Ciccillo.

o camponês. – Como uma desgraça dessas podia acontecer com um anjo como ela? É bondosa demais, não pode ter uma vida longa... A mulher acrescentou: – *Vardemo se quela disgrassia ghe doveva capitar a un anzolo come quela! La xé tropo bona, no la pol far vita lunga [...] – La ghe diga che pregheremo per ela, a la nostra sántola, che Dio la benedissa!*[208] Ele tinha fé no governo, tinha se registrado junto à *amigração*, não podia acreditar em todas aquelas *pantalonae*[209] que aqueles *matí*[210] do castelo da proa andavam dizendo. Depois me perguntou se era verdade o que falava o ex-cozinheiro sabichão do castelo central: abaixo do equador a água em que se navegava *la xera bona da bévar*[211] por causa do grande rio da América que jogava as ondas do mar para trás. Mas fez uma pausa para exclamar: – *Ecco i nostri novi paroni!*[212]

Eram os cinco argentinos, acompanhados do padre napolitano, que pela primeira vez vinham à proa para dar uma olhada em seus hóspedes. O padre devia estar explicando ao deputado algum projeto que tinha em mente de empreendimento financeiro, porque falava alto, agitando a mão como um leque: – *si se encontrarán los accionistas para un gran banco agrícola-colonizador...*[213] Juntei-me a eles. Naqueles últimos dias me sentia estimulado por uma simpatia mais intensa pelos filhos daquele país em que tantos dos meus compatriotas estavam para confiar o destino da própria vida. Procurei ver no rosto deles alguma demonstração de suas impressões. Mas eles apenas observavam. Não diziam nada. Por outro lado, os olhos e cada mínimo gesto revelavam a satisfação do

---

208. - Veja se uma desgraça como esta deveria acontecer a um anjo como ela! É boa demais, não pode ter vida longa... Diga-lhe que vamos orar por ela, à nossa madrinha, que Deus a abençoe!

209. Bobagens.

210. Loucos.

211. Era boa para beber.

212. – Aí estão os nossos novos patrões!

213. – Se encontrássemos os acionistas para um grande banco agrícola-colonizador.

orgulho que sentiam ao ver que toda aquela gente ia pedir sustento na pátria deles, a maioria para sempre, e cujos filhos ainda por vir, nascidos cidadãos da república, falariam a sua língua e jamais aprenderiam a própria, demonstrando talvez vergonha, como acontece com demasiada frequência, da sua origem estrangeira. Talvez, ao observar os emigrantes, imaginavam todos aqueles *comedores de terra* e comerciantes lígures no trabalho, e idealizavam os barcos carregados vagarem nas águas do rio Paraná e do rio Uruguai, as novas ferrovias das províncias tropicais se estenderem em meio às florestas, os canaviais crescerem nas plantações de Tucumán e os vinhedos nas colinas de Mendoza, as plantações de tabaco no Gran Chaco, as casas e os prédios aos milhares, e miriâmetros quadrados de deserto verdejantes e resplandecentes sob a chuva do seu suor. Veio-me então um monte de coisas para lhes dizer. Vocês vão receber bem essa gente, não é verdade? São voluntários corajosos que vão aumentar o exército com que vocês conquistarão um mundo. São pessoas boas, acreditem; são trabalhadores, sóbrios e pacientes, não emigram para enriquecer, mas para dar de comer aos filhos, e se afeiçoarão facilmente à terra que lhes dará a sobrevivência. São pobres, mas não por não terem trabalhado; são incultos, mas não por culpa deles, e orgulhosos quando se fala sobre seu país, mas porque têm a consciência confusa de uma antiga grandeza e glória; às vezes são violentos, mas vocês, netos dos conquistadores do México e do Peru, também o são. Deixem que amem e se orgulhem da pátria mesmo de longe, porque se fossem capazes de renegar a própria, não seriam capazes de amar a vossa. Protejam-nos dos comerciantes desonestos, façam-lhes justiça quando a pedem, e não os deixem sentir, pobres coitados, que são intrusos e tolerados. Tratem-nos com bondade e amabilidade. Ficaremos muito gratos! Eles são o nosso sangue, nós os amamos; vocês são uma raça generosa, nós os entregamos com toda a nossa alma!

Não sei que prudência boba – que naquele caso era pior que

boba, era vil – me impediu de dizer aquelas coisas. Certamente eles me escutariam com espanto, mas talvez não sem emoção. O mar estava tão bonito! Parecia que cada um de nós deveria refleti-lo dentro de si. Desde manhã cedo eram vistos no horizonte veleiros e navios de vários países com destino ao Prata, e vários bandos de pássaros estavam em volta do *Galileo* saudando-o com boas-vindas. Depois que aquela confusão para o cadastramento havia terminado, todos se acalmaram e se mostravam inclinados à benevolência. Muitos emigrantes que tinham conseguido entrar na primeira classe para tentar adesões a duas rifas, de um relógio de prata e de uma velha gravura de Nossa Senhora em benefício de duas famílias pobres, recolheram um monte de assinaturas por sessenta centavos: o sorteio, dizia o papel, seria feito na manhã do dia seguinte "com as garantias exigidas, em frente ao matadouro". Depois do meio-dia não surgiu mais nenhuma contenda a bordo. A terceira classe teve um prato de brachola com batata que aliviou muitos corações. A nossa refeição também foi boa a ponto de fazer brilhar de satisfação até o único olho do genovês, e também deixou mais saborosa a ideia daquele "alguma coisa depois" que Brillat-Savarin[214] afirma que deve existir na expectativa dos comensais para que um almoço consiga ser realmente agradável. Para nós, esse "algo a mais" era pensar no espetáculo que o navio nos ofereceria no dia seguinte, quando surgisse a terra. As conversas, que já eram influenciadas pela força da atração da América, giraram sobre os países vizinhos, como se já os conhecêssemos. Dentro de três dias se ouviria o *Poliuto* no teatro Colón, e no Solis, de Montevidéu, seria apresentada a ópera *Crispino e la Comare*,[215] com o cantor Baldelli. Discutiu-se sobre o projeto da nova praça Vitória, em Buenos Aires, e sobre aquele do novo Hospital Italiano em Montevidéu. Os presidentes das duas repúblicas

---

214. Anthelme Brillat-Savarin (1755-1826) foi um escritor francês famoso por ter escrito *A fisiologia do gosto* (1825).

215. *Poliuto* é uma opera lírica de 1840, de Gaetano Donizzetti; *Crispino e Comare* é uma ópera lírica de 1850, dos irmãos Ricci.

foram minuciosamente dissecados, e foram feitos comentários detalhados e acalorados sobre os jornais favoráveis e hostis à nossa imigração nas duas capitais. Só o garibaldino permanecia calado, com um véu de tristeza no rosto, mais denso do que nos outros dias. Os meus dois vizinhos de cabine também estavam calados. Mas havia alguma coisa insólita em suas fisionomias: a expressão do ódio, como sempre, mas estimulada por uma nova preocupação, como se ao chegarem fosse ocorrer algum fato que cada um deles esperava ser favorável para si e desfavorável para o outro, e do qual deveria, de certa forma, ser resolvida a discórdia que havia entre eles. Os dois não se olhavam na cara, mas se presumia que havia uma luta silenciosa e irada entre eles, como se espicaçassem os flancos a punhaladas debaixo da toalha, sem se fazer notar. Ao estenderem a mão simultaneamente para pegar o saleiro, e previrem a tempo que elas se tocariam, ambos retiraram-nas ao mesmo tempo e continuaram a comer sem sal. Alegrava-me a ideia de que, uma vez na América, eu não teria mais aquele espetáculo deplorável diante dos olhos.

  A certa altura notei que faltavam a senhora do licor Chartreuse e a mãe da pianista, e não sendo possível supor que com aquele tempo bom sofressem de enjoo, pedi notícias ao agente, que estava sentado entre mim e o advogado. Mas como? Não sabia de nada? Eu já estava mesmo com a cabeça na América... Ó! Uma cena digna de teatro! Havia vários dias a "domadora" tinha indícios de que a outra andasse falando mal dela, e intuía o tema da maledicência: via-o refletido no rosto de certos passageiros, que em determinadas horas, olhavam para ela sorrindo, e enfiavam os olhos na fechadura da porta, ao passar em frente a sua cabine. Mas naquele dia a sua camareira, incumbida de espiar, escutara tudo: aquela cobra de saias dizia que ela sofria de um incipiente *delirium tremens*, e fazia descrições abomináveis do seu camarote (aonde tinha ido várias vezes para bebericar o licor de Zara): uma verdadeira adega de licorista, com garrafas até embaixo do travesseiro, copinhos sujos por todos os cantos, e uma coleção completa de águas minerais, de pós e de pastilhas para proteger de manhã dos desarranjos gástricos produzidos pelas bebedeiras que teria pela frente durante o dia. Mas já dizia que não havia cura possível, porque a doença estava avançada demais, e mencionava uma opinião desoladora do médico, aconselhando aos cavalheiros a não passar perto dela com o charuto aceso. Ao escutar aquele relatório, justamente em um momento em que estava um pouco alta, a gorda só fez correr direto para a cabine da boa amiga, e ao encontrá-la na metade do corredor, na presença de muitos, dissera-lhe, com uma voz bem nítida, três palavrões – não mais que três – mas com o sotaque e o olhar da sua profissão, e daqueles que só podem ser fruto da inspiração de um Chartreuse envelhecido, daquele verdadeiro dos Frades beneméritos, quando tomado numa dose conveniente. A outra, com uma cara destemida, respondeu com um só, de três sílabas, mas que valia por aqueles três. E então as camareiras chegaram correndo, e as rivais, convulsionadas, entraram furiosas, cada uma na sua cabine, onde desmaiaram meia hora depois.

 Porém, ao dizer isso, o agente pensava em outra coisa, e parecia que estivesse observando uma correspondência de olhares entre duas pessoas distantes da mesa. De fato, após alguns minutos, escutei-o modular em voz baixa o longo grito de *Hamlet* diante do teatrinho da casa real: – Ó profética alma minha! Imediatamente segurou-me pelo braço e me confidenciou ao pé do ouvido a sua maravilhosa descoberta. – Observe então – sem se fazer notar – me disse. Eu observei e não demorei a me certificar do fato. A cada dois ou três minutos, os belos olhos azuis e carentes da senhora loira se fixavam por alguns momentos no comandante, e no carão vermelho e rude dele cintilava um lampejo; era um sorriso imperceptível meio escondido pelas sobrancelhas franzidas e os bigodes eriçados, semelhante a um pequeníssimo vestígio celeste visível pela fresta de um céu nublado; em seguida o sorriso era novamente encoberto, mas quando os olhos celestes o fixavam, a fresta se reabria e o rastro celeste vinha de novo à tona. Não havia nenhuma dúvida: o jogo delicado se repetia regularmente, havia um acordo entre a mirabolante loira e o cabeção vermelho; a sereia havia cantado, o urso polar tinha escutado, o *Galileo* tinha se rendido. – Ah! Agora entendo – dizia o agente, amolado – porque aquele *escândalo*, aquela bronca que ele prometera dar não resultou em nada! Ah! *Porcaie a bordo no ne veuggio!*[216] Ah! Seu tartufo marinho! Isso já é demais! No fundo, porém, o agente estava satisfeito por estar livre do pesadelo daquele mistério, e quando subimos no convés esfregou as mãos dizendo: – Agora só falta descobrir o felizardo para quem a mocinha lançará a sua próxima teia... se é que ainda lhe sobra alguma coisa para enredar.

  Ele e os outros se divertiram alegremente, mais tarde, apontando para a coluna redonda do professor que, apoiado no parapeito, dava explicações ao padre sobre a constelação de Órion. A noite estava encantadora, era um magnífico auspício para o bom término da viagem. No oeste, no céu esplendidamente estrelado, erguia-se a luz zodiacal sob a forma de uma grande pirâmide alvejante, que quase tocava o zênite com o vértice, e abraçava cerca de um quarto do horizonte. O trecho de via láctea que corre entre o Escorpião e o Centauro e os quatro lindos diamantes do Cruzeiro do Sul aparecia admiravelmente intenso. As nuvens de Magalhães, as vastas nebulosas solitárias que faziam o coração palpitar e a pena de Humboldt brilhar, formavam duas maravilhosas manchas brancas em torno do polo austral, que se dissipavam no infinito. Viam-se estrelas cadentes a cada momento, como uma chuva fina de flores de fogo que riscavam o céu de uma luz prateada, rubra, dourada, celeste, mas em virtude de uma maior pureza atmosférica, eram aparentemente bem maiores do que enxergávamos no nosso horizonte. A claridade do céu era tamanha que o navio projetava nitidamente seus cordames

---

216. – Não quero indecências a bordo!

e seus mastros pretos, e olhando da pracinha viam-se estrelas entre os ovéns, estrelas entre os cabos de manobra, nos vãos dos enfrechates, ao redor das antenas. As estrelas também se refletiam no mar sereno, de forma que não parecia que se navegava, mas que se voava sobre uma embarcação aérea dentro dos esplendores do firmamento. No entanto, quase ninguém olhava. Cada um daqueles mil e setecentos átomos vivos tinha dentro de si uma esperança, ou um temor, ou amargura, diante do qual todos aqueles milhões de mundos não importavam mais do que uma nuvenzinha de pó que se forma quando alguém dá um passo no chão.

De fato, na proa escutava-se um forte murmúrio de conversas, mas mais contido e uniforme do que nas outras noites, sem cantos e gritos: percebia-se que todos falavam de negócios, de tarefas, de coisas sérias. Na hora da separação das mulheres dos homens, ouviram-se expressões cheias de subentendidos e centenas de vozes vibrantes: – Boa noite! – Até amanhã, então! – É a última noite! – Amanhã estaremos em terra firme! – Em vinte e quatro horas estaremos na América! – Todos já estavam embaixo havia algum tempo e das escadas dos dormitórios ainda subia um sussurro como a respiração de uma multidão emocionada. Era o fluxo de um mar de almas produzido pela proximidade de um mundo.

A América

Que agradável despertar! Aquelas palavras "hoje sentiremos a terra debaixo dos pés", nas quais se expressava o pensamento de todos, tinham para nós um som e uma força novos, e ao repeti-las sentia-se uma espécie de prazer físico, como aquele que se tem ao abraçar uma coluna de granito. Além de outras razões, também se desejava impacientemente chegar por esta, pois ao final de uma longa navegação já nos sentimos cansados e irritados a ponto de não aguentar mais aquela perpétua dança de limites, aquela necessidade incessante de se encolher, de se encurvar e contorcer a que estamos obrigados pela falta de espaço, e aquele eterno cheiro de salsugem, de alcatrão e de madeira. Que alegria será ver novamente as ruas, respirar o aroma do campo, e dormir entre quatro paredes, sem mais sentir que a casa que nos acolhe tem uma palpitação de vida própria, da qual depende a nossa! Por acaso, em determinado ponto da travessia, no meio da noite havíamos passado diante das ilhas Canárias e do arquipélago de Cabo Verde, e pela mesma razão – a escuridão – não pudemos enxergar nem ao menos a pequena ilha de Fernando de Noronha, do Brasil, que todos almejavam ver pelo menos para quebrar, nem que fosse por um momento, a monotonia daquele mar interminável. Nem um palmo de terra desde o estreito em diante, durante dezoito dias. Parecia-me que se eu tivesse um torrão nas mãos, o teria revolvido e cheirado com prazer, como um fruto proibido. Mas finalmente dentro de poucas horas teríamos com o que nos saciar: dois pedaços de trinta e oito milhões de quilômetros quadrados, na forma de duas lindas peras compridas, cada uma equivalente a umas setenta Itálias.

Como se acreditava que se chegasse a Montevidéu em pleno dia, desde o amanhecer os emigrantes começaram a se lavar às pressas e grosseiramente, pois na medida do possível queriam salvar o decoro nacional, e não apresentar-se na América com um aspecto de pedintes imundos e selvagens. Por se tratar do último dia, a água doce era distribuída em profusão e os emigrantes se lavavam com fúria e mergulhavam as cabeças nas gamelas, como se fossem uma multidão de mineiros que tivessem deixado uma mina de carvão. Havia uma música de bufadas e suspiros, e esguichos de água por todos os lados, que davam a impressão de que chovesse. Muitos empurravam com força o pente através de florestas capilares mantidas virgens desde Gênova; outros, com os pés nus, limpavam os sapatos com cuspes e pedaços de pano; havia quem se escovasse, quem se sacudisse; quem passasse em revista suas roupas amassadas e puídas. O barbeiro vêneto, que imitava os cachorros, tinha aberto um estabelecimento a céu aberto, próximo das obras mortas da esquerda, onde os que passariam por seus serviços, sentados numa longa fila como os turcos nas praças de Istambul, esperavam a sua vez, coçando as bochechas com as duas mãos e fazendo gracejos entre si. Viam-se branquejar às centenas pescoços e braços nus de crianças sem blusa e de mulheres de saias. Algumas se penteavam reciprocamente, ou desembaraçavam o cabelo das crianças; outras arrumavam com rapidez jaquetas e meias, ou esvaziavam sacolas e malas puídas em busca de novas vestimentas ou roupa íntima, e em meio àquela alegria que havia reavivado a cordialidade, as famílias prestavam mil favores entre si, com grandes expressões mútuas de perseverança e agradecimentos em voz alta. Um frêmito de jovialidade corria por todas as partes e por cima do intenso murmúrio da multidão de vez em quando se ouvia um grito: – Viva a América! – ou gorjeios agudos em falsete como faz o povo do norte da Itália, ao final de cada estrofe de uma canção. No almoço, alegrado pelo som de pífaros e cornamusas, houve uma distribuição extraordinária de biscoitos e todos encheram os bolsos, e o responsável pela despensa serviu generosamente rum e aguardente como um taberneiro de regimento logo após a batalha. Depois disso, todos os passageiros, apoiados no parapeito ou sentados, se viraram para o oeste, para esperar o novo mundo aparecer.

Mas as horas passaram, e a terra não despontava. Nuvens se espalhavam pelo céu, mas o horizonte estava limpo e o mar mostrava sempre a sua linha celeste extremamente nítida, sem uma sombra da terra prometida. Depois do meio-dia os passageiros começaram a dar sinais de cansaço. Não restava mais nem um pingo de paciência àquela gente que esperara tanto, durante três semanas. Muitos já se irritavam e se lamentavam. Mas por que não se via nada? Será que os oficiais haviam errado os cálculos? A terra *já deveria ter sido vista.* Já não chegaríamos durante o dia. Só Deus sabia quando chegaríamos. – Navios italianos! Dizia-se de tudo: seria uma sorte se chegássemos até o final do ano. Quando passava um oficial, olhavam-no de cara feia e faziam alusões maldosas. Muitos, fingindo que não acreditavam mais que chegaríamos, davam de ombros e ficavam de costas para o mar, disfarçando que estavam ocupados com outra coisa. Mas todas as vezes que o oficial do despacho, que estava de sentinela na cabine de comando, apontava o binóculo, todos cravavam os olhos nele, em grande silêncio, e o burburinho só recomeçava quando qualquer esperança era afastada pelo gesto de indiferença com que ele baixava o instrumento. Mas ele não saía da ponta do terracinho, o que levava a acreditar que de um momento a outro esperasse ver alguma coisa. O camponês do nariz mutilado, obstinado em ser o primeiro a anunciar a América, estava de pé na metade da escadinha da cabine de comando, pronto para pegar no ar o primeiro movimento do oficial e lançar o grito, e a cada vez que ele levantava o binóculo, fazia com a mão um gesto majestosamente engraçado para a multidão, como o de um orador que imponha silêncio ao povo em um momento importante.

Enquanto isso, na popa, todos também esperavam; as senhoras sentadas, viradas para o oeste; os homens caminhando pelo convés, excitados. A moça de Mestre estava no seu lugar de sempre, entre o garibaldino e a tia, com o rosto mais pálido, e parecia mais abatida do que nos outros dias, mas não mais triste; ao contrário, seus olhos estavam mais brilhantes e animados, como eu nunca tinha visto, e com uma expressão extraordinária de bondade que parecia ter tomado o seu ser depois do vômito de sangue. Pela primeira vez estava toda vestida de preto, e a alvura diáfana da sua pele adquiria, com aquele vestido, um destaque que assustava, como se ela fosse um rosto vivo que saísse de uma mortalha. Ela e a tia tinham papéis e pequenas mudas de roupas sobre os joelhos, e ajeitavam tudo com as pontas dos dedos. Também estavam a mãe da pianista e a senhora gorda, sentadas nas duas extremidades opostas do convés; a primeira com a sua costumeira expressão de histérica, que mostrava os dentes bonitos, com uma fisionomia de ferocidade acentuada; a outra com o seu carão bondoso, colorido de beatitude alcoólica, como se tivesse esquecido de tudo. Todas as outras senhoras faziam com seus vestidos claros uma mancha de cores alegres, como uma fileira de bandeiras marinhas, hasteadas em sinal de festa. Mas também ali a impaciência começava a se manifestar: os pés se arrastavam sobre o assoalho, as mãos fustigavam os leques, as cabeças se agitavam, as conversas iam adquirindo um tom desanimado, e não se diziam contra o comando do navio as besteiras que os emigrantes falavam, embora se pensassem, e chispassem dos olhos de todos.

A certa altura, a moça se levantou, apoiando-se no braço da tia, e as duas, com seus embrulhos, se dirigiram para a terceira classe. A camareira vêneta, que as esperava com outras coisas nos braços, juntou-se a elas na pracinha. Como esta era a última visita que ela fazia à proa, eu estava curioso para ver. Tomei a passarela da segunda classe e passando pelo castelo central, fui para a cabine de comando.

Talvez ela tivesse escolhido aquele momento para ser menos observada, uma vez que toda a atenção dos passageiros estava dirigida ao horizonte. Da cabine de comando pude acompanhar com os olhos todos os seus percursos em meio à multidão, e fiquei maravilhado ao ver quanta gente ela conhecia, para quantos praticara o bem naqueles poucos dias. Entregou para o camponês febril e à sua esposa o fruto da coleta de dinheiro; deu coisas para outra família que estava perto do mastro do traquete; para outras entregou bilhetes e cartas; depois se aproximou da moça genovesa, e não pude enxergar bem porque as pessoas se aglomeraram ao redor, mas me pareceu que lhe colocasse um anel no dedo. As crianças vinham ao seu encontro de todos os lados, um grupo dos menores a seguia; ela lhes passava uma mão na testa e com a outra lhes presenteava com doces e dinheiro. Foi cumprimentar a família de Mestre e beijou o pequeno Galileo. Vários homens se aproximaram com o chapéu abaixado e ficaram conversando um pouco com ela, como se lhe pedissem um conselho. Aqui e ali cumprimentava as pessoas com um aperto de mão. Parecia que se despedisse. O seu pequeno rosto alvo e seus cabelos de morta se perdiam na multidão e depois reapareciam: escondeu-se na sombra embaixo do castelo da proa, ressurgiu na porta da despensa, desapareceu pela escada da enfermaria. Depois a revi ao lado do cabrestante, em meio a um grupo de mulheres que lhe exibiam seus bebês para que ela os tocasse. Por onde ela passava, os rostos sorridentes ficavam mais sérios e respeitosos; aqueles que esbravejavam abaixavam a voz; todos davam passagem e se viravam. Seu rosto demonstrava um cansaço mortal, mas sempre tinha aquele sorriso, um tremor luminoso nos olhos velados e nos lábios amortecidos; era um estado no qual sua vida parecia ter se reduzido, como um último lampejo de sol sobre uma rosa branca, já voltada para a direção da terra. Quando estava na passagem coberta para voltar à popa, parou um momento e respirou, apertando a mão contra o peito. Então a camponesa de Mestre se aproximou, beijou-lhe a manga do vestido, e foi embora. Ela retomou o caminho, lentamente.

E nada de terra! Mas eu não tinha mais nenhuma impaciência.

Estava irritado comigo mesmo porque, depois de tê-la almejado tanto, a iminência da chegada à América não me despertava mais nenhuma emoção. Era outro fenômeno moral semelhante àquele que eu sentira nos primeiros dias da viagem, diante do mar amarelado; uma espécie de síncope do sentimento de curiosidade e de prazer. Como se não me restasse nenhum dos milhares de desejos ardentes com que eu tinha partido, o pensamento da terra nova não me dava nada além de uma sensação de tédio, acompanhada da preocupação mesquinha dos aborrecimentos do desembarque, e do mal-estar de um ardor na garganta que me deixara um charuto ruim. Até sentia certo incômodo com a agitação dos demais – tolos – que pareciam ansiosos por voltar às atribulações e à labuta cotidiana, como se aquelas três semanas de navegação não tivessem sido para todos um dos períodos menos tristes da vida. Tanto é que, para não ver, fui me sentar na cabine do Comissário e fiquei lá um bom tempo relendo um velho número do *Caffaro*,[217] amaldiçoando, entre uma e outra coluna, os livros, os relatos de viagem, os textos impressos e as conferências que nos familiarizam com os países mais remotos, e nos mandam vê-los com a mente já cheia e saciada da sua imagem, incapazes de ter qualquer impressão forte. Meu Deus! Eu deveria me envergonhar de confessá-lo: a poucas milhas do continente americano, atormentava meu cérebro decifrando uma charada do jornal genovês, da qual me escapava o *segundo*: "O segundo está sempre em movimento", e percorria com o pensamento todos os reinos da natureza para descobrir aquele segredo, enquanto o marinheiro corcunda, também ele muitíssimo indiferente à América, lustrava a maçaneta de latão da porta, cantarolando uma canção lígure *Gh'ëa na votta na baella figgia*[218] com uma voz arrastada e nasal que me fazia dormir.

De repente o canto parou, como se a atenção do marinheiro

---

217. Jornal genovês fundado em 1875 por A.G. Barrili.
218. Era uma vez uma moça bonita.

tivesse sido subitamente atraída para outro lugar, e ouvi um grito altíssimo – longo – interminável – plangente, da cabine de comando:

– A América!

Um calafrio percorreu minhas veias. Foi como o anúncio de um grande acontecimento inesperado, a visão imensa e confusa de um mundo, que prontamente reavivou a curiosidade, a maravilha, o entusiasmo, a alegria, e me fez pular e ficar em pé, com uma torrente de sangue na testa.

Outro grito, mas de milhares de vozes, respondeu àquele primeiro, e simultaneamente o navio se inclinou fortemente para a direita sob o peso da multidão que corria.

Corri para o convés, procurei no horizonte... Por alguns momentos não vi nada. Depois, aguçando a vista, distingui uma faixa avermelhada que se perdia à direita e à esquerda em duas línguas finas, semelhantes a uma nuvem levíssima que lambesse a superfície do mar.

Fiquei alguns minutos observando, admirado como os outros, sem saber de que.

Muitos brados irromperam à minha volta. – *Estamos a casa!*[219] – *Ghe semmo finalmente! – Quatre heures, vingt-cinq minutes!* – exclamou o marselhês, olhando para o relógio: – *l'heure que j'avais prevue.*[220] Aí está a verdadeira t*i*erra do progresso! – gritou o moleiro. O tenor disse simplesmente, com ar de quem afirma algo profundo: – A América! A senhora gorda, exaltada, chamava o moleiro e o tenor pelo nome, fraternalmente, para pedir-lhes que olhassem e festejassem aquele fragmento de terra, que aos olhos dela parecia maior que aos nossos. O único semblante que permanecia fechado era o do garibaldino, e ao vê-lo tive uma nova sensação de repulsa por ele, parecendo-me que fosse exagero, que afinal fosse um infortúnio hediondo ver todo o universo

---

219. – Estamos em casa!

220. – Finalmente chegamos! – Quatro e vinte e cinco! A hora que eu tinha previsto.

morto só porque estão mortas quatro pobres ilusões do nosso coitado coração.

Corri imediatamente para a proa, onde ao tumulto inicial seguiu-se um grande silêncio. Todos estavam com o olhar fixo naquela faixa de terra nua onde não viam nada, parados e extasiados. Era como se estivessem diante do rosto de uma esfinge de quem quisessem arrancar o segredo do próprio futuro, como se para além daquela mancha avermelhada já aparecessem diante de seus olhos as vastas planícies onde teriam baixado a cabeça e deixado os ossos. Poucos falavam. O navio voava, a faixa de terra se levantava e se estendia. Era a costa do Uruguai. Não se via nem vegetação nem casas. Muitos que esperavam descobrir uma terra maravilhosa pareciam decepcionados e diziam: – Mas é tal e qual nossos povoados. Em um grupo conversavam sobre Garibaldi; ele havia combatido naquele litoral, e percebia-se que depois de tantos dias de viagem encontrar uma terra desconhecida onde aquele nome era vivo como na pátria fazia sua glória crescer infinitamente na mente dos emigrantes. Uma camponesa jovem, sentada perto da entrada do dormitório, com uma criança nos braços, chorava, e seu marido a chamava de *fabioca*,[221] dando-lhe uma cotovelada no ombro. Perguntei à vizinha o que ela tinha. *Uma revelação*, respondeu. A visão da América, como se somente ao vê-la tivesse se convencido de ter abandonado definitivamente seu país lhe provocou um aperto no coração e ela começou a chorar. Fui mais adiante, para perto do castelo da proa. Encontrei dois operários turineses sentados na obra morta... Ah! Nunca mais me esquecerei dessa cena! Sobre as águas do oceano, diante do novo mundo e do novo futuro, naquele momento solene, os dois discutiam sobre a localização exata da taberna de Casal Borgone: se era no cruzamento da rua Deposito com a rua Carmine, ou da Carmine com a Quartieri; um deles estava ficando zangado. Em geral, as mulheres se mostravam mais preocupadas que os

---

221. Tola.

homens; muitas pareciam atônitas. Realmente alegres só estavam aqueles bem jovens, que se beliscavam e se chutavam de alegria. Alguns velhos davam as costas para o mar, acantonados no seu lugar de sempre, numa atitude de quem não tivesse mais nada para esperar daquela margem de terra vermelha, a não ser morrer em paz. Os dois velhos cônjuges do castelo da proa, sentados nas suas abitas, dormiam.

Mas pouco tempo depois, cessado o primeiro efeito da aparição, como se fosse um acordo, explodiu uma alegria excessiva na proa, um coro de cantorias e assovios, e uma gritaria de gente que se aglomerava em volta da taberna erguendo os copos e os canecos, um fervilhar de todos os lados, que chegou a parecer que em poucos minutos teriam tomado litros e litros de vinho generoso. Todos os tipos graciosos deram um espetáculo. O velho do castelo central se pôs a modular seus gemidos imitativos, agachado em meio a uma roda de gente que ria de boca aberta de uma orelha a outra; o camponês sem nariz imitava a cara das mulheres aterrorizadas pela tempestade, provocando uma chuva de aplausos; depois o saltimbanco cabeludo desceu do castelo da proa com a sua cara tétrica e fez malabarismos entre duas fileiras de mulheres entusiasmadas. Num acesso de alegria, o ex-porteiro careca, rasgando o famoso álbum das indecências, distribuiu as folhas para seus companheiros, que se dispersaram entre a multidão, formando outras rodinhas de zombeteiros, de forma que em pouco tempo um único arrebatamento clamoroso de abundante humor pornográfico pôs todos os ânimos em alvoroço e rasgou todas as bocas, da cozinha ao matadouro, seguido de um barulho ensurdecedor de instrumentos, de poemas de bêbedos e de vozerio, às vezes entremeado pelo grito longo e lamentoso do barbeiro, que uivava para a lua.

Enquanto isso o sol já tinha se posto, bem à nossa frente, para além da terra, e via-se um crepúsculo estupendo, tão bonito quanto os mais bonitos que víramos nos trópicos; era um espetáculo frequente naquela parte da América, por causa da grande quantidade de vapores que se levantam das águas do rio da Prata e dos dois rios enormes que o formam. Esses vapores se acumulam quando a água está calma, no alto, tingem-se de luz, desvanecendo e refletindo o ar com uma força de cores que supera qualquer imaginação. Só uma luz flamejante aparecia no horizonte, mas estilhaçada em mil formas de catedrais douradas, de pirâmides de rubis, de torres de ferro escaldante e arcos triunfais em brasas, que se dissipavam lentamente, para dar lugar a outras arquiteturas mais modestas e bizarras, que acabaram por ter o aspecto de ruínas em chamas de uma cidade aniquilada, e em seguida de uma série de gigantescos olhos sanguíneos, que nos observavam. No alto, o céu estava escuro; embaixo o mar era negro. Diante daquela visão, o silêncio voltou à proa, e os emigrantes olhavam assombrados, como se aquilo fosse um fenômeno misterioso, próprio daquele país. Entreviram-se algumas ilhotas: Lobos à esquerda, Gorriti à direita, depois a ilha de Flores, em seguida os faróis dos bancos de Arquimedes. O silêncio na proa era tão profundo que se escutava nitidamente o ruído do motor. O navio singrava como um barco no lago.

Um emigrante exclamou: – Que mar lindo!

– Não estamos mais no mar – observou um marinheiro que estava ao meu lado. – Estamos no rio.

O emigrante e os que estavam perto dele se viraram para procurar a outra margem, e ao enxergar apenas o contorno nítido do horizonte marinho, não acreditaram. De fato, já navegávamos no rio da Prata, cuja margem direita ficava a mais de cento e sessenta quilômetros.

Quando a última luz crepuscular desapareceu, vimos brilhar os faróis de Montevidéu, e uma faixa longínqua e confusa de casas, vagamente iluminada aqui e ali, e uma selva de navios, dos quais só se viam as pontas.

Já se sabia que não desembarcaríamos, e a multidão estava cansada das emoções do dia, mas todos permaneceram no convés para desfrutar do prazer da parada.

De fato, logo depois o navio começou a reduzir a velocidade e diminuiu o ruído do motor, em seguida parecia que mal se movesse; finalmente aquele monstruoso coração de ferro e fogo que havia vinte e dois dias batia afanosamente, deu sua última palpitada, e o colosso parou; morto. Ao sinal de um apito emitido da cabine de comando, as duas âncoras enormes se desprenderam dos costados e caíram fragorosamente, e com a rapidez do raio arrastaram suas grandes correntes, que levantaram centelhas dos dois olhos de ferro; o mar gorgolejou em frente; o navio estremeceu e se calou novamente. Suas duas garras gigantescas tinham enganchado no fundo do rio.

Os emigrantes ainda ficaram alguns minutos saboreando a nova sensação da imobilidade e de silêncio; em seguida, em longas filas, desceram lentamente para os dormitórios. Também os passageiros da primeira classe, sem vontade de desfrutar da brisa, se retiraram.

Fiquei praticamente sozinho, surpreso porque depois de ter achado a viagem insuportavelmente longa, naquele momento me parecia tão breve, e vaga como um sonho, enquanto me lembrava de tantas coisas. Como nunca vira nada no caminho que me indicasse as distâncias na mente com imagens bem diferentes umas das outras, todos os dias se confundiam em um só na minha imaginação, e me parecia que tinha percorrido aquela distância interminável com grande rapidez. Nenhum momento da viagem, exceto a tempestade, ficou marcado na minha alma como aquele. O rio imenso estava como que parado, era quase como se suas águas repousassem cansadas do percurso de cerca de 3.700 quilômetros que tinham feito desde as montanhas do Brasil; o céu estava escuro e tranquilo, Montevidéu dormia, não havia nenhum movimento e nenhum barulho na enseada, o navio estava mudo; um silêncio profundo pesava sobre todas as coisas, e me parecia que viesse de longe, dos outros grandes rios, das planícies sem fim, das florestas enormes, dos milhares de picos dos Andes: o silêncio misterioso e formidável de um continente adormecido.

Fui despertado da meditação pelo comandante, que passou ao meu lado esfregando as mãos – algo insólito – como se dentro da sua cabeça hirta de urso marinho desfrutasse antecipadamente de uma noite feliz. Tive a tentação de lhe repetir o seu refrão: – *Porcaie a bordo...*[222]

Mas ele se antecipou e me perguntou com uma expressão séria: – O que devem estar fazendo na sua casa agora?

Olhei para o relógio e respondi: – Minha casa está às escuras agora e todos dormem.

Ele se pôs a rir, esfregando as mãos. – *Anche vosciâ sciâ gh'è cheito!*[223] – disse. Neste momento o sol bate na sua casa, e seus filhos pedem leite e café.

Não tinha pensado nisso.

Mas o bondoso comandante, que estava realmente contente, ainda me perguntou se eu, antes de embarcar, havia solicitado ao armador para comunicar a chegada do navio à minha família, assim que tivesse sido anunciada.

Respondi que sim.

– Bem, – disse – dentro de três horas sua família saberá que o senhor chegou à América são e salvo.

Tampouco havia pensado nisso. Também feliz, desci para dormir meu último sono no ventre do *Galileo*.

---

222. – Indecências a bordo...

223. – O senhor também caiu!

No rio da Prata

Dormir? *Mentita speme*.[224] Como acontece a todos, quando após um dia agitado, se sabe que em seguida haverá outro não menos agitado, os passageiros não dormiram tanto quanto o cansaço o exigia: por volta das duas horas da manhã quase todos acordaram, e entre suspiros de senhoras, bocejos varonis e conversas sussurradas, que naquele silêncio do navio parado soavam como um zumbido de mutucas, não houve mais sossego. Uma hora antes do amanhecer ouviram-se passos apressados e a voz do médico: ele tinha acudido a um desmaio da moça de Mestre, cujo esforço para subir no convés e fazer sua última visita à proa, no dia anterior, provocara-lhe um abalo. Em seguida o pequeno brasileiro começou a estrilar e a negra se pôs a cantar a sua nênia. Então todos pularam da cama e começaram a arrumar ruidosamente as próprias coisas, conversando sem nenhuma consideração. Quando o dia raiou, depois de terem trocado infâmias por meia hora nos corredores, o camareiro e as camareiras entraram nas cabines com o café e já encontraram os passageiros de pé, lavados e penteados, com a gorjeta na mão.

Ruy Blass, oferecendo-me a bandeja, me fez votos de boa estadia na América com a sua pronúncia e seus gestos elegantes, típicos de um camareiro dos palcos, mas com uma voz tão lânguida e olhos apaixonados tão inchados, que até uma criança poderia ler a intenção de mostrar uma grande tristeza por sua separação iminente da misteriosa criatura que o amava. Enquanto eu tomava o café, ele olhava o céu pela janelinha, mordendo o lábio inferior, como para reprimir a voz do coração ferido;

---

224. Doce ilusão.

em seguida, ao pegar a gorjeta, à humildade do ato acrescentou uma reverência elegante e repleta de dignidade. Saí logo depois que ele foi embora e o vi entrar na cabine do padre; pouco depois escutei a voz grossa contar lentamente: – *Dos, três, cinco, seis...*[225] liras, imagino, era o que Ruy Blas devia receber na palma da mão, como um mendigo, tremendo de vergonha pela sua rainha.

Já no convés, encontrei o comandante e os oficiais ocupados. Haviam subido a bordo um funcionário agaloado do porto de Montevidéu e um médico – o primeiro era um homenzarrão com um fio de voz; o segundo, meio baixo, tinha uma voz ruidosa – e depois de tomarem informações sobre o estado de saúde dos passageiros, dirigiram-se à proa para contar a tripulação. Enquanto isso, todos os passageiros da terceira classe iam se agrupando no convés central para passar diante do funcionário uruguaio, que devia numerá-los, e do médico, que iria apartar aqueles que considerasse como suspeitos. Do castelo central os emigrantes tinham de seguir em frente um por um, passar pela ponte que havia sobre a "pracinha" e em seguida, descendo do convés pela escadinha da direita, voltar para a proa. No amplo castelo central não havia mais um palmo de espaço vazio: uma multidão compacta como um regimento em coluna cerrada cobria-o de uma ponta a outra e fazia apenas um leve murmúrio. O céu estava nublado, o rio imenso tinha uma cor amarelada de lama, e a cidade de Montevidéu, distante, só aparecia como uma longa faixa esbranquiçada sobre a margem marrom; elevada a oeste por uma colina solitária, o Cerro, que traz a lembrança de Garibaldi: uma paisagem vasta e modesta, que esperava o sol, em silêncio. Ao longe, pequenos barcos a vapor que vinham na nossa direção fumegavam.

Subi no convés para ver pela última vez os meus mil e seiscentos companheiros de viagem. Poucos minutos depois, chegaram o funcionário e o doutor uruguaio, o comandante, os oficiais, o médico de bordo.

---

225. Dois, três, cinco, seis...

Começou a triste procissão. Triste, não só em si, mas porque aquela enumeração da multidão como se fosse um rebanho, cujos nomes a ninguém importava conhecer, levava a pensar que aquela gente toda fosse contada para ser vendida, e que não eram cidadãos de um Estado europeu que passavam ali em frente, mas vítimas de um saque de ladrões de carne humana ocorrido em uma praia da África ou da Ásia. Os primeiros passaram lentamente. Mas diante de um gesto de impaciência do funcionário do porto, o comandante fez um sinal e então começaram a apressar o passo, a caminhar quase correndo. As famílias passavam unidas; primeiro o pai, depois a esposa com os bebês no colo e as crianças puxadas pela mão; os velhos vinham atrás, quase todos carregando nos braços ou nos ombros os pacotes com as roupas e utensílios de mais valor, pois não tinham confiança de deixar nos dormitórios. Muitos estavam limpos e vestidos com suas melhores roupas, guardadas para aquele dia; muitos outros estavam mais esfarrapados do que na partida, enlameados de toda a sujeira que se pode apanhar raspando durante três semanas por todos os cantos de um navio, com a barba comprida, o pescoço nu, os dedos dos pés fora dos sapatos; alguns até sem chapéu; vários usavam as duas mãos para fechar a jaqueta sem botões e assim escondiam a nudez do peito peludo, à vista. Moças bonitas, velhos arqueados, jovenzinhos de vinte anos, operários com o macacão de trabalho, pastores de cabeleiras longas, camponesas calabresas de colete verde, moças da Brianza com presilhas nas tranças, mulheres das montanhas do Piemonte com o gorro branco, se sucediam, um pisando com o pé na sombra do outro, como comparsas no palco teatral de um espetáculo que representasse a fuga de um povo. Alguns passavam saltitando, ostentando de forma engraçada a alegria; outros tinham a expressão perturbada e não olhavam na cara de ninguém, como se estivessem ofendidos por semelhante apresentação. Os burgueses, as senhoras meio abastadas que ainda carregavam consigo algum indício da antiga riqueza, passavam cabisbaixos, envergonhando-se. Os velhos lentos e as mulheres atrapalhadas pelos embrulhos eram empurrados para o lado, ou impelidos, brutalmente, a seguir adiante com um empurrão por aqueles que vinham atrás; os bebês choravam, por medo de perderem o colo; os que eram empurrados blasfemavam. Quantos rostos conhecidos eu via passar! Lá está o homenzinho do telegrama à esposa, com seu rosto cheio de rugas excêntricas, com um jeito de quem ainda é confiante; lá está o velho do capote verde que corre com os cabelos grisalhos esvoaçantes, lançando um olhar de desafio e desprezo aos passageiros da primeira classe agrupados no convés; lá estão o saltimbanco tatuado, as duas coristas despenteadas, a família de Mestre com o pequeno Galileo que toma seu leite correndo; lá está o porteiro pornográfico, a bonita genovesa que passa com o rosto rosado e os olhos baixos, a bolonhesa gorda que atravessa a ponte com passos imperiais e sua inseparável sacola a tiracolo, e o suposto homicida do castelo da proa, e a nossa senhorazinha de Capracotta, e o barbeiro uivante, e a pobre viúva do marido assassinado. À medida que caminhavam, vinham-me novamente à mente todos os incidentes tristes e cômicos daquela estranha vida de vinte e dois dias, e todos os sentimentos de simpatia, de ressentimento, de afeto e de desconfiança que aquela gente me inspirara, mas que agora eram todos vencidos pelo sentimento único e profundo de uma piedade dolorosa e cheia de ternura. Não acabavam nunca de passar, como se tivessem se duplicado durante a noite. Famílias e mais famílias, crianças e mais crianças, rostos citadinos e rurais, do norte e do sul da Itália, figuras de gente bondosa, de malfeitores, de enfermeiros, de ascetas, de velhos soldados, de mendigos, de rebeldes, que caminhavam cada vez mais rápido, como se lhes perseguisse o terror de não chegar a tempo na América para encontrar seu pedaço de terra e de pão. Ó, que infinita marcha miserável! Sem poder dominar minha imaginação, ao ver tanta miséria aflita, vinha-me à mente com obstinação e como por troça, a visão das folias patrióticas dos ociosos, dos abastados e dos iludidos, gritando de entusiasmo carnavalesco nas praças da Itália embandeiradas e reluzentes. Eu experimentava um sentimento de humilhação que me fazia desviar do olhar dos meus companheiros de viagem estrangeiros, cujas exclamações exageradas de compaixão e perplexidade chegavam aos meus ouvidos como injúrias ao meu país. Enquanto isso, continuava o desfile de roupas rasgadas, velhos tristes, mulheres empalidecidas, bebês sem pátria, e indigência, e vergonha, e dor. O espetáculo durou uma meia hora, que me pareceu eterna. Entre os últimos, passou lentamente o frade de rosto de cera, com as mãos enfiadas nas mangas. Depois passou o bando dos suíços com o boné vermelho. E como Deus quis, acabou.

    E então, do primeiro barco a vapor que chegou, um bocado de gente subiu no navio. Eram parentes e amigos dos passageiros, que se espalharam pela proa e pela popa procurando com o olhar e chamando as pessoas pelo nome, e por todos os lados começou uma grande troca de beijos, de abraços e saudações. Três senhores se aproximaram do suposto "ladrão" e enquanto nós esperávamos que o prendessem os três tiraram o chapéu e se curvaram, e um deles disse: – *Monsieur le ministre!*[226] – Incrível! Todos ficaram surpresos. Julgar as pessoas pela aparência! Mas a atenção de todos voltou-se logo para outro lugar, onde acontecia uma cena de dar dó. Um jovenzinho bem vestido, bonito, mas antipático, correu na direção dos meus dois vizinhos de cabine, que se lançaram juntos na sua direção, exclamando: – Attilio! Mas pararam a dois passos de distância, esperando que ele escolhesse um ou outro para abraçar primeiro, como se aquela preferência fosse a expressão de um julgamento decisivo do seu passado e de uma sentença irrevogável do seu futuro. O jovem titubeou um momento, mas sem se emocionar, olhando para ambos. Em seguida se jogou entre os braços da senhora, que o apertou contra o peito aparentemente demonstrando uma enorme ternura, mas

---

226. – Senhor ministro!

desmentida no mesmo momento pelo olhar satânico de triunfo que lançou para seu marido. Ele empalideceu como um morto e olhou à sua volta: todos temeram que desabasse sobre o piso. Mas continuou de pé, fazendo um grande esforço, e sorriu... com um sorriso de dar compaixão e medo. Soltando-se da mãe, o jovem se aproximou dele, e lhe beijou friamente suas bochechas descoradas, que ele não teve forças para retribuir. Todos os olhos se voltaram para lá; havia uma sensação de repulsa como quando se presencia um assassinato. Fui imediatamente para a proa, sem mais coragem de lançar um olhar para aquele infeliz.

Mas aqui outra cena piedosa me esperava. Aflitos, assustados, com os lábios tremendo, um grupo de velhos, mulheres e homens rodeava o Comissário, pedindo-lhe proteção e conselhos. Eram aqueles sexagenários que viajavam sozinhos e não podiam desembarcar sem que um parente próximo se apresentasse na chegada para se responsabilizar pela sua subsistência. Mas os parentes que eles esperavam não tinham aparecido, o que era natural, porque eles deveriam desembarcar em Buenos Aires, mas confundindo o Uruguai com a Argentina, e encontrando-se sozinhos, acreditavam estar perdidos. O que aconteceria com eles? É indescritível a angústia e a humilhação daquelas pessoas, que depois de terem abandonado a Europa, acreditavam serem rechaçadas pela América, como inúteis carcaças humanas, sem mais utilidade até para nutrir a terra, e já imaginavam uma viagem de volta, desesperada, à pátria, onde não tinham mais nenhum ente querido, nem casa, nem pão. O Comissário tentava convencê-los de que não se estava na Argentina, mas no Uruguai, que seus parentes se apresentariam em Buenos Aires, do outro lado daquele rio que estavam vendo ali, que se acalmassem, pois se angustiavam sem razão. Mas eles não compreendiam a explicação, estavam atordoados pela angústia, e até pareciam mais míseros e infelizes em meio à alegria ruidosa dos jovens que a todo o momento passavam e se chocavam contra eles, e lhes gritavam ao pé do ouvido: – Fiquem alegres, velhotes! – Viva a república! – Viva a América! – Viva o Prata!

Foi difícil livrar o Comissário deles por um momento, para cumprimentá-lo, e ele ainda me deu notícias sobre o jovem escrivão: desesperado por ter de se separar da genovesa, que desembarcava em Montevidéu, foi tomado por um acesso de convulsões e estava deixando o dormitório de pernas para o ar. Em seguida fui me despedir dos outros oficiais, que teria revisto novamente dois meses depois, em Buenos Aires, após outras duas travessias do oceano. Também quis cumprimentar o meu pobre corcunda, que encontrei na porta da cozinha, com uma frigideira na mão. – Ó! Finalmente! – exclamou, suspirando de satisfação – Agora teremos *doze giorni senza donne!*[227] – Apesar disso – eu lhe disse – o senhor vai acabar se casando. – *Mi?*[228] – respondeu ele, batendo no peito com o dedo: – *Piggià moggê?*[229] Em seguida, falou em italiano, com uma curiosa entonação declamatória: – Isso não vai acontecer nunca! – E falou no meu ouvido, contente: – *Dozze giorni!*[230] – Mas vendo que o comandante chegava, disse rapidamente: – *Scignoria, Bon viaggio!*[231] – e depois de apertar a minha mão deu-me a corcunda e desapareceu.

Enquanto isso outros barcos a vapor tinham se aproximado. A escada para descer a um deles já tinha sido disposta. Voltei para o convés para me despedir dos passageiros da primeira classe que desceriam, em meio a uma confusão de malas, a uma intensa troca de apertos de mão e a votos de felicidade. E então tive mais uma prova do quanto seja difícil conhecer as pessoas durante uma viagem. Alguns passageiros, com quem eu tivera durante todo aquele tempo uma confiança quase de amigo, iam embora sem dizer uma palavra ou mal cumprimentando com o chapéu, como se me tivessem esquecido; outros, com quem nunca havia trocado

---

227. Doze dias sem mulheres!

228. – Eu?

229. – Casar-me?

230. – Doze dias!

231. – Boa viagem, senhor!

uma palavra, vieram se despedir de mim com uma efusão carinhosa e sincera, que me fez refletir. A mesma coisa acontecia com tantos outros. O marselhês foi cordial: repetiu que amava a Itália, porque os homens como ele eram superiores aos ódios dos governos, e que faria o possível para conciliar os ânimos dos italianos e dos franceses na Argentina.

– *Tachez d'en faire autant parmi vos compatriotes. Quant'à moi, on me connaît dans les deux colonies. On sait* – concluiu com um gesto solene – *que j'apporte la paix! Adieu.*[232] O agente de câmbio se apresentou para saudar os recém-casados, que se intimidaram, pressentindo o ataque de surpresa de quem parecia já ter desistido de lhes provocar. – A essa altura – disse-lhes – não encontrarão mais nenhuma dificuldade para a língua na América, uma vez que... Deve ser dito, sem nenhuma recriminação, vocês já se exercitaram bastante! Eles foram embora, descendo as escadas. Também interpelou o advogado, que estava para descer com um embrulho redondo debaixo do braço, que devia ser um salva-vidas: – Advogado, agora o senhor ficará tranquilo. Mas este, lançando um olhar de esguelha ao rio, resmungou: – Nunca se sabe. Às vezes esse rio nojento é até mais infame que o oceano Atlântico... E começou a descer com muito cuidado, sem responder à saudação de ninguém. Desceram a senhora loira e seu marido, os meus vizinhos de cabine com o filho, a "domadora", a pianista e a mãe, os franceses, o padre, os passageiros da segunda classe, entre outros. Quando todos estavam lá embaixo, sentados na pequena popa, o agente me deu uma cotovelada no flanco, exclamando: – *Eureka!* – e me fez um gesto com o rosto. Olhei para a direita, no convés do *Galileo*, e vi Ruy Blas, debruçado no parapeito, numa postura estudada de amante preocupado e aflito, com o olhar fixo na embarcação, e acompanhando a direção do seu olhar, dei no rosto da pequena pianista, impassível como sempre, mas com os olhos dirigidos

---

232. – Tentem fazê-lo também com os vossos compatriotas. Quanto a mim, me conhecem nas duas colônias. Sabem que trago a paz! Adeus.

para ele, com uma precisão aguda e tenaz, que não deixava dúvida, e prometia para a primeira ocasião uma daquelas cartas loucas e aquela intrepidez em que se lançavam de longe as suas exasperadas paixõezinhas reprimidas. – Ah, a pequena Maria de Neubourg, – exclamou o agente – rainha das gatas mortas! Mas a embarcação já se distanciava. Quase todos nos acenaram. A senhora gorda mandou um beijo ao *Galileo* com um gesto impetuoso. Observei o meu vizinho de cabine mais uma vez, sentado afastado do filho e da mãe, para quem começava uma nova vida de angústias e torturas. Pesquei velozmente uma curiosa saudação da senhora suíça, que, sem saber a quem se dirigir em especial, entre os muitos amigos que a observavam do convés, abraçou com um amplo e doce olhar de gratidão toda a popa do *Galileo*. O último que notei foi o professor, sentado ao lado dela, com a coluna curvada, sorridente com os olhos semicerrados e a língua em um canto da boca, com o ar de zombar da esposa, dos amantes, do Atlântico, do velho e do novo continente. Em seguida todos os rostos se confundiram e se perderam dos meus olhos para sempre.

Nesse meio tempo outro barco tinha se aproximado; agora deviam embarcar os argentinos, a família brasileira e todos os outros. Porém, por delicadeza, ninguém quis descer antes da moça de Mestre, que, sabia-se, devia ser carregada, e que ainda não havia sido vista na coberta naquela manhã. Ao ser interpelado, o comandante balançava a cabeça. Todos ficaram esperando na porta do salão, em duas fileiras. Primeiro saiu o garibaldino que, captando por curiosidade aquela espera respeitosa, lançou um olhar de desprezo em volta. Em seguida apareceu a moça, sentada em uma cadeira com braços, carregada por dois marinheiros, e ao lado dela, a tia, com os olhos avermelhados. A pobre doente, vestida de preto, branca como um cadáver, tinha a cabeça apoiada no espaldar e as mãos nos joelhos, como se não tivesse mais força para mexê-las, mas nos seus olhos que quase não tinham mais olhar e na sua boca de onde parecia não sair mais respiração, ainda se irradiava aquele seu sorriso vago, de uma melancolia e de uma doçura infinita. Quando passou, todos abriram caminho, e ela respondeu com um movimento suave dos lábios, sem dizer uma palavra. Os marinheiros fizeram uma pausa perto do limiar da escada. O comandante, com o quepe na mão, cumprimentou-a, com aquele laconismo seco com que os homens grosseiros escondem a emoção: – Boa viagem, moça... Que fique curada! E virou-se bruscamente para afastar os emigrantes que haviam acorrido, e que a qualquer custo queriam se aglomerar em torno da moça, a quem teriam tirado a respiração. Rechaçados, subiram resmungando ao convés central, para vê-la descer e partir. O garibaldino foi o último a lhe dar adeus, quando já estava na pequena plataforma da escada. Ela lhe ofereceu a mão, ele beijou-a, e em seguida ela ergueu o indicador em ar de reprovação sorridente e amável, e lhe disse mais uma palavra, que não entendi. Ele baixou a cabeça, sem responder. Os dois marinheiros começaram a descer com grande cautela, um segurando a cadeira pela frente, o outro pelo espaldar, alertando a enferma para que se segurasse com força nos braços do assento. A tia vinha logo atrás, ansiosa, advertindo-a para não olhar na direção da água. Quando chegaram ao final da escada, um marinheiro do barco a vapor ajudou os outros dois, e sem balançar a cadeira, colocaram-na na popa, na direção do *Galileo*. Todos os demais desceram e tomaram lugar: apenas o garibaldino permaneceu a bordo, debruçado no parapeito, não longe de mim. O barco se mexeu.

E então entre os emigrantes, que se haviam agrupado no parapeito do castelo central, explodiu a admiração e a gratidão por aquela criatura angélica, que tantas vezes tinham visto em meio a eles, apiedada dos seus infortúnios, carinhosa com todos como uma irmã, de quem muitos deles haviam recebido conforto e caridade: não se ouviu um grito, mas um longo murmúrio de saudações, em que pareceu que transbordasse tudo aquilo que as amarguras e os rancores de uma existência atormentada haviam deixado de bom e afetuoso naquela multidão. – Boa viagem, senhorita! – Deus a abençoe! – Que Deus a cure! – Lembre-se de nós! – Boa viagem à nossa amiga! – Adeus! – Adeus! E esvoaçavam os chapéus e os pedaços de pano. Ela respondeu com um aceno cansado da mão, e depois, com a mão estendida, erguendo mais uma vez os olhos velados e dulcíssimos para o seu amigo, repetiu aquele gesto do indicador, como para lhe dizer: – Lembre-se!

O barco já estava distante, e a sua figura ainda se destacava na popa, diferente, como uma flor preta em meio a um maço de várias cores confusas. Quando só aparecia nada mais que uma pequeníssima manchinha preta, viu-se alguma coisa de branco se mexer em cima dela: era o esvoaçar de um lenço. Era para o garibaldino. Olhei para ele. Ah! Era demais! Nem mesmo naquela hora era capaz de se mexer! Mas justamente no momento em que eu me dizia isso, sua testa se contraiu, os lábios tremeram, o peito inflou, e de repente um soluço lhe arrebentou do coração; somente um, nítido, profundo, violento, como o grito de um homem cuja alma inteira se levante como uma onda gigante que se ergue no oceano. Depois cobriu o rosto com as mãos. O choro, finalmente! Talvez fosse a bondade, o amor, a pátria, a compaixão pelo sofrimento humano, talvez fossem todas as potentes e afetuosas virtudes da sua juventude generosa que de novo entravam violentamente no seu grande peito férreo pelo vão que abrira aquela pequena mão de moribunda; talvez fosse a humanidade que agarrava novamente seu soldado, que se jogava no seu seio após um longo esquecimento, como se estivesse se jogando no peito da mãe, pedindo-lhe perdão, e prometendo-lhe recomeçar a amá-la e a servi-la como nos belos anos da fé e do entusiasmo. A visão sumira, a criatura benevolente iria morrer, mas quiçá aquele seu último sorriso, que não era mais de uma criatura humana, lhe iluminaria o caminho até o fim, e aquele esvoaçar branco ficaria para sempre no horizonte da sua vida, como o símbolo da sua redenção.

    Ele continuou parado junto ao parapeito, de braços cruzados, como se estivesse pregado ali por um pensamento novo e profundo que absorvesse toda a sua alma, e ainda estava ali quando eu, já a bordo de outra embarcação, em meio a um grupo de amigos, ainda via o colossal *Galileo* pouco a pouco ficar menor, porém sempre mostrando ao longo dos seus parapeitos as inúmeras cabeças dos emigrantes, como o formigueiro de uma multidão debruçada nas espaldas de uma fortaleza solitária no meio de uma planície infinita. E refazendo rapidamente aquela viagem de vinte e dois dias, parecia-me realmente ter vivido em um mundo à parte, que, reproduzindo em pequena escala os fatos e as paixões do universo, me tivesse facilitado e elucidado o julgamento sobre os homens e a vida. Muita tristeza, muitas torpezas, muitas culpas, mas muito mais sofrimento e dor. A maioria das criaturas humanas é mais infeliz que má e sofre mais do que aquela que faz sofrer. Depois de ter odiado e desprezado bastante os homens, sem nenhum outro resultado que o de nos amargurar a vida e de exacerbar à nossa volta a maldade que os deixou odiosos e desprezíveis aos nossos olhos, retornamos para o único sentimento sábio e útil, que é aquele de uma grande compaixão por todos. Aos poucos, da compaixão renascem os outros afetos bondosos e fecundos, confortados pela santa esperança de que, apesar das aparências passageiras que indicam o contrário, o peso imenso do sofrimento atenue lentamente no mundo, e a alma humana melhore.

    Quando pus os pés em terra firme virei-me para olhar ainda uma vez o *Galileo*, e meu coração palpitou quando lhe disse adeus, como se ele fosse uma porção flutuante do meu país que tivesse me levado até ali. O navio não era mais do que uma linha preta no horizonte do rio imenso, mas ainda se via a bandeira, que esvoaçava sob o primeiro raio de sol da América, como uma última saudação da Itália que confiasse à nova mãe seus filhos errantes.

Textos avulsos de Edmondo De Amicis

O sonho do Rio de Janeiro[1]

– Por que o senhor nunca escreveu nada sobre o Rio de Janeiro? Esta pergunta me foi feita uma centena de vezes durante os dezoito anos que se passaram desde que fui ao Brasil, e cem vezes dei sempre a mesma resposta pronta, tal como fazem os deputados quando conversam com os eleitores: – Porque fiquei apenas três dias, quando o *Sirio*, o navio em que viajei de Buenos Aires para Gênova, fez uma escala no porto da cidade. Amigos bondosos se desdobraram para me mostrar tudo, levando-me para todos os lados de carruagem, de bonde e em via férrea, desde cedo até a noite, como alguém que quisessem salvar da caça de uma banda de credores; vi muito, mas vi tudo correndo, afobado e com os olhos ofuscados pelo cansaço, de forma que me esqueci de muitas coisas, e de outras só tenho uma vaga lembrança, e até das imagens que se mantiveram mais vivas tenho lacunas obscuras, sobre as quais mesmo se reflito longamente nunca consegui captar uma mínima recordação. O que poderia escrever? Seria como descrever um sonho.

A esta resposta de sempre, poucos dias atrás, um intrépido italiano, que recentemente voltou do Brasil para a Itália, rebateu sagazmente: – Mas o senhor não se sente tentado a fazer a descrição de uma cidade maravilhosa, onde permaneceu somente poucas horas, e da qual se lembra apenas como um sonho?

– Eis aí uma ideia – pensei.

E aquela ideia colocou-me a pena na mão e pregou-me à escrivaninha.

---

1. Artigo originalmente publicado no suplemento *La Lettura*, do jornal milanês *Corriere della Sera*, ano II/12, dezembro 1902, e republicado em DE AMICIS, Edmondo. *Scritti per "La Lettura". 1902-1908*. A cura di Antonio Faeti. Milano: Fondazione Corriere della Sera, 2008.

Mas eis uma lacuna da memória justamente bem no começo, no momento em que o *Sirio*, em uma esplêndida manhã de junho, ainda balançava no porto do Rio de Janeiro. Quem subiu a bordo para anunciar que Sua Majestade o imperador Dom Pedro desejava, naquela mesma noite, rever o capitão Bove, que havia acabado de chegar da Terra do Fogo, são e salvo, e conversar ainda naquela manhã com aquela espécie de escritor italiano, que tivera a sorte de embarcar com ele no rio da Prata para retornar à Itália? O mensageiro bem-vindo estava no meio de muitos italianos queridos; lembro-me do nome de alguns, mas não me lembro da fisionomia de nenhum deles. E não me recordo nem mesmo como desembarquei, com quem subi na carruagem, o que vi nas ruas que percorri para ir a *Buttafogo*, o bairro da aristocracia e dos diplomatas, onde me esperava o secretário da Legação italiana, o bondoso De Foresta, que ofereceu-me a sua casa, e devia levar-me até o Imperador. Mas não. Lembro-me só de um detalhe daquele trajeto: a forte tentação, vencida com muito sofrimento, de pular da carruagem quando passamos por uma feira de frutas. Ah, que atração mágica, aquelas frutas tropicais grandes, de formas e cores desconhecidas! Eu me esqueci dos bairros, dos monumentos, dos personagens ilustres, mas ainda tenho diante dos olhos, em meio às vendedoras de fruta negras e mulatas, agachadas no chão, entre as pilhas de abacaxis e de bananas douradas e prateadas, aquelas frutas misteriosas que se parecem com pinhas verdes, com bolas douradas, com tomates em forma de fuso, com abóboras metálicas, algumas das quais, cortadas ao meio, revelavam uma cremosidade branca e rosada e prometiam sabores extraordinários; ainda me arrependo por não ter podido descer ali com a carteira na mão, para farejar, morder, saciar-me de todas aquelas delícias de um paraíso terrestre, nunca saboreadas nem vistas, que me despertaram novamente a agitação gulosa de um menino que apanha frutas na árvore. E um Imperador me esperava! Que vergonha! Mas a sinceridade é o primeiro dever de um escritor.

Lembro-me bem do rosto jovial e receptivo do De Foresta, a sua acolhida amigável, o olhar que lançou para a minha roupa, que me pareceu querer dizer: – É aceitável – e o susto que me deu logo depois com a pergunta inesperada: – E a cartola? – Não se podia visitar o Imperador sem cartola. E eu a deixara em Buenos Aires! Menciono esse detalhe porque mais tarde pedirei desculpas por algumas lacunas do meu relato. O gentil anfitrião me ofereceu seu chapéu: não cabia em mim. – Vamos comprar um. – Não – ele me respondeu – com esta cabeça, pode ser que passemos por dez chapelarias sem encontrar o seu tamanho, e o tempo corre, a audiência é às nove... Caramba! Caramba!... Teve então uma ideia. Pedir o chapéu emprestado de um amigo deputado, que lhe parecia ter um crânio da mesma circunferência do meu. Entramos rapidamente na carruagem, e corremos para a casa dele. *O deputado* morava no cafundó do Judas. Tampouco me lembro daquela corrida, a não ser das rápidas visões da baía azul que eu tinha vez ou outra, quando entrávamos nas ruas laterais. Chegamos como Deus quis. O deputado, se não me falha a memória, não estava; um criado me trouxe uma cartola. Mas que nada! Mal se equilibrava na ponta da cabeça. De Foresta havia se iludido com a grande cabeleira do honorável amigo. – Não vou com este chapéu – disse – corro o risco de me expor ao ridículo. Mas ele insistiu, não havia remédio, já era tarde, e mais ainda, depois de entrar no prédio, não teria mais necessidade de cobrir a cabeça. – É verdade. – Só se – acrescentou com um ar sério – Sua Majestade o convidar a dar uma volta no jardim, como faz às vezes com as visitas... – Dei-me por vencido, e o disse. – Se ele vir essa coisa balançar na minha cabeça vou lhe parecer um tipo ridículo ou adivinhará o empréstimo e ficará admirado com os escritores italianos que mendigam até o chapéu! Mas era preciso que nos apressássemos, já estava na hora, precisei subir na carruagem com aquela cartola um tanto original na cabeça; aquilo me fazia tremer.

Pode parecer incrível, mas não me lembro mais do palácio e do local, nem das redondezas e da arquitetura da fachada; é como se eu não tivesse estado ali. Recordo apenas de um soldado, um negro que estava de vigia no portão, e que bocejava. Entrei com o chapéu na mão, indicando que tinha muito calor. Não me lembro nada das escadas, dos corredores, de quem nos recebeu. O Imperador apareceu de repente, sem ser anunciado, como um anfitrião qualquer; surgiu onde o esperávamos, em um pequeno salão que dava para um longo corredor envidraçado, banhado de luz. De uma das janelas via-se um jardim maravilhoso.

Todos sabem o quanto Dom Pedro tivesse uma alma bondosa e como fosse simples e amável com todos. Eu também o sabia, e, no entanto, depois de poucos minutos que estava ali, ele me pareceu mais bondoso, mais simples, mais afável do que dizia a fama. Diante dessa simplicidade amável, a estatura elevada, a beleza nobre da fisionomia, a imponência realmente imperial de toda a sua pessoa provocavam um impacto maior.

Ele tinha a figura de um guerreiro, a testa de um filósofo, o olhar de um artista, o sorriso de um amigo.

Mas aqui a minha memória está repleta de cortes e lacunas, como uma roupa desgastada.

Posso resumir em poucas palavras tudo o que me lembro daquela conversa, que durou quase uma hora. Pediu-me notícias e me falou sobre a sua admiração por vários escritores italianos, dos quais só guardei na mente Carducci, Rapisardi e Cantù, este último lembrado com uma simpatia especial. Queixou-se gentilmente de que muitos deles não lhe tivessem enviado os livros que lhe haviam prometido na Itália, e disse sorrindo: – Esqueceram de mim. É compreensível! Estou tão longe! A certa altura me perguntou: – Parece-lhe que desrespeito o seu lindo idioma? Faço muitos erros, não é verdade? – De fato, lhe escapavam alguns termos do francês; dentre os quais gravei *pieza* no lugar de comédia, e *come si fa*, uma interrogação, ao invés de *come è possibile?*;

o que não me impressionou, uma vez que no *Sirio* escutei um espanhol dizer que o Imperador falava *diez y siete* idiomas. Mas discorria sobre a nossa literatura e as nossas cidades com um conhecimento tão vasto e preciso que, ao escutá-lo, não parecia tanto um estrangeiro que não tivesse estudado italiano o suficiente, mas sim um italiano que tivesse esquecido um pouco a própria língua. – Apenas três dias no Brasil? – perguntou-me, com um sorriso que queria dizer: – É pouco para um país que tem vinte vezes o tamanho da Itália. – Em seguida citou alguns pontos significativos do Rio de Janeiro e lugares das redondezas que eu deveria ver, e sugeriu a De Foresta que me "obrigasse" a visitá-los. Depois que, não sei por qual motivo, voltamos a conversar sobre a literatura italiana, pediu-me informações a respeito de determinados colaboradores da *Nuova Antologia*,[2] que ele costumava ler. Tinha tamanha curiosidade sobre particularidades biográficas e bibliográficas a ponto de parecer um literato profissional.

É isso.

É possível que seja só isso?

Sim, aliás, é natural. Entendam: era ele próprio que, enquanto falava, desviava a minha atenção da sua conversa, porque, afinal, só discorria sobre literatura, e para mim, muito mais importante e admirável era o Imperador, e não o literato. O som da sua voz era apenas o acompanhamento inspirador do meu pensamento que se dirigia ao seu passado. Enquanto ele falava, eu pensava que aquele homem, herdeiro do trono quando ainda era menino, havia sido coroado Imperador cinco anos antes do meu nascimento; que durante o seu reinado de quase meio século a população de seu país havia quase triplicado, tinham

---

2. Fundada em 1866 com periodicidade mensal por Francesco Protonari, professor da Universidade de Pisa, a revista *Nuova Antologia* é publicada até os dias atuais pela fundação homônima, sediada em Florença. Entre seus autores incluem-se Giovanni Verga, Francesco De Sanctis, Alessandro Manzoni, Luigi Pirandello e Edmondo De Amicis.

sido construídos nove mil quilômetros de ferrovias, a produção havia decuplicado; combatidas e vencidas três grandes guerras; pensava que durante todo aquele período ele havia permanecido sempre no caminho da liberdade, promovido admiravelmente a instrução pública, garantido a paz interna, defendido e iniciado a abolição da escravidão; que mantivera-se sempre brando com os vencidos, generoso com os adversários, amável protetor do conhecimento e benfeitor; a quem Victor Hugo chamara "neto de Marco Aurélio", Lamartine comparara a Frederico o Grande, a Academia francesa louvara como *magnânimo*; e que um dia dissera: – Se não fosse Imperador, gostaria de ser professor de escola. Minha mente também se distraía das suas reflexões sobre literatura pelo contraste que às vezes me vinha em pensamento, entre ele, tão culto, tão profundamente e elegantemente civilizado, e a visão, em lampejos, do seu infinito Império, pontilhado por grandes florestas virgens, habitado por milhões de negros, dos quais mais de um milhão ainda era constituído de escravos; povoado por centenas de milhares de índios selvagens, atravessado pelo maior rio do mundo, um rio que era quase como uma fábula, todavia inexplorado em muitas áreas, cheio de mistérios e perigos, e de pontos onde até a existência do Império era ignorada. Além disso, por que não dizê-lo? Minha atenção era ainda desviada pelo constante temor de que ele me convidasse para dar uma volta no jardim, onde eu deveria cobrir a cabeça *pro forma*; tanto que estremecia todas as vezes que o seu olhar, por acaso, pousava sobre aquela malfadada cartola.

  O que mais me marcou foi a última gentileza que ele me dispensou, que para mim deixou mais claro do que qualquer outra coisa a sua índole e o seu jeito de viver. – Querem o meu retrato de lembrança? – perguntou. Eu achava que ele fosse tocar o sininho para mandar que o buscassem. Mas ao invés disso, levantou-se, percorreu a passos lentos todo o longo corredor, saiu, e reaparecendo logo depois, com aquele mesmo andar de peregrino, percorreu novamente o trajeto, segurando uma enorme fotografia que quase tocava o chão: como um pequeno burguês bondoso que, sem poder ter um criado, faz tudo sozinho.

– Levem meus cumprimentos a todos – foram suas últimas palavras, e disse-as com um tom de quem solicita a um amigo para saudar os velhos amigos. E pensar que cinco anos depois ele foi deposto do trono e enviado para o outro lado do Atlântico para morrer em um hotel. Mas morreu sem rancores e sem nostalgia, nobremente, depois de ter exclamado com lágrimas nos olhos, ao receber de seu país a notícia sobre a extinção da escravidão: – *Grande povo!* As circunstâncias o exilaram, mas ainda reina.

O perigo do chapéu havia sido evitado, mas infelizmente estava escrito que eu deveria ser um personagem cômico no palácio de Dom Pedro. Eis que estou diante de Sua Majestade a Imperatriz. Ficou bem marcada na minha memória aquela pequena senhora de cabelos brancos, um pouco robusta, de ar bondoso e olhos escuros e vivazes, vestida como uma modesta burguesa, parada no meio de uma sala de visitas modesta como o seu vestido; ainda vejo a velha dama de honra (a sua inseparável *mademoiselle Joséphine*, como soube depois) em pé atrás dela, na sombra, com um corpo e um rosto tão imóveis que ela me lembrou uma dama de honra da rainha da Grécia, a respeito de quem, de acordo com Edmondo About, um ator francês acreditou ser uma estátua de cera que o rei mandou fazer por economia. Lembro-me do tom de voz suave com que a Imperatriz me fez as perguntas que se costumam fazer a um recém chegado em nosso país. Em determinado momento, tendo a impressão de que deveria dizer alguma coisa que não fosse mais uma resposta a uma pergunta (ah, que inspiração infeliz!) expressei-lhe os meus cumprimentos (realmente merecidos) pela facilidade e exatidão com que falava a minha língua.

Eu ainda não havia concluído a frase, e vi os olhos do De Foresta, de pé ao meu lado, arredondarem-se como os de um caranguejo, e dirigindo o olhar para a Imperatriz ainda consegui captar um sorriso fugidio em seus lábios. Fui colhido por aquele arrepio que sentimos quando percebemos ter dito uma besteira; não deduzi logo o que fosse, mas senti que deveria ser algo grave.

Não escutei mais as palavras de despedida da nobre senhora, e assim que entrei no corredor, ansioso, perguntei ao meu cicerone: – O que eu disse? – Ele conteve uma gargalhada e me perguntou: – Mas o senhor não sabia que a senhora Teresa Cristina é italiana, filha de Francesco I, rei das duas Sicílias, tia de Francisco II, rei de Nápoles? E o senhor a elogia porque sabe falar a sua língua!

Com aquela resposta me atirei para a saída quase correndo, e quando entrei na carruagem não virei para olhar o palácio. Talvez seja por isso que me esqueci totalmente da arquitetura.

Que ruas terei eu subido para chegar ao morro da Tijuca, o famoso belvedere da Baía, o passeio clássico do Rio de Janeiro? Parece-me agora que a carruagem puxada por quatro burros, na qual, se não me equivoco, estavam comigo o cônsul Gloria, o valoroso Jannuzzi e o gentil farmacêutico Foglia, tenha chegado lá em cima como uma bola voadora através da neblina. Recordo apenas do último trecho do longuíssimo trajeto, pelas vielas de um parque encantador, ladeadas por uma vegetação soberba, entre as quais despontavam samambaias gigantescas elegantemente esbeltas que tinham a forma de guarda-chuvas e uma admirável tonalidade verde-clara, onde, com breves intervalos, a carruagem passava rente a solitários *cidadaos brasileiros* que estavam ali pacientemente à espera da graciosa presa, com o rosto voltado para o alto e segurando a rede para caçar borboletas, em pose de filósofos armados. Lembro-me de ter desejado saltar várias vezes e arrancar aquele instrumento das mãos de alguém, quando via passar e pousar em uma folha uma daquelas jóias voadoras que escapavam do perigo da rede. Que maravilha! Eram fragmentos de púrpura, de puro azul claro, de veludo escuro, semelhantes a bandeirinhas minúsculas, prateadas e douradas; pétalas de grandes rosas cândidas, com uma transparência de retalhos cortados com precisão, o aspecto de flores aladas, de nós com fitas de pedras preciosas, com sulcos rodeados de todas as cores, fragmentos de vestidos de rainhas orientais, de mantos de divindades, mosaicos de palácios árabes, carregados pelo ar; a cada uma daquelas jóias eu enviava um suspiro de desejo e certo arrependimento. Escuto a voz do valoroso Jannuzzi, que diz: – Chegamos! – Todos desceram. E ninguém pronunciou mais uma palavra. Eis o milagre. Talvez, se pudesse reportar exatamente o solilóquio, por mais confuso e fragmentado, que fiz naquele grandioso belvedere, viria à tona uma página menos deplorável daquela que estou por escrever. Mas quem sabe?... Jogarei a rede, mesmo assim...

Sim, Mantegazza[3] tinha razão quando me escreveu: – Queira me desculpar, mas o Rio de Janeiro é mais bonito que Constantinopla. – Não é que a cidade seja mais bonita, mas sim o lugar, as águas, toda a natureza que a circunda. Oh, não há comparação! Parece-me, todavia, que às vezes tive sonhos com aquela visão; era tudo meio confuso, mas lembro-me de um sonho imenso, luminoso e encantador, algo semelhante a esta visão. Não se trata de uma baía, mas de um pequeno mar mediterrâneo rodeado por baías, que parecem competir com a graça das curvas e o sorriso das margens; essas cem ilhotas espalhadas são o mais encantador pequeno arquipélago do planeta; esse anfiteatro de montanhas que a circunda é a mais maravilhosa coroa de granito que a natureza preparou para a capital de um império. Se fosse possível criticar o trabalho da natureza tal como se faz com o de um artista, nesta grande obra da baía me parece que, a fim de deslumbrar os homens, ela tenha procurado com demasiada evidência

---

3. O médico, antropólogo e escritor Paolo Mantegazza (1831-1910) foi um grande viajante. Após estadias na França, Alemanha e Inglaterra, rumou para a América do Sul. Viveu quatro anos no continente (1854-1858), efetuando observações botânicas, zoológicas e étnicas. Em 1869 fundou o Museu Nacional de Antropologia e Etnologia, em Florença.

a novidade e os contrastes da beleza. *Um caos de montanhas.* Quem o disse? De fato. Uma variedade e umas formas estranhas sobre as quais o olhar, ao ser atraído por milhares de pontos diferentes, se perde como se aquela visão fosse o rosto furta-cor de um oceano no meio de uma tempestade. Cones solitários de granito que parecem enormes monólitos, pirâmides truncadas e rachadas, picos gêmeos, agulhas altíssimas como lanças titânicas, montanhas onduladas e contorcidas, com a forma de enormes edifícios danificados por um terremoto, mas que permaneceram imóveis no ato de ruir: parece-me ver reunidas e alternadas montanhas da Calábria, da Savóia, de Spitzberg, da Terra do Fogo. As montanhas de Cervino deformadas, as Dolomitas adelgaçadas, todas as arquiteturas alpinas mais bizarras e mais ousadas de que tenho lembrança. E que beleza todas essas ilhas que parecem distribuídas com arte, agrupadas aqui, dispersas ali; algumas são penhascos secos, outras transbordam vegetação e se assemelham a florestas e jardins flutuantes, e uma ou outra separada, distante, que parece um pequeno paraíso misterioso a brotar da água como por encanto! Realmente, a baía inteira é um paraíso. Parece que a natureza desejasse apartá-la do mundo encerrando o ingresso entre aqueles dois altos promontórios que, à primeira vista quase se tocam, e ainda cravando no meio daquela passagem uma ilhota rochosa, como um navio eternamente ancorado que espia e ameace quem se aproxima. E não lhe parece, querido Foglia, que aquelas outras ilhas excluídas do oceano tenham um quê de desprezadas e implorem pela dádiva de poder entrar?

Ouço claramente a voz do bondoso Foglia, que acenando para longe à sua frente, explica que na margem oposta fica a cidade de Nichteroy, a capital da província do Rio de Janeiro, e indica os seus bairros: São Lourenço, Icaraho, Jurujubú, que se espalham ao longo do mar, entram nos pequenos vales e se perdem nas matas. Mas uma cidade é um detalhe pequeno no meio desta baía imensa. Nem mesmo a interminável Rio de Janeiro, cujos bairros, até onde alcança a vista, parecem contrastar com a cor mais escura do morro da Tijuca, tem o poder de desviar minha admiração daquele enorme anfiteatro de matas, colinas, picos, que ascendem do profundo azul do mar adquirindo mil nuances de verde, milhares de formas majestosas, graciosas, esplêndidas e selvagens, até chegar ao azul claríssimo do céu, límpido como o de um astro sem vapores. Até evito ver a metrópole, que em meio a esta beleza plácida representa para mim as misérias e as inquietações dos homens. Mas para que? Eu as reencontro aqui, em qualquer parte e sob várias formas. Nas rochas que bloqueiam a entrada da baía surgem fortalezas, os lindos promontórios estão armados de canhões, aquelas ilhotas encantadoras encerram prédios da alfândega, hospitais, depósitos militares, quartéis: até neste Éden se labuta, se tem medo, se pensa na morte. É possível? E tudo parece tão tranquilo e ameno! O tráfego do porto cheio de navios, o vaivém dos vapores e das barcas entre o Rio de Janeiro e Nichteroy, entre as ilhas e entre as centenas de passagens dos bairros, e o formigueiro humano das margens que se encurvam sob o nosso olhar, não atrapalham em nada a paz da enorme baía, que nesta hora do pôr do sol parece solitária como um canto do mundo ainda não descoberto pelo homem. Dir-se-ia que aquelas águas extremamente limpas, com nuances tão suaves de azul, de verde e rosa, nunca foram singradas por um navio; aquelas águas tão maravilhosas, com transparências e clarões cristalinos, dão vontade de bebê-las, como se elas provocassem uma embriaguez sobrenatural. O que vem à mente? O mote de Dumas em *Os Miseráveis* – *C'est trop beau pour un Roman*. – Sim, e tudo isso é bonito demais para os homens. Talvez tenha sido por isso que foram enviadas para cá a febre amarela e a malária; sem o que o povo que nos acolheu teria sido alvo de uma inveja excessiva. Mas o que o senhor diz, querido Foglia? Partir? Já?

Era necessário, tínhamos um horário rígido.

Ah... Peço mais dez minutos, mais cinco, porque nunca mais vou ver de novo esta beleza na minha vida e qualquer aspecto mínimo que me escapará da memória será para mim uma joia perdida. Para que me escape o mínimo possível! Que se fixe bem na minha mente, que fique profundamente impresso em meus olhos e na minha alma esta maravilha única da criação, cuja lembrança será para mim milhares de vezes um conforto e um sorriso, e ficará marcada como a visão de outro mundo. Cresça, pobre mente, com um esforço supremo, e abrace tudo, agarre com todos os artifícios do raciocínio e busque em todos os recônditos da memória o segredo dos olhos apaixonados. Eis-me aqui, senhor Jannuzzi! Oh, inexorável carruagem! Adeus, visão celestial, adeus para sempre!

O que dizer da cidade do Rio de Janeiro? Quem a definiu melhor comparou-a a um polvo imenso, que tem a cabeça na pequena cidade original de São Sebastião – implantada entre duas colinas à beira da baía, todavia quase intacta; cheia de ruas estreitíssimas e em linha reta, de aspecto antigo, embora ainda não tenha quatro séculos – e avança para o mar; seus infinitos tentáculos, formados por fileiras de bairros cujas extremidades têm entre si uma distância maior do que de uma ponta a outra de Londres, enfiam-se por aqui e ali, em volta de lagoas e curvas, subindo morros, entrando por vales, adentrando em extensas planícies. Percorri intermináveis trajetos de carruagem entre os mais distantes pontos. Meu cicerone anunciava de vez em quando o nome de um novo bairro, e me indicava uma vista diferente das ilhas, da outra margem da baía, e das montanhas que a circundam. Mas como lembrar-se daquele monte de nomes portugueses e indígenas, daquela grande variedade de panoramas admiráveis, de tantas passagens de um bairro deserto para outro cheio de vida, de um porto para um parque, da planície para a altitude? Às vezes parecia que a cidade tivesse acabado, mas pouco depois recomeçava. Às residências carregadas dos primeiros construtores portugueses seguem-se as casas de campo surgidas há pouco, que dão ostensivamente para os jardins como para tomar grandes goles de ar;

aos novos palácios elegantes de arquitetura presunçosa, decorados com mármores falsos e estuques, pintados e até recobertos com uma camada de ouro sobrevêm os edifícios públicos enormes e simples, semelhantes a grandes quartéis, os amplos conventos e as igrejas da época colonial, de estilo jesuíta, os grandes muros que protegem os extensos jardins particulares. Em vários pontos a cidade é interrompida por densas matas sem trilhas; despontam penhascos pontiagudos, revestidos de líquen, massas isoladas de granito com estranhos formatos de mausoléus e de sinos; um bairro é separado do outro por pequenos morros em declive, sobre os quais se desenham em zigue-zague ruas, trilhas e aquedutos no alto, ornamentados com vegetação. De todos os lados veem-se grupos de casas que tomam de assalto as alturas, que invadem os vales, espalham-se serpenteando as margens; capta-se quase na hora a obra conquistadora da cidade em crescimento, que rói os promontórios, derruba os rochedos, rompe e devora as colinas que impedem a sua violenta expansão. São dez cidades, e não se sabe dizer aonde, precisamente, seja o Rio de Janeiro. Fica a impressão de uma enorme dispersão, de uma imensa variedade de formas e cores, de um labirinto infinito de sobe e desce; de uma mistura jamais vista de civilização e selva, de metrópole refinada e de natureza virgem, de vida exuberante e solidão mortífera, de uma desordem tumultuada e magnífica, onde até o contraste de aspectos produzido pela natureza parece uma obra humana que tenha inspirado e liderado a tentativa de ferir a fantasia com um grande espetáculo teatral. Toda rua com um espetáculo variado e cheio de contraste oferecido pelas pessoas que passam é um teatro; é uma multidão compacta, enérgica, que rapidamente vai embora, a maioria a bordo de uma miríade de ônibus, de bondes e carruagens: senhores brasileiros de cartola e luvas, de calças brancas e sapatos lustrados; negros abastados vestidos elegantemente à moda europeia; carregadores negros vestindo uma sacola de embalagem como camisa, com um grande número estampado, como um jaquetão de galé; mestiços nascidos do cruzamento das raças portuguesas, africana e indígena, de todos os tons; autênticos indígenas despudorados; fisionomias de italianos, ingleses, norte-americanos, franceses, alemães, suíços; fez de armênios e de turcos, uniformes dourados de oficiais mulatos, senhoras e senhoritas negras com o chapeuzinho emplumado e luvas brancas. E de repente este espetáculo acaba, e nos deparamos com uma praia deserta, entre o mar e a mata, sozinhos diante de montanhas pontiagudas, corcundas, em declive, de arquiteturas temerárias e ameaçadoras, com o fantástico aspecto de figuras humanas, mais estranhas do que aquela vida deixada para trás; mais variadas e assombrosas que a multidão de dez raças da qual escapamos.

Todas as minhas lembranças do Rio de Janeiro brilham de verde: admita-se a metáfora de mau gosto. Revejo em pensamento que, para além de qualquer coisa, o mais bonito é a vegetação opulenta, ostensiva, dominadora, e vem-me à mente a imagem de pobreza, aquela que, mesmo esquálida, também confere beleza e alegria às cidades dos nossos países. As árvores brotam do empedrado das ruas assim como na Itália os tufos de grama surgem dos velhos muros, obstinados em viver a qualquer custo, nas condições mais adversas para a vida; dos muros dos jardins despencam ramos floridos, cabeleiras esverdeadas, guirlandas e cascatinhas de folhagens e flores; por todos os lados abrem-se jardins cheios de todo tipo de samambaias, orquídeas, bromélias, bananeiras com folhas grandes, exuberantes e carregadas que parecem competir com o espaço e a luz e querer dominar as casas; a maioria das praças é palco de jardins deslumbrantes, onde as árvores gigantescas, com troncos estranhos e folhagens graciosas são tão densas, disformes e de aspecto tão diverso, com tons tão diferentes de verde que o olho se cansa até de vê-las pouco, e quase tem uma sensação de ofuscamento, como se estivesse diante de um espetáculo em constante mutação. É tamanho o esplendor da vegetação, por todos os lados, aos montes, crescendo sinuosamente por todos os cantos onde as pedras acumuladas pelo homem não a tenham sufocado, a ponto de parecer quase inatural que naquele mesmo solo, tão maravilhosamente fecundo de belezas vegetais, não brotem até os seres humanos e que entre eles não sejam mais comuns do que entre nós a grandeza, a beleza e a força.

Nessa infinita beleza verdejante surgem com frequência, em todas as altitudes, desde as beiras dos portos até o cume das colinas, as palmeiras colossais de troncos retilíneos e lisos como altíssimas colunas de granito de templos imaginários; conformando uma mata elevada sobre a vegetação que cobre a terra, propileus diante de casas rodeadas de jardim e palácios, coroas no alto, arcos em volta das enseadas; as palmeiras sobem atrás dos edifícios, próximas e distantes, como traços distintivos de soberania plantados nos terraços e telhados, seus penachos soberbos e elegantes a despontar no céu, no mar, no azul dos morros; parece que irradiam alegria no ar e graça em todas as coisas. E são justamente a alegria e a graça do Rio de Janeiro; são as últimas imagens, creio eu, que desapareceriam da minha mente se todas as lembranças daquele país se extinguissem, exceto a de que estive lá; são as primeiras que lampejam sempre no meu pensamento quando ouço o seu nome. Escuto, leio o nome: – *Rio de Janeiro* – e vejo em meio ao azul, em volta, até a uma grande distância, milhares de ponteiros eretos a exibir para o sol aqueles maços elegantíssimos de ramos pendentes, aquelas grandes auréolas de magníficas plumas, aquelas fontes que jorram verde e me parecem sedutores sorrisos de aspecto humano, gritos alegóricos de alegria e triunfo, ideias misteriosas de amor e grandeza que, despontando da terra, ficaram visíveis e em suspenso no ar.

Escavando na memória, encontro lá no fundo outras lembranças; recordações que estavam enterradas há anos, totalmente desconectadas umas das outras, dispersas no escuro. Esbarro, não sei mais aonde, em um jovem ator italiano que se apresenta espontaneamente para mim e logo me pergunta: – O que lhe parece a baía? – e exprime uma ideia correta: – Não é verdade que é tão bonita a ponto de ser quase triste? Se o senhor visse certas noites de lua cheia! Dá vontade de chorar. – Vejo um senhor brasileiro, ao meu lado no bonde, que me ofusca os olhos sempre que levanta a mão para acariciar a barba pretíssima: uma mão que parece uma ostentação, que resplandece de diamantes, esmeraldas e topázios; ouço dizer que é comum entre os ricos aquela exibição asiática de jóias, e que, em poucas horas, desde que cheguei ao Rio de Janeiro, sem que notasse, já devo ter tocado umas quinhentas pedras preciosas com os meus apertos de mão. Vejo novamente um jovem negro atarracado, que ao tomar uma limonada ao meu lado num cantinho da rua, conta ao vendedor de água potável que o seu poderosíssimo dono, por ocasião do casamento da filha, libertou-o da escravidão. Por conta disso havia três dias ele era um cidadão brasileiro livre; diz isso como se lhe fosse algo totalmente indiferente, como se a liberdade fosse apenas uma palavra, quando com ela não se compra o dinheiro para poder desfrutá-la: estranho, não é verdade? Também é estranho aquilo que, ao passar com a carruagem, vejo pregado em um portão, pouco acima de um grupo de meninos negros, todos nus: um cartaz da Companhia Lambertini, que anuncia um drama em um ato, de Cuciniello. Eis o armazém onde pedi para que o coche parasse, com um brado de maravilha, para descer e olhar nas vitrines um enxame de "pequenos reis das flores": colibris de todos os tipos que parecem feitos de flores, de ouro e pérolas, cintilantes, faiscantes, com asas e peitos de cores fortes, tão pequenos que podem passar por um anel, delicados a ponto de correrem o risco de sufocarem-se com um beijo, tão graciosos que podem nos fazer deixar até o último centavo no balcão do dono do armazém, sob pena de sermos "repatriados" pelo Consulado. Em seguida... – *Veja, um canibal!* – Ao escutar essas palavras do bondoso farmacêutico, começo a tremer e viro-me a tempo para ver passar, acompanhado por um missionário capuchinho, uma estranha figura de selvagem, coberto por roupas esfarrapadas, com uma fisionomia semelhante àquela de um chinês, de cor avermelhada brilhante, com três anéis de madeira incrustados na boca e nas orelhas, parecidos com três medalhões pendentes: um daqueles indomáveis *botocudos* das florestas virgens, que recebem as vanguardas da civilização com flechadas envenenadas; na época ainda eram pouquíssimos aqueles que os missionários tivessem conseguido, não digo a converter, mas pelo menos amansar: vejo-o mudar de direção em uma esquina, com um jeito de andar de uma fera que foi agarrada a laço e evitando com um pulo os burros de um bonde que quase passam por cima dele. A carruagem para de novo para dar passagem a um bando de camponeses sem camisa, que atravessam a rua de um jeito um tanto tumultuado, com embrulhos de roupas pendurados em cajados, a passos cansados e fisionomias tristes; em cujos rostos prontamente reconheço, não sem um aperto no coração, a fraternidade do sangue: imigrantes italianos, a maior parte do sul, assim me parece, que vão tentar a vida no interior do Império. Ai... ai... A vida ou a morte? E me vejo ainda na carruagem, mas não sei mais aonde, com um jornal do Rio nas mãos, lendo um artigo poético intitulado: – *A civilização e o progresso* – e sinto novamente o solavanco que me deu o contraste violento das ideias quando, ao virar a página, li entre os anúncios da quarta página: – *Vende-se uma robusta crioula de 22 anos com uma linda criaturinha de 11 meses, sem vícios, a preço módico.* – E ainda guardo essa lembrança curiosa de uma das principais ruas da cidade, no começo da noite: algumas janelas grandes, no térreo, totalmente abertas, através das quais se via salas iluminadas, onde senhoras vestidas de branco conversavam, e aqueles que passavam pela rua, senhoras e senhores, entravam; e tendo manifestado o meu espanto diante desse costume ao meu cicerone, este me respondeu com uma cotovelada.

– Que país maravilhoso!

Sim, sem dúvida, subi no topo do Corcovado, o glorioso morro corcunda que forma a cabeça de um *Gigante deitado*; do qual o não menos celebrado Pão de Açúcar representa os pés unidos, que despontam do mar. Se, na metade da via férrea que tomei para ir ao Corcovado, em meio à sombra da mata, tivesse perdido a consciência como um aeronauta asfixiado, e só a tivesse recobrado na descida, não poderia ter na cabeça uma escuridão mais cerrada sobre a decantada vista que se desfruta lá de cima. Certamente, visitei o admirável Jardim Botânico, nas proximidades da lagoa Rodrigo de Freitas, mas com exceção da grande alameda das Palmeiras gigantes, famosa na América tal como o pinheiral de Ravenna na Europa, e de um copo de cerveja que engoli quando senti uma sede enorme, não tenho mais nenhum rastro na memória. Na mente cansada pelas coisas infinitas e diferentes vistas às pressas em poucas horas, como em uma folha de papel rabiscada onde não sobra mais espaço para escrever uma frase inteira, não se fixavam mais as coisas novas, a não ser sob a forma de abreviaturas e fragmentos. Fui ou não à ilha de Paquetá, a mais florescente e aprazível do arquipélago, cujo nome, naqueles três dias, recordo ter, umas cem vezes, escutado que fosse um ninho de delícias que nenhuma pena pudesse descrever e nem a mente imaginar? Caso tenha ido, peço perdão e misericórdia a quem me dispensou a cortesia imerecida de me acompanhar. E com este ato de contrição poderia terminar, porque refutei desde o início a tentação de sujar de tinta as auroras e poentes deslumbrantes do Rio de Janeiro, uma vez que já registrei demasiados poentes e auroras na minha ficha criminal de escritor: respeitarei pelo menos o céu do Brasil. E não é pouca coisa porque me lembro bem que de manhã cedo, quando pulava do leito hospitaleiro que me ofereceu o De Foresta, ficava entontecido olhando no horizonte aquele céu purpúreo que parecia revigorado por um incêndio de todas as florestas do Império, e à noite, voltando para casa, quando via os bosques de palmeiras ficarem prateados com o reflexo da lua, as águas da Baía, o arquipélago e as montanhas, dizia a mim mesmo: – Ó! Buscarei as imagens meses a fio, torturarei o cérebro, suarei sangue por sobre a folha de escrever, arrancarei palavras da cabeça à força de socos nas têmporas, mas conseguirei dar uma ideia deste milagre! – Propósitos de escritor; juras de marinheiro.

Há algo que não posso deixar de recordar: a noite da véspera da minha partida, nos salões do Círculo Dramático Italiano. Recuperei-me de repente do cansaço de tantos trajetos afobados, percorridos com a mente sempre em estado de tensão para captar as maravilhas fugidias, e que tinham me deixado como um escolar derrotado e aturdido pela fadiga, desesperado com os exames; recobrei-me quase por encanto na companhia daqueles meus conterrâneos cordiais e encantadores, como se entre eles já me encontrasse na Itália, com os meus velhos amigos e na minha casa. Ah... Que saudações afáveis, parecia que passava uma faísca entre os corações, que milhares de lembranças da pátria nos despertassem, flamejantes nos sorrisos antes de serem expressas em palavras! Mas estava escrito no destino que também ali, tal como no palácio de Dom Pedro, a minha alegria fosse ofuscada pela sombra do ridículo. Não mencionaria essa besteira se não fosse uma ocasião para lembrar mais uma vez do querido capitão Bove, cuja memória me parece homenagear recordando o seu humor alegre e arguto, uma de suas tantas boas qualidades. Ele era um dos que estavam no Círculo; apenas ele sabia que eu tinha sido obrigado a vestir naquela noite um longo capote de meia-estação, que não sei quem havia me emprestado, em não sei que hotel, porque uma desventura irreparável havia acontecido com a minha roupa, e não havia tido tempo, em meio àquela escapada desvairada em coche, de mandar buscar no navio uma peça de roupa para trocar; ele sabia que se eu tirasse aquele capote, que evidentemente estava ridículo – o calor me banhava a testa – teria ficado só de camisa; sim, ele, o bárbaro, sabia; e não sei quantas vezes naquela noitada, para que todos ouvissem, disse-me com um sorriso perfidamente camuflado de solicitude fraterna: – Mas por que, meu pobre amigo, não tira esse casacão? Dá para ver que está sufocando... – Por que não se liberta? Com esse mormaço? – Por quê? – Torturou-me tantas vezes, estimulado pela ferocidade das contrações doloridas do meu rosto, que finalmente me rebelei e lhe respondi desesperado: – Mas você sabe muito bem que não posso, seu canibal! – levantando um pouco demais a voz, e então o vergonhoso segredo foi descoberto; todos riram e inclusive eu, e foi assim que aquele episódio ameno contribuiu para tornar mais alegre e cordial aquela noite intimista e inesquecível.

Na noite da partida a Baía estava cor-de-rosa; o Rio de Janeiro, já coberto por um véu rosado que dava um aspecto de bairro até às margens distantes, quase despovoadas, parecia uma cidade sem limites, e no horizonte róseo, de um lado, e de outro, azul e verdejante, com uma transparência ideal, esboçavam-se os dentes, os cones, as cúpulas das montanhas e as cabeleiras despenteadas das matas com contornos tão nítidos, que parecia tudo esculpido no céu. Apesar disso, diante daquela beleza imensa e serena, que era o augúrio de uma viagem feliz, e diante daquele *Sirio*, que deveria me levar direto para a Itália, tinha o coração cheio de arrependimentos, e quase atingido por um remorso. Eu deixava aquele país com a certeza de nunca mais voltar, e não tinha visto o Rio Amazonas, nem a floresta virgem, nem a cachoeira de Paulo Afonso, nem as intermináveis planícies; mal tinha eu me debruçado sobre a terra mais maravilhosa do mundo e já ia embora, como um bárbaro, com poucas memórias incompletas e confusas, apenas um pouco menos ignorante, como se não tivesse nem ao menos desembarcado. E numa grande parte daquele país estavam espalhados milhares de irmãos meus; quase cingidos pelo mundo, a maioria pobre, muitos menosprezados e oprimidos, todos submetidos a um trabalho duro, e tristemente pensativos, com a mente na pátria, e eu não havia podido ter com eles, colher as suas queixas, confortar as suas penas pelo menos com a palavra paterna. E tal como havia feito em outras terras, dar um beijo e um suspiro na testa de seus filhos. Os outros pensamentos se dispersaram no ar assim que o *Sirio* saiu da Baía, mas o último arrependimento ainda durava quando o Pão de Açúcar, sentinela do Rio de Janeiro, até poucos momentos atrás dourado pelo sol, só era avistado como um pequeno cone preto, envolvido por uma neblina cinzenta que mergulhava devagar no mar: a imagem do fim de qualquer alegria humana.

Na baía do Rio de Janeiro[1]

Enquanto todos nós, radiantes com a alegria da volta, estávamos para entrar na embarcação a vapor que deveria nos levar ao navio, aproximou-se da comitiva um camponês de uns cinquenta anos, alto e pálido, que caminhava com dificuldade e tinha uma muda de roupa debaixo do braço. Era um emigrante lombardo; um daqueles muitos infelizes que os médicos dos navios rechaçam para não ter um morto a bordo durante a travessia do oceano: estava gravemente doente e seu embarque lhe tinha sido negado até porque, como a febre amarela estava disseminada no Rio de Janeiro, o rigor era maior que o de costume.

Perguntou sobre o comandante, que estava conosco: nós o indicamos; ele se aproximou segurando o chapéu na mão. Tinha os olhos encovados, um daqueles rostos de camponeses magoados e orgulhosos, que dão mais compaixão que os outros quando os vemos suplicantes, porque compreendemos o quanto sofreram e devem sofrer para ficar daquele jeito. Pedia o obséquio de ser recebido a bordo. Vinha do interior do Brasil, estava exausto da viagem longuíssima e cansativa, queria voltar para a pátria, e não o dizia, mas entendia-se que queria embarcar a qualquer custo no nosso navio, porque sentia que os seus dias estavam contados.

O comandante lhe respondeu que não.

O camponês esfregou a mão na testa.

Depois começou a suplicar com a voz trêmula, falando rapidamente.

— Deixe-me partir, senhor comandante, deixe-me partir. Podem

---

1. Publicado em DE AMICIS, Edmondo. *Memorie*. Milano: Fratelli Treves Editori, 1921.

me acomodar onde quiserem. Podem até me trancar. *Paghi el doppi.*[2] Quando digo que podem me trancar, é sério. Joguem-me no mar se perceberem que a coisa vai mal. Preciso ir embora. Tenho minha família lá que me espera; *i piscinitt*[3]. *El doppi paghi, el doppi. Me raccomandi*[4] pelo amor de Deus. – Em seguida sua voz arrebentou: – *Ch'el disa minga de no! Ch'el disa minga de no!*[5]

O comandante deu de ombros, com amargura, mas decidido, e subiu na embarcação.

Então o camponês grudou em outro do grupo, com voz cansada, com a fisionomia e o tom de um homem aterrorizado.

– *Me raccomandi a lù, scior.*[6] Fale com o comandante. Tenho família. Faça essa caridade. Não estou tão mal assim. *Paghi quel che voeuren.*[7] É porque me veem pálido. Não estou tão mal assim. Diga uma palavra. *Mi raccomandi, la preghi che non 'l me abbandona per amor*[8] de Deus, porque preciso voltar para o meu país, *ghe disi per l'amor di Dio!*[9]

O homem lhe dirigiu algumas palavras de conforto, que se conformasse, era impossível, e também subiu na embarcação.

O camponês entrou atrás dele, e grudou no cônsul, segurando-o pela roupa, enchendo-o de palavras desconexas sobre a sua vida e os sofrimentos por que havia passado. Encontrava-se no Brasil fazia quatro anos, não tinha parentes, estava doente há bastante tempo. Queria cerrar os olhos em seu país, junto aos seus entes queridos. Perder o embarque

---

2. Pago o dobro. (dialeto)

3. As crianças.

4. Pago o dobro, o dobro. Imploro.

5. Não me diga não! Não me diga não!

6. Interceda junto a ele, senhor.

7. Pago o que quiserem.

8. Interceda, peça que ele não me abandone.

9. Digo pelo amor de Deus!

daquele dia significava a morte em terra estrangeira, morrer sozinho, abandonado, desesperado. E falava, rogava, com voz suplicante, fazendo gestos meigos, juntando as mãos como uma criança, interrogando ora um, ora outro, com um olhar que dilacerava a alma.

Todos se dirigiram ao comandante. Era mesmo obrigado a rechaçá-lo? Não era possível abrir uma exceção?

Aquele homem rude do mar precisou conter a voz para responder.

– Não – disse com um esforço, e virou o rosto para o outro lado.

O camponês foi empurrado da escada de embarque por um marinheiro e a embarcação começou a se mover. Ele continuou a suplicar, falando apressadamente, batendo a mão no peito, como para provar que ainda era forte, repetindo: *Moeuri minga! Moeuri minga!*[10] Deixem-me partir pelo amor de Deus! *Ghe giuri che moeuri minga!*[11] – Mas nenhum de nós tinha mais coragem de olhar para ele. A embarcação se distanciava. Escutamos mais uma vez aquelas palavras desconsoladoras, lançadas como um grito de angústia e de raiva: – *Moeuri minga!*[12] – e depois não escutamos mais nada. Todos emudeceram entristecidos com aquela cena, e olhavam em volta. A embarcação chispava velocíssima nas águas límpidas, e a maravilhosa baía do Rio de Janeiro se descortinava em frente: aqueles picos elevados em forma de montanhas lunares, aqueles morros povoados de rainhas e imperadores da vegetação, aquelas matas desalinhadas, aqueles rochedos altos, aquelas guirlandas redondas de jardins, aquelas ilhas coroadas de palmeiras, todo aquele anfiteatro imenso, confuso, estranho, tão grande que a fantasia se perde; tão bonito que dá até tristeza. Pareceu-nos chegar rápido demais no navio, que já fumegava, e assim que subimos nos debruçamos no parapeito, em meio aos outros

---

10. Não vou morrer! Não vou morrer!

11. Juro que não vou morrer!

12. Não vou morrer!

mil passageiros, para admirar a baía "Parque triunfal da América", que fica na mente de todo viajante como uma visão do paraíso. Alguns amigos do Rio de Janeiro haviam permanecido lá embaixo, a bordo da embarcação a vapor, que tinha a bandeira italiana na proa. Não sei quanto tempo ficamos ali, debruçados no parapeito. O sol se punha, o céu estava todo rosado, a baía tinha um tom róseo, os grandes rochedos coniformes pareciam ser de coral, no horizonte do oceano havia uma longa faixa de nuvens púrpuras. Começava a nascer uma alegre conversa entre nós e os amigos lá embaixo, quando uma voz dolorosa, bizarra, dilacerante – aquela voz, chegou de repente ao nosso ouvido.

– Deixem-me partir! Tenho família! *Paghi el doppi. Moeuri minga! I preghi per l'amor di Dio.*[13]

Assim que havíamos zarpado, o camponês tinha se jogado no barquinho de um negro, que o transportou até lá em menos de uma hora, fazendo força por quatro.

O comandante, do alto da ponte de comando, respondeu-lhe com um gesto da cabeça: – É impossível.

Enquanto isso, ele tinha se lançado com o seu barquinho em meio às outras embarcações, e segurando a corrente da escada do navio, onde um marinheiro lhe impedia a passagem, continuava a suplicar ansiosamente, ora olhando para cima em direção ao capitão e a nós, ora para os amigos da embarcação a vapor, cuja bandeira lhe caía sobre um ombro; e juntava as mãos, abraçava as pernas do marinheiro, beijava a bandeira, acenava para o céu, derramava uma torrente de palavras, quase fora de si: – O meu país, a minha família, *i me piscinitt*,[14] tenha piedade, *moeuri minga*[15] – com a voz rouca, o tom lamurioso de uma criança, o olhar de um moribundo e os gestos de um louco...

---

13. Pago o dobro. Não vou morrer! Imploro pelo amor de Deus!
14. As minhas crianças.
15. Não vou morrer.

Da ponte de comando veio um grito: – Subam a escada!

As correntes rangeram, a escada foi erguida; o infeliz, empurrado pelo marinheiro, caiu sentado no meio do barquinho.

Ele explodiu então numa risada mais aflita e lúgubre do que o mais desesperado acesso de choro.

Pouco depois se escutou o apito da partida.

Nesse meio tempo, do parapeito da terceira classe gritavam-lhe: – Coragem, homem, o senhor vai embora quando estiver melhor. – Dentro de quinze dias outro navio vai zarpar.

Algumas vozes maldosas lhe diziam: – Limpe-se! Passe de novo amanhã de manhã!

Mas ele, que havia novamente adquirido um ar soturno, parecia não entender mais nada, e olhava uns e outros com grande espanto. O navio se mexeu.

Então se pôs de pé impulsivamente e cerrou o punho para a ponte, como se fosse lançar uma maldição horrível.

Depois caiu de supetão na embarcação, com o rosto nas mãos, e explodiu em um soluço violento, que parecia uma gargalhada...

Nós já estávamos longe e ainda o avistávamos dar de ombros com um movimento descontrolado; em meio àquela baía; com o coração apertado ainda víamos aquela dor imensa sem consolo e tudo o que estava em torno daquela imensa beleza sorria sem piedade para a sua dor. Cinco minutos depois ele não era nada mais do que um ponto escuro em meio ao mar cor-de-rosa...

1886.

Biografia

Edmondo De Amicis

Nascido em 1846 na Ligúria, ainda em tenra idade Edmondo De Amicis mudou-se com os pais para o Piemonte, no norte da Itália. Em 1863, aos dezessete anos, ingressou na Academia Militar de Módena. Combateu na batalha de Custoza, em 1866, durante a Terceira Guerra de Independência da Itália. A derrota para os soldados austríacos ficou na sua memória.

Ao deixar a instituição, em 1870, seu talento para o jornalismo já havia sido revelado nas crônicas e artigos que publicava no *L'Italia militare*, o jornal do exército. Foi quando abraçou o ofício da escrita e começou a se dedicar aos livros de viagem: *Spagna* (1873), *Olanda* (1874), *Ricordi di Londra* (1874), *Marocco* (1876) e *Costantinopoli* (1877) assinalam a afirmação do nome de De Amicis na cena literária. Mas o ápice do sucesso veio com *Cuore* (*Coração*), publicado em 1886. Trata-se de um livro de formação com ensinamentos de valores morais e cívicos, que reflete a atmosfera da Itália da época. *Coração* foi publicado em cerca de 40 idiomas, inclusive português.

Edmondo De Amicis era oriundo de uma família da pequena burguesia italiana. Após deixar o exército fixou residência em Turim, onde passou a maior parte da vida. Seu casamento com a professora Teresa Boassi lhe trouxe dois filhos, mas foi marcado por uma separação conturbada e pela tragédia da morte do primogênito, Furio, que cometeu suicídio aos 22 anos.

Dedicou-se tanto à literatura quanto ao jornalismo: de acordo com seu biógrafo Lorenzo Gigli, De Amicis foi o primeiro enviado especial da imprensa italiana. A viagem à Argentina, em 1884, proporcionou-lhe o contato direto com os emigrantes e contribuiu para a sua adesão ao socialismo, na década de 1890. O escritor faleceu em 1908.

Em Alto-Mar
Formato 15,5 x 23 cm
Capa 4 x 4
Cartão supremo 300g - Bopp fosco - 8cm orelhas
Miolo 1x1 Avena 80g
320 páginas - costurado e colado